JONATHAN STONE

Kaltes Gewissen

Buch

Die junge, attraktive Polizistin Julian Palmer hat die New Yorker Polizei-Akademie erst vor ein paar Jahren abgeschlossen und wird schnell befördert. Nachdem sie mehrere komplizierte Fälle gelöst hat, wird sie in Troy, einer mittelgroßen Stadt im Staat New York, zum Lieutenant befördert. Doch ihr neuester Fall stellt sie vor ein Rätsel. Sie jagt den Mörder eines angesehenen Ehemanns und Vaters. Julian hat keinerlei Verdachtsmomente. Außerdem sitzen ihr die auf Antworten drängende Familie und die Presse im Nacken. Am Rande der Verzweiflung, erhält sie unerwarteten Besuch von ihrem ehemaligen Ausbilder – gleichzeitig dem ersten Menschen, den sie wegen Mordes hinter Gitter brachte –, dem einstigen Polizeichef Winston »der Bär« Edwards. Früher wegen seiner außerordentlichen kriminalistischen Fähigkeiten berühmt, ist er jetzt nur noch ein Schatten seiner selbst. Zwar konnte er dem Leben im Gefängnis entkommen, taucht aber jetzt als geschlagener Mann wieder auf. Das Einzige, was ihm geblieben ist, ist sein geniales Polizistengehirn. Trotz Julians Misstrauen und ihrer Angst vor Edwards weiß sie nur zu gut, dass er immer noch ein begabter Spürhund ist, und sie führt ihn vorsichtig an den Fall heran. Zusammen mit diesem Mann, der ihr einmal nach dem Leben getrachtet hat, lässt sich Julian tief in die Gedankenwelt der jungen Tochter des Ermordeten hineinziehen. Und muss sich unerwartet der bizarren, Jahrzehnte alten Wahrheit stellen, die sich hinter dem gewaltsamen Tod ihres eigenen Vaters verbirgt.

Autor

Jonathan Stone, preisgekrönter Absolvent der Yale Universität, arbeitet in der Werbebranche und lebt mit seiner Frau und seinen zwei Kindern in Connecticut. »Kaltes Gewissen« ist sein zweiter Roman.

Von Jonathan Stone bereits erschienen:

Bittere Wahrheit (35480)

JONATHAN STONE

Kaltes Gewissen

Roman

Ins Deutsche übertragen
von Joannis Stefanidis

BLANVALET

Die Originalausgabe erschien unter dem Titel
»The Heat of Lies«
bei St. Martin's Press, New York

Umwelthinweis:
Alle bedruckten Materialien dieses Taschenbuches
sind chlorfrei und umweltschonend.

Blanvalet Taschenbücher erscheinen im Goldmann Verlag,
einem Unternehmen der Verlagsgruppe Random House GmbH.

Deutsche Erstveröffentlichung 12/2001

Umschlaggestaltung: Design Team München
Umschlagfoto: Eberhard Grames
Satz: Uhl + Massopust, Aalen
Druck: Elsnerdruck, Berlin
Verlagsnummer: 35672
Redaktion: Alexander Groß
VB · Herstellung: Heidrun Nawrot
Printed in Germany
ISBN 3-442-35672-5
www.blanvalet-verlag.de

1 3 5 7 9 10 8 6 4 2

Dieses Buch ist abermals den Pendlern im 8:08er-Zug
ab Talmadge Hill gewidmet.

Und meinem Vater, der einer von uns war.

(Und natürlich Rocco, dem Experten im
Wiederherstellen verloren gegangener
Computerdateien.)

1

»Ahhh!« *Allmächtiger! Dieser gottverdammte Hurensohn!*

Als Lieutenant Palmer sich von dem breiten Panoramafenster ihres winzigen Büros im sechsten Stock über dem Police Plaza abwandte und nach einer abermaligen Rückfrage bei dem Büroausstatter wütend den Hörer auf die Gabel knallte, weil das vor acht Monaten georderte Mobiliar noch immer nicht geliefert worden war, schaute sie auf und sah, dass ihr – auf dem klapprigen Holzstuhl jenseits ihres überquellenden Schreibtisches – der erste Mörder gegenübersaß, den sie hinter Gitter gebracht hatte.

Lieutenant Palmer verschränkte instinktiv die Arme über der Bluse, um ihren Busen zu verbergen.

Ihr Pulsschlag beschleunigte sich. Ihr gesamter Organismus sandte ein schrilles Alarmsignal aus, das ihr Herz zum Rasen brachte und ihren Adrenalinspiegel sprungartig in die Höhe schnellen ließ. Ihre Mundhöhle wurde trocken, ihre Bauchdecke hart wie Stein. Es war ein Alarmsignal, bei dem man entweder augenblicklich die Flucht ergriff oder todesmutig um sein Leben zu kämpfen begann. Auf einer Welle aufsteigender Übelkeit brachen die Erinnerungen über sie herein. Fünf Jahre, drei Beförderungen, vierundzwanzig Mordfälle und zweiundzwanzig Verurteilungen hatten diese Erinnerungen anscheinend nicht aus ihrem Gedächtnis löschen können.

Dieser gottverdammte Hurensohn, dachte sie. Aber sie sprach es nicht aus. Diesen Gefallen würde sie ihm nicht tun.

Sie schaute kurz durch die offene Bürotür nach draußen, um sich zu vergewissern, dass Mendoza und Ng an ihren Schreibtischen saßen, und sah die neugierigen, aber auch wachsamen und besorgten Blicke der beiden. Es war irgendwie beruhigend. Sie spürte, dass sie sich ein wenig entspannte.

Sie musterte den riesigen Mann vorsichtig, als würde sie eine noch nicht entschärfte Bombe betrachten. Aber während sie sich langsam vom ersten Schock seines Erscheinens erholte, sah sie, dass er kaum wiederzuerkennen war. Er war in den vergangenen fünf Jahren unglaublich gealtert. Sein Körper, dessen episches Volumen früher unbändige Kraft ausgestrahlt hatte, war heute nichts weiter als eine aufgedunsene, wabblige Fleischmasse, die sich träge über die Ränder des Holzstuhls ergoss.

»Wie sind Sie hier reingekommen?«

»Hab meine Marke gezeigt«, sagte er. »Meine alte«, fügte er hinzu.

Sein Haar war schlohweiß geworden, die einstmals dichte Mähne zu kümmerlichen Strähnen ausgedünnt. Die Falten, die früher von Erfahrung und Charakter gezeugt hatten, hatten seine Gesichtszüge fast bis zur Unkenntlichkeit entstellt und waren heute einfach nur die Falten eines alt gewordenen Mannes. Seine einstmals rosige Haut war kreidebleich, wie die eines langjährigen Krankenhauspatienten.

Aber trotz seines zerfurchten Gesichts lag in seinen Augen noch immer diese ruhelose, Unheil verkündende Wachsamkeit – was heute, durch den Kontrast zu seiner bleichen Haut und den schweren Tränensäcken, noch Furcht einflößender wirkte als früher. Es waren Rhinozeros-Augen – ihr Blick war stoisch, gefühllos und roh.

Alles in allem sah er fast wie eine Leiche aus.

Aber nur fast, dachte sie, leider.

Sie taxierte ihn noch einen Moment lang, bevor sie ihn – wie ein desinteressierter Beamter, der Informationen für ein Formular einholt – mit tonloser Stimme fragte: »Was tun Sie hier?«

Sein Blick wanderte ziellos über die kahlen grünen Wände des winzigen Raums. Er zuckte gleichgültig mit den Schultern.

Sie wiederholte die Frage – im selben Tonfall –, denn vielleicht hatte er sie beim ersten Mal nicht richtig verstanden. Angesichts seiner offenbar angeschlagenen Gesundheit schien dies durchaus möglich. »Was tun Sie hier?«

Wieder ein Schulterzucken.

Unter seinem offenen Trenchcoat fiel ihr das zerknitterte weiße Oberhemd auf. Der Kragen und die Manschetten waren – im Gegensatz zu früher – nicht mehr frisch gestärkt. »Ihre Frau hat Sie wohl endgültig rausgeworfen, was?«, sagte Lieutenant Palmer.

Der Mann hob kurz die Brauen, einen Moment lang von ihrer Beobachtungsgabe beeindruckt, dann ließ er sie wieder sinken, verdrossen die Richtigkeit ihrer Schlussfolgerung bestätigend.

Sie sah die schmutzigen Hemdmanschetten, sah den schief abgelaufenen linken Schuhabsatz.

»Ihr Anwalt hat bestimmt ein Heidengeld gekostet, was?«, spekulierte sie weiter.

Sein Schweigen war Antwort genug.

Ganz gleich, wie hoch der – vermutlich aus Bestechungsgeldern angesparte – Notgroschen gewesen war, den er dem Gericht verschweigen haben musste, der Großteil davon war offenbar für das Honorar an seinen gleichermaßen brillanten wie sündhaft teuren Strafverteidiger, Lawrence Cooperman, draufgegangen.

Außerdem hatte das Verfahren ungewöhnlich lange gedauert, länger als erwartet. Möglicherweise hatte er sogar etwas gegen Cooperman in der Hand gehabt – sie hatte das unbestimmte Gefühl, dass es über Cooperman mehr zu wissen gab, als allgemein bekannt war. So oder so, das Verfahren hatte Edwards' gesamte Ersparnisse aufgezehrt – die legalen ebenso wie die illegalen. Und nun war er wieder auf freiem Fuß.

Meine Damen und Herren, das Wort einer Polizeibeamtin, deren Berufslaufbahn gerade beginnt, steht gegen das Wort eines Polizeichefs, dessen Laufbahn beendet ist. Dies sind die unumstößlichen Fakten dieses Falles. Meine grundsätzliche Frage an Sie lautet: Glauben Sie dem Wort eines Polizisten oder nicht? Sagen Polizeibeamte die Wahrheit, oder sind es alle Lügner?

Coopermans zynische, ja spöttische Geringschätzung von Gerichtsverfahren im Allgemeinen. Seine Taktik, die Geschworenen seinen Zynismus teilen zu lassen und sie so auf seine Seite zu ziehen.

Wenn Sie Polizisten generell für Lügner halten, lässt diese kleine Fallstudie darauf schließen, dass Sie mit Ihrer Einschätzung richtig liegen. Und wenn Sie glauben, Polizisten sagen die Wahrheit, müssten Sie, zumindest auf Grundlage des vorliegenden Falles, Ihren Standpunkt noch einmal gründlich überdenken, nicht wahr?

Die gewiefte Taktik des Strafverteidigers; die unentrinnbare Logik seiner Ausführungen, die bei den Geschworenen sichtlich Eindruck machten. Es klang ihr noch immer in den Ohren. Es tat ihr noch immer weh…

Sie behielt ihren sorgfältig gewählten, gleichförmigen Tonfall bei. Sprach weiter mit leiser, fester Stimme, ihrem oft erprobten Verhörston, der nur wenig lauter als ein Flüstern war.

»Was haben Sie vor?«

Er zuckte mit den Schultern.

Wir müssen uns damit abfinden, dass wir nie mit letzter Gewissheit erfahren werden, was der jungen Kellnerin im Stadtpark von Canaanville zustieß. Uns liegen zwei einander widersprechende Versionen der Tat vor, und wir werden niemals mit letzter Sicherheit wissen, welche Version der Wahrheit entspricht...

»Was haben Sie vor?«

Wieder zuckte er mit den Schultern.

Die mutmaßliche Tatwaffe ist spurlos verschwunden. Offenbar kam sie in dem kleinen Polizeirevier versehentlich abhanden. In dem Revier, das Mr. Edwards, wie behauptet wurde, irgendwie kontrollierte. Ich kann Ihnen nur sagen, dass es statistisch gesehen leider völlig normal ist, dass immer wieder entscheidende Beweisstücke abhanden kommen, in Polizeirevieren jeder Größe, überall in den USA...

Sie hatte ihn vor fünf Jahren wegen vergleichsweise geringfügiger Vergehen wie Steuerhinterziehung und anderer illegaler Geldschiebereien, derer er sich für schuldig bekannt hatte, ins Gefängnis gebracht und sich an den Gedanken gewöhnt, dass er in einer Zelle saß. Für den Mordprozess hatten die Justizbehörden lange nach einem geeigneten Ort suchen müssen, zum einen wegen des legendären Rufs, den Winston Edwards in der Gegend genoss, zum anderen wegen der wenigen Alternativen, die sich in dem dünn besiedelten Landkreis im Norden des Bundesstaates New York boten. Aus Monaten waren Jahre geworden. Eine Vielzahl komplizierter Verfahrensfragen musste geklärt werden. Immer wieder war es zu juristischen Unstimmigkeiten gekommen. Und dann hatte der Prozess schließlich begonnen.

Sie ist eine ambitionierte, schöne junge Frau. Er ein mächtiger, unbeliebter, schwieriger Mann. Genau das lässt mich an der simplen Version der Ereignisse zweifeln, an der Version, die die Staatsanwaltschaft vertritt; genau das veranlasst mich, Ihnen noch einmal die weitaus kompliziertere Version vorzutragen …

Dann war es erneut zu juristischen Kontroversen gekommen; ein weiterer Ortswechsel, gegenseitige Vorwürfe wegen angeblicher Bestechungsversuche von Zeugen und Geschworenen, neue Termine und abrupte Abbrüche.

Dann begann endlich der eigentliche Prozess. Kameras waren verboten, der Zutritt war nur bedingt erlaubt. Er fand während eines brutal-kalten Februars hoch oben an der kanadischen Grenze stand. Ein schwer erreichbarer Ort. Ein glatzköpfiger Richter mit Habichtnase, der keinen Zirkus zuließ. Mit dem Prozess lasse sich kein Pulitzer-Preis gewinnen, brummte er. Ja, die Öffentlichkeit hat ein Informations- aber kein Anwesenheitsrecht. Die Reporter – und damit die Fernsehzuschauer und Zeitungsleser – konnten dem Prozessfortgang nur schwer folgen. Bald schon verloren sie das Interesse an dem juristischen Verwirrspiel. Und genau das hatte Lawrence Cooperman zweifellos beabsichtigt.

Keine Tatwaffe. Keine Zeugen. Nur Julian Palmers Behauptung, Mr. Edwards hätte ihr den Mord an der Kellnerin gestanden. Offen gesagt bin ich überrascht, dass die Justizbehörden bei einer so mageren Beweislage überhaupt zur Anklageerhebung bereit sind. Weil politischer Druck ausgeübt wird? Weil wohl positionierte Feinde des Angeklagten auf einem Prozess beharren? Tun Sie dies nicht vorschnell ab. Es würde zumindest erklären, warum wir hier sind …

Gemäß der amerikanischen Rechtsprechung wurde der

Fall natürlich in verschiedene, voneinander getrennte Verfahren aufgegliedert, was ein abermaliges Verwässern, ein neuerliches Abschwächen der Tat in ihrer ungeheuerlichen Gesamtheit bewirkte. Das Hauptverfahren behandelte allein den Mord an der Kellnerin. Eines Morgens machte Julian innerhalb weniger Stunden ihre Aussage; einige Male wurde Einspruch erhoben; das war es. Dies war ihr einziger Beitrag zu dem eigentlichen Mordprozess gewesen.

In der Sache der angeblichen Ermordung des Sehers Wayne Hill sahen die Behörden von einer Anklageerhebung ab. Kein Beweis. Keine Leiche. Aber eine lange, gut dokumentierte Historie sprunghaften Verhaltens, plötzlichen selbst gewählten Einsiedlertums und sogar regelmäßigen Verschwindens des angeblich Ermordeten. Es gab nichts außer Julians Behauptung, dass Hill umgebracht worden sei, um den Mord an der Kellnerin zu vertuschen. Sie merkte schnell, dass die Behauptung – ohne jeglichen stützenden Beweis – ihre Glaubwürdigkeit schmälerte, selbst in den Augen der Staatsanwaltschaft.

Und der Vorwurf des versuchten Mordes an Julian Palmer? Keinerlei Beweise. Extrem vage Einzelheiten. Nacht. Ein Blizzard. Dichter Schneefall. Sichtweite gegen null. Und weil es eine Angelegenheit zwischen zwei Polizeibeamten war, zwischen Staatsdienern, vermittelte das Gericht in eigener Sache. Einer viel versprechenden jungen Polizeibeamtin solle, so der Richter, nicht die Karriere verbaut werden; ebenso wenig dürfe man grundlos den Ruf eines verdienten ehemaligen Polizeichefs beschädigen. In Ermangelung jedweden materiellen Beweises solle die Angelegenheit in einem außergerichtlichen Dienstaufsichtsverfahren geklärt werden. Die Rechtsbeistände beider Parteien – jede sah dies als Vorteil an – stimmten ohne zu zögern zu. Und so wurde aus der Sache eine interne Polizeiangelegenheit mit dem dafür typischen bürokratischen Gezerre. Hinter verschlossenen Türen wurden unzählige Dokumente präsentiert. Eine Schiedskommission wurde einberufen. Eine Anhörung folgte der nächsten. Eben ein Dienstaufsichtsverfahren. Eine bürokratische Schlammschlacht, ein undurchsichtiges Hin und Her.

Beide Versionen sind in gewisser Weise überzeugend, denn immerhin sitzen wir hier und unterziehen sie einer sorgsamen Überprüfung. Andererseits ist keine der beiden Versionen überzeugend genug. Denn – und hier gehe ich jede Wette ein – keine der beiden hat Sie, werte Kommissionsmitglieder, wirklich überzeugt.

Das alles war lange her. Ein anderer Ort. Ein abgeschlossener Lebensabschnitt. Einige der älteren Beamten hier wussten von der Sache, die meisten aber hatten keine Ahnung.

Mit den Jahren hatte sie sich an die Grautöne der Welt gewöhnt. An die Unzulänglichkeiten des Lebens, an das wogende Hin und Her, an die Gewissheit des Ungewissen. Sie akzeptierte es noch immer nicht. Aber zumindest war sie heute darauf vorbereitet.

Sie können ihn nicht für schuldig erklären. Selbst wenn Sie zu spüren glauben, dass er die Kellnerin umgebracht hat, können Sie ihn nicht für schuldig erklären. So sehr Sie es vielleicht möchten. Ganz gleich, wie unsympathisch Sie ihn finden mögen. Denn es existiert nicht der geringste Beweis gegen ihn.

»Sie sind ein Mörder«, rief sie ihm nun, in demselben sachlichen Tonfall, in dem sie alles Bisherige gesagt hatte, die unverrückbare Wahrheit ins Gedächtnis.

Und erst jetzt richtete er seine volle Aufmerksamkeit, seinen berühmten, altbekannten Blick auf sie. Und erst jetzt begann er zu sprechen – mit dieser tiefen, mürrisch-bösen Stimme, die sie seit fünf Jahren nicht mehr gehört hatte. »Aber kein verurteilter Mörder«, entgegnete er leise.

Und plötzlich das unverschämte, bösartige Lächeln …

Sie drückte den Knopf der Sprechanlage.

Mendoza und Ng standen schon in ihrem Büro, noch bevor sie zu Ende gesprochen hatte. Die Verwirrung in ihren Gesichtern war so deutlich erkennbar wie das Orange der Razzia-Jacken in einem schummrigen illegalen Nachtclub.

»Detective Mendoza, Detective Ng, das ist Winston ›der Bär‹ Edwards, der ehemalige Polizeichef von Canaanville, New York, bei dem ich vor fünf Jahren mein Praktikum gemacht habe.«

Ng lächelte breit, sichtlich erleichtert, bevor der Rest ihrer Erklärung ihn seiner vermeintlichen Geistesverwandschaft mit dem Mann beraubte.

»Er stach sechsundvierzig Mal auf eine Kellnerin ein und ermordete einen weiteren Menschen, um die Tat zu vertuschen. Und als ich auf der Flucht vor ihm von einem zwanzig Meter hohen Felsvorsprung stürzte, glaubte er, auch mich umgebracht zu haben …« Sie sah, wie sich der Schock auf ihren Gesichtern ausbreitete. Der hoch aufgeschossene Ng blickte ungläubig auf den gebrochenen alten Mann herab, der neben ihm auf dem Stuhl saß, während der drahtige, muskulöse Mendoza ihr ebenso ungläubig direkt in die Augen schaute. Sie wussten, dass sie nicht log. Sie machte keine Scherze. Deswegen war die Information für sie so schwer zu schlucken.

»Und weil er nicht weiß, was er anfangen soll, stattet er uns eben einen Besuch ab. Wie all das andere Strandgut auch, das bei uns angespült wird. Er weiß nicht, was er vorhat. Behauptet er wenigstens.«

Sie stand auf, ging zum Wandhaken, nahm ihren

schwarzen Mantel herunter und zog ihn an, nachdem sie zunächst, wie immer, das Holster mit ihrem Dienstrevolver angelegt hatte – ein notwendiges Accessoire, wie eine Handtasche, ein Portemonnaie oder ein Schlüsselbund.

»Ich will, dass er Tag und Nacht beschattet wird«, trug sie ihnen auf. »Ich will, dass man ihn auf Schritt und Tritt verfolgt. Ich will einen Posten im Flur seiner verlausten Absteige. Ich will, dass ihm jemand über die Schulter schaut, wenn er die Restaurantabfälle durchstöbert. Wenn er seinen Fusel säuft, will ich, dass jemand die Marke erkennt. Wenn er im Straßengraben einpennt, will ich, dass ihm jemand beim Schnarchen zuhört. Er sagt, er weiß nicht, was er vorhat. Aber wir werden es herausbekommen, denn wir werden ihn auf Schritt und Tritt verfolgen.«

Sie merkte, wie sehr die heftige kurze Ansprache ihre Gefühle aufgewühlt hatte. Sie waren erwacht, waren unter der stählernen Tür ihrer Professionalität herausgekrochen und sammelten sich nun zu einem reißenden Strom, über den sie keine Kontrolle mehr hatte…

Sie war genauso überrascht wie die übrigen Anwesenden in ihrem Büro, als sie plötzlich den schwarzen Lauf ihres Dienstrevolvers tief in Winston Edwards' Mund stecken sah; bevor ihr klar wurde, was sie tat; bevor Mendoza und Ng vor Überraschung und stummem Entsetzen die Augen aufrissen.

Nur Edwards schien nicht zu reagieren. Unter seinen bleichen, schweren Augenlidern schaute er nur träge zu ihr auf.

Es berührt Sie nicht, was?, dachte sie. Eine wertvolle Erkenntnis… merk dir das…

Natürlich verriet sie ihm damit, wie sehr sie die Vergangenheit noch immer berührte.

Sie zeigte ihm – aufs Neue –, welch tiefe Emotionen er in ihr auslöste.

Sie zog den Lauf aus seinem Mund.

Und war fast genauso überrascht wie zuvor, als sie sah, wie sie mit dem Lauf an seinem entzündeten Zahnfleisch entlangstrich und jeden einzelnen Zahn seines löchrigen gelben Gebisses inspizierte. Als würde sie Schlachtvieh begutachten.

»Er ist jetzt ein freier Mann«, sagte Julian in gespieltem, spöttischem Überschwang. »Er kann tun, was immer ihm beliebt.«

Sie stieß ihm den Revolverlauf grob unter das rechte Auge und zog mit einer ruckartigen Bewegung die schlaffe Haut herunter, bis das Auge unnatürlich weit offen stand.

Sie beugte sich über ihn und starrte aus kürzester Distanz auf seinen Augapfel, als wollte sie die genaue Form des Bösen erkunden, das sich darin verbarg. Eine Gesteinskundlerin, die einen eigenartigen braunen Klinker in seiner verkrusteten, aufgebrochenen Lagerstätte inspizierte.

Dann stieß sie ihm den Revolverlauf unterhalb des linken Auges ins Gesicht, zog die Haut mit einer gleichermaßen rüden Bewegung herunter und führte dieselbe augenärztliche Untersuchung durch.

Mendoza trat unbehaglich von einem Bein aufs andere. Sie hörte, wie Ng nervös die Luft einsog.

Als Nächstes drückte sie ihm den Lauf an sein rechtes Nasenloch. Hob den Nasenflügel grob nach außen. Verzog für einen Moment die ganze Nase zu einem comicartigen Zerrbild.

Sie tat dasselbe mit dem linken Nasenloch.

Mendoza und Ng standen wie gelähmt da.

Sie betrachtete Edwards auf dem klapprigen Holzstuhl.

Dann hob sie den Fuß und trat mit voller Wucht gegen das linke Stuhlbein. Dasselbe Stuhlbein, das schon seit Monaten zu brechen drohte, sobald sich jemand – übereifrige

Beamte, nervöse Sergeants, Ng und Mendoza – etwas zu stürmisch auf den Stuhl setzte.

Das Stuhlbein brach mit einem lauten Knacken, und die einhundertdreißig Kilo von Winston »der Bär« Edwards rutschten völlig unvorbereitet seitwärts von der Sitzfläche und fielen hilflos auf den Linoleumboden.

Das Geräusch des umstürzenden Stuhls war der einzig vernehmbare Laut in dem Raum. Edwards war mucksmäuschenstill. Kein unfreiwilliges Aufstöhnen, kein wüster Fluch, kein erstickter Laut der Überraschung, nichts. Nur einstudiertes, respektvolles, unterwürfiges Schweigen. Vielleicht sollte es stoisch und herausfordernd wirken. Vielleicht höhnisch. Vielleicht war es bloß lautlose Verblüffung.

Der auf dem Bauch liegende Mann hob langsam den riesigen, bärenartigen Kopf, verdrehte den Hals, bis er ihr eine braune Pupille präsentierte und vorsichtig zu ihr aufschaute.

Sie baute sich direkt über ihm auf, füllte mit dem unteren Teil ihres Mantels sein gesamtes Sichtfeld, um ihn einen Moment lang mit ihrer bloßen Präsenz einzuschüchtern.

»Willkommen in der großen Stadt«, sagte sie.

Sie zog das Holster zurecht, knöpfte ihren Mantel zu und nahm ihre Handtasche. »In *meiner* Stadt«, fügte sie hinzu. Eine vielleicht unnötige Unterstreichung.

Sie sah Mendoza und Ng an. »Ich muss zu einer Vernehmung am anderen Stadtende«, unterrichtete sie die beiden.

Sie stapfte aus dem Raum.

Etwas Besseres wollte ihr partout nicht einfallen.

Wenigstens würde mit ein bisschen Glück demnächst die neue Büroausstattung kommen.

2

Ein Streifenwagen brachte sie quer durch die Stadt. Sie kannte die Beamten. Troy, New York, war klein genug, um die einzelnen Beamten persönlich zu kennen. Julian war in die Einsatzzentrale hinuntergegangen und hatte sich eine Mitfahrgelegenheit besorgt. Sie wusste, dass es den beiden Männern gefiel, sie bei sich im Wagen zu haben. Es gab ihrer Herumfahrerei etwas Zielgerichtetes, einen Sinn. Troy war eine Stadt, die so groß war, dass sich in der Zentrale ständig Beamte aufhielten; und gleichzeitig war sie klein genug, um noch jeden Kollegen persönlich zu kennen. Dies war eines der vielen Dinge, die sie an Troy schätzte.

Nicht zu klein. Nicht zu groß. Nicht erdrückend. Nicht klaustrophobisch. Troys Bevölkerung bestand aus einem bunten Ethnien-Gemisch, das sich in den unterschiedlichsten Gesichtern und Gerüchen ausdrückte, in all den verschiedenen Geschäften und Festtagen und Restaurants jeder neuen Einwanderergruppe, die es hierher verschlug. Die unvermittelte körperliche Schönheit inmitten des bedrückenden Grau. Die Mischung aus Freude und Verdrossenheit. Aus lärmendem Überschwang und beschaulicher Stille. Dazu der erfrischende, unablässig vom Hudson heranwehende Wind.

Als ehemalige Industriestadt war Troy heute ein seiner Vergangenheit beraubter Ort, der identitätslos durch die Gegenwart driftete. Julian fand, dass sie eine Menge gemein hatte mit einer Stadt, die darum kämpfte, ihren Weg zu finden. Es war eine Stadt, über die es im Grunde genommen nur zu berichten gab, dass sie der Geburtsort von Sam Wilson war, einem ortsansässigen Eisenwarenhändler, der für das Uncle-Sam-Plakat der U.S. Army Modell gestanden hatte. Troy wants you. Troy will dich, dachte Julian lächelnd.

Albany und Schenectady waren Troys wohlhabendere Nachbarstädte.

Ihr neues Zuhause war ein Ort, der in erster Linie dafür bekannt war, unbekannt zu sein.

All das hatte sich ihr schnell offenbart, und es hatte die Wahl dieser Stadt gerechtfertigt, als sie – nicht durch eigenes Verschulden – nach einem Ort für einen Neuanfang hatte suchen müssen.

Es war eine überschaubare Stadt. Die beiden Beamten vor ihr kannten die Straßen in- und auswendig – die Treffpunkte, die Schlaglöcher, die Ladenbesitzer, die Weinbrüder, den Lebensrhythmus, die Sorgen der Menschen. Ihre Mitfahrerin im Fond tat dies ebenfalls, aber im Moment nahm diese Mitfahrerin all diese Dinge kaum wahr.

Im Moment war sie mit der Vergangenheit beschäftigt. Einer Vergangenheit, die aus heiterem Himmel über sie hereinbrach und ihr Innenleben durcheinander wirbelte – als würden ihr aus einer vergessenen Wandschrank-Ablage plötzlich die jahrelang gestapelten Kleider auf den Kopf fallen...

Edwards dort sitzen zu sehen, wie er mit seinen einhundertdreißig Kilo stummer Aggression den altersschwachen Stuhl in Beschlag nahm, wie er den Raum mit seiner unausgesprochenen, selbstgefälligen Drohung beherrschte, hatte mit einem Schlag die Erinnerungen zurückgebracht. In aller Klarheit und Schärfe. Trotz der bemerkenswert sauberen Heckscheibe des Streifenwagens und trotz des strahlend blauen Novemberhimmels jenseits der Scheibe nahm sie kaum etwas von ihrer Umgebung wahr.

Teile der Vergangenheit waren Verschlusssache. Eine Schutzmaßnahme der Justizbehörde, die übliche Praxis bei internen Polizeiverfahren. Edwards' – teure Anzüge und auffällige Goldringe tragender – Anwalt, Cooperman, und ihr unerfahrener, von der Justizbehörde gestellter Rechtsbeistand hatten zumindest in diesem Punkt eine Übereinkunft erzielen können. Ihre Karriere liegt noch vor ihr, Euer Gnaden, hatte ihr lammfrommer, völlig überforderter Repräsentant mit großen, um Verständnis heischenden Augen vorgebracht. Es geht genauso um seine Karriere, Euer Gnaden – sofort Coopermans Gegenforderung, wichtigtuerisch, aufbrausend, sein Bulldoggen-Beharren auf Gerechtigkeit und Ausgewogenheit zur Schau tragend. Damit nur das Allernötigste in die öffentlich zugänglichen Akten gelangte. Für den Fall, dass sich jemand irgendwann die Mühe machen wollte, die Geschichte aufzurollen…

Der Punkt war, dass es sich nicht bloß um einen Mörder handelte. Sondern um einen Mörder, der Polizist war. Allein dieser Umstand hätte eigentlich bewirken müssen, dass der Fall nicht gleich wieder aus den Schlagzeilen verschwand. Aber selbst die Aussicht, einen Polizeichef des Mordes zu überführen, war inmitten der aus aller Welt hereinprasselnden Nachrichtenflut nicht sensationell genug, um das Interesse der Öffentlichkeit dauerhaft aufrechtzuerhalten. Die Geschichte hatte nur einen geringen Stellenwert, fand kaum Beachtung zwischen all den Katastrophenmeldungen, die täglich über den Planeten hereinbrachen. Die Öffentlichkeit hatte die Angewohnheit, sich sogleich auf den nächsten Skandal zu stürzen, auf die nächste faszinierende Horrorstory. Ein mordender Polizist. Das genaue Gegenteil eines Polizistenmörders. Das entgegengesetzte Ende im düsteren Spektrum abnormer menschlicher Verhaltensweisen. Mordender Polizist und Polizistenmörder, zwei grundverschiedene Dinge und doch ein und dasselbe. Aber Winston Edwards war ja kein

Mörder, hieß es in den Akten. Ein Missverständnis. Keine Beweise. Wir bitten um Nachsicht. Was dazu führte, dass die Öffentlichkeit sich umso schneller dem nächsten Thema zuwandte...

Seither hatte sie sich gezwungen, sich auf die Gegenwart zu konzentrieren. Hatte sich als lebenserhaltende Maßnahme mit aller Kraft bemüht, die neue Stadt kennen zu lernen, sie zu studieren und zu verstehen, sich die mittlerweile vertrauten Straßenzüge einzuprägen, die Geschäfte, die alten Backsteingebäude, die neuen, lauten Wohnblocks. Ihre Mühe hatte sich ausgezahlt. Innerhalb der engen, selbst gesteckten Grenzen, in denen sie sich bewegte, war sie überaus erfolgreich gewesen – war erst Detective geworden, dann Detective-Sergeant und schließlich Lieutenant. Ihr schneller Aufstieg sagte vermutlich mehr über die Größe und die Bedürfnisse der örtlichen Polizei aus als über ihre wirklichen Fähigkeiten. Aber ihre Aufklärungsrate bei Mordfällen sprach für sich, bewies ihre Kompetenz ungeachtet aller Geschlechtsfragen. Es war ein Zahlenspiel – und sie hatte die richtigen Zahlen auf ihrer Seite.

Durch die Heckscheibe des Streifenwagens blickte sie jetzt auf ihre Stadt hinaus – als säße sie in einem winzigen, sturmumtosten Ruderboot und starre auf einen fernen Küstenstreifen.

Die Stadt war ihr Zuhause geworden. Sie lebte allein, aber genauso allein wie schon immer – sie war nicht einsamer als zuvor –, und wenigstens hatte sie den Ort selbst ausgewählt.

Troy war ihre Heimat.

Und wie bei dem altertümlichen Namensvetter – Troja – versuchte sich auch in Troy jemand unerlaubt Einlass zu verschaffen.

Mit welcher List, mit welcher Lüge versuchte Winston Edwards, Troy zu erobern? In welcher Art hölzernem Pferd verbarg er sich, um unerkannt in die Stadt einzudringen?

Nur sie wusste, wer er wirklich war. Wozu er im Stande war. Der Richter und die Geschworenen hatten keine Ahnung gehabt. Ebenso wenig die Kommissionsmitglieder. Die ganze Welt war völlig ahnungslos. Sie hoffte, dass Troys Einwohner die Wahrheit nicht am eigenen Leib würden erfahren müssen. Sie hoffte, dass sie es verhindern konnte. Aber im Moment wusste nur sie allein über ihn Bescheid, also war sie für ihn verantwortlich. Sie wusste, was er war. Sie wusste, dass er hier war. Das war mehr als genug.

Ihn beschatten zu lassen war alles, was sie im Moment tun konnte. Es war nicht viel, aber was hätte sie ansonsten tun können? Vor dem Gesetz hatte er nichts verbrochen. Sie könnte ihre Beziehungen spielen lassen und gegen ihn eine gerichtliche Distanzverwahrungs-Verfügung erwirken, aber das würde wenig bringen, und sein bisheriges Verhalten konnte ohnehin kaum als Belästigung gelten. Genau genommen hatte *sie* das Gesetz gebrochen, denn sie hatte – grundlos – das Stuhlbein zertreten und ihn zu Boden stürzen lassen.

Und sie war ihm mit dem Revolverlauf über das Gebiss gefahren. Hatte ihm den Lauf ins Gesicht gerammt. Als ihr bewusst wurde, was sie tat, hatte sie die Szene in Gedanken zu Ende geführt. Hatte ihren Gefühlen freien Lauf gelassen. Aber wie hatte die Waffe überhaupt in ihre Hand gelangen können? Für Ng und Mendoza, die in diesem Moment bestimmt über den Vorfall sprachen, musste es ausgesehen haben wie ein seit langem gehegter Rachewunsch. Wie blindwütiger Zorn, der nun endlich aus ihr herausbrach. Aber sie wusste, dass es kein Zorn war, sondern nackte Angst.

Was konnte sie tun? Sie konnte bloß weitermachen. Weitermachen mit dem Wissen, dass Winston Edwards aufgetaucht war und sicher wieder – so sicher wie die Finsternis bei Nacht – eine entscheidende Rolle in ihrem Leben spielen würde.

Sie streckte den Rücken, um es sich auf dem Rücksitz etwas bequemer zu machen, und sah im Rückspiegel die bewundernden Blicke ihrer beiden Kollegen. Wie alle Männer starrten auch sie auf ihre gottgegebene Figur, die ihr einiges an Spaß und deutlich mehr Ärger eingebracht hatte, als andere weibliche Polizeibeamte abbekamen.

Sie kurbelte das Seitenfenster herunter, um die Stadt hereinzulassen, um sich ihres Geruchs und ihrer Unterstützung zu versichern. Sie hielt ihr dichtes schwarzes Haar in den Fahrtwind. Kniff wegen des schneidenden Luftzugs die Augen zusammen, was ihre ohnehin leicht spitz zulaufenden Gesichtszüge weiter verengte. Gesichtszüge, die manchmal vor Lebendigkeit und Ausdrucksstärke zu explodieren schienen, nur um Augenblicke später wieder zu einer Kleopatra-Maske zu erstarren.

Irgendwo in sich spürte sie – der Gedanke hatte sich noch nicht manifestiert, das Gefühl war höchstens eine Spur klarer als der Gedanke –, dass dies womöglich die letzte Gelegenheit war, Edwards doch noch zu überführen.

Und ebenso undeutlich und vage spürte sie, dass sich auch ihm eine letzte Gelegenheit bot, nämlich die, sie endgültig zum Schweigen zu bringen.

Beim letzten Mal hatte er die Zügel in Händen gehalten. Sie war die Außenseiterin gewesen.

Dieses Mal war es umgekehrt.

Beim letzten Mal war es unentschieden ausgegangen.

Aber wenn es um Leben und Tod ging, war ein Unentschieden höchst selten.

Wenn es um Leben und Tod ging, wiederholte sich ein Unentschieden in der Regel nicht.

3

Es war ein perfekter Tag für eine Beerdigung.

Am trüben Himmel zogen dicke graue Novemberwolken vorüber, wie gigantische Luftballons eines Trauerzugs...

Julian, Ng und Mendoza standen mit gesenkten Köpfen im kühlen Nieselregen, Miniaturkameras in den ineinander geschobenen Händen haltend.

Es war lange her, seit sie das letzte Mal zur Beerdigung eines Mordopfers gekommen waren.

In der Regel fanden die Beerdigungen eine Woche nach dem Verbrechen statt, und normalerweise steckten sie zu dem Zeitpunkt schon tief in den Ermittlungen; Hinweise hatten sich angesammelt, wurden ausgewertet und führten unweigerlich zu weiteren Spuren, und es bestand kein Grund, die trauernden Familienangehörigen mit fremden Gesichtern, mit der enervierenden Präsenz von Polizisten zu belästigen.

Aber dieses Mal, im Ryan-Fall, war die Woche ohne einen einzigen Hinweis verstrichen. Nichts. Deswegen standen sie hier im Nieselregen und machten Francis Xerxes Ryan ihre Aufwartung.

Natürlich wurde Julian immer zu den Beerdigungen eingeladen – als neueste Freundin der Familie, als ihr neuester

Bekannter und als Chronist, und die Hinterbliebenen waren stets darum bemüht, ihre Normalität, ihre den Umständen angemessene Trauer zu demonstrieren; sie wollten dieser Expertin zeigen, dass die Tragödie im Grunde genommen nur ein Versehen gewesen war, eine schreckliche Laune des Schicksals. Doch Julian war klar geworden, dass die Leute in Wahrheit nur ihre Kunstfertigkeit im Verdrängen der Realität demonstrierten. Anfangs war sie – mitfühlend und selbst angemessen trauernd – zu den Beerdigungen gegangen, aber schon bald hatte sie – aus wachsender Abgestumpftheit oder weil sie ein tieferes Verständnis für die Familie entwickelt hatte – angefangen, Ausreden zu erfinden und dem Ereignis fernzubleiben. Meistens schob sie einen anderen Fall vor. Trotzdem, vielen Dank für die Einladung.

Und hier standen sie nun, Ng, Mendoza und Julian, alle ganz in Schwarz, die Häupter gesenkt, die Hände ineinander geschoben, jeder darum bemüht, die winzigen, identischen Kameras vor dem Nieselregen zu schützen.

Dies war der wahre Grund für ihr Kommen. Ein heimlicher Schnappschuss ins Blaue, der sie schon manches Mal auf eine heiße Spur geführt hatte. Es war ein letzter Versuch, einen Hinweis auf Frank Ryans Mörder zu bekommen.

Julian, einen Schritt vor ihren Kollegen stehend, wurde rechts und links von Mendoza und Ng flankiert. Die unbewusst angewöhnte Polizisten-Choreografie ihrer Rangabstufungen.

Natürlich stand Julian damit näher am heranfahrenden Leichenwagen, der vorsichtig zur Grabstelle zurücksetzte; näher an der offen stehenden Hecktür; näher am Sarg, der von stämmigen, rücksichtsvoll ihr Stöhnen verschluckenden Totengräbern herausgehoben wurde. Näher an den tränengefüllten Augen der Familienangehörigen, näher an ihrem bedrückenden Schweigen.

Die meisten Fotos hatten sie bereits geschossen, einem System folgend, das sie sich ausgedacht hatten, um von jedem Trauergast wenigstens eine oder zwei Aufnahmen zu bekommen. Ng war für das Fotografieren der Männer zuständig, Mendoza für die Frauen und Julian für die Kinder.

Dies gab Julian die meiste Zeit und Freiheit, ihre Umgebung zu beobachten, da Kinder sich bei Beerdigungen am stärksten fürchteten und es am wenigsten wahrscheinlich war, von ihnen einen unbewussten Hinweis zu erhalten.

Nachdem das Fotografieren erledigt war, waren sie nun mehr oder weniger normale Mitglieder der Trauergemeinde – obwohl sie natürlich weiter Ausschau hielten nach heimlichen Beobachtern im Hintergrund.

Das Hauptaugenmerk der Trauergäste galt den beiden gefährlich nah am Grabrand stehenden Töchtern, die von einem Onkel immer wieder einen Schritt zurückgezogen wurden, nur um Augenblicke später abermals an das Grab heranzutreten. Es waren wunderschöne Mädchen, vielleicht elf oder zwölf Jahre alt, vielleicht ein Jahr auseinander, vielleicht zwei. Es waren ihre trotzige Neugier, die plötzlichen Ausbrüche von Lebendigkeit und ihre verlegene Schönheit, die, wie Julian erkannte, die Trauergäste zu immer neuen Tränen rührten. Die beiden Mädchen waren der Sammelpunkt, in dem sich die Betroffenheit der Trauergäste fokussierte.

Natürlich hatte Julian weit mehr solcher Tragödien – und aus größerer Nähe – miterlebt als die übrigen Anwesenden. Dieser Umstand galt bei jeder Beerdigung. Ein berufsbedingtes Übel.

Aber dies hier war etwas anderes. Dies war mehr. Julian fühlte sich wie gelähmt. Die tragische Dimension des Ganzen umhüllte sie wie der feuchte Morgendunst, ließ lange verdrängte Erinnerungen erwachen. Denn diese beiden Mädchen – diese Schwestern – mussten mit ansehen, wie ihr ermordeter Vater beerdigt wurde. Julian und ihre jüngere Schwester hatten im gleichen Alter ebenfalls mit ansehen müssen, wie ihr ermordeter Vater beerdigt wurde.

Sicher, sie stand nicht so dicht am Grab wie damals. Es war fünfundzwanzig Jahre her und hatte tausend Meilen entfernt stattgefunden. Und doch war es, was die entscheidenden Punkte betraf, die gleiche Beerdigung. Es war das ständige Ans-Grab-Herantreten der Mädchen, ihre Neugier, ihre trotz der sie umgebenden Trauer nicht zu unterdrückende Lebendigkeit, die so herzzerreißend war. Was bei Erwachsenen mit analytischer Distanz als unbewusstes Verdrängen bezeichnet wurde, war bei elf- oder zwölfjährigen Kindern schlicht ein Empfinden von Unwirklichkeit – das völlige Unvermögen, die Realität zu erfassen und ein Empfinden für die Situation zu entwickeln. Über die ausdruckslosen Gesichter der Mädchen flossen keine Tränen. Aber in ihnen spiegelte sich ein verändertes Universum wider, in dem Tränen eine zu simple, eine zu schlichte Reaktion gewesen wären. Lange nicht gesehene Onkel und Tanten, dazu völlig fremde Menschen, die schweigend um ein Loch im Boden stehen; dein Vater liegt in einer Holzkiste und wird in den Dreck heruntergelassen.

Julian konzentrierte sich hauptsächlich auf die ältere Schwester. Ihr kurzes schwarzes Haar, ihr Pagenschnitt, ihre umherwandernden, suchenden braunen Augen. Augen, deren natürliche, ihnen angeborene Neugierde ihre gleichermaßen angeborene Schüchternheit zu besiegen schien. Es sah aus wie ein fortwährender Kampf zwischen Neugier und Befangenheit, die Art wie ihr blinzelnder Blick zwischen den Trauergästen umhersprang, wie sie einen Moment lang die Robe des Pfarrers betrachtete, dann das Aussehen und Auftreten des Bestattungspersonals taxierte. Sie tat es nicht, um über die Arbeit der Leute zu urteilen, sondern um zuzuschauen, was sie taten, um zu verstehen, was sie sprachen. Es war zweifellos ihre erste Beerdigung, und Julian hoffte, dass es für lange Zeit die letzte bleiben würde.

Es wäre noch schlimmer, dachte Julian, wenn eines der Mädchen ermordet worden wäre. Aber nur ein Cop konnte auf einen solchen Gedanken kommen, wurde ihr bewusst. Nur einem Cop gelang es, ein Ereignis wie dieses als weniger-schlimm-als-möglich zu empfinden.

Aber obwohl sie so viel an ihre Vergangenheit dachte, verrichtete Julian dennoch pflichtbewusst ihren Dienst. Deswegen fielen ihr bei den Mädchen die beiden neuen, identischen blauen Mäntel auf, die ihnen offenbar eigens für diesen Anlass gekauft worden waren. Und selbstverständlich hatte sie auch die Fahrzeuge der Trauergäste fotografiert – einige waren schicke, deutsche, andere reparaturanfällige japanische Modelle. Die Fahrzeuge zu kennen half ihr, ein Gespür für den sozioökonomischen Status der Ryans zu bekommen, um einschätzen zu können, welche Stellung sie in der Gesellschaft einnahmen. Was nicht notwendigerweise wichtig war, aber womöglich nicht unwichtig.

In nomine Patris, et Filii, et Spiritus Sanctus…

Die Aussprache des Pfarrers wechselte zwischen nuschelndem Gemurmel und andächtiger Überdeutlichkeit, zwischen beidem unvorhersehbar hin und her springend. Die Trauergäste spürten inzwischen den stärker werdenden Wind, der ihre Schals flattern ließ und ihre Haare zerzauste. Wie ein Trauernder selbst, brachte der Wind sein Wimmern und Heulen über die kleine Versammlung, als wäre es eine Botschaft aus dem Jenseits.

Pater noster, qui est in coeli … Vater unser, der du bist im Himmel. Als Lieutenant in einer großen nordamerikanischen Stadt besaß Julian ein erschreckend umfangreiches Wissen über die Bestattungszeremonien aller großen Glaubensrichtungen und auch über die einiger kleinerer; damit wusste sie weit mehr als die meisten Geistlichen, da diese sich üblicherweise zu spezialisieren pflegten. Bestattungen auf Arabisch, mit indianischen Gesängen, auf Hebräisch, auf Hindi und Suaheli. All das kannte sie zur Genüge.

Schließlich bat der Pfarrer die Trauergäste, am Sarg entlang zu schreiten, bevor dieser in den Boden hinabgesenkt werden würde. Für Julian, Ng und Mendoza war es eine gute Gelegenheit, eine letzte systematische Prüfung der Vollständigkeit ihres gesammelten Bildmaterials vorzunehmen. *Den hab ich, die hab ich, den hab ich* …

Die Trauergäste zogen nacheinander am Sarg vorüber, die beiden Schwestern direkt hinter ihrem Onkel; jede legte eine Rose auf den Sargdeckel, so wie sie es ihn hatten tun sehen. Sie versuchten, seinem Beispiel so genau wie möglich zu folgen, und das jüngere Mädchen zuckte erschrocken zusammen, als seine Rose nicht auf dem gewölbten Sargdeckel liegen blieb, sondern ins Grab hinunterfiel. Die Mutter lächelte verzeihend. Das war alles, was Julian von der trauernden Witwe sehen musste, um zu wissen, was für eine Mutter sie war und dass die beiden Schwestern irgendwie über den Tod ihres Vaters hinwegkommen würden …

Die Trauergäste schritten nacheinander am Sarg vorüber. In strenger Katholiken-Manier blieb jeder einen Moment lang pflichtbewusst stehen und nahm persönlich Abschied von dem Toten.

Als der Letzte vorbeigegangen und der Blick auf den Sarg wieder frei war, fiel Julian die eigenartige Blume auf, die ganz oben auf dem traurigen, einsamen Haufen lag. Julian hatte eine solche Blume noch nie gesehen – die Blüten waren purpurn und olivfarben, hatten scharlachrote Farbtupfer, zartgeschwungene schneeweiße Linien und – im scharfen Kontrast dazu – tiefschwarze Ränder. Die extrem leuchtenden Farben wirkten fast neonartig, beinahe außerirdisch; es war, gelinde gesagt, eine äußerst exotische Blume für eine Beerdigung...

Auf das Zeichen des Geistlichen traten die Totengräber vor, packten die Sargseile und zogen die stützenden Holzbretter über dem offenen Grab weg.

Und während der große schwarze Sarg knarrend aber gleichmäßig in die Grube herabgesenkt wurde, fiel Julian, einer plötzlichen Eingebung folgend, ihre Miniaturkamera ein. Sie trat einen Schritt vor und machte unauffällig ein Foto von der ungewöhnlichen Blume, das letzte Bild auf dem Film.

Mit einem dumpfen Knall landete eine Schaufelladung feuchte, lehmige Erde auf dem Sarg, dann eine zweite.

Danach wurden die Sargseile eingeholt. Die Maschinerie des Lebens setzte sich wieder in Gang...

Weitere Erde prasselte auf den Sarg: zuerst war es Teil der Zeremonie gewesen, nun aber wurde es ernst...

Das klagende Wimmern der Witwe schwoll an. Auch hier wurde es ernst.

In nomine Patris, et Filii, et Spiritus Sanctus...

Julian sah zu, wie allmählich der gesamte Sarg mit Erde bedeckt wurde. Aber sie dachte nur noch an das letzte Foto auf dem Film.

4

Sein rechter Fußknöchel schmerzte bei jedem Schritt. Sein linkes Knie knickte ständig ohne Vorwarnung ein. Wenn er lief, sich setzte, aufstand oder sich auf bestimmte Weise umdrehte, fuhr ein unerträgliches Stechen durch seine linke Körperhälfte. Seine rechte Hand zu öffnen und zu schließen war ein peinigender, schwieriger Vorgang. Sein Husten klang tuberkulös, ein chronischer Suppenküchen-, Auf-der-Straße-Schlafen- und ins Krankenhaus-Rennen-Husten, ein Todesrasseln, das seinen ganzen riesigen Körper erschaudern ließ. Der Husten klang wie das Getrampel seiner heranstampfenden Sterblichkeit, wie eine zersprungene Posaune, die den Anfang vom Ende verkündete.

Es war ein Körper, dessen Pflege er vor langer Zeit aufgegeben hatte, und nun gab sein Körper ihn auf. Er war immer kerngesund gewesen, hatte sich nie krankgemeldet, hatte immer über enorme Widerstandskräfte und immense Energiereserven verfügt, und jetzt war alles verbraucht. Ein für alle Mal.

In seinem Kopf spürte er ein fortwährendes Pochen, das seinen Tagen ihren Rhythmus gab. Der stimmgewaltige Chor seiner Qualen – hier singt dieser Schmerz eine Arie, jetzt jener, dann wieder ein völlig anderer – war ein ständiger Begleiter, der unterschwellig sein gesamtes Wesen aushöhlte. Er kniff vor Schmerz buchstäblich die Augen zusammen, um durch ihn hindurchschauen zu können, um nicht vollends geblendet zu werden vom grellen Weiß seiner Pein, um sich weiterhin gegen ihre dicke Mauer und ihren heulenden Wind stemmen zu können. Alkohol dämpfte die Schmerzen bloß, brachte etwas Vergessen, aber keine wirkliche Linderung. Der Schmerz war jetzt in ihm, war in seine Knochen und sein Wesen eingesickert, war ein Teil von ihm geworden, gehörte zu ihm wie seine Organe und seine Haut.

Er saß am Tresen der hell erleuchteten Bar und trank seinen vierten Whiskey. Er hatte instinktiv hierher gefunden. Man erspürte sich den Weg zu diesen Bars, hatte er entdeckt. Es war eine bestimmte Art von Bar. Hell erleuchtet, als sollte klargestellt werden, dass man hier nichts vorgespielt bekam – es gab kein thematisches Leitmotiv, keine umsatzfördernden Kinkerlitzchen. Es war die Art von Bar, in der es nur um eines ging, ums Trinken. Wenn man einmal Teil der Trinker-Szene war, wusste man, wo sich diese Etablissements verbargen; man fand dorthin, als wäre der Weg ausgeschildert. Als er noch arbeitete, hatte er ständig in dieser Subkultur zu tun gehabt. Nun war er Teil von ihr, und sie war aufrichtig in ihrer Rauheit, war nicht so verflochten, explosiv und undurchschaubar wie die Drogen- oder die Syndikatsszene. Sie war unverhohlen düster, geradeheraus abstoßend. So offen und schlicht, dass es betäubend war. Auch das gefiel ihm. Betäubung konnte er gut gebrauchen. Er stellte das Whiskey-Glas ab und schaute mit ausdrucksloser, desinteressierter Miene auf den kleinen Tisch hinter ihm, zu dem Zivilbeamten, der die ihm zugewiesene Schicht verrichtete. Der Mann schaute ebenso ausdruckslos und desinteressiert zurück, ganz wie der emotionslose Automat, der er sein sollte. Es war wie als Kind seinen Schatten zu betrachten, dachte er. Wie er mitwandert, wenn man sich bewegt, wie er kürzer oder länger wird, dunkler oder heller. Der Mann hatte ein Taschenbuch dabei, dessen Titel hinter einem leeren Papierumschlag verborgen war, um keine Einschätzung, kein Urteil über ihn zuzulassen, selbst wenn es nur auf seinem literarischen Geschmack basierte.

Der Mann hatte sich gut vorbereitet, wie die anderen Männer vor ihm auch. Edwards wandte sich wieder zum Tresen um. Sie schienen allesamt gut vorbereitet zu sein. Er nahm an, dass Julian etwas damit zu tun hatte.

Das Gefängnis hatte ihn Geduld gelehrt. Fünf Jahre Gefängnis hatten ihm das Zeitempfinden eines Häftlings eingeimpft, das dem eines buddhistischen Mönchs oder eines Hindu-Yogis ähnlicher war, als man annehmen mochte. Fünf Jahre Ungewissheit, fünf Jahre, in denen das eigene Schicksal nicht in den eigenen Händen lag, vermittelten einem eine Sichtweise auf das Leben, die sich grundlegend von der unterschied, die man vor seiner Haft gehabt hatte. Man erlernte die Fähigkeit, buchstäblich ein Leben lang warten und nötigenfalls im Bruchteil einer Sekunde reagieren zu können. In diesem Sinne war der schäbigste Penner, der dümmste, nach der Grundschule abgegangene Herumtreiber ein Zen-Meister...

Sein Alter, die schlimmen, rachsüchtigen Prügel, die er während seiner Inhaftierung regelmäßig hatte einstecken müssen, die zunächst vorenthaltene, dann nur widerwillig gewährte medizinische Versorgung: Das Zusammenkommen dieser drei Faktoren hatte den Nährboden gebildet, auf dem seine heutigen chronischen Schmerzen gediehen waren. Er wusste, dass sie ihn gefährlich machten. Die ständigen Schmerzen nahmen ihm die Angst vor ihnen, Schmerz als Gefährte ließ Schmerz als Abschreckung ausscheiden. Es verlieh ihm das Potenzial und die Sichtweise eines Schwerverbrechers.

Während seiner gesamten Berufslaufbahn hatte er immer wieder demonstriert, dass er ein ausgezeichnetes – ungewöhnlich tief gehendes – Verständnis für den kriminellen Geist besaß. Man hatte ihm dafür jedes Mal überschwängliche Komplimente gemacht, als wäre es eine akademische

Übung, ein intellektueller Sieg gewesen. *Bemerkenswert, dass Sie wussten, dass er sich im Turm versteckt. Beeindruckend, dass Sie wussten, dass sie zuerst auf ihren Ehemann schießen würde.*

Er hatte die Komplimente als übertrieben abgetan und erkannt, dass mehr hinter seiner Fähigkeit steckte, als es nach außen hin schien. Inzwischen war seine innere Verbindung zum Verbrechen unauslöschlich in ihm verankert. Vor Gericht hatten sie ihm nichts beweisen können, aber für die, die ihn wirklich kannten, bestand kein Zweifel an seinen krankhaften Neigungen.

Noch immer schrak er am ganzen Leib zitternd in einem Treppenaufgang, vom Bordstein oder vom Boden einer Ausnüchterungszelle auf, verstört von der Vision ihres glänzenden schwarzen Haars und ihrer anmutigen Gesichtszüge, die ihn immer an eine Kleopatra-Maske denken ließen. Noch immer schrak er zitternd auf, sei es aus einem quälenden Albtraum oder aus einem kurzen, wenn er Glück hatte, traumlosen Halbschlaf. Wenn dies geschah, empfand er nicht den üblichen Schmerz, der ihn fortwährend zermürbte. Es war ein anderer Schmerz. Ein Schmerz, der seine dunkelsten Phantasien intensivierte. Ein Schmerz wie eine lodernde Feuerglut, in deren Zentrum ihr Antlitz erstrahlte.

Er war ohne bestimmte Absichten hergekommen. Ohne Plan. Nur ziellose Bewegung. Ein zielloses Fortführen der ziellosen Angelegenheit, zu der sein Leben verkommen war. Ihre Reaktion auf ihn – der Revolverlauf in seinem Gesicht, der wütende Tritt, der kühle Linoleumboden – hatte ihm nichts ausgemacht. Zumindest hatte sie ihm mehr Anteilnahme entgegengebracht, als ihm nach den Prügelorgien im Gefängnis zuteil geworden war.

Ein hoch dekorierter, legendärer ehemaliger Polizeichef.

Eines bestialischen Mordes beschuldigt. Knastvogel. Abgestumpfter Obdachloser. Ein Hort des Schmerzes, der Reue, der Resignation, des Bedauerns, des Zorns, der Verzweiflung. Dazu ein Repertoire aus tausend Täuschungsmanövern, tausend Verwerflichkeiten.

Früher ein strahlender Held, heute ein noch einmal davongekommener Mörder; Gott und Teufel. Aus ihm war eine eigenartige Kreatur geworden. Eine Kreatur, der an ihrem Schicksal nichts lag, die nichts zu gewinnen und nichts zu verlieren hatte. Es war eine seltsame, vor sich hin brütende, gefährliche Kreatur, die in dieser hell erleuchteten Bar saß, und niemand wusste das besser als er selbst. Er spülte den restlichen Whiskey hinunter, dann den nächsten, und nach einer Stunde lag sein Kopf auf dem Tresen. Seine Augen waren geschlossen, sein Mund stand offen, sein Atem kam schwer, tief und rasselnd.

Der Barkeeper trat heran und beugte sich über ihn. »Hör zu, Kumpel, das ist kein Hotel.«

Edwards Kopf verharrte auf dem Tresen.

»Komm schon, Mann«, sagte der Barkeeper, eine Spur drängender.

Edwards rührte sich nicht.

Der Barkeeper schaute zu dem Mann hinüber, der jenseits des Tresens an einem der Tische saß und in seinem Taschenbuch las.

Der Holzstuhl des Mannes schabte knarzend über den Boden. Der Mann stand auf, ging zum Tresen und beugte sich ebenfalls über Edwards. Für einige Augenblicke trat Stille ein, während die beiden die aufgedunsene, halb auf dem Tresen liegende Gestalt musterten und ihren mühevollen, rasselnden Atemzügen lauschten, als würde der träge Rhythmus sie einschläfern. »Er kann hier nicht bleiben«, stellte der Barkeeper schließlich fest und wandte sich mit einem Kümmern-Sie-sich-darum-Blick ab, dem Zivilbeamten signalisierend, dass er für den Betrunkenen zuständig sei.

Der sommersprossige, rothaarige Polizist, ein kleiner dicker Mann, der sich jedes Mal auf das Ende seiner Schicht freute, betrachtete den unglaublichen Leibesumfang der Gestalt. Seine Ablösung kam erst in einer Stunde. »Ahhh, verdammt«, brummte er. Die Gestalt am Tresen atmete geräuschvoll. Atemzüge eines Tieres. »Mist«, bekräftigte der Mann seine Verärgerung.

Er ging in den rückwärtigen Teil der Bar, bog um eine Ecke und trat an das Wandtelefon im winzigen, düsteren Vorraum der Herrentoilette. Um in der Dunkelheit die altertümliche schwarze Wählscheibe mit den halb abgeriebenen Ziffern erkennen zu können, musste er sich vorbeugen und dicht an den Apparat herantreten.

Er begann, die Nummer des Reviers zu wählen, und lauschte dem Geräusch der Wählscheibe, die sich nach jeder gewählten Ziffer ratternd in ihre Ausgangsposition zurückdrehte.

Als er die vierte oder fünfte Ziffer wählte, begriff der Mann. Er verspürte ein Stechen in der Magengrube.

Er knallte den Hörer gerade noch rechtzeitig auf die Gabel, um das »Hey!« des Barkeepers zu hören. Es klang schwach, erschrocken und hilflos. »Hey!«

Der Zivilbeamte kam um die Ecke geschossen, blickte hektisch aus dem Fenster, rannte zur Tür, aber es war zu spät.

Seiner Kopf-auf-dem-Tresen-Vorstellung zum Trotz war Winston »der Bär« Edwards die ganze Zeit über hellwach gewesen und hatte nur auf die richtige Gelegenheit gewartet, um wie ein gefangenes Tier aus seinem offenen Käfig zu fliehen.

5

Julian stand am Fenster ihres kleinen Einzimmerapartments und blickte auf die hell erleuchteten Straßen der Stadt unter ihr. Sie stand häufig so lange hier und starrte gedankenverloren hinaus, dass Minuten zu Stunden wurden und sie jegliches Zeitgefühl verlor.

Sie hatte die erste Wohnung genommen, die sie sich angesehen hatte, und hatte vorgehabt, sie mit freundlichen Möbeln einzurichten. Aber das große Fenster schien sie fortwährend daran zu erinnern, dass sich das wahre Leben draußen abspielte und hier drin nur sein trauriger Schatten war. Das kärgliche Resultat ihres Vorsatzes waren zwei unterschiedliche, unbequeme Stühle, ein Eckschreibtisch und ein Doppelbett, alles an einem einzigen Vormittag gedankenlos aus zweiter Hand zusammengekauft.

Sie schaute immer im Stehen aus dem Fenster, zog sich nie einen Stuhl heran, um es sich etwas bequemer zu machen, und obwohl sie sich zunehmend dagegen wehrte, verbrachte sie ganze Abende damit, gedankenverloren nach draußen zu starren. Aber nicht heute. Heute Abend lagen die Dinge anders.

Sie schaute nach unten und sah direkt vor dem Eingang des Gebäudes Ng auf dem Beifahrersitz eines nicht gekennzeichneten Fahrzeugs sitzen. Er winkte zu ihr hoch, seine Wachsamkeit demonstrierend.

Er war ihnen entwischt, während sie, Mendoza und Ng bei der Beerdigung waren. Hatte sich einfach aus dem Staub gemacht und war in ihrer nicht sonderlich großen Stadt, über die sie so aufmerksam wachten und die sie so gut zu kennen glaubten, seither nirgends gesehen worden.

Aber er war inzwischen ein alter Mann. Er würde ihr heute Abend keinen ungebetenen Besuch abstatten, glaubte sie zu wissen. Dazu war er zu klug. Dachte zu komplex. Sie wusste nicht, wo er war oder was er vorhatte, aber zumindest spürte sie, dass er nicht an ihrer Wohnungstür auftauchen würde. Sie wohnte im vierten Stock, war bewaffnet und wachsam. Ng und sein Kollege waren bewaffnet und wachsam. Sie war sich sicher, dass Winston Edwards nicht herkommen würde.

Sie hegte keinerlei Befürchtungen, dass er in der Nacht bei ihr eindringen würde.

Ihre Befürchtungen gingen weit darüber hinaus.

Obwohl sie ihn gut genug kannte, um zu wissen, dass er nicht bei ihr auftauchen würde, fürchtete sie sich, denn sie hatte nicht die leiseste Ahnung, warum er hier war oder was er im Schilde führte.

Die Vergangenheit, sinnierte sie, setzte zu einer neuen Offensive an, einer hinterhältigen Attacke, und schnitt ihr jeden Fluchtweg in die Gegenwart oder Zukunft ab. Indem sie aus heiterem Himmel Winston Edwards auftauchen ließ. Indem sie ihr bei einer Beerdigung zwei bildschöne junge Schwestern präsentierte, deren Vater ermordet worden war. Die Vergangenheit im Gewand abgrundtiefer Hässlichkeit und trauriger Schönheit.

Sie wühlte sich durch die zahllosen Papiere auf ihrem unaufgeräumten Eckschreibtisch, fand schließlich den Zettel mit der Telefonnummer und wählte sie nach kurzem Zögern. Während am anderen Ende der Leitung das Telefon klingelte, lauschte sie ihren tiefen, bangen Atemzügen, die durch die Stille im Apartment noch lauter schienen.

»Hallo?«, meldete sich am anderen Ende eine Stimme, die so vertraut war wie Kindersocken, Schokoeis und Fahrräder mit Bananensätteln und doch aus einem völlig anderen Leben zu stammen schien …

»Steph?«, fragte sie etwas verlegen, als spähe sie über den Rand eines hübschen weißen Gartenzauns …

»Julian? Mein Gott, was für eine Überraschung!«

Julian war immer wieder aufs Neue erstaunt, den breiten, provinziellen Südstaatenakzent zu hören. Julian hatte ihren völlig abgelegt, ihre jüngere Schwester, Stephanie, hingegen klang noch genau wie früher.

»Ist schon eine Weile her«, sagte Julian und hoffte, nicht vorwurfsvoll zu klingen.

»Stimmt, ziemlich lange, Jules …«

»Wie geht's den Kindern?«

»Sie wachsen und wachsen und wachsen … Robert ist mittlerweile neun, Sarah sieben.«

»Und wie geht es Paul?«

»Prima. Und wie geht es *dir*? Wann haben wir das letzte Mal miteinander geredet … mein Gott … im Frühling!« Ihre Unschuld. Ihre Direktheit und Geradlinigkeit. Julian mochte die Art ihrer Schwester, konnte sich aber nur schwer in sie hineinversetzen.

Julian schien es, als dienten die von ihnen eingeschlagenen Lebenswege allein dem Zweck, die Vergangenheit zu vergessen. Jede versuchte die Vergangenheit auf ihre eigene, ganz individuelle Weise zu bewältigen. Julian indem sie sich in ihre Arbeit vergrub und Karriere machte, Stephanie mit ihrem Dasein als zweifache Mutter in einer braven, gesichtslosen, typisch amerikanischen Vorstadt. Julian wusste, dass Stephanie ihr Leben im Grunde langweilig fand, aber ihre Schwester hatte sich eben für eine perfekte Familienidylle entschieden, für konventionelle Wünsche und Träume, obwohl ihr klar war, dass diese Dinge letztlich nur eine Ablenkung waren.

Sie mochte es anders bezeichnen, aber es war ihre Art und Weise, der Vergangenheit zu entfliehen. »Also, was gibt's?«, fragte Stephanie fröhlich.

»Ich wollte einfach nur mal anrufen«, log Julian.

»Komm schon, Jules, du rufst doch nicht nur zum Spaß an. Wir beide wissen das.«

»Ich war heute auf einer Beerdigung«, sagte Julian und verstummte einen Moment lang. Sie hörte, wie auch am anderen Ende der Leitung Stille eintrat. Julian konnte den plötzlichen Argwohn ihrer Schwester förmlich spüren, ihr Unbehagen, ihre Vorsicht. Am liebsten hätte sie nichts weiter hören wollen, aber als Schwester war sie dazu verpflichtet. »Ja?«, fragte Stephanie. So gemessen und vorsichtig, wie eine einzelne Silbe nur klingen konnte...

»Am Grab standen zwei junge Schwestern«, sagte Julian. »Die größere war vielleicht ein Jahr älter.« Sie machte erneut eine Pause, bevor sie es ihr sagte. »Ihr Vater wurde umgebracht...«

»Jules«, sagte ihre Schwester und klang plötzlich verärgert. »Bitte... Vergiss das alles doch endlich.«

Wieder trat Stille ein. Julian sagte nichts, verteidigte sich nicht, denn sie wusste, dass ihre Schwester Recht hatte. Und ebenso wusste sie, dass ihr nie gelingen würde, was ihre Schwester ihr riet.

»Mein Gott«, sagte Stephanie. In ihrer Stimme schwang Resignation mit; sie klang jetzt sanfter und mitfühlender, weil sie wusste, dass Julian nie darüber hinwegkommen würde, dass sie dazu nicht im Stande war.

»Es waren hübsche Mädchen«, fuhr Julian fort. »Sie trugen dunkelblaue Mäntel. Ihre Mutter hat sie ihnen eigens für den Anlass gekauft.«

»Du solltest nicht mehr zu Beerdigungen gehen«, sagte Stephanie.

»Ich stand am Grab, und plötzlich war alles wieder da«, erzählte Julian ihrer Schwester, unfähig, es für sich zu behalten. »Nicht als wäre es gestern geschehen, sondern heute, gerade eben...«

»Julian, Julian...«

Im Hintergrund konnte Julian Stephanies Kinder hören – ihr Lachen, die plötzlichen Ausbrüche manischer Aktivität, kindlichen Ärgers, ungetrübter schreiender Fröhlichkeit. Sie lächelte traurig. Mit dem Zeigefinger ihrer freien Hand wischte sie sich die Tränen aus dem Gesicht.

Ihr Blick wanderte durch ihr Apartment. So klein, totenstill.

»Du kannst die Vergangenheit nicht ändern. Wann wirst du das endlich verstehen?«, wiederholte Stephanie zum tausendsten Mal, als würde es Julian vielleicht doch noch zur Besinnung bringen. »Versuch es zu vergessen.«

»Ich kann nicht«, stellte sie nüchtern fest.

»Du musst. Du musst einfach. Du kannst doch nicht ewig in... Ich weiß nicht... im Niemandsland leben.«

Das war es. Ein düsteres, unwirkliches, schemenhaftes Niemandsland. Ein Ort der Geister und Echos, ein Ort, an dem die Vergangenheit unerledigt blieb. Irgendwie war es Edwards-Land, dachte Julian beiläufig...

»Jules...«

»Ja?«

»Du solltest dich mal wieder bei Mutter melden.«

»Oh, du versuchst mich von meinen morbiden Gedanken mit einem noch morbideren abzulenken, was?«

»Julian.«

»Was soll es bringen, wenn ich sie anrufe?«, seufzte Julian. Sie wollte nicht, dass das Gespräch diese Richtung nahm.

»Weil du... einfach musst, das ist alles.«

»Es wird immer schlimmer mit ihr«, sagte Julian. »Sie weiß schon nicht mehr, wer wir sind. Nichts an ihrem Verhalten lässt darauf schließen, dass sie uns noch erkennt.«

»Das spielt keine Rolle«, sagte Stephanie.

»Woher willst du überhaupt wissen, dass ich sie in letzter Zeit *nicht* angerufen habe?«, fragte Julian.

»Weil ich dich kenne.« Sie konnte Stephanies Lächeln spüren. »Ruf sie an«, drängte ihre jüngere Schwester sanft. Der Lärm hinter Stephanie wurde lauter. Die Kinder brüllten wild durch die Gegend. »Ich muss Schluss machen«, sagte Stephanie, »wie du sicherlich hören kannst. Wir reden ein anderes Mal weiter, okay?«

»Ja, okay.«

Julian legte auf.

Sie versuchte, das letzte Gesprächsthema zu verdrängen, und wusste, dass es ihr gelingen würde. Denn sie hatte es fast schon vergessen.

Aber sie versuchte gar nicht erst, das Bild der beiden jungen Schwestern am Grab ihres ermordeten Vaters zu verdrängen, weil sie wusste, dass es ihr ohnehin nicht gelingen würde.

6

Die Deckengewölbe im großen Lesesaal der öffentlichen Bibliothek strebten mit andächtiger Erhabenheit in die Höhe, als würden sie einem himmlischen Versprechen des Wissens folgen, als wollten sie für alle Zeiten der von draußen gegen das Gebäude anstürmenden Kälte, dem Regen und Eis und Schnee trotzen und bis in alle Ewigkeit die egozentrischen, postmodernen Architektur-Beamten der städtischen Baubehörde ignorieren, die den Saal seit langem umzubauen gedachten.

Der immense, feierliche Nachhall der Schritte auf dem abgetretenen Steinfußboden schien von allumfassender Bildung und Gelehrtheit zu künden; ob dies tatsächlich der Fall war, lag ganz an der jeweiligen Person, die den weitläufigen Saal durchmaß. Am Nordende standen Tischreihen mit großen, würfelförmigen Kästen, jeder ein Computer-Terminal, mit dem man Mikrofilm-Dokumente abrufen und sich in das digitale Universum des Internets einklinken konnte.

Eine öffentliche Bibliothek war natürlich oft Zufluchtsstätte für betrunkene, exzentrische Obdachlose; hier war es warm und sicher, ein öffentlicher Ort, von dem sie nicht vertrieben werden konnten, es sei denn aus gutem Grund; sie nutzten die Bibliothek wie eine Kirche, und die weniger abgehalfterten und derangierten von ihnen kamen allmorgendlich hierher, um gratis die Tageszeitung zu lesen oder es sich mit einem guten Buch gemütlich zu machen. Die Bibliotheksangestellten akzeptierten diese Leute als schwierigsten, aber buntesten Teil ihrer Klientel.

Und selbst mit der unvermeidlichen Alkoholfahne durfte sich jeder dieser bemitleidenswerten Menschen, wenn er höflich und leise war und sich weiterbilden wollte, an einen der Computer setzen, denn ein Obdachloser war ein menschliches Wesen wie jedes andere, das sich – abgesehen von seiner erkennbaren Notlage – grundsätzlich nicht von anderen Bibliotheksbesuchern unterschied.

So begab es sich, dass Winston Edwards vor einem dieser weißen Kästen saß und konzentriert auf den Bildschirm schaute, für den Augenblick nicht an seine verschiedenen Schmerzen denkend.

Sie würden in Bars und billigen Absteigen nach ihm suchen, würden die finsteren Gassen und Seitenstraßen abklappern, wo er bislang seine Spuren hinterlassen hatte. Aber er wettete, dass sie nie im Leben auf die Bibliothek kommen würden.

Nun war er allein, über ihm eines der imposanten Deckengewölbe, in ihm seine mannigfaltigen Schmerzen und vor ihm der Computer – ein hell leuchtendes Portal unverdauter Fakten, das er in ein Portal der Wahrheit verwandeln würde.

Niemand, der mit Edwards' langwierigem Gerichtsprozess befasst gewesen war, hatte Übung darin gehabt, wie man mit einem kriminellen Polizeichef zu verfahren hatte. Sie hatten ihm die Marke und seine Schlüssel abgenommen, ihn aus seinem Büro ausgesperrt und nicht gewusst, was sonst noch zu tun gewesen wäre. Deswegen besaß Winston Edwards noch immer nicht nur seine allererste – natürlich längst ungültige – Dienstmarke, sondern auch, dessen war er sich völlig sicher, Zugang zum Polizeicomputer. Ja, er besaß noch immer sein persönliches Passwort. Während des verworrenen Dienstaufsichtsverfahrens und seiner fünfjährigen Haftstrafe hatte bestimmt niemand daran gedacht, es zu löschen.

»WILLKOMMEN IN DER NATIONALEN DATENBANK DER POLIZEI. NAME?«

Er gab »Winston Edwards« ein, mit seinen wulstigen Fingern behutsam Taste um Taste drückend. Er merkte, dass seine Hände zitterten. Sie zitterten, aber nur wegen seines Alters und der damit verbundenen Gebrechen.

»PASSWORT?«

Er gab »BÄR« ein. Kein sehr geheimes Passwort. Es war der Spitzname, der ihn seine gesamte Laufbahn begleitet hatte. Ein Spitzname, der haften blieb, wie er fand, denn in ihm vereinten sich Zuneigung und Furcht, und doch war man nicht gezwungen, zwischen den beiden Attributen zu unterscheiden...

Er wartete auf die Antwort des Computers.

»ZUGANG VERWEIGERT.«

Augenblicklich wallte Zorn in ihm auf. Am liebsten hätte er den arroganten weißen Kasten auf der Stelle zertrümmert, ihn zu Boden geworfen und befriedigt dem lauten Echo seines Aufpralls gelauscht. Er spürte, wie er eine Faust ballte, bevor ihm bewusst wurde, was er tat...

Nein.

Natürlich. Wie dumm von ihm. Fünf Jahre waren seither vergangen. In der Welt der Mikroprozessoren und weltumspannenden Datennetze kam dies mehreren Lebensspannen gleich. Es war nicht das Justizsystem oder gründliche Polizeiarbeit, was ihm das Einloggen unmöglich machte; es war der Lauf der Zeit. Das gesamte Computersystem musste sich verändert haben. Zweifellos waren neue Zugangscodes installiert worden – vermutlich schon mehrere Male. Die Organisation der gespeicherten Daten war heute mit Sicherheit um ein Vielfaches ausgereifter. Alles ging leichter. Die Inhalte waren reichhaltiger. Schneller abrufbar. Wenn er denn ins System gelangte. Ja, das war der schwierigste Teil.

Julians Passwort. Er wusste, welches sie früher benutzt hatte...aber vermutlich würde sie davon Wind bekommen, wenn er es eingab, und er war sicher, dass heutzutage die Möglichkeit existierte, es zum Anwender zurückzuverfolgen.

Denk nach.

Nein. Denk nicht nach. Lass es von selbst geschehen...

Er ließ seine Gedanken wandern, ließ sie ankerlos umhertreiben, ließ ein Meer aus Gesichtern, Begegnungen und Erlebnissen über sich hinwegfluten; es war ein alter Häftlingstrick, eine Zen-artige Gefängnistechnik, die einen befähigte, zu Zwecken der Zerstreuung seine Erinnerungen abzurufen und einzelne Erinnerungsfragmente zu neuen Bildern und Eindrücken zu vermischen; dabei konnte man sich entspannt zurücklehnen und zuschauen ... Genau das tat er jetzt; er betrachtete seine Vergangenheit wie einen Spielfilm ... Frau, Kinder, die netten und die weniger netten Kollegen, ein an ihm vorbeirasender Bilderrausch, der ihm – hoffentlich – eine Antwort liefern würde ... Chuck, der alte Cop, der ihn jeden Tag gegrüßt hatte ... Richie, sein Kumpel von der Akademie ... Simms, der unterbelichtete Möchtegern-Detective, der ihn vergötterte, sein Gebaren imitierte und in seiner Gegenwart unterwürfig wie ein getretener Hund war ... natürlich Julian, jung, strahlender Blick, noch nicht abgestumpft wie die anderen ...

Seine Gedanken sprangen planlos umher, drifteten mal in diese Richtung, mal in jene, dann in eine völlig andere, bis sie wieder bei Chuck und dessen täglichem, meist fehlerhaftem Wetterbericht angelangten; bei Richie, hager, die Schultern hochgezogen, vor Kälte mit den Füßen scharrend; bei Simms, dem klatschsüchtigen Trottel, der sich als Edwards' rechtmäßigen, einzig wahren Nachfolger betrachtete. Edwards erinnerte sich, wie er einen auf mysteriöse Weise von seinem Schreibtisch verschwundenen Bleistift oder Kugelschreiber wenig später bei Simms wieder fand. Eine kleine, lautlose Obsession, die zu geringfügig war, um sich darüber aufzuregen; aber natürlich bemerkte er diese Dinge ...

Edwards' Augen weiteten sich, plötzlich glänzend ...

»NAME?«, wollte der Computer abermals wissen.

»Louis P. Simms«, gab Edwards ein.

»PASSWORT?«

»Bär«, schrieb er und kreuzte gespannt die Finger, während der Computer die Richtigkeit der Eingabe überprüfte.

»ZUGANG ERTEILT.«

Trotz seiner mannigfaltigen Schmerzen musste Edwards lächeln.

Fünf Jahre waren vergangen, aber er konnte sich nach wie vor auf seinen Instinkt verlassen.

Und darauf, dass seine alten Kollegen noch immer die selben Macken haben, sinnierte er.

Es dauerte einige Mausklicks und einige neuerliche Eingaben in den Computer, dann öffnete sich vor seinen Augen die Datenbank für UNGELÖSTE MORDFÄLLE. Es war heute eine einzige, das ganze Land abdeckende Computerakte, wie er sah. Er hatte vorausgesehen, dass es eines Tages so kommen würde, denn es war statistisch bewiesen, dass eine Aufklärung dieser Fälle – wenn denn tatsächlich mal einer aufgeklärt wurde – meistens nur möglich war, wenn man Zeugenaussagen, Ergebnisse und ähnliche Begebenheiten aus verschiedenen Bundesstaaten oder sogar aus verschiedenen Ländern zueinander in Beziehung setzte. In den USA gab es jährlich achttausend ungelöste Mordfälle. Was nackte Zahlen anbelangte, war dies eine besonders nackte. Aber auf diese Weise hatte man wenigstens nicht mehr die riesigen Aktenberge vor Augen. Das Versagen der Morddezernate war nicht mehr so bildhaft, der Anblick der Akten konnte einen nicht mehr entmutigen, konnte einem nicht mehr das Herz brechen – soweit Mitarbeiter von Morddezernaten noch ein Herz besaßen.

Wenn man genau darüber nachdachte, lag es eigentlich auf der Hand: Es gab keine Datenbanken, die so umfassend waren wie die der Polizei. Die NSA hatte die meisten ihrer heiß begehrten Informationen dem FBI und den lokalen Polizeibehörden zugänglich gemacht, und dies hatte bewirkt, dass die gesammelten Informationen über die

Bürger, über ihr Verhalten im Straßenverkehr, über ihr Kaufverhalten, über ihren finanziellen Hintergrund, über ihre Ehen und Scheidungen erschreckend umfassend waren. Was sich in den Datenbanken der Polizei fand, war dem Angebot des Internets um Lichtjahre voraus. Marketing-Spezialisten würden für derlei Informationen töten...

Er begann, sich durch die Datenbank für UNGELÖSTE MORDFÄLLE zu klicken.

»Eine winzige Kleinstadt. Kaum hundert Meilen von hier«, hatte Julian ihm vor fünf Jahren bei einem abendlichen Kerzenlicht-Dinner in Raleigh Durham erzählt. Sie hatten in einem besonders schwierigen Fall ermittelt, waren für einen Tag eigens nach North Carolina geflogen, und nun wurde ihm klar, dass nur die zufällige Nähe zu ihrem Geburtsort Julian veranlasst hatte, das Thema zu erwähnen, es kurz in ihr Gespräch einfließen zu lassen. Der Mord an ihrem Vater. Ein bis heute ungelöster Fall. Das war alles, was sie bei dem gemeinsamen Abendessen vor fünf Jahren dazu gesagt hatte. Dies war sein einziger Anhaltspunkt. Aber es könnte reichen.

Er hatte sie nicht nach Einzelheiten gefragt. Ihr Tonfall war eindeutig gewesen: Fragen Sie mich nicht weiter. Es war so offenkundig gewesen, wie sehr der Mord sie noch immer mitnahm, dass er sie nicht mit weiteren Fragen hatte bedrängen wollen. Aber er hatte sich natürlich ihre knappe Offenbarung gemerkt, sie unauslöschlich in seinem Gedächtnis gespeichert. Ein einzelner Anhaltspunkt, auf dem er nun aufbauen musste. Und hinzu kam ein weiteres Fragment, das die Sache zusätzlich erschwerte: *»Es war in einem anderen Leben. Zu einer anderen Zeit. Ich habe sogar meinen Namen geändert.«*

Also: Ein grober geografischer Radius. Ein lange zurückliegender Mord an einem unbedeutenden Mann. Beides nur einmal knapp erwähnt. Kein Name. Das war alles, was er hatte. Aber dank dieser stummen weißen Kiste und dank der Organisations-Manie und der völlig überraschenden Bereitschaft zur staatenübergreifenden Zusammenarbeit innerhalb der amerikanischen Polizeibehörden mochte es alles sein, was er benötigte.

Ein weiterer Mausklick öffnete ein Suchfenster.

In das leere Kästchen unter ORTSANGABE trug er »North Carolina« ein.

Bei OPFER schrieb er »männlich«.

Bei ALTER »35 – 45«.

Dann drückte er die Eingabetaste.

Eine schier endlose Liste erschien. Achthundertfünfundzwanzig Namen, laut der Zahlenangabe in einer Ecke des Bildschirms. Die ungelösten Morde eines halben Jahrhunderts. Opfer aus allen Bevölkerungsschichten, reich und arm, gebildet und ungebildet. Ihm wurde bewusst, dass die traurige Zahl North Carolinas Polizei weder als besonders tüchtig noch als besonders unfähig auswies. Wahrscheinlich war dies in etwa der Durchschnitt.

Er ließ das Fenster geöffnet, aber minimierte es und stellte es in die untere Menüleiste.

Mit Simms' Passwort öffnete Edwards die Datenbank »U.S.-VOLKSZÄHLUNGSBEHÖRDE: POLIZEIBEHÖRDLICHER ZUGANG«.

In ein leeres Kästchen musste er eine Jahreszahl eingeben. Wie alt mochte Julian gewesen sein? Zwölf, dreizehn? Versuch's mal mit 1975. Für das, was er vorhatte, brauchte er keine exakte Angabe. Hauptsache, es stimmte ungefähr.

Ein neues Fenster öffnete sich: »VOLKSZÄHLUNG 1975«, darin ein Menü mit verschiedenen Optionen und ein Feld, über dem »SUCHPARAMETER« stand.

Er markierte »BUNDESSTAAT« und gab »NORTH CAROLINA« ein.

»WEITERE PARAMETER?«, wollte das Programm wissen.

Er klickte auf die Option »KLEINSTÄDTE«.

»WEITERE PARAMETER?«

Er klickte auf die Option »WENIGER ALS 1000 EINWOHNER«.

Eine endlose Liste mit Ortsnamen erschien. Auf den Bildschirm passten nur die mit den Anfangsbuchstaben A und B. Es waren zu viele.

»WEITERE PARAMETER?«

Eine Kleinstadt. Kaum hundert Meilen von hier. Das Abendessen hatte in Raleigh Durham stattgefunden.

Er machte einen Doppelklick auf seinen »NORTH CAROLINA«-Eintrag, und augenblicklich erschien eine Landkarte von North Carolina. Er beugte sich vor und las mit zusammengekniffenen Augen die Angaben der Längen- und Breitengrade. Er gab 550 N. und 570 S. ein und klickte abermals »KLEINSTÄDTE« an.

Viel besser. Noch immer etwa fünfzig Ortsnamen. Aber damit ließ sich arbeiten.

Er klickte »GESAMTBEVÖLKERUNG« an, und es erschien die Schwindel erregend lange Einwohnerliste des von ihm abgesteckten Gebiets.

Jetzt.

Er holte tief Luft.

Im Computer waren jetzt beide Datenbanken geöffnet. Die Namen der rund 100 000 Familien, die 1975 in Kleinstädten innerhalb des von ihm abgesteckten Hundert-Meilen-Radius gewohnt hatten. Und die achthundertfünfundzwanzig Namen der männlichen Mordopfer in North Carolina, deren Fälle nach wie vor ungeklärt waren.

Er klickte die HILFE-Funktion an und folgte den Instruktionen.

Er verschmolz die beiden Listen miteinander. Und ließ sich eine kurze Aufstellung der Namen geben, die in beiden Listen auftauchten.

Es waren vier Namen.

Nur vier Namen.

Alle im richtigen Gebiet.

Alle im richtigen Alter.

Aber ein Name machte ihn stutzig.

Er hätte angenommen, dass es der Name eines Schwarzen wäre, aber was hatte sie gesagt ...

Ich habe sogar meinen Namen geändert ...

Sobald er ihn las, wusste er, dass er gefunden hatte, wonach er suchte.

Vernon Blood.

Blut. Wie passend.

Winston Edwards spürte seinen hämmernden Pulsschlag. Spürte die kriminalistische Erregung in seinen Adern. Ein Gefühl aus der Vergangenheit ...

Vernon Blood. Ein alter Südstaaten-Name. Ausgelöscht in einer einzigen Nacht, die zumindest eine der Töchter immer noch in allzu lebhafter, detailgetreuer Erinnerung hatte.

Er klickte auf den Namen und öffnete die entsprechende Datei.

Vernon Blood. RR22, Tom's Bridge, N. C.

Todestag: 27. Nov. 1973. Todeszeit: zwischen zwei und sechs Uhr. Todesursache: zahlreiche Stichverletzungen.

Seitdem war ein Vierteljahrhundert vergangen; mehr stand nicht in der Akte. Nur die allerknappsten Fakten in der Computerdatei einer Datenbank, als hätte man die Akte Vernon Blood geschlossen und im hintersten Winkel eines Kellerarchivs versteckt. Die brutalen Todesumstände gingen völlig unter. Die Einträge klangen, als sollten sie die Natur der eigentlichen Tat negieren, dem Mord seinen Schrecken nehmen.

Was würde er als Nächstes tun?

Er lächelte. Er wusste genau, was er als Nächstes tun würde.

Man sollte meinen, dass ein Verbrechen, das schon vor fünfundzwanzig Jahren nicht hatte aufgeklärt werden können, heute erst recht nicht aufgeklärt werden konnte. Aber tatsächlich war es gerade diese mysteriöse Unlösbarkeit von damals, die ihm heute, ein Vierteljahrundert später, weiterhelfen würde.

Normalerweise verachtete er sie. Ihre verzerrte Sichtweise, ihre Fehler, ihr gieriges Hecheln nach Sensationen, ihre Ungenauigkeiten …

Aber mit dem heutigen Tag würde er zu schätzen wissen, dass es sie gab. Heute Nachmittag, hier unter den hohen Deckengewölben dieses städtischen Gebäudes, würden sie sich als seine wahren Freunde erweisen …

Zeitungsreporter.

So oft sie ihm auch im Weg gestanden hatten, sosehr sie die Wahrheit auch verdreht und die Realität umformuliert hatten, heute Nachmittag würden sie ihren jahrzehntelangen Frevel wieder gutmachen. Heute würden sich ihre Schmierereien in ein exklusives, kostbares Archiv verwandeln. Sie würden die mageren Akteneinträge im Mordfall Vernon Blood wettmachen.

Denn wenn die Polizei ein Kapitalverbrechen nicht aufzuklären vermochte, konnte man sicher sein, dass irgendein ehrgeiziger Schreiberling darüber berichtet hatte.

Die Bärenprankenhände hämmerten aggressiv auf die Computertastatur ein. Auf Mikrofilm existierte ein landesweites Zeitungsarchiv. Augenblicke später sah er die Startseite vor sich.

NATIONALES ZEITSCHRIFTEN- UND ZEITUNGSREGISTER

Er gab den Ortsnamen und das Jahr ein.

Und unterdrückte ein Lächeln.

Denn er hatte die Lokalzeitung gefunden.

The Tom's Bridge News. Ein Wochenblatt.

Er rief die Ausgabe der letzten Novemberwoche auf.

Oh.

Die Ausgabe erschien nicht.

Auch keine Ausgabe der ersten Dezemberwoche.

Wo zum Teufel waren sie abgeblieben?

Er suchte weiter. Bis zum Ende des betreffenden Jahres war keine weitere Ausgabe der *Tom's Bridge News* erschienen.

Zeitungsarchive waren oft unvollständig. Besonders die von wöchentlich erscheinenden Südstaaten-Blättern, die es vor fünfundzwanzig Jahren gegeben hatte.

Trotzdem schien es unmöglich, dass er derartiges Pech haben sollte. Einen Moment lang fragte er sich, ob jemand die Mikrofilm-Aufzeichnungen entwendet oder an ihnen herumgedoktert hatte; doch dies schien kaum vorstellbar bei diesem wohl durchdachten, landesweiten Mikrofilm-Netzwerk … Aber als Edwards sich zu vergegenwärtigen begann, wie vor einem Vierteljahrhundert die Redaktionsräume der *Tom's Bridge News* ausgesehen haben mochten, wurde ihm rasch klar, warum die Zeitung in der betreffenden Woche sowie kurz danach nicht erschienen war.

Er holte sich die Ausgabe von Mitte Oktober auf den Bildschirm, las das Impressum und sah seine Ahnung bestätigt.

Vernon Blood war der Herausgeber gewesen.

Die *Toms's Bridge News* war eine Ein-Mann-Zeitung gewesen.

Seine Hoffnung sank. Ein Zeitungsmann hatte tausend Feinde. Korrupte Lokalpolitiker. Kleinkriminelle. Leute, die sich nicht in der Zeitung sehen wollten. Oder die meinten, sich öfter in der Zeitung sehen zu müssen. Die Paranoiden. Die Derangierten. Ein Zeitungsmann. Ein Herausgeber. Der lokale Buhmann, der Sündenbock, an dem sich der ganze Ärger der Unzufriedenen entlud.

Er suchte die Lokalzeitung des nahesten Nachbarortes. Parameter: Ortsname. Parameter: Tages- oder Wochenzeitung. Klick: *The Fairville Gazette*. Eine Tageszeitung.

Seine gekrümmten Bärenprankenfinger hämmerten das Datum in die Tastatur, an dem das Erscheinen der *Tom's Bridge News* geendet hatte: 27. November. Keine Meldung.

28. November. Keine Meldung. Der verschlafene Süden.

29. November:

ZEITUNGSHERAUSGEBER ERMORDET.

Nach einem Notruf der Ehefrau fanden Beamte der örtlichen Polizei den Zeitungsredakteur und Herausgeber der *Tom's Bridge News*, Vernon Blood, ermordet in seinem Haus. Todesursache waren zahlreiche Stichverletzungen. Sylvia Bloods Angaben zufolge seien Einbrecher in das Haus eingedrungen, während Mr. Blood an seinem Schreibtisch arbeitete. Mrs. Blood vernahm laute Geräusche, eilte die Treppe hinunter und sah zwei maskierte Personen vom Tatort flüchten. Weitere Einzelheiten wollte die Polizei nicht nennen. Mrs. Blood befindet sich gegenwärtig zur medizinischen Beobachtung im Carolina Southern Hospital …

30. November. Einige Hinweise. Einige Verdächtige.
1. Dezember. Keine Hinweise. Kein Verdächtiger.
Er folgte der Geschichte über die nächsten Tage und Wochen, bis die Artikel nur noch aus einzeiligen Kurzmeldungen bestanden und schließlich gänzlich aus dem Blatt verschwanden.

Ihm fiel auf, dass die Artikel nach einiger Zeit immer vom selben Verfasser stammten…

Er las jeden Artikel noch einmal.

Nirgends ein Hinweis; es gab nichts zu berichten. Die Spuren waren versiegt.

Er las die Artikel ein weiteres Mal, dann lehnte er sich zurück und verschränkte die Arme vor der Brust, zu einer unausweichlichen Schlussfolgerung gelangend.

Edwards konnte es spüren – anhand des Schreibstils, des Tonfalls, des Satzbaus, anhand dessen, was zwischen den Zeilen stand…

Nicht wer der Mörder war. Was dies betraf, hatte er nicht die leiseste Ahnung…

Doch er spürte, und dessen war er sich völlig sicher, dass der Reporter mehr wusste, als er zu Papier gebracht hatte. Viel mehr, als auf der gedruckten Seite stand.

Das Ganze war fünfundzwanzig Jahre her.

Der Name des Reporters war Artemis Shore.

Fünfundzwanzig Jahre.

Edwards überprüfte stichprobenartig die *Fairville-Gazette*-Ausgaben der folgenden Jahre; laut Impressum hatte Artemis Shore immer zum Reporterteam gehört. Artemis Shore, Artemis Shore… Er war nie Redakteur oder der Kolumnist geworden.

Edwards klickte sich wieder zur U.S.-VOLKSZÄHLUNGSBEHÖRDE zurück; die Datei war noch immer geöffnet.

Artemis Shore.

Ungewöhnlicher Name.

Ungewöhnlich genug?

Er gab den Namen in die Datenbank ein, in der alle lebenden Amerikaner registriert waren.

Es gab fünfzig Personen mit dem Namen Artemis Shore.

In die Altersangabe trug er ein: ÜBER 70.

Noch fünfzehn Personen.

Zehn lebten in South Dakota. Eine ganze Familie. Ein Geschäftsmann in Kalifornien, der einen Laden für Kinderkleidung betrieb. Einer lebte in Maine.

Einer in Florida. Ein Pensionär.

Wenn man sich über die Datenautobahn der Polizei in die U.S.-Volkszählungsbehörde einklinkte, stand neben PENSIONÄR das Optionsfeld VORMALIGER BERUF. Er nutzte diese Option.

Zeitungsreporter.

In dem riesenhaften Körper pulsierte das Blut.

Er hörte sich beten. Mit einer seltsamen Mischung aus Ironie und authentischer Inbrunst bedankte er sich beim lieben Gott dafür, dass er diesen kleinen, zweifellos unwürdigen Zeitungsreporter so lange am Leben gelassen hatte – vermutlich hatte der Allmächtige den Kerl einfach vergessen.

Er konnte die Erregung in sich spüren.

So, wie kommen wir jetzt an Mr. Shores Adresse in Florida …

»Sir?«

Die Stimme ließ ihn zusammenschrecken. Er schaute auf und war noch erschrockener, als er das Gesicht der alten Frau über sich schweben sah …

Was hatte er getan? Hatten sie ihn gefunden? *Bitte* … Er war so dicht dran, so dicht …

»Wir schließen in zehn Minuten. Sie müssen langsam

zum Ende kommen …« Dann lächelte sie ihn freundlich an, lächelte den ärmlichen, krank aussehenden Mann an, der seinen Horizont zu erweitern suchte, der kostenlos mit der Welt verbunden bleiben wollte.

Er nickte, stumm ihre Autorität anerkennend, und nahm sogleich wieder seine virtuelle Suche auf. Er würde fertig sein, wenn sie wieder an seinem Platz vorbeikam …

Der Gedanke ließ sich nicht verdrängen:

Er mochte ein Schwerverbrecher sein. Aber er war noch immer Polizist.

Er war *wieder* Polizist.

7

Julian begann, die soeben entwickelten Fotos durchzusehen. Mendoza und Ng schauten ihr über die Schulter und versuchten, das rasante Tempo mitzuhalten, in dem ihre Vorgesetzte die einzelnen Personen identifizierte. Es hätte ein Schulhof-Spiel sein können, bei dem sie den Wert von Baseball-Karten bestimmten, bevor sie über ein Tauschgeschäft sprachen, doch hier ging es um weitaus Wichtigeres.

»Das ist die Schwester.«

»Der Freund der Schwester.«

»Das ist der alte Schulfreund, dem heute das Bestattungsinstitut gehört.«

»Ein Nachbar.«

»Noch ein Nachbar.«

Als Julian zu den Fotos der beiden jungen Töchter kam, machte sie eine Pause, betrachtete die Aufnahmen nachdenklich und legte sie nebeneinander auf den Schreibtisch.

Ng und Mendoza waren gezwungen, ebenfalls eine

Pause einzulegen. »Hübsch«, sagte Mendoza nach einer Weile, aus dem Rhythmus gebracht und nervös die Stille in sich aufnehmend.

Im nächsten Augenblick fuhr Lieutenant Palmer fort, die restlichen Fotos durchzusehen, und Ng und Mendoza folgten erneut dem ihnen vorgegebenen Rhythmus.

»Der Wagen des Cousins.«

»Die Tante aus Boston und der Wagen ihres Freundes, ein Escort.«

»Das Wageninnere des Escort.«

Wenig später hatten sie alle Trauergäste und deren Fahrzeuge identifiziert. Und waren genauso schlau wie zuvor. Kein Hinweis, kein Anhaltspunkt. Nichts.

Es war ein Mittelschicht-Mord, was normalerweise bedeutete, dass es ein verhältnismäßig einfaches, direktes Motiv gab. Bei Morden in der Oberschicht musste man sich oftmals erst durch allerlei dekadenten Müll wühlen, was widerwärtig, manchmal aber auch lustig sein konnte. Bei Getto-Morden ging es fast immer um Drogen, Inzest oder Eifersucht; fünfundneunzig Prozent der Fälle basierten auf einer Hand voll dieser simpelsten aller Motive und den augenscheinlichsten Konstellationen menschlicher Verzweiflung. Ein Mord innerhalb der Mittelschicht war dagegen vergleichsweise ungewöhnlich, und Mittelschicht-Existenzen waren im Allgemeinen so wohl geordnet, transparent und angepasst, dass man schnell auf das fehlende Puzzlestück stieß oder auf das Element, das nicht hineinpassen wollte und dennoch vorhanden war. Bei dieser Bevölkerungsschicht kam es nur äußerst selten vor, dass man nicht den geringsten Anhaltspunkt fand und nicht wusste, in welche Richtung man ermitteln sollte.

Sie suchte nach einem Fahrzeug mit einem auffällig sauberen Innenraum, der vielleicht erst kürzlich gereinigt oder aufgeräumt worden war. Dies hatte sie schon des Öfteren auf eine heiße Spur gebracht. Oft hatte sie auch einen besonders verschmutzten Wagen entdeckt, bei dem die zerknüllten Taschentücher und halb geleerten Brausebecher zwischen den Sitzen und der Kies und Dreck an den Reifen eine wahre Spuren-Fundgrube waren, die es ihnen ermöglichte, die Fahrtwege zu rekonstruieren und die Läden zu ermitteln, in denen der Fahrzeugbesitzer eingekauft hatte. Aber im vorliegenden Fall hatte dieser Ansatz keine neuen Erkenntnisse erbracht.

Als Letztes gelangte sie zu dem Blumenfoto. Auf Papier wirkte sie längst nicht so lebensecht, war lange nicht so erschreckend schön wie in natura. Aber sie war noch immer äußerst ungewöhnlich.

»Was ist denn das?«, fragte Ng.

»Eine Blume«, sagte Mendoza zynisch.

»Habt ihr jemals so ein Exemplar gesehen?«, fragte Julian. Die beiden schüttelten die Köpfe.

»Ich auch nicht«, sagte sie. »Deswegen habe ich sie fotografiert.«

»Sieht schön aus«, erklärte Ng. »Interessant.« Stille trat ein.

Kurz nachdem sie das Foto gemacht hatte, hatte sie Ng und Mendoza gefragt, ob sie gesehen hätten, wer die Blume auf den Sarg gelegt hatte. Die beiden hatten kopfschüttelnd verneint. Und doch hatte die Blume dort gelegen, wohl platziert, mit der ebenmäßigen, glänzenden Schwärze des Sargdeckels kontrastierend.

Mendoza beugte sich herunter und betrachtete das Foto aus größtmöglicher Nähe. Dann richtete er sich lächelnd auf. »Interessant, stimmt«, sagte er und sah Julian an. »Aber nicht die Blume.«

Sie musterte ihn fragend.

Mendoza deutete auf den unteren Bildrand. Um die Blume zu fotografieren, hatte Julian die Kamera senkrecht nach unten auf den Sarg gerichtet. Am unteren Bildrand waren die adretten, frisch polierten Sonntagsschuhe der Mädchen zu erkennen. Daneben die schwarzen Damenschuhe ihrer Mutter. Und ein weiterer Schuh – ein ansonsten unauffälliger Herrenschuh –, auf dessen schwarzem Oberleder eine einzelne, farbenprächtige Blüte der eigenartigen Blume lag.

»Eine Blüte rieselt einem am ehesten auf den Schuh«, bemerkte Mendoza trocken, »wenn man die entsprechende Blume mit sich herumträgt.«

Die drei beugten sich über das Foto, als würden sie einen soeben gehobenen Schatz beäugen.

Ohne eine weitere Erklärung teilte Julian die Fotos in drei Stapel auf und reichte Mendoza und Ng jeweils einen. Dann begannen sie, die Aufnahmen wortlos durchzusehen und nach dem passenden zweiten Schuh zu suchen, ganz gleich ob mit Blüte oder ohne.

»Nichts«, sagte Ng, sobald er fertig war.

»Ich habe auch nichts gefunden«, sagte Mendoza.

»Nell Ryan wird sich erinnern«, sagte Julian ruhig. Als Witwe war Mrs. Ryan gewissermaßen die Gastgeberin der Beerdigung gewesen; sie wusste möglicherweise, welcher der Trauergäste die Blume mitgebracht hatte. Oder vielleicht erinnerte sich eine der Töchter.

»Ja... schön... aber...« Ng sah Julian etwas befremdet an. Er zuckte mit den Schultern und legte sein breites Gesicht in Falten. »Ich meine... wieso nehmen wir überhaupt an, dass die Blume etwas zu bedeuten hat?«

Ihre beiden Untergebenen würden allem nachgehen, würden mit bedingungsloser Hunde-Loyalität jeder Spur nachhecheln, auf die sie sie ansetzte, aber sie musste ihnen einen Köder vor die Nase halten. Sie brauchten einen Köder.

Und dann, mit einer Mischung aus milder Neckerei und aufrichtiger Wissbegierde, fügte Mendoza leise, aber ohne herausfordernd zu klingen hinzu: »Wieso haben Sie die Blume überhaupt fotografiert?«

Sie sahen sie an und warteten ruhig auf eine Erklärung.

Sie ließ sich Zeit mit der Antwort, wählte jedes ihrer Worte mit Bedacht und sprach langsam und deutlich, um ihrer Begründung eine Bedeutsamkeit zu verleihen, die, wie sie wusste, möglicherweise gar nicht vorhanden war. Es war purer Instinkt gewesen, als sie vortrat und das Foto machte, ein subneuronaler Reflex, ein subkognitives Signal. Nun überlegte sie, was ihr Instinkt ihr zu sagen versucht hatte, was er ihr hatte mitteilen wollen; sie versuchte, etwas in Worte zu fassen, was ursprünglich nur ein wortloser Impuls gewesen war, der sie blitzartig hatte handeln lassen.

Sie holte tief Luft und sah die beiden selbstsicher und gleichzeitig flehend an.

»Jemand hat sich besondere Mühe gemacht, um für die Beerdigung eine solche Blume aufzutreiben«, sagte sie schließlich. »Und *wenn* es eine besondere Mühe war, wenn es ein *besonderer* Aufwand war, eine solche Blume aufzutreiben, dann muss die Blume eine *besondere* Bedeutung haben.«

Aber es war mehr als das, etwas jenseits aller trockenen Logik. Etwas, das nichts mit reiner Logik zu tun hatte und das – widersprüchlicherweise – gerade deshalb umso bedeutungsvoller sein mochte. Sie betrachtete das Foto. »Denkt mal einen Augenblick über diese Blume nach«, fuhr sie fort. »Und denkt an die Beerdigung. Eine völlig gewöhnliche Beerdigung, total vorhersehbar, bis zum miesen Wetter an dem Morgen.« Sie klopfte auf das Foto. »Das einzig Ungewöhnliche war diese Blume. Sie war das einzig Exotische, das einzig Unvorhersehbare bei der Beerdigung.« Sie nahm das Foto und wedelte es hin und her. »Und ermordet zu werden war das einzig Exotische und Unvorhersehbare, das Frank Ryan in seinem Leben widerfuhr«, sagte Julian.

Sie sah Ng und Mendoza an. Es war die beste Erklärung, die ihr im Moment gelingen wollte.

Irgendwo tief in ihrem Inneren spürte sie, dass die blöde Blume vermutlich nichts zu bedeuten hatte.

Irgendwo noch tiefer spürte sie, dass womöglich doch etwas dahinter steckte.

Zumindest war es etwas, das sie weiterverfolgen konnten.

Peng-Peng!

Es klang wie zwei Gewehrschüsse.

Aber tatsächlich waren es wulstige Finger, die zwei mal nacheinander kräftig an die Bürotür klopften.

Die drei erschraken, als sie ihn dort stehen sahen, den gesamten Türrahmen ausfüllend. Erst war er spurlos verschwunden; jetzt war er plötzlich wieder da.

Wieder zog sich ihr Herz zusammen und begann zu flimmern. Es war wie ein sich wiederholender Albtraum – das zweite Mal war noch schlimmer, weil man bereits wusste, welche Ängste er in einem ausgelöst hatte. Und es war eine Bestätigung, dass das erste Mal keine Geisterscheinung gewesen war. Dieselbe abgerissene Kleidung. Dieselbe überbordende Körperfülle. Dieselbe eigenartige Mischung aus An- und Abwesenheit.

Aber wie beim ersten Mal waren ja Ng und Mendoza bei ihr, dieses Mal sogar hier in ihrem Büro, bereit, ihm – wenn nötig – augenblicklich an die Kehle zu springen.

»Könnte ich mit Ihnen sprechen?«, fragte Edwards mit leiser, tonloser Stimme. Was natürlich hieß, dass er mit ihr allein sprechen wollte.

Mendoza kniff argwöhnisch die Augen zusammen.

Ng – genauso riesig wie Edwards, aber wesentlich jünger und deutlich kräftiger – richtete sich langsam und effektvoll zu voller Größe auf.

Mit einem Nicken bekundete sie ihr Einverständnis. Mendoza und Ng ließen die Fotos liegen und gingen aus dem Büro; die Tür ließen sie offen.

Wieder wanderten Edwards' Augen ziellos über die grünen Wände ihres Büros, als suchten sie etwas, das er eigentlich nicht finden wollte. Sie selbst wandte ihren Blick keine Sekunde von seinem Gesicht ab. Dann…

»Ich verschwinde.«

Sie sah ihn an, wartete auf mehr.

»Nach Florida«, erklärte er bestimmt.

Julian spürte ihre plötzliche Überraschung und Verwirrung, ihre Skepsis und…eine beinahe kindliche Erleichterung. »Wie…als würden Sie sich zur Ruhe setzen?« Sie war überrascht, als sie über diesen absurden Gedanken lächeln musste.

Er zuckte nur teilnahmslos mit den Schultern.

Sie lehnte sich in ihren Schreibtischstuhl zurück und ließ sich die Neuigkeit einen Moment lang durch den Kopf gehen. »Wir wollen uns also in Florida zur Ruhe setzen, was?« Jetzt grinste sie ihn breit an. Was er da sagte, klang völlig absurd. Es war eine so offenkundige Beleidigung ihrer Intelligenz, dass er dies zweifelsohne beabsichtigt hatte. »Das glaube ich nicht eine Sekunde«, sagte sie. »Und Sie wussten, dass ich Ihnen nicht glauben würde.«

Aber sie wusste, sah es ihm an, dass sie ihm über den wahren Grund seiner Reise, ob nach Florida oder sonst wo hin, keine weiteren Erklärungen entlocken würde. Er war nicht verpflichtet, darüber zu reden, also versuchte sie es gar nicht erst.

»Wenn Sie nach Florida wollen«, fragte sie spitzfindig, »warum sind Sie dann hier?«

Er sagte nichts, sondern wich ihrem Blick aus und starrte auf einen unsichtbaren Punkt an der Wand. Aber sie sah, wie in der nachfolgenden Stille seine Kiefermuskeln hervortraten.

Und plötzlich wusste sie, warum er gekommen war.

Sie schüttelte mitleidig den Kopf, griff in ihre Handtasche, die neben dem Schreibtisch auf dem Boden stand, holte ihr Scheckbuch heraus und schlug es auf.

Sie sah ihn einen Moment lang nachdenklich an. Dann schaute sie wieder nach unten und füllte den Scheck aus. »So, dreihundert Dollar. Hier…«

Als sie den Scheck mit einem lauten Ratschen aus dem Scheckbuch riss, klang es, als würde er gegen das ihm bevorstehende Schicksal protestieren.

Sie fand, dass es mehr als genug war für einen Senioren-Fahrschein und einige Tage in einem billigen Motel. Er konnte sich nicht beschweren. Sie tat ihren Teil, um ihn aus der Stadt zu bekommen, ganz gleich, wohin er wirklich wollte, ganz gleich, was er wirklich vorhatte.

Sie faltete den Scheck, legte ihn auf den gegenüberliegenden Schreibtischrand und zog rasch ihre Hand zurück.

Die riesige, so vertraute Bärenpranke griff nach dem Scheck und schob ihn in die Brusttasche des zerknitterten weißen Oberhemds unter dem offenen Trenchcoat.

Florida. Sie glaubte ihm kein Wort. Aber es hatte ihr den Schlaf geraubt zu wissen, dass er sich unbeobachtet in ihrer Stadt herumtrieb. Es war ihr dreihundert Dollar wert, ihn los zu sein. Egal wohin er ging. Egal was er vorhatte.

8

Ein unauffälliger, praktisch unsichtbarer dunkelgrüner Buick Skylark fährt langsam durch die belebten Straßen eines ärmlichen hispanischen Viertels. Obwohl es so aussieht, fährt der Wagen nicht völlig ziellos umher, denn die Fahrerin befindet sich im Dienst.

Im technischen Sinn fährt sie durch das Viertel, das den Friedhof umgibt, und am Steuer sitzt Lieutenant Julian Palmer, die froh ist, eine Weile allein zu sein.

In dieser anonymen Umgebung fühlte sie sich sicherer als an ihrem Schreibtisch auf dem Revier. Es kam ihr so vor, als könnte sie nur hier draußen das Leben wirklich verstehen, als könnte sie nur hier die Sorgen und Ängste der Menschen und ihr daraus resultierendes Verhalten begreifen. In ihrem Schreibtisch-Leben, ihrem Arbeitsleben, verbargen sich all diese Dinge hinter einem nebulösen Schleier, hier auf der Straße schien dagegen alles ganz klar zu sein. Am entscheidendsten aber war, dass sie sich an Orten wie diesem, wo die Hälfte der Leute Revolver und Springmesser bei sich trug, immer sicherer gefühlt hatte als hinter den dicken Mauern der Polizeireviere und hinter den glänzenden Schlossriegeln der engen Welt, in die sie sich freiwillig begeben hatte. Sie hatte sich immer sicherer gefühlt, wenn sie eine Fremde unter Fremden war.

Und Edwards schien verschwunden zu sein. Dieses Wissen spielte eine nicht unerhebliche Rolle bezüglich ihres Gefühls der eigenen Sicherheit.

»Haben Sie jemals so eine Blume gesehen?«, fragte sie.

Der betagte südamerikanische Florist betrachtete das Foto auf seiner Ladentheke und nickte weise.

»Was für eine ist es?«

Der alte Mann wandte sich zu dem hohen Regal hinter ihm um, nahm einen dicken Bildband heraus, blätterte ihn mit dem Daumen durch, hielt inne, schlug die Seite auf und drehte das Buch zu Julian um. Es war eine deutlich bessere Aufnahme, und sie zeigte eindeutig die gleiche exotische Blume, die Julian bei der Beerdigung fotografiert hatte. Julian vermochte nicht zu sagen, ob er das Buch zu ihr umdrehte, weil sein Englisch so schlecht war oder weil er ihr einen unwiderlegbaren Beweis für sein Wissen vorlegen und gegenüber der Polizei besonders genau sein wollte.

»*Lilius macrophylla lupidus*«, las sie vor. Er nickte.

»Hatten Sie jemals so eine hier?«

Er schüttelte, resigniert lächelnd, den Kopf, streckte die Hand aus und rieb den Daumen über die restlichen Finger.

»Zu teuer«, interpretierte sie.

Er nickte vehement.

Wenn sie an seine Kundschaft dachte, wusste sie, dass er Recht hatte. Es kam oft vor, dass sich die Friedhöfe in den ärmeren Vierteln der Stadt befanden. Dies hatte historische Gründe, denn in den ärmeren Vierteln war das Bauland billiger. Andererseits war es ein glücklicher Zufall, dass es hier im hispanischen Viertel nicht allzu viele Blumenläden gab. So musste sie nicht allzu viele abklappern. Aber es schien immer unwahrscheinlicher, dass die Blume in einem der hier ansässigen Läden gekauft worden war.

»Aber obwohl Sie die Blume nicht in Ihrem Sortiment führen, kennen Sie sie.«

Er nickte.

Julian beugte sich vor und musterte den Mann plötzlich argwöhnisch. »Wieso?«

Er zuckte mit den Achseln und lächelte unbehaglich. »Weil ich bin Florist.«

Sein Akzent war fast unverständlich, zudem klang seine Stimme seltsam gebrochen und schwach. Kein Wunder, dass er es vorzog, so wenig wie möglich zu reden. Aber Julian würde ihn nicht so leicht von der Angel lassen.

Sie nahm das dicke Blumenbuch und schlug wahllos eine Seite auf. Sie verdeckte den Namen der Blume und deutete auf das Foto. »Was ist das für eine?«

Der Mann zuckte mit den Schultern und lächelte entschuldigend. »Ich nicht wissen.«

Sie schlug wahllos eine andere Seite auf. »Was ist mit der?«

Wieder zuckte er mit den Schultern. »Ich nicht wissen.«

»Das ist ein dickes Buch«, sagte sie lächelnd. »Natürlich kennen Sie nicht alle Blumen darin.« Plötzlich schlug sie wieder die Seite mit der *»Lilius macrophylla lupidus«* auf. »Aber diese kennen Sie«, sagte sie mit aggressivem Tonfall, kurz davor, richtig sauer zu werden, »und deswegen frage ich Sie noch einmal, ein letztes Mal. Wieso kennen Sie gerade diese Blume?«

Seine freundliche Maske verschwand. Sein Lächeln erstarb. Plötzlich fühlte er sich – jenseits aller Sprachbarrieren – in die Enge getrieben, und er war intelligent genug, um sich dessen bewusst zu sein.

Er sah sie beklommen, fast ängstlich an. »Es heißen, dass…«, sagte er achselzuckend und lächelte, dann glaubte sie, ihn zusammenzucken zu sehen.

»Was?«, verlangte sie zu wissen.

»Es heißen, dass…« Er hielt inne. »…dass neuer Tod wird kommen. Weitere Mensch wird sterben.« Ihr fiel auf, dass seine Aussprache plötzlich viel besser war.

»Wer sagt das?«, wollte sie wissen. Welche Kultur? Welcher Eingeborenenstamm?

Er zuckte mit den Schultern, und dieses Mal spürte sie, dass er es wirklich nicht wusste.

Einen Moment lang starrten sie beide noch einmal auf das Foto in dem dicken Bildband.

Sie verließ den Laden und schaute mit zusammengekniffenen Augen in den herrlichen Sonnenschein, der ironischerweise gerade in dem Moment über dem heruntergekommenen grauen Stadtviertel erstrahlte. Dann stieg sie in den dunkelgrünen Skylark.

Intensiver, vor Schönheit pulsierender Sonnenschein. So prächtig und schön wie eine *Lilius macrophylla lupidus*. Das freundliche, hell strahlende Licht passte genauso wenig zu dem grauen Viertel wie eine *Lilius macrophylla lupidus* zu einer Beerdigung.

Aber womöglich wusste derjenige, der die Blume auf den Sarg gelegt hatte, gar nicht um ihre Bedeutung.

Aber wenigstens war es ein Ansatzpunkt.

Ein weiterer Mensch wird sterben. Wenn dies tatsächlich die Botschaft der Blume war, bedeutete es, dass die Zeit lief.

9

Winston Edwards saß auf der Kante eines steinernen Springbrunnens im fünften Stock der Freiluft-Lobby von Sunshine Villas, einer Wohnanlage für rund zwanzigtausend Pensionäre, die sich auf etwa dreißig sechsstöckige Gebäudekomplexe verteilten. Wenn jemals etwas dafür gesprochen hatte, jung zu sterben oder im Norden zu bleiben, dann eine Altenheim-Siedlung wie diese.

Aber Sunshine Villas war wenigstens groß genug und

hatte genügend Bewohner, dass Edwards' bleiches Gesicht keine unnötige Aufmerksamkeit erregte. Er war eben ein Neuankömmling, und ihm war ohnehin aufgefallen, dass viele der alten Herrschaften den Sonnenschein mieden und genauso bleiche Gesichter hatten wie er.

Obwohl es noch früh am Morgen war, hatte er schon sein Hemd durchgeschwitzt. Neben ihm lag sein zusammengeknüllter Mantel. Sein Blick ruhte auf der Wohnungstür von 5 C. Shore. Artemis Shore.

Früher war er ruhelos gewesen, hätte die Tür eingetreten und sofort zur Sache kommen wollen, um nur keine Zeit zu vergeuden. Heute dagegen besaß er die meditative Geduld eines Gefängnisinsassen. Edwards befürchtete, dass wenn er anklopfte und der Mann durch den Türspion sah, er ihm nicht aufmachen würde. Ein Pensionär eben. Alt und gebrechlich. Älter und gebrechlicher als er. Zudem war er ein pensionierter *Enthüllungsreporter*. Wahrscheinlich war der Mann noch argwöhnischer als die anderen Hausbewohner. Edwards glaubte, dass geduldiges Warten ihn eher weiterbringen würde. Und Fakt war, dass er von seinem Platz aus freie Sicht auf die gesamte Wohnanlage, auf dieses sonnenbeschienene Fegefeuer hatte und für einige Stunden aus erster Hand das Rentnerdasein in Florida erleben und gleichzeitig an seinem Fall arbeiten konnte. Nicht schlecht. Ganz und gar nicht. Und die Hitze schien sogar seine Schmerzen etwas zu lindern.

Am späten Morgen wurde endlich die Tür von 5 C geöffnet, und heraus kam ein kleiner, dünner, vogelartiger Mann mit eingefallenen Wangen und sonnenverbranntem Gesicht – das genaue Gegenteil vom massigen, bleichen Edwards, gewissermaßen sein *Yang*.

Der Mann watschelte zum Fahrstuhl und drückte den Abwärts-Knopf.

Edwards erhob sich mit der dem Ort angemessenen Schwerfälligkeit und schlurfte, den Kopf gesenkt haltend und wie ein Rentner auf seine Füße starrend, ebenfalls zum Fahrstuhl. Er nickte dem Vogelmännchen wortlos und desinteressiert zu, und als der Fahrstuhl kam, stieg er mit ihm ein.

Sie fuhren zwei Stockwerke schweigend hinunter, dann fragte Edwards: »Artemis Shore?«

Die plötzliche Angst im Gesicht des Mannes ließ darauf schließen, dass er diesen Moment, diese unerwartete Frage eines Fremden nach seiner Identität seit Jahren erwartet und gefürchtet hatte. Er senkte den Blick und schaute nicht wieder auf, so als wollte er, wie Edwards fand, seinem Henker nicht ins Gesicht sehen.

»Sind Sie Artemis Shore?«, musste Edwards ein zweites Mal fragen.

»Ja, der bin ich«, kam die erschrockene, piepsige Antwort im breiten Südstaaten-Akzent, für Edwards ein letzter Beweis, dass er den Gesuchten tatsächlich gefunden hatte …

Edwards musste lächeln. »Ich bin nur hinter einer Geschichte her – so wie Sie es auch gewesen wären.«

Und etwas an den Worten und an seiner Stimmlage musste wahrhaftig geklungen haben, denn Artemis Shore akzeptierte die Erklärung augenblicklich als wahr und entspannte sich sichtlich. Als sich im Erdgeschoss die Fahrstuhltür öffnete, war er wieder bloß ein Rentner mit sonnenverbranntem Gesicht, und noch bevor Edwards aus dem Fahrstuhl trat, wusste er, dass Artemis, und sei es bloß aus purer Erleichterung, reden würde.

Sie saßen am Swimmingpool, die riesige bleiche Fettmasse und der dürre schrumpelige Hungerknochen, Fleisch vor der Zubereitung und nachdem es zu lange gebraten worden war.

»Ich bin beeindruckt, dass Sie mich überhaupt ausfindig gemacht haben unter all den Tattergreisen, die hier rumscharwenzeln«, sagte Artemis mit seinem breiten Südstaaten-Akzent. »Was führt Sie zu mir?«

»Ein Fall, über den Sie berichteten«, antwortete Edwards.

»Einer von zahllosen Fällen«, warnte Shore ihn milde. »An den ich mich durch das Prisma eines whiskeygetränkten, an Arterienverkalkung leidenden, sonnenbetäubten Geistes erinnern muss«, lieferte der kleine Mann im Voraus eine Ausrede, wie Edwards wusste, um sich an nichts erinnern zu müssen, an was er sich nicht erinnern wollte. Ein Reportertrick, der so alt war wie die Zeilensetzmaschine.

»Vernon Blood«, sagte Edwards.

»Vernon Blood.« Er wiederholte den Namen, als suche er das entsprechende Erinnerungsfragment, als solle dies seinem Gedächtnis auf die Sprünge helfen, aber Edwards wusste, dass er nur Zeit gewinnen wollte.

Edwards sah Shore lächelnd an und neigte, seine frühere Einschüchterungstaktik anwendend, dem Vogelmännchen seinen massigen Körper entgegen. »Ich weiß, dass Sie sich erinnern.«

Artemis hielt dem Blick stand, und sein Südstaaten-Kauderwelsch wurde noch eine Spur breiter. »Ich erinnere mich sogar sehr gut«, sagte er.

Dann zog er sich wieder ein Stück in sein Vogelhaus zurück. »Die Sache ist, es hätte jeder gewesen sein können. Er hatte unzählige Feinde.«

»Warum hat man den anderen Reporter von dem Fall abgezogen und Sie mit der Berichterstattung betraut?«, fragte Edwards.

»Wir alle hatten die Hosen voll«, gab Shore zu. »Ein ermordeter Zeitungsmann. Ich war eben etwas weniger ängstlich als mein Kollege.« Er zuckte mit den Schultern. In diesem Moment merkte Edwards, dass er den Mann zu mögen begann. Ein äußerst seltener Umstand bei einem Reporter.

»Ich habe Ihre Artikel gelesen«, sagte Edwards. »Das was drinsteht ist ebenso interessant wie das, was Sie rausließen.«

»Wie kommen Sie überhaupt auf die Geschichte?« Sein alter Reporterinstinkt.

»Ich kenne die ältere Tochter des Toten.«

Artemis' Augen weiteten sich, dann verengten sie sich plötzlich. Sein Instinkt wurde schärfer. »Woher?«

»Sie wurde Polizistin.«

»Oh«, entfuhr es Artemis Shore. Er schaute auf den Swimmingpool hinaus und fragte: »Sie ist bestimmt auch ein heißer Feger, was?«

Edwards' Pulsschlag beschleunigte sich – aus Überraschung, Verärgerung und wegen des Anflugs von Eifersucht, der in ihm aufwallte –, doch er ließ sich nichts anmerken. Artemis wandte sich wieder zu ihm um. Edwards nickte knapp, sich seiner Verpflichtung bewusst, ruhig ein bisschen die Phantasie eines schrumpeligen Rentners anzuregen. »Ja, ein ziemlich heißer sogar.« Ein geringer Preis, um die benötigten Informationen zu erhalten.

»Ihren Artikeln ist deutlich anzumerken, dass Sie nicht alles schrieben, was Sie wussten«, sagte Edwards, der mit den Vorreden fertig war und nun eine etwas härtere Gangart einzuschlagen gedachte.

»Jeder hätte der Täter gewesen sein können«, wiederholte Artemis Shore in seinem fast beschwörenden Südstaaten-Singsang. Aber dann lächelte er plötzlich verschlagen, oder war es ein Lächeln der Resignation? »Chief Edwards, ich merke, dass Sie Instinkt haben.« Wegen des gleißenden Sonnenscheins auf seinem Gesicht kniff er ein Auge leicht zusammen. »Und da Sie Instinkt haben, hätten Sie beim Betreten des Hauses sofort gesehen, worum es bei dem Mord ging.«

Die Sonne zwang ihn, das halb geschlossene Auge vollends zuzukneifen. Wie ein Vogel legte er den Kopf schräg und blickte zum Horizont, als versuche er, etwas aus einem anderen Blickwinkel zu betrachten. »Ich hörte, dass sich die Tochter von Zeit zu Zeit mit dem Mord befasste. Sie ist Polizistin geworden, was? Wusste ich nicht. Aber darüber kann ich nur schmunzeln. Das macht die Sache noch besser.« Der sonnenverbrannte kleine Mann lehnte sich in den Liegestuhl zurück. »Wissen Sie, ganz gleich, ob sie Polizistin ist oder nicht, es spielt keine Rolle, wie sehr sie sich in den Mord an ihrem Vater verbeißt. Denn eine Tochter kann derlei Dinge einfach nicht erkennen, egal wie sehr sie es versucht. Selbst wenn sie eine ausgebildete Polizeibeamtin ist. Denn ganz gleich, was sie tut oder wie genau sie hinschaut, sie bleibt immer seine Tochter. Und deswegen kann sie es nicht erkennen.«

Edwards hatte seine wachsende Enttäuschung gespürt, aber plötzlich beschlich ihn eine Ahnung, plötzlich dämmerte ihm, worauf der dürre Mann anspielte. *Sie ist bestimmt auch ein heißer Feger, was?* Jetzt verstand er. In dem Augenblick, als Artemis Shore zu Ende gesprochen hatte, war Edwards ein Licht aufgegangen, und diese Gleichzeitigkeit verlieh dem Augenblick eine stereoskopische Qualität, verdoppelte die Wucht der plötzlichen Erkenntnis.

»Wissen Sie, Winston«, Artemis Shore lächelte – verbittert, verärgert, resigniert –, »ein Blick auf Vernon Bloods Gattin, auf die Mutter der beiden Mädchen, nur ein einziger rascher Reporterblick auf die Witwe hinter der halb offenen Haustür, und Sie hätten genau gewusst, worum es bei dem Mord ging.«

10

Es war ein kleines Steinhaus in einer engen Sackgasse, in der ein halbes Dutzend weiterer Häuser stand. Es sah aus, als stamme es aus den Zwanziger- oder Dreißigerjahren, ein solider, gepflegter Bau, an dem seither nichts verändert worden war.

Es war Zeit für das Mit-der-Witwe-reden-Spiel. Es war das gemeinste Spiel auf dem Revier, eines das nur in ihrer gemeinsamen Vorstellung existierte, ein Spiel, bei dem der imaginäre schwarze Drehpfeil theoretisch bei jedem von ihnen stehen bleiben konnte, aber in der Praxis immer nur auf Julian wies. Sie war der ewige Gewinner, oder besser Verlierer, war der unbestrittene Champion im Mit-der-Witwe-reden-Spiel, und sie würde es immer bleiben. Mit der Witwe eines Ermordeten zu sprechen war eine Aufgabe, die niemand freiwillig übernahm. Und diese zweite Runde mit Nell Ryan war eine ebenso schwierige Angelegenheit wie das erste Gespräch, bei dem sie über den Tod ihres Mannes unterrichtet worden war. Vielleicht sogar schwieriger.

Nell Ryan öffnete Julian die Tür und wandte sich sogleich grußlos ab. Entweder sie stand noch zu sehr unter Schock, um ihre Umgebung und die Leute um sie herum bewusst wahrzunehmen, oder sie hatte den Besuch vorausgeahnt und reagierte nun entsprechend gleichgültig.

Sie war blond, durchschnittlich groß, und ihre dem gängigen Frauenbild entsprechende superschlanke Figur wirkte fast abgemagert. Nicht geschaffen für eine Tragödie, dachte Julian. Die Tragödie hatte sie einige Pfunde gekostet. Oder zumindest war es eine Legitimation dafür.

Das Haus war tadellos aufgeräumt. Es kündete von der Ordnung, die Julian im Leben der Ryans vorgefunden hatte, und machte den Mord an dem Mann noch unverständlicher und geheimnisvoller.

Sie hörte die Mädchen im oberen Stockwerk; sie stritten, dann lachten sie. Julian empfand Erleichterung, dass wenigstens die beiden allmählich wieder zur Normalität zurückzufinden schienen. Sie hörte ihre Schritte, hörte wie sie einander durchs Zimmer jagten. Ihre Mutter würde länger brauchen, viel länger.

»Die Beisetzung war sehr feierlich«, sagte Julian.

Die Witwe nickte. Dann flüsterte sie »Danke«, trotz ihrer tiefen Trauer und ihres aufgewühlten Zustands nicht in der Lage, auch nur einen Moment lang die ihr anerzogene Höflichkeit abzulegen.

Dann atmete Nell Ryan tief durch und straffte den Rücken. »Ich nehme an, Sie sind hier, um mich über den neuesten Stand der Ermittlungen zu informieren«, sagte sie formell und distanziert, lag aber mit ihrer Annahme richtig.

»Ja, das stimmt«, sagte Julian betrübt und hoffte, dass ihr Tonfall vorwegnahm, was sie der Frau zu berichten hatte.

»Und?« Es klang beinahe herausfordernd, plötzlich viel lebendiger und energischer. *Sie weiß es*, dachte Julian. *Sie weiß es und versucht es mir schwer zu machen.*

»Mrs. Ryan«, sagte Julian.

Die Witwe sah Julian an.

»Zunächst möchte ich Ihnen versichern, dass wir mit allen uns zur Verfügung stehenden Mitteln an dem Fall arbeiten …«

So, spätestens jetzt wusste sie es wirklich, dachte Julian. Jetzt würde es keine Überraschung mehr sein, wenn Julian es in den nächsten Sätzen aussprach.

Mrs. Ryan musterte Julian mit leerem Blick – verständnislos und gleichzeitig begreifend, die Information von sich weisend und gleichzeitig zur Kenntnis nehmend …

»Bislang sind wir nicht an dem Punkt angelangt, an dem wir mittlerweile zu sein hofften …«

»Das heißt, Sie haben nichts herausgefunden«, sagte sie, nicht geringschätzig oder wertend, wie Julian auffiel, sondern als bloße Feststellung.

Wenn sie so direkt war, schuldete Julian es ihr, ebenso direkt zu sein. »Das ist … richtig. Wir haben nichts herausgefunden. Wir … wir haben nicht den geringsten Anhaltspunkt …«

»Keinen einzigen?« Nun flehte sie, flehte nach irgendetwas.

Sollte es Julian riskieren, sie beide zu beschämen, indem sie die Frau nach einer auffälligen Blume fragte? Nur weil sie sich einbildete, dass etwas an der Blume merkwürdig sei? Es wäre ungerecht und unmoralisch, Nell Ryan zu diesem frühen Zeitpunkt ihres Besuchs damit zu behelligen, mit ihr zu spielen und ihr womöglich falsche Hoffnungen zu machen. Julian schüttelte den Kopf.

Plötzlich straffte Mrs. Ryan die Schultern. »Das kann ich nicht akzeptieren«, sagte sie. »Das ist inakzeptabel.«

Unvermittelt wandte sie sich von Julian ab und schritt durch den Flur in Richtung Küche, dann wandte sie sich plötzlich wieder um und warf der Polizistin einen verächtlichen Blick zu.

Für Julian war der Augenblick gekommen, die Statistik

zu bemühen: Die Statistik war ein integraler und oft unverzichtbarer Bestandteil des Mit-der-Witwe-reden-Spiels. Gerade in Fällen wie diesem. »Mrs. Ryan, dreizehn Prozent aller Mordfälle im Staat New York werden niemals aufgeklärt. Trotz aller gerichtsmedizinischen Fortschritte, trotz unserer intensiven Bemühungen.« Die Unter-Statistik, die besagte, dass die Aufklärungsrate mit jedem verstrichenen Tag weiter sank, behielt sie zunächst für sich. Eine Statistik sollte fürs Erste genügen.

Es war schmerzvoll, auch und ganz besonders für Julian, weil sie wusste, wovon sie sprach, weil sie noch heute spürte, wie weh es tat. Sie nahm an, dass sie deshalb für diese Besuche besonders qualifiziert war, nahm an, dass dies der Grund war, weshalb sie diese Besuche nie einem anderen Kollegen unterzuschieben versuchte, und dass sie diese Gespräche aus genau diesem Grund so fürchtete. Denn sie allein wusste, welchen Schmerz ihr Erscheinen auslöste. Dies war ihr zweiter Besuch, die zweite Schmerzdosis, die sie der Witwe verabreichte. Bei der ersten, wenn man erfuhr, dass ein geliebter Mensch ermordet worden war, wusste man nicht, was einem widerfuhr; man wusste nicht, wie weh es tun würde, man hatte keine Ahnung und war überrascht über das Ausmaß und die Tiefe des Leids, das zu ertragen man auserkoren worden war. Bei der zweiten Dosis hingegen hatte man bereits erfahren, wie alarmierend tief der Schmerz saß, daher wusste man, was einen erwartete, und man rechnete mit noch Schlimmerem.

»Das kann ich nicht akzeptieren«, wiederholte Mrs. Ryan mit dem resoluten Kopfschütteln eines eingeschnappten Schulmädchens.

Dann kam sie wie verwandelt auf Julian zu, ohne jedwede Anmaßung oder steife Höflichkeit, ganz sie selbst, die wahre Nell Ryan. Ihre Ängste und ihr ganzer unvorstellbarer Schmerz standen ihr einen Moment lang überdeutlich ins Gesicht geschrieben. »Sie müssen den Täter finden«, sagte sie mit so hoffnungsvoller Vehemenz, als wollte sie allein kraft ihres Willens die Lösung des Falles herbeireden, sie erzwingen, sie den Statistiken abtrotzen. »Bitte… irgendwie muss es doch möglich sein, dass… Ich… Ich glaube nicht, dass ich es ertragen könnte, wenn…« Sie verdrängte den Gedanken. »Bitte…«, und dann gaben ihre Beine nach, und sie konnte sich gerade noch an der Armlehne eines Stuhls festhalten. Julian sprang vor, stützte sie und half ihr, sich auf den Stuhl zu setzen, gleichermaßen die körperliche wie die seelische Last spürend.

»Wir werden alles Menschenmögliche tun…«, sagte Julian, »alles, was in unseren Kräften steht…«

Und Mrs. Ryan konnte nicht wissen, dass Julian schon dabei war, alles zu tun, was in ihren Kräften stand. Selbst während sie sich entschuldigte, selbst während sie die Witwe zu trösten und ihre Arbeitsweise zu erläutern versuchte, schaute sie sich bereits unauffällig in dem tadellos aufgeräumten Haus um. Und lauschte ihrer inneren Stimme. Und fing wieder ganz von vorne an.

Während Mrs. Ryan an einem Glas Wasser nippte, kniete Julian sich neben ihr hin. »Mrs. Ryan«, begann sie, »ich muss Sie nach… nach einer Blume fragen…«

Eine Blume. Allmächtiger. Wie peinlich und lächerlich, dachte Julian.

Nell Ryan sah sie plötzlich gespannt an, wartete auf die Frage.

»Die Blume lag auf dem Sarg, nachdem die Trauergäste daran vorbeigegangen waren.«

Julian sah, dass Nell wie gebannt an ihren Lippen hing. Julian spürte fast, wie das Herz der Frau zu rasen begann, wie vage Hoffnung in ihr aufwallte…

»Sie war leuchtend bunt, fast neonartig«, sagte Julian. »Ich habe noch nie eine solche Blume gesehen. Haben Sie zufällig mitbekommen, wer sie auf den Sarg legte?«

Nell stellte das Wasserglas auf dem kleinen Beistelltisch neben dem Stuhl ab und sah sie an. »Ich weiß genau, wer sie dort hinlegte«, sagte sie.

»Tatsächlich?« Julian spürte, wie ihr Herz einen Satz machte. *Ein Durchbruch.*

»O ja«, bestätigte Nell Ryan.

Julian spürte die in ihr aufwallende Erregung. Eine intellektuelle und emotionale und körperliche Erregung. Ein Erwachen. Ein von früheren Fällen vertrautes Gefühl. Ein Gefühl, das so befriedigend war, dass es sich lohnte, darauf zu warten. Sich darauf zu freuen. Es herbeizusehnen. *Ein Durchbruch. Endlich ein Durchbruch.*

Nell seufzte und sah Julian an. »*Ich* habe die Blume auf den Sarg gelegt.«

»Aber... das ist unmög ... Sie hielten sie nicht in der Hand...«

»Mein Bruder Arthur hat sie für mich getragen.«

Die Blüte auf dem schwarzen Herrenschuh.

»Eine *Lilius macrophylla lupidus*«, erklärte Nell Ryan. »Die lebendigen Farben sollten unsere gemeinsamen Erinnerungen versinnbildlichen.«

Ein weiterer Mensch wird sterben. Hah. Der nervöse, ängstliche Blumenhändler hatte auf dem Foto gesehen, dass die Blume auf einem Sarg lag, und daraus geschlossen, dass jemand umgebracht worden war. Dann hatte er sich rasch etwas ausgedacht, um die hartnäckige, aggressive Polizistin endlich loszuwerden.

Nell Ryan schaute Julian an. Es war ein mitleidiger, tief enttäuschter Blick. Sie schüttelte schwerfällig den Kopf und ließ die Schultern nach unten sacken, als lastete auf ihnen das Gewicht der völligen Inkompetenz, die Lieutenant Julian Palmer auszeichnete.

Julian kam sich wie eine totale Versagerin vor. Sie kämpfte gegen den Impuls, ihre Marke und ihren Dienstrevolver herauszuholen, beides auf den Beistelltisch neben Nell Ryan zu knallen, aus dem Haus zu rennen und für den Rest ihres Lebens davonzulaufen.

11

Die Sonne brannte unbarmherzig auf Winston Edwards nieder, aber er bekam es nicht mit. In Gedanken war er ganz woanders, irgendwo tief im armen Süden, wo Klatsch und Tratsch als gängiges Zahlungsmittel galten, wo Gerüchte gleichbedeutend mit einer Hand voll Münzen in der Hosentasche waren …

Julian konnte den Fall nicht lösen, weil sie es nicht erkennen konnte, weil sie nicht begreifen konnte, welche Rolle ihre Mutter dabei gespielt hatte. Edwards spürte, dass der alte Reporter die Wahrheit sagte.

»Eins sag ich Ihnen«, meinte Artemis Shore, »ich sah die Frau, und am nächsten Tag begann ich mich umzuhören und alle möglichen Leute auszuhorchen, und mein Instinkt hatte mich nicht betrogen. Denn feststand: Es gab in der Gegend eine ganze Wagenladung Männer, mit denen Sylvia Blood geschlafen hatte.«

Artemis schaute Edwards an und wartete auf dessen Reaktion. Aber Edwards starrte nur verblüfft und gleichzeitig seltsam unberührt ins Leere, starrte zum tausendsten Mal in den weit aufgerissenen Schlund menschlicher Verhaltensweisen.

Ein wenig enttäuscht fuhr Artemis fort: »Im kleinstädtischen North Carolina jener Tage war dies nicht gerade die Art von Information, mit der man sich gerne befasste. Der Chefredakteur hatte mich gefragt, inwiefern dies für den Fall relevant sei; außerdem behagte es in jenen Tagen den biederen Kleinstädten nicht, sich als Sündenpfuhl betrachten zu müssen. Hinzu kam, dass es sich um einen allseits respektierten Zeitungsmann handelte, dessen trauriges Familienleben niemand gern ans Tageslicht zerren wollte, verstehen Sie? Besonders wenn es außer einer kurzzeitigen Auflagensteigerung keinen Grund dafür gab, und unsere Auflage war ohnehin kaum der Rede wert. Und ich kann mit Stolz behaupten, dass mir und meinen Kollegen dieser Grund einfach nicht reichte. Aber eins sag ich Ihnen. Eine Menge Kerle gaben sich wütend und bestürzt, aber gleichzeitig waren sie zutiefst erleichtert über Vernon Bloods ultimativen Abgang. Der Punkt ist, dass außereheliche Aktivitäten in der Gegend damals gang und gäbe waren, aber das war für den Fall nicht von Belang, solange keiner von Sylvias heimlichen Liebhabern ihn umgebracht hatte, und da hätte man sich schon völlig sicher sein müssen, bevor man so was in die Zeitung bringt, und das waren wir uns natürlich nicht.«

Artemis Shore erhob sich aus seinem Liegestuhl, justierte mit den geübten Handgriffen des erfahrenen Sonnenanbeters die Rückenlehne, sodass sie direkt in die Sonne wies, und setzte sich wieder hin. »Aber da mein Instinkt mir sagt, dass Sie ein Mann sind, der seiner Spürnase folgt, werde ich Ihnen meine abschließende Meinung zu dem Fall verkünden«, sagte Artemis. »Ist zwar nur die Meinung eines alten Zeitungsreporters, aber ich liege richtig, glauben Sie's mir.« Er lächelte nicht, während er sprach, als wollte er damit unterstreichen, dass jedweder Humor bei der Sache fehl am Platz war und dass das, was er zu sagen hatte, Edwards' ungeteilte Aufmerksamkeit verdiente. Er machte eine kurze Pause, dann legte er los. »Eigenartig ist, dass – obwohl eine Menge dafür sprach, dass einer von Sylvias Liebhabern Vernon Blood umgebracht hatte – ich mir alles andere als sicher war, dass tatsächlich einer von ihnen mit dem Mord zu tun hatte. Fakt ist«, er machte abermals eine Pause und legte den Kopf schräg, als wollte er sein Gewicht wiegen, »Fakt ist, ich bin mir ziemlich sicher, dass es keiner dieser Männer war. Natürlich habe ich nicht mit allen gesprochen. Ich habe nur ein paar überreden können, sich mir anzuvertrauen. Es waren Männer mit Familien, die ich gut kannte. Ich weiß, wie einfältig das klingt und wie nachlässig und engstirnig ich war. Aber trotzdem, ich… ich bleibe dabei… Ich glaube nicht, dass irgendeiner dieser Männer etwas mit dem Mord zu tun hatte.« Dann fügte er hinzu: »Hey, so ist das nun mal in den Südstaaten; man glaubt dem Wort eines Mannes noch, glaubt an sein Ehrgefühl und seine Aufrichtigkeit. Und hier ist noch etwas – ich denke nicht, dass einer der Männer den Mörder gedeckt hätte, wenn er ihn gekannt hätte.« Er machte eine weitere Pause. »Na ja, und so schlossen sie sich eben alle gegenseitig als Täter aus.« Er lächelte verdrossen. »Und ich stand außen vor und konnte nichts weiter machen.« Artemis sah Edwards an. Sein Blick besagte, so, das war alles.

Es war eine ganze Menge, musste Edwards zugeben. Eine ganze Menge. Aber es war nicht genug. Denn Artemis beherrschte zwar die Mathematik, die Algebra des menschlichen Verhaltens, aber das eine entscheidende Element hatte er in seine Rechnung nicht mit einbezogen. Das Element, das nur ein Mann wie Winston Edwards erkennen konnte.

Genauso wie Artemis Julians Blindheit gegenüber ihrer

Mutter erkannt hatte, hatte Edwards Artemis Shores Blindheit erkannt. Denn Artemis Shore schien nicht zu verstehen, was eine gewisse Sorte von Männern aus Leidenschaft zu tun im Stande war. Winston Edwards dagegen verstand es sehr wohl. Winston Edwards konnte gut nachvollziehen, warum jemand für eine Frau tötete. Was einen dazu veranlassen konnte. Und was es nach sich zog.

12

Als sie aus dem kleinen Steinhaus kam, setzte Julian sich nicht sofort in den Wagen, sondern lief ein Stück die Straße hoch. Sie redete sich ein, sich noch einmal vergegenwärtigen zu wollen, wie und wo der Mörder auf das Grundstück gelangt war, wie viel Deckung er gehabt hatte und wie er ungesehen hatte entkommen können. Aber ihr war bewusst, weshalb sie wirklich hier entlangschlenderte. Sie brauchte die frische Luft. Die Ruhe. Um nachzudenken. Und genau darüber nachzudenken, was in ihrem Kopf vorging. Sie musste ihre Gedanken analysieren, bevor die Welt wieder über ihre Gedanken hereinbrach.

Sie dachte lange nach.

Die kahlen Bäume bogen sich, unheilvoll flüsternd, im Wind.

Sie konnte die Last der ihr freistehenden Wahl spüren, als schleppe sie ein Bleigewicht mit sich herum.

Sie musste es sich eingestehen. Die Ermittlungen hatten nichts erbracht. Absolut nichts.

Sie konnte die Ermittlungen einstellen, einfach aufhören und den Fall in ihrer Sammelakte für ungelöste Fälle ablegen, die, gemessen an der Gesamtzahl der ungelösten Fälle auf ihrem Revier, bemerkenswert dünn war. Einfach einstellen. Oder wenigstens eine Pause einlegen. Es wäre nicht das erste und nicht das letzte Mal. Es war eine Option. Die Wunden lecken und sich an den nächsten Fall machen. Manchmal tauchte später völlig unerwartet ein brauchbarer Hinweis auf. Es geschah öfter, als die Leute glaubten. Aber den Fall endgültig einstellen? Niemals. Das war nicht ihre Art.

Denn sie wusste, was es bedeutete, niemals die Wahrheit zu erfahren…

Sie wusste eine Menge, hatte in fünf Jahren vieles gelernt. Aber sie wusste nicht alles, hatte bei weitem nicht alles gelernt, was es zu lernen gab.

Der Mord an Frank Ryan schien sich allmählich als unlösbar zu erweisen.

Und Winston Edwards war aufgetaucht.

Und dann die zwei jungen Schwestern am Grab ihres ermordeten Vaters…

All das schien sie unweigerlich in die Vergangenheit zurückzuversetzen.

Sie hetzt atemlos durch den Schnee…

Hört hinter sich das Monster wutschnaubend durch die Dunkelheit stapfen…

Denk nach. Nicht nachdenken. Bleib stehen. Nicht stehen bleiben. Alle Logik, alle Stärke, ihr gesamtes Selbst, alles brach in sich zusammen…

Hinter ihr Schüsse…

Kugeln prallen zischend von einem Baum ab…

Das Schneetreiben ist beinahe undurchdringlich, eine Mauer aus Weiß, die so dick ist, dass sie praktisch nichts erkennen kann.

Schneller. Schneller.

Sie blickt einen Moment zurück, um zu schauen, ob …
Nein! … Plötzlich hat sie keinen Boden mehr unter den Füßen …
Sie schreit.

Sie stürzt in die Tiefe…
Stößt gegen etwas und bleibt benommen liegen.
Schneebedeckt. Ihre Hüfte, ihre Knie, ihre Hände. Die Schmerzen…
Sie war von einem zwanzig Meter hohen Felsvorsprung gestürzt…
Sie zwingt sich, ruhig zu atmen, regungslos zu verharren…
Sie wartet…
Und wartet…

Und wie war es heute, in seiner Nähe zu sein? Neben ihm zu stehen? Mit ihm zu sprechen? Und wie wäre es, wieder mit ihm zusammenzuarbeiten?

Ihr war schwindlig; sie fühlte sich benommen und elend. Dasselbe Gefühl wie vor fünf Jahren. Ein Gefühl, das sie nie wieder zu empfinden gehofft hatte. Und nun war es wieder da, spülte über sie hinweg wie eine Flutwelle …

Er war ein Wrack, dessen Tage gezählt waren … ein Schatten seiner selbst.

Und ein legendärer, genialer Kriminalermittler.

Sie tastete nach der Polizeimarke in ihrer Manteltasche. Die eisige Novemberluft hatte das Metall kalt werden lassen. Sie ertappte sich des Öfteren dabei, wie sie die Marke befühlte, als wäre sie ein kostbares Schmuckstück – ein Schmuckstück, das sie ohne hübsche Verpackung erhalten hatte, ohne ein liebevolles Lächeln; es diente nicht dem Gedenken an einen besonderen Abend oder einen besonderen Menschen, sondern war dazu da, sie an ihre besondere Aufgabe zu erinnern.

Was verdankte sie dieser Marke? Dass sie nicht verrückt geworden war? Und was war sie den beiden kleinen Mädchen schuldig? War sie nicht verpflichtet, dafür zu sorgen, dass es den beiden besser ging, als es ihr selbst und Steph ergangen war?

Als sie kehrtmachte und zu ihrem Wagen zurückging, hörte sie, wie die Hintertür des Hauses zugeworfen wurde, und sah die beiden Schwestern in den Garten stürmen; nicht mit lautem Gejohle, wie man es von Mädchen dieses Alters erwarten würde, sondern ohne einen Ton von sich zu geben, aber dennoch mit einem gut gelaunten, fröhlichen Lächeln auf ihren Gesichtern. Sie rannten zu ihren Fahrrädern in der Garage.

Als sie sie herausschoben, sahen sie Julian näher kommen, aber sie mussten nicht artig mit ihrem Gejohle aufhören, denn sie johlten ja nicht, waren mucksmäuschenstill.

Das Leben ging weiter. Sie lächelte den beiden zu, während sie den Wagenschlag öffnete. Die Mädchen lächelten zurück, ein Geheimnis mit Julian teilend, wo es kein Geheimnis gab.

Zurück in ihrem Büro im sechsten Stock sah sie zu, wie sich hinter der Fensterscheibe allmählich die Dämmerung über den Police Plaza senkte.

Als sie die gegenüberliegende Straßenseite nicht mehr erkennen konnte, als die Scheibe nur noch eine glatte, schwarze Spiegelfläche war, wandte sie sich um und drückte den Knopf ihrer Sprechanlage. »Mendoza?«

»Ja, Lieutenant?«

»Holen Sie Winston Edwards zurück«, sagte sie in unverfänglichem Tonfall, als wäre die Aufforderung das normalste der Welt.

Stille trat ein. »Lieutenant?«

»Versuchen Sie, ihn morgen früh hier zu haben.«

Sie schaltete die Sprechanlage aus und wandte sich wieder zum Fenster um. Aber hinter der glänzenden schwarzen Oberfläche war nichts zu erkennen.

13

Vor der Tür von Apartment 5 C schob der kleine sonnenverbrannte Mann seine winzige Hand in die riesige, bleiche Bärenpranke. Das Gefühl der ineinander liegenden, so ungleichen Hände war für die beiden Männer einen Moment lang seltsam faszinierend. »Hören Sie, möchten Sie noch auf einen Sprung mit reinkommen?«

Edwards schüttelte den Kopf. »Nein«, sagte er, »aber vielen Dank für die Einladung.«

Er humpelte aus der Seniorenwohnanlage, plötzlich wieder seine Schmerzen spürend; während der Unterhaltung am Swimmingpool hatte er sie fast vergessen. Er würde zur Bushaltestelle an der Ecke gehen und zum Motel zurückfahren.

Er war sich nicht sicher, was er als Nächstes tun sollte. Aber daran dachte er ohnehin nicht. Er dachte an Julians Mutter, Sylvia Blood.

Was für ein Doppelleben. Laut ihrer Tochter war sie eine gute, liebende Mutter gewesen. Und nach dem Tod ihres Mannes eine angemessen trauernde Witwe. Und gleichzeitig eine durch und durch verdorbene Nymphomanin, das örtliche Lustobjekt, die Dorfschlampe, bei der jeder mal durfte. Doch Winston Edwards fragte sich nicht, wie man ein solches Doppelleben führen konnte, sondern wie man es nicht führen konnte. Er wunderte sich darüber, dass die meisten Menschen es nicht taten, dass sie es schafften, ihr Leben mit nur einer Existenz zu fristen. Denn er wusste, von welch elementarer Wichtigkeit ein Doppelleben war, wusste bis ins letzte Detail, wie man eine solche geheime Existenz aufbaute und was einen dazu brachte.

Ein Teil des Geheimnisses war, vorbehaltlos in die jeweilige Rolle zu schlüpfen und jeden der beiden Charaktere voll auszuleben. Und nicht zuzulassen, dass eine der beiden Persönlichkeiten der anderen zusah, über sie urteilte oder sich der anderen überhaupt bewusst war. Denn sonst verzettelte man sich. Dann sickerte das eine Leben in das andere hinein und verwässerte es, nahm ihm seinen Sinn, und man bekam schreckliche Schuldgefühle, die einem die Luft zum Atmen raubten. Der Punkt war, dass man dieses Doppelleben offenbar brauchte, sonst würde man es nicht führen. Denn wenn man es aufgab, würde etwas Fundamentales verloren gehen, und auf gewisse Weise würde man aufhören zu existieren.

Als er zu seinem Neunundzwanzig-Dollar-die-Nacht-Motel zurückkehrte und die Zimmertür öffnete, sah der Raum noch genauso traurig und seelenlos aus wie zuvor. Etwas war jedoch anders. Auf dem durchhängenden Bett lag ein Flugticket nach Albany, New York.

Er ging zum Empfang hinunter, denn es gab kein Telefon auf den Zimmern. »Was soll das Flugticket?«

»Hat ein Bote gebracht. Er meinte, ich soll's Ihnen geben«, sagte der pockennarbige Rezeptionist. Edwards starrte ihn argwöhnisch an. »Mehr weiß ich nicht.«

Edwards' Augen verengten sich. Er betrachtete den roten Umschlag und seinen Namen auf dem Ticket. Sie hatten ihn gefunden. Einfach so. Wie? Warum? Mit einem Mal spürte er die altbekannte Gefängnis-Paranoia in sich aufsteigen, die ewige Angst vor dem, was hinter seinem Rücken geschah. Was führte sie im Schilde? Was konnte das bedeuten?

Er hatte eine Menge zu tun. Zum Beispiel, sich die Männer in Tom's Bridge vorzuknöpfen. Von hier aus kam er jedenfalls nicht weiter.

Er schaute noch einmal achselzuckend auf das Ticket. »Ich schätze, ich reise ab.«

14

Julian riss ohne viel Aufhebens die Plastikhülle von dem neuen Klappstuhl vor ihrem Schreibtisch. Etwas zögerlich nahm Winston Edwards darauf Platz.

»Wie ist es?«, fragte sie so zwanglos und beiläufig, als hätte es die Vergangenheit nie gegeben.

»Was? Das Rentnerdasein?«

Julian lachte kurz auf, schüttelte den Kopf und deutete auf den neuen Stuhl unter ihm.

Mit einem kaum erkennbaren Nicken bekundete Winston Edwards sein Lob für die Neuanschaffung.

»Gut, gut«, sagte sie und lehnte sich in ihren alten, monströsen Schreibtischstuhl zurück. »Ich warte immer noch auf meinen neuen, damit das Ding hier endlich auf den Müll kann.« Dieses überflüssige Gerede war Teil seiner alten Technik. Sie wusste, dass es ihm auffallen würde. Und hoffte, dass es ihn ärgerte.

Sie sah, dass Edwards sie nur teilnahmslos anstarrte.

Sie erhob sich aus ihrem Stuhl, kam um den Schreibtisch

herum, setzte sich auf die Tischkante, zog ihren Rock über die Knie, holte tief Luft, lächelte und ließ einen langen Moment verstreichen, bevor sie begann.

Sie schaute ihm in die Augen: leere Höhlen, hinter denen nichts zu liegen schien. Aber für den Moment tat sie so, als läge doch etwas hinter ihnen. Für den Moment tat sie so, als existiere dahinter ein lebendiger Mensch.

Sie beugte sich zu ihm vor, brachte ihren Kopf nahe an sein Gesicht und starrte ihn unversöhnlich an.

»Francis Xerxes Ryan«, sagte sie. »Sechsunddreißig Jahre. Ehefrau, zwei Töchter, elf und zwölf. Ortsansässiger Ladenbesitzer, zwei gut gehende Schreibwarenhandlungen, eine dritte kurz vor der Eröffnung. Nur normal hohe Geschäftsschulden. Kein Glücksspiel. Bis auf eine moderate Hypothek keine finanziellen Verpflichtungen. Soweit wir wissen keine außerehelichen Beziehungen, und inzwischen wüssten wir davon ...«

Sie schaute sich zu dem großen Fenster hinter ihr um: Jenseits der Scheibe erkannte man im Tageslicht wieder die altvertrauten Dächer und Gebäude der Stadt. Die Aussicht war alles andere als atemberaubend oder imposant, aber dennoch hatte sie etwas. Es war eine ehrliche Werktags-Aussicht, ein gutes Stück eingerahmter Stadt.

»Zwei Schüsse in den Hinterkopf; 25er Kaliber. Die Schmauchspuren an den Einschusslöchern ergaben, dass aus mindestens zwei Meter Entfernung geschossen wurde. Ein Selbstmord lässt sich bei der Distanz also ausschließen.«

Sie stand auf und begann, im Büro umherzugehen.

»Wir ermitteln seit zwei Wochen und haben nichts. Absolut nichts. Nullkommanull.« Sie sah ihn an. »Ich war bei der Beerdigung«, berichtete sie ihm. *Wie Sie es mir beigebracht haben.* »Ich sah mir die Fahrzeuge der Trauergäste an.« *Auch das haben Sie mir beigebracht.*

Sie verschränkte die Arme vor der Brust, wie ein nervöser Trainer, der die Niederlage seiner Mannschaft zu akzeptieren versuchte. »Wir tappen völlig im Dunkeln, haben nicht den geringsten Anhaltspunkt.«

Und als sie sah, dass er allmählich zu verstehen begann, was sie, ohne es auszusprechen, von ihm wollte, beobachtete sie seine Reaktion…

Da. Die Belustigung in seinen Augen. Aber es war nur ein kurzes, inkonsequentes Flackern, das im nächsten Moment verschwand, verdrängt von Interesse und intensiver Konzentration. Sie sah, wie er auf den Fall ansprang und von seiner Belustigung über sie und die Situation abließ. Er begann nachzudenken…

»Ich muss alles versuchen«, sagte sie. »Es ist meine Pflicht, alles zu versuchen. Wie kann ich mit mir leben, wenn ich es nicht tue?« Sie sah ihn an. »Ungelöste Mordfälle lassen mir einfach keine Ruhe. Und dieser schon gar nicht; ein ermordeter Vater, der zwei junge Töchter hinterlässt…« Sie war erstaunt über sich. Sie wusste, dass sie mit niemandem außer ihm so reden würde. Überrascht spürte sie, dass ihre Augen feucht wurden. Am liebsten hätte sie sich von ihm abgewandt.

Warum tat sie das? Was war der genaue Grund? Die möglichen Beweggründe schossen ihr durch den Kopf…

War es die Gelegenheit, noch einmal mit ihm zusammenzuarbeiten? Um noch mehr von ihm zu lernen? Um wieder aufleben zu lassen, was ihr einstmals so anziehend und verlockend erschienen war…

Oder betrachtete sie es als Möglichkeit, ihn zu übertrumpfen? Ihn kraft ihrer Intelligenz einmal in den Schatten zu stellen…

Oder erachtete sie es einfach als Chance, ihre Ängste und innere Unruhe zu überwinden? Ihn in das Ermittlerteam holen, damit er nicht ständig in ihren Gedanken herumgeisterte. Ihn ins Team holen, um ihren Albträumen ein Ende zu machen. Es würde ihn entmystifizieren und ihr helfen, sich ihm gegenüber zu desensibilisieren.

Oder war es die – wohl letzte – Gelegenheit, ihn und das ihn umgebende Mysterium verstehen zu lernen?

Oder wollte sie einfach nur ein für alle Mal den Fall der ermordeten Kellnerin in Canaanville aufklären …

Sie hatte sich bereits gefragt, ob ihr Vorgesetzter irgendeine Kombination dieser Erklärungsversuche akzeptieren würde, wenn sie ihm früher oder später würde begründen müssen, weshalb sie mit einem angeblichen Mörder zusammenarbeitete. Und sie wusste, dass die Frage kommen würde, wenn die Sache einmal durchgesickert war. Die alten Akten waren geschlossen, und nun würde sie herausfinden, wie fest sie geschlossen waren. Die Frage war nicht, ob, sondern wann die Sache aufflog. Und würde sie mit seiner Hilfe genug herausgefunden haben, wenn die Bombe platzte? Sie würde in Teufels Küche kommen. Aber möglicherweise war das Ergebnis den Preis wert.

Trotzdem, warum war sie im Begriff, ihre Karriere aufs Spiel zu setzen, wo ihre Karriere doch alles war, was sie hatte? War es ihre selbstzerstörerische Ader, die sie nie hatte ablegen können? Ein innerer Zwang, sich von neuem einer lebensgefährlichen Situation auszusetzen? Ein Drang, die Regeln des Lebens umzuschreiben, nur um zu sehen, ob sie dazu im Stande war?

Letzten Endes war die Sache viel einfacher, dachte sie. Ihr Leben war vor langer Zeit aus allen Konventionen und den damit einhergehenden Denkweisen herausgerissen worden. Warum sollte sie sich jetzt an Konventionen halten? Jemand, der eine Familie hatte und ein konventionelles Leben führte, würde etwas Derartiges niemals versuchen. Aber sie führte kein konventionelles Leben.

Es würde kein herzliches Willkommen-an-Bord geben und kein glückliches Dankeschön, dessen war sie sich sicher. Und keinen Teamgeist und keine Kameradschaft. Ihr wurde übel, genau wie sie es erwartet hatte. Sie handelte gegen alle natürlichen Instinkte, gegen ihren Selbsterhaltungstrieb, gegen jedwede Vernunft und möglicherweise sogar gegen das Gesetz. Sie betrachtete den Mann, der versucht hatte, sie umzubringen, und den sie nun – aus freien Stücken – in ihr Leben zurückholte.

»Und«, fragte sie ihn schließlich herausfordernd, »haben Sie irgendwas dazu zu sagen?«

Edwards musterte sie unergründlich.

Was ging in seinem Kopf vor? Würde er mitmachen, oder hatte sie seine Reaktion womöglich falsch interpretiert?

»Ich muss mir das Haus des Toten ansehen«, sagte Edwards.

Barbar. Teufel. Lügner. Monstrum. Mörder.

Aber als Allererstes war er Polizist.

Genau wie du, dachte sie verbittert. Als Allererstes ist er Polizist, genau wie du.

An seiner verschlossenen, unergründlichen Miene konnte sie nicht ablesen, dass ihr Angebot für Winston Edwards gleichbedeutend mit Sauerstoff war. Atemluft für einen Ertrinkenden, der soeben die Wasseroberfläche durchbrochen hatte und hechelnd neues Leben in sich aufsog.

»Sie können sich nun im Nachhinein die dreihundert Dollar verdienen«, sagte sie und ging hinter ihren Schreibtisch zurück, ein Wink, dass das Gespräch beendet und er entlassen war.

Behalte deine Freunde in deiner Nähe. Und deine Feinde auch.

Sie würde stets wissen, wo er sich aufhielt. Und was er trieb.

Warum tat sie das? Warum genau?

Weil es letzten Endes die einzige Möglichkeit war, die ihr noch blieb.

Nachdem Edwards ihr Büro verlassen hatte, beugte sich der hünenhafte Ng von seinem Platz zu ihrer offen stehenden Tür.

Sie warf ihm einen langen, unsicheren, suchenden Blick zu, einen Blick, den Ng in den zwei Jahren ihrer Zusammenarbeit bei ihr noch nie gesehen hatte.

»Lassen Sie mich niemals mit ihm allein«, sagte sie zu ihm.

15

»Julian Palmer. Den Beurteilungen ihrer Vorgesetzten zufolge eine ausgezeichnete, äußerst viel versprechende Polizeibeamtin, die allerdings noch etwas unerfahren ist – wo es angemessen scheint, möchte ich ihr großes Talent gerne anerkennen. Der Punkt ist jedoch, dass sie keine zufällige Augenzeugin war, sondern eine ausgebildete Polizistin – die uns noch immer keinen glaubhaften Beweis für ihre Anschuldigungen vorgelegt hat. Der Angeklagte mag vieles sein, aber ein Zauberer ist er nicht. Allen gegenteiligen Meinungen seiner ehemaligen Kollegen zum Trotz besitzt er keine übernatürlichen Kräfte. Er ist aus Fleisch und Blut. Genau wie das angebliche Mordopfer Wayne Hill, der, dessen sind wir uns völlig sicher, eines Tages wieder aus der Versenkung auftauchen wird…«

Aber sie hatte mit eigenen Augen gesehen, wie er Wayne Hill eine Kugel in den Kopf jagte. Der Mann hatte im Schnee gelegen und um sein Leben gebettelt; dann ein plötzlicher Schuss in die Stirn; gerade noch lebendig, im nächsten Augenblick tot. Ein atmendes, fühlendes Wesen, das von einem Augenblick zum anderen ausgelöscht worden war, ein warmer, lebender Körper, dann plötzlich eine erkaltende Leiche im Eis...

Sie hatte davor noch nie jemanden sterben sehen. Und seitdem auch nicht. Deswegen war die Erinnerung auch nach all den Jahren noch immer so lebendig. Der Seher, Wayne Hill, erschossen im Schnee.

Es stand mit ziemlicher Sicherheit fest, dass auch Hill einen Mord begangen hatte. Also hatte Edwards gewissermaßen eine Art eigenmächtige Blitz-Hinrichtung durchgeführt. Unverzüglich und unbarmherzig. Aber änderte das etwas? Edwards hatte es getan, weil er dazu im Stande war. Und dies zeigte Julian, dass er auch zu dem Mord an der Kellnerin im Stande gewesen war.

In den gerichtlichen Anhörungen zum angeblichen Mord an Wayne Hill und zum angeblichen Mordversuch an der Polizeiauszubildenden, Julian Palmer, durften keine Fotos der ermordeten Kellnerin Sarah Langley gezeigt werden. Es war ein gesonderter Fall, deswegen diese Regel. So wurde für die Anwesenden und selbst für Julian die ermordete Kellnerin zu einer abstrakten, theoretischen Figur...

Aber was den Seher, Wayne Hill, betraf – sie hatte neben Edwards gestanden, hatte Hills verzweifelten Gesichtsausdruck gesehen, hatte ihn um Gnade winseln hören...

Und während sie nach der Flucht vor Edwards erschöpft und um ihr Leben fürchtend unter dem Felsvorsprung gelegen hatte, hatte er genug Zeit gehabt, mit der Leiche zu tun, was immer ihm beliebte. Sie verbrennen oder im Schnee verscharren, um im Frühling zurückzukehren und sie endgültig zu begraben. Er hatte die ganze Nacht Zeit gehabt. Es war ein riesiges, unbewohntes Gebiet. Er wusste, dass man die Leiche niemals entdecken würde.

»Mein Klient wird nicht eines, sondern zweier Morde beschuldigt: des Mordes an der jungen Kellnerin Sarah Langley, und des Mordes an diesem Wayne Hill. Aber hier scheint es sich um eine Situation zu handeln, wo zwei Anschuldigungen besser sind als eine, denn jede hilft, die Absurdität der anderen zu untermauern …«

Der Anwalt, Cooperman, spielte den unvoreingenommenen Außenstehenden, tat so, als werfe er endlich das Licht der Vernunft in diese düstere Ecke des Staates, vor Ungläubigkeit über die abstrusen Anschuldigungen immer wieder den Kopf schüttelnd, als wollte er Julian unlautere Motive für ihre Behauptungen unterschieben …

»In keinem der beiden Fälle gibt es den geringsten Beweis, der für Winston Edwards' Täterschaft spricht. Die Vorgehensweisen sind völlig unterschiedlich. Selbst wenn man Wayne Hills Leiche fände, würde keine gerichtsmedizinische Abteilung der Welt zu dem Schluss gelangen, dass es sich um denselben Täter handelt.«

Er blendete die Kommissionsmitglieder mit Fakten, damit sie die Wahrheit nicht erkennen konnten. Ausgezeichnet, Cooperman, ausgezeichnet.

Julian schaute blinzelnd in das gleißende Sonnenlicht, das durch das Fenster ihres Büros flutete und die Decke und Wände mit einem frischen, optimistischen Glanz überzog.

Mit einem tiefen Atemzug saugte sie den neuen Tag in sich auf, inhalierte die noch kühle, unverbrauchte Büroluft, bevor diese von der täglichen Schweiß- und Kohlenmonoxiddosis schal und abgestanden wurde. Sie trank den ersten Schluck ihres Morgenkaffees, dann blickte sie zu ihrer kleinen, nun um ein Mitglied angewachsenen Mannschaft auf, die sich jenseits ihres Schreibtisches versammelt hatte.

»Frank Ryan wurde in seinem Arbeitszimmer im Keller erschossen. Zwei Kugeln in den Hinterkopf«, begann sie ihren neuen Arbeitstag.

Sie lächelte, kurz und schmallippig, ein Eingeständnis, dass sie schon mit ihren ersten Worten den Glanz des strahlenden Morgens besudelt hatte. Sie ließ sich schwerfällig auf ihren Schreibtischstuhl fallen, sank auf seine fleckige, von zahllosen Überstunden zerschlissene Sitzfläche herab – und sehnte heute aus irgendeinem unerfindlichen Grund nicht einmal den längst überfälligen neuen Bürostuhl herbei. Möglicherweise meinte sie, ihn nicht zu verdienen, oder sie war einfach zu sehr mit dem vorliegenden Fall beschäftigt. »Also, was haben wir bis jetzt?«, fuhr sie fort. »Ich meine, neben der Tatsache, dass wir nichts haben.«

Sie sah Ng an, hob aber das Kinn in Richtung Edwards, um Ng zu signalisieren, an wen er seinen Überblick richten sollte.

Edwards legte vorsichtig seine Bärenprankenhände um den ihm gereichten heißen Kaffeebecher, als hoffe er, dass die Wärme der dunklen Flüssigkeit in seine Gliedmaßen strömen und die betäubende Kälte aus seinem Körper vertreiben würde. Er saß schweigend und unbewegt da, in tiefe Konzentration versunken. Bereit, sich Ngs Ausführungen anzuhören.

»21. November, vier Uhr morgens«, begann Ng. »Eine stürmische Nacht, Windgeschwindigkeiten von bis zu siebzig Stundenkilometern. Außerdem seit Tagen kein Regen; der Boden um das Haus staubtrocken. Deswegen wurden alle Fußspuren verweht«, sagte er in seinem seltsamen melodischen Tonfall, einer Mischung aus asiatischer Musikalität und abgehackter Polizisten-Kurzsprache. »Für die Spurensicherung ist so ein Wind tödlich«, sagte Ng. »Zweige brechen von den Bäumen, Mülltonnen kippen um, die Abfälle werden verstreut...«

»Eine richtig ungemütliche Nacht«, bemerkte Mendoza und trank einen Schluck von seinem Kaffee.

»Vier Uhr morgens. Er saß an seinem Schreibtisch«, fuhr Ng fort und sah, wie Edwards leicht die Augenbrauen hochzog, sah die sich auf seinem Gesicht abzeichnende Frage, doch Ng beantwortete sie, bevor Edwards sie aussprach. »Was zum Teufel macht der Mann um vier Uhr früh an seinem Schreibtisch? Ein Mann, dem zwei gut gehende Schreibwarenhandlungen gehören? Nun, seiner Frau zufolge saß er jeden Morgen um diese Zeit in seinem Arbeitszimmer.«

»Was eigentlich nur bestimmte Leute wissen konnten«, gab Mendoza zum wiederholten Male zu bedenken und versuchte mit einem hoffnungsvollen Blick, Edwards für diese den Täterkreis eingrenzende These zu gewinnen.

»Ja – plus jeder, der zufällig durchs Fenster schaute«, widersprach Julian mürrisch.

»Der Eindringling verschaffte sich Zugang ins Haus...«, fuhr Ng fort.

»Die Person verschaffte sich Zugang ins Haus, oder sie war bereits dort... Schon die ganze Nacht... wie in all den langen Ehejahren«, murmelte Edwards in seinen Kaffeebecher.

Ah, da war er. Der erste Widerspruch. Es hatte nicht lange gedauert. Die ersten Zweifel an ihrer Kompetenz. Glaubte er wirklich, dass Julian nicht als Erstes die Ehefrau verdächtigt hatte? Dass sie so inkompetent war?

Julian sah Edwards an und schüttelte halb lächelnd den

Kopf. »Genau, die Ehefrau ist der Mörder! Natürlich. Der Fall ist gelöst«, rief sie überschwänglich und richtete den Blick auf Ng und Mendoza. »Vermutlich färben Mr. Edwards' eigene schlechte Erfahrungen auf seine Sicht der Dinge ab.«

Aber sie sah, dass Edwards verstohlen in seinen Kaffeebecher hineingrinste. Also hatte er es nicht ernst gemeint. Er hatte gescherzt, sie getestet – und sie hatte sich als schrill und humorlos erwiesen. Bei Winston Edwards konnte man nicht gewinnen. Ein schlechter Anfang. Sie hätte es wissen müssen.

»Natürlich haben wir uns als Erstes die Familie vorgenommen«, versicherte sie ihm formell. »Wir haben jedes Familienmitglied mehrmals verhört. Sie können sich vorstellen, was für ein netter Nachmittag das war.« Sie sah ihn kopfschüttelnd an. »Aber zumindest bestätigte sich, dass die Familie, darunter zwei vorpubertäre Mädchen, nichts mit dem Mord zu tun hat. Die Leute hatten einfach kein Motiv, keinen Grund.« Sie lehnte sich zurück, neigte den Kopf zur Seite und sah ihn freundlich und gleichzeitig autoritär und selbstsicher an. »Es war eine glückliche Familie.«

Edwards lächelte boshaft. »Was verstehen Sie schon vom Glücklichsein?«

Aber sie hörte an seinem mechanischen Tonfall und seinem Mangel an bissiger Inbrunst, dass er ihre Erklärung akzeptierte – dass die Familie nichts mit dem Mord zu tun hatte. Sie spürte, dass er ihren Instinkt – den sie unter seiner Führung entwickelt und seither weiter geschärft hatte – inzwischen ernst nahm. Dass er, obwohl er sie ein wenig provozierte, zumindest ihrem Urteil über die Familie vertraute und bereits weiter dachte.

Also verbarg er hinter seiner Skepsis ein Kompliment.

Typisch Edwards. Und seine Anspielung, dass sie unglücklich sei. Auch typisch. So kannte sie ihn. Vermutlich durchschaute sie ihn heute sogar besser als damals. Mit einem Nicken bedeutete sie Ng fortzufahren. Aber sie sah, dass Ngs Blick zwischen ihr und Edwards hin und her wanderte und ihm allmählich aufging, dass zwischen ihnen etwas Tiefergehendes existierte.

»In Ordnung«, sagte Ng schließlich. »Der Täter drang zwischen vier und vier Uhr dreißig in das Haus ein, der Todeszeit und dem Zeitpunkt der Entdeckung nach zu urteilen. Vermutlich half dem Täter beim Eindringen der bereits erwähnte laute Wind. Zwei Schüsse in den Hinterkopf. Kugel A in den Hinterhauptslappen, rechte Hemisphäre, Kugel B ebenso, jedoch einen Zentimeter tiefer; sie blieb direkt über dem Kleinhirn stecken.«

Edwards blinzelte, neigte den Kopf zur Seite. »Wie groß war der Abstand?«, fragte er.

Ng wiederholte: »Wie ich gerade sagte ... die Einschusslöcher liegen einen Zentimeter auseinander.«

Edwards schaute jetzt zu Julian hinüber und fragte verlegen lächelnd: »Wie bitte?«

»Ein Zentimeter«, sagte Julian lauter, jede Silbe betonend.

Wenn sie ihn betrachtete – sein aufgeschwemmtes, kränkliches Gesicht und seinen schlaff dahängenden Körper –, schien es durchaus passend, dass Edwards allmählich seine Hörkraft einbüßte. Plötzlich fragte sie sich, ob das das Einzige war. War es ein Fehler gewesen, ihn so schnell ins Team zu holen?

»Die Leiche wurde zwei Stunden später von Mrs. Ryan entdeckt«, sagte Ng, nun deutlich lauter sprechend.

»Zuerst wollten wir nicht glauben, dass keines der Familienmitglieder die Schüsse gehört hatte«, sagte Mendoza.

»Deswegen ließ ich Ng in dem Zimmer zwei 25er-Kugeln abfeuern«, sagte Julian.

»25er?«, fragte Edwards. Plötzlich verengte er die Augen. Hatte er sie beim letzten Mal nicht verstanden? Erinnerte er sich nicht?

Julian fuhr fort: »Ich ging ins Schlafzimmer im ersten Stock hoch und lauschte. Nichts. Man hat nichts gehört. Solides altes Steinhaus.«

»Und dann der Wind«, sagte Ng. »Und hinzu kam, dass …«

Er begann, rhythmisch mit den Fingern zu schnippen …

Edwards hob interessiert die Brauen …

»Hinzu kam, was vermutlich alles erklärt«, sagte Julian, »der Grund, warum er den Täter nicht von hinten herankommen hörte.« Edwards starrte sie ungeduldig und erwartungsvoll an. »Seiner Frau zufolge ließ er bei der Arbeit immer Musik laufen«, sagte Julian. »Immer. CDs in einem tragbaren CD-Spieler auf seinem Schreibtisch. Classic Rock.«

»An dem Morgen gab's noch zwei zusätzliche Trommelschläge …«, sagte Mendoza düster und distanziert. »Peng, Peng.«

Julian ignorierte ihn. »Seine Geschäftsbücher waren alle da. Ich habe sie mitgenommen und einem Wirtschaftsprüfer gezeigt. Keine schlimmen Schulden, keine Manipulationen. Alles sauber.« Der Wirtschaftsprüfer hatte ihr die Symbole für Haben, Soll und Skonto erläutert und gemeint, korrekter könnten Geschäftsbücher nicht geführt werden.

»Zwei Kugeln aus einer 25er«, wiederholte sie, nun offensichtlich Ngs Rolle übernehmend. »Ein billiger Kleinganoven-Revolver. Wir kennen alle Hehler der Stadt, und keiner hat in letzter Zeit eine solche Waffe verkauft, und angeboten wurde sie auch keinem. Keine Transaktion. Deswegen ist es möglich, dass die Waffe nicht von hier stammt und die Stadt längst wieder verlassen hat. Was nicht heißen muss, dass der Täter ein Ortsfremder ist. Ehrlich gesagt, glaube ich das ohnehin nicht, denn es wurde nichts gestohlen, nichts fehlt, und das Kaliber deutet auf einen Amateur hin, der eine persönliche Rechnung begleichen wollte. Oder aber es war ein Profi, der wie ein Amateur aussehen wollte. So oder so, anhand des Tathergangs scheint festzustehen, dass der Schütze von seinem Opfer nicht gesehen werden wollte.«

Edwards hörte aufmerksam zu.

»Ryan kippte tot auf die Tischplatte«, sagte Julian abschließend und lehnte sich zurück. So, sie hatten ihm das Rätsel präsentiert, zumindest im Großen und Ganzen.

»Er kippte auf die Tischplatte, richtig«, sagte Edwards. »Ob er schon tot war, wissen wir nicht.«

Julian spürte einen Anflug von Irritation. »Was meinen Sie damit?«

»Ich meine, dass wir nicht mit letzter Bestimmtheit sagen können, in welchem Moment der Tod eintrat«, sagte Edwards.

Sie sah ihn an und wartete, war auf alles gefasst.

»Deswegen würde ich gerne wissen, wie viel Zeit zwischen den Schüssen verging«, sagte er ruhig. »Ich meinte vorhin nicht den Abstand zwischen den Einschusslöchern«, er sah sie an, »sondern die Zeitspanne zwischen den Schüssen.« Er machte eine Pause, neigte den Kopf zur Seite und zog die rechte Augenbraue hoch. »Zeit«, sagte er bedeutungsvoll und ließ das Wort im Raum stehen, damit sie einige Momente darüber nachdenken konnten. Dann fügte er voller Sarkasmus hinzu: »Übrigens kann ich perfekt hören. Und offenbar als Einziger in diesem Raum vernünftig denken.«

Immer noch ein Arschloch, dachte sie. Gerade noch hatte sie seine Skepsis und Grobheit als verstecktes Kompliment aufzufassen versucht, aber sie hatte ihm offenbar zu viel Großmut eingeräumt. Zum Henker, sie holte ihn aus der Gosse, und wie dankte er ihr dafür? Es war, als ob er sie provozieren, sie dazu bringen wollte, ihn rauszuschmeißen und der Sache ein Ende zu bereiten, noch bevor sie richtig begonnen hatte. Wie ein aufmüpfiger Jugendlicher versuchte er auszuloten, wo ihre Grenze war, wann ihr der Kragen platzen würde. Es war ebenso unerhört wie typisch. Aber sie würde ihm den Gefallen nicht tun, in die Luft zu gehen. Denn wenn sie das täte, wäre es für ihn fast genauso intim, wie wenn sie mit ihm ins Bett stiege.

»Es gibt keine Möglichkeit festzustellen, wie weit die Schüsse zeitlich auseinander liegen«, erklärte sie ruhig und ließ sich ihre Verärgerung nicht anmerken, »und das wissen Sie genauso gut wie ich.«

»Natürlich gibt es keine Möglichkeit«, stimmte er ihr zu, beschwichtigend die riesigen Hände hebend, als wollte er sie mit seinem sofortigen Einlenken überraschen. »Aber in einem Fall wie diesem – in dem es keine einzige Spur gibt –, sollte man alle nur erdenklichen Möglichkeiten in Betracht ziehen. Man muss nicht unbedingt dran glauben, und beweisen wird man es auch nicht, aber einfach darüber nachzudenken, könnte zu einem neuen, nützlichen Ansatz führen.« Er brachte seinen massigen Körper schwerfällig in eine andere Position. »Vielleicht war es gar nicht ›Peng-Peng‹. Vielleicht war es ›Peng‹…« Er machte eine Pause, sah sie an, schloss die Augen, öffnete sie wieder und gab erst dann ein zweites, zarteres »Peng« von sich. Die Silbe durchdrang eigentümlich sanft die Stille des Büros und schien Sekunden lang über ihnen zu schweben.

Sie sah, dass Ng und Mendoza ihn gebannt anstarrten, förmlich an seinen Lippen zu hängen schienen…

Mein Gott, dachte Julian.

Edwards hob mühevoll seine Füße auf die Kante ihres Schreibtisches und versuchte, seine schmerzenden Fleischmassen in eine einigermaßen bequeme Position zu bringen. »Denn dieser zweite Schuss gibt mir wirklich zu denken, wissen Sie, und ich will Ihnen sagen, warum. Wenn es ein Profi war, der eine Amateur-Waffe benutzte, um seine Spuren zu verwischen, okay. Zwei Kopfschüsse, um die Sache schnell und sauber zu erledigen. Aber eine 25er scheint, wie Sie bereits sagten, auf einen Amateur hinzudeuten. Und ein Amateur, der weiß, dass in dem Haus eine Familie schläft, will natürlich so wenig Krach wie möglich machen. Daher hat er den zweiten Schuss womöglich nur deswegen abgegeben, weil Frank Ryan sich nach dem ersten noch bewegte. Eine 25er«, sagte Edwards abfällig. »Nicht gerade eine Monster-Kanone. Eher ein Damen-Revolver. Fast eine Betäubungs-Waffe… Also könnten uns womöglich die letzten Augenblicke, in denen er noch lebte – vielleicht anderthalb Sekunden, vielleicht fünf oder sogar mehr –, etwas Entscheidendes verraten…« Er lächelte verdrossen. »Je kleiner das Kaliber, desto vielfältiger die Möglichkeiten…«, sagte er ominös. »Was noch?«

»Ein Brieföffner lag auf dem Teppich«, sagte Ng mit, wie sie sah, neuem Enthusiasmus, offensichtlich darauf hoffend, dass Edwards etwas daraus machen würde…

»Auf dem Schreibtisch war das Foto der Töchter umgestoßen worden«, fügte Mendoza mit erwartungsvollem Blick hinzu. »Ansonsten war alles unverändert…«

Sie sah, dass Ng und Mendoza Edwards gespannt anstarrten. *Mein Gott. Schau dir die beiden an… wie sie an seinen Lippen hängen…* Sie war jetzt schon dabei, die beiden zu verlieren. Allmächtiger… Sie war sich sicher, dass Edwards dies nur tat, um an sie, Julian, heranzukommen.

»Natürlich wurde der Fotorahmen umgestoßen, schließlich *kippte Ryan auf die Tischplatte*«, versuchte sie die Kontrolle zurückzuerlangen und die Phantasie ihrer Kollegen zu zügeln und sie wieder zu vernunftbegabten Polizisten zu machen.

»Als Nell Ryan die Leiche entdeckte, hatte sich der CD-Spieler automatisch abgeschaltet«, sagte Ng, dem Wink seiner Chefin gehorsam Folge leistend. Und um seine Gründlichkeit zu demonstrieren, fügte er hinzu: »Die Größten Hits der Eagles aus den Siebzigern.«

»Ein Verkaufsschlager in den Neunzigern«, bemerkte Mendoza leise.

»Natürlich spielt es keine große Rolle, ob er sich vor dem zweiten Schuss noch einmal bewegte«, erklärte Edwards. »Was eine Rolle spielt, ist, ob die Bewegung darauf hindeutet, dass er noch bewusst denken konnte. Denn wenn er noch voll bei Sinnen war, dann hat er uns möglicherweise einen wie auch immer gearteten Hinweis geliefert.« Ein Achselzucken. Ein kalkuliertes Achselzucken, das besagte, *sicher, vielleicht auch nicht,* aber eben auch, *vielleicht aber doch.*

Ein grausiger Gedanke. Aber eine Möglichkeit. Er verwirrte sie mit verschiedensten Blickwinkeln und Interpretationsmöglichkeiten. Auch das war typisch Edwards.

Und dann – Edwards, du gottverdammter Mistkerl – begann auch sie über den Brieföffner auf dem Boden und das umgestoßene Foto auf dem Schreibtisch nachzudenken. Bisher waren es einfach zwei Gegenstände gewesen, die auf den Teppich gefallen beziehungsweise auf dem Schreibtisch umgestoßen worden waren, als Ryan nach vorne fiel. Aber warum waren dann die anderen Gegenstände – der

Bleistiftbehälter, der Taschenrechner, die Büroklammernpackung oder die blaue Schachtel mit Kleenextüchern – nicht verrückt oder umgestoßen worden?

Hatte er in den letzten Sekunden seines Lebens versucht, nach dem Brieföffner zu greifen, um sich zu verteidigen? Das umgestoßene Foto ... war es ein letzter Akt der Liebe gewesen, nach dem Foto zu langen, als er merkte, dass er sein Leben aushauchte?

Oder waren die Gegenstände einfach im Weg gewesen, als er vornüber auf den Tisch kippte ... einige Objekte wurden berührt, andere eben nicht ... kein Hinweis, keine tiefere Bedeutung. So hatte es ausgesehen, und alle Logik schien dies zu bestätigen.

Und unheimlicherweise – alarmierenderweise – gingen Edwards' Gedanken in dieselbe Richtung wie ihre. Aber auf seine eigene, unnachahmliche Art. »Zwei Objekte befinden sich nicht an ihrem angestammten Platz«, sagte er. »Falls Frank Ryan nach etwas zu greifen versuchte, dann nur nach einem der beiden Gegenstände. Entweder nach dem Brieföffner oder nach dem Foto von seinen Töchtern. Man könnte sagen, dass eine Geste seine Wut symbolisiert hätte und die andere seine Liebe«, sinnierte Edwards. »Wut contra Liebe. Ein instinktiver Verteidigungsversuch oder ein letzter, instinktiver Akt väterlicher Liebe. Was ist geschehen, und was hat diese letzte Handlung zu bedeuten? Stieß er das Foto um, als er nach dem Brieföffner langte? Oder stieß er den Brieföffner vom Tisch, als er nach dem Foto griff? Was könnte uns das verraten? Welche versteckte Botschaft *könnte* sich dahinter verbergen?«

Sie hätte laut aufgelacht, wenn sie nicht Ngs und Mendozas ernste Gesichter gesehen hätte.

»Was wusste er, und wann wusste er es?«, fasste Mendoza kurz und bündig zusammen.

Sie konnte es an ihren Augen erkennen. Sah, wie die Szene in ihren Köpfen ablief. Ng und Mendoza stellten sich vor, dass Frank Ryan nach dem ersten Schuss noch gelebt hatte, bei vollem Bewusstsein war, entweder ohne zu wissen, was geschehen war, oder aber er hatte seinen Mörder erkannt, sich aber nicht gegen ihn zur Wehr setzen können. Beide versuchten sich vorzustellen, was er – zu wem auch immer – gesagt und in den letzten Augenblicken seines Lebens empfunden haben mochte. In ihrer Vorstellung gewann das Verbrechen eine neue, grausig bildhafte Qualität. Der Tod wurde wieder lebendig.

Mein Gott.

Wollte Edwards die beiden manipulieren? Wollte er sich in ihren Köpfen ebenso präsent machen wie in dem kleinen Büro, das er beinahe vollständig auszufüllen schien? Oder wollte er ihr nur eins auswischen, wollte er ihr seine Überlegenheit demonstrieren? Oder war er tatsächlich überzeugt, einen brauchbaren Ansatz entdeckt zu haben?

Der Morgen hatte mit nichts begonnen.

Und zehn Minuten später hatten sie sogar weniger als nichts, wurde ihr nun klar.

Typisch Edwards.

Willkommen an Bord, Winston.

16

Die Witwe, Nell Ryan, öffnete die Tür. Vor ihr stand Lieutenant Palmer, wieder flankiert von dem gut aussehenden Puertoricaner und dem hünenhaften Chinesen. Dieses Mal aber war noch jemand anderer dabei, ein fettleibiger, ungepflegter, älterer Mann, den die Witwe zuerst für eine Art

Landstreicher hielt, den die drei unterwegs wegen eines geringfügigen Vergehens verhaftet hatten. Oder – hoffentlich – er hatte etwas mit dem Mord an ihrem Gatten zu tun.

Sie war sich sicher, dass man sie fragen würde, ob sie den Mann schon einmal gesehen hätte, aber er wurde ihr zunächst lediglich als Winston Edwards vorgestellt.

Es folgten keine weiteren Erklärungen. Lieutenant Palmer bat, sich noch einmal in dem Haus umsehen zu dürfen (die Witwe war sich sicher, dass sie das nur taten, um ihr zu demonstrieren, wie sehr sie sich anstrengten, nicht weil sie sich von dem abermaligen Besuch neue Erkenntnisse versprachen). Sie beobachtete den älteren Mann mit wachsender Neugier. Er sah nicht nur kränklich aus, sondern schien hauptsächlich mit seinen Unpässlichkeiten beschäftigt zu sein. Einige Momente lang sah er sich schweigend und konzentriert um, dann schien er plötzlich jedes Interesse zu verlieren. Wenn die Besucher die Maske investigativer Beflissenheit trugen, dann trug er die seine am intensivsten, nur um sie im nächsten Augenblick vollständig fallen zu lassen.

Die Witwe zog Julian zur Seite. »Wer ist das?«

»Mr. Edwards?«, fragte Julian zögernd.

»Ein Detective?«

Julian antwortete nicht sofort, überlegte. »Nun, er ... er war einer. Er ... ist ... in den Ruhestand gegangen worden.«

»Und Sie haben ihn mitgebracht, damit er Ihnen hilft?«

»Er ist sehr gut in diesen Dingen. Er ist ein ...«

»Er ist ein Experte«, sagte Nell Ryan hoffnungsvoll.

Mit etwas Glück würde Mrs. Ryan niemandem von Edwards erzählen. Auf Ng und Mendoza konnte sie sich verlassen, es sei denn, sie verplapperten sich. Aber dieser Frau durfte sie nicht verraten, wer Edwards war. *Tja, dieser*

Mann gehört eigentlich wegen Mordes hinter Gitter, und außerdem versuchte er auch mich umzubringen, aber jetzt arbeitet er für mich. Bitte erzählen Sie es niemandem. Die Frau wüsste nicht, was sie davon halten sollte, wäre völlig verwirrt…

Julian beobachtete einen Augenblick lang durch das Küchenfenster, wie Ng und Mendoza im Garten umhergingen. In ihren grauen Straßenmänteln sahen sie völlig deplatziert aus zwischen dem Klettergerüst, der Autoreifen-Schaukel, den selbst gezogenen Pflanzen und dem Baumhaus, dessen Unterseite sie gerade inspizierten. Dann führte Julian Edwards durch die Räume des Steinhauses und versuchte, sie mit Edwards' Augen zu betrachten, so als sähe sie alles zum ersten Mal.

Edwards überprüfte akribisch jede einzelne Türklinke, mehr Schlosser als Detective.

Sie gingen ins Kellergeschoss hinunter und kamen in einen kurzen Flur, dessen alte Holzdielen bei jedem Schritt laut knarrten. Edwards blieb stehen und warf einen Blick in den kleinen Toilettenraum zu seiner Linken, das Licht an- und ausknipsend, als wäre er bei einer Hausbesichtigung.

Julian öffnete die Tür am Flurende, und mit einem Mal, in einem einzigen, sonnendurchfluteten Moment, wurde aus den Schwarzweißfotos in ihrem Büro eine lebendige, farbige Kulisse. Alles in Frank Ryans Arbeitszimmer sah plötzlich hyper-real aus.

Die Sonnenstrahlen fielen auf den Schreibtisch. Der Brieföffner, wieder an seinem angestammten Platz, schimmerte golden. Die Geschäftsbücher waren geschlossen und lagen fein säuberlich übereinander gestapelt da. Der doppelseitige Plexiglasrahmen mit den Fotos der Töchter stand dort, wo er hingehörte. Die Blutlache war noch zu erkennen, aber nur als schattenartiger dunkler Fleck, der auf Wunsch der Ermittlungsbehörden noch nicht beseitigt worden war.

Winston Edwards sah sich schweigend in dem Arbeitszimmer um, die Hände tief in den Taschen vergraben. Julian bemerkte, dass dies der erste Raum in dem Haus war, in dem er sich wohl zu fühlen schien. Er war mit gesenktem Haupt, fast auf Zehenspitzen, durch die dunklen Flure geschlichen, hier aber schien er sich zu Hause zu fühlen, schien fast zu lächeln.

Plötzlich schloss Edwards die Tür hinter ihnen.

Julian spürte ein nervöses Kribbeln im Bauch, einen Anflug von Angst…

Ng und Mendoza waren hier, ihr würde nichts geschehen. Trotzdem, nichts konnte den Widerhall ihres Instinkts stoppen, die Erinnerungen, die sich in ihr Gedächtnis eingebrannt hatten…

Er ging zum Fenster am Schreibtisch und zog die Lichtblende herunter.

Ihr Herzschlag beschleunigte sich. Ihr Mund war trocken…

Sie dachte an die Waffe, die sie an ihrer Hüfte trug. An die Waffe, die sie nur einmal im Monat auf dem Übungsgelände der Polizei abfeuerte, wie es von jedem Beamten verlangt wurde. *Du bist bewaffnet. Er nicht. Beruhige dich. Beruhige dich. Oder ist er doch bewaffnet?*

Er trat an das achteckige Oberfenster heran, zog seinen Trenchcoat aus und stopfte ihn in die Ausbuchtung hinein.

Plötzlich war es in dem Zimmer vollkommen dunkel.

Er schaltete die Schreibtischlampe ein und trat einen Schritt zurück.

Julian sah, wie der Lampenschatten auf die Tischplatte fiel.

Plötzlich war es Nacht in Frank Ryans Arbeitszimmer.

Edwards trat wieder an den Schreibtisch heran, ging mit seinen riesigen Bärenprankenhänden die kleine CD-Sammlung durch, zog die Eagles-CD heraus, legte die silberne Scheibe in den CD-Spieler ein, drückte die Abspieltaste und trat einen Schritt zurück.

Leise Musik flutete, etwas blechern klingend, aus den kleinen Lautsprechern.

Es war unheimlich.

Doppelt unheimlich, denn sie glaubte zu wissen, dass diese unheimliche Atmosphäre eigens für sie bestimmt war. Oder war es für ihn tatsächlich nur eine authentische Nachstellung der äußeren Umstände in der Mordnacht? Eine genuine Methode, mit der er sich in die richtige Stimmung versetzte, um seinen berühmten Instinkt zu wecken?

Edwards schien sich noch wohler zu fühlen.

Er wandte sich um, ging zur Tür und öffnete sie. Aus dem Flur fiel Tageslicht in das Zimmer. Er trat einen Schritt hinaus und wippte kurz auf den knarrenden Holzdielen herum, dann starrte er von dort aus brütend auf den Schreibtisch.

»Was?«, fragte Julian nach einer Weile.

»Nichts«, sagte Edwards, noch immer brütend. »Noch nicht.«

Julian führte Edwards in den ersten Stock.

Als sie gekommen waren, hatte Mrs. Ryan zu ihren Töchtern hochgerufen, dass Lieutenant Palmer einen Blick in ihre Zimmer werfen würde, aber das war vor zwanzig Minuten gewesen, eine Ewigkeit für elf- und zwölfjährige Mädchen. Als Julian Edwards nun in den ersten Stock führte, waren die beiden in ihren Zimmern zu Gange; die Jüngere, Annabelle, lag auf dem Bett und las; die Ältere, Alyshia, saß am Tisch und lackierte ihre Fingernägel in einem schrillen Grünton, wie Julian sah; und dann – ihren zittrigen Kleine-Mädchen-Argwohn mit fast erwachsen anmutender Höflichkeit überwindend – lächelte sie Julian durch die offen stehende Tür schüchtern zu.

»Hallo«, sagte Alyshia freundlich.

»Hallo«, erwiderte Julian.

Edwards grüßte sie bloß mit einem mürrischen Nicken und stapfte weiter den Flur entlang, wie ein Elefant, der ruhelos nach saftigeren Wiesen sucht.

Julian hatte die beiden Mädchen schon verhört, und es war genauso verlaufen, wie sie es erwartet hatte. Die bleierne, vorsichtige Kooperationsbereitschaft. Das respektvolle Schweigen, ihr nervöses, eifriges Erfassen der Ereignisse um sie herum. Ihre weichen Rehaugen unter der grellen Deckenbeleuchtung. Die Neuartigkeit und die Aufregung, die Schamesröte in ihren Gesichtern und ihre gleichzeitige hoch konzentrierte Aufmerksamkeit. Und – Julian wusste es aus eigener, bitterer Erfahrung – ihr unendlicher, nach innen gerichteter Kummer, der anfangs nur ein Tröpfeln war und dann zu einer erderschütternden Flutwelle wurde – diese schockierende Erkenntnis, einen so tiefen, nie gekannten Schmerz in sich zu entdecken, dieses schreckliche Geheimnis, auf das sie in ihrem jungen Leben unwillentlich und ungefragt gestoßen waren. Die bange Abhängigkeit von tröstenden Worten der Erwachsenen. Julian hatte Edwards – etwas widerwillig – angeboten, die Mädchen noch einmal zu verhören, doch Edwards hatte Julians Vernehmungsprotokolle gelesen und war so weit zufrieden gewesen, dass er ein abermaliges Gespräch mit den beiden als überflüssig und zu schmerzhaft für die Mädchen verworfen hatte. Sie war keine Praktikantin mehr, und Edwards schien das, zu Julians Erleichterung, mittlerweile zu erkennen und zu akzeptieren – meistens jedenfalls.

Julian blieb noch einen Moment lang vor Alyshias Tür stehen.

Alyshia schaute so lange zu ihr heraus, wie Julian in ihr Zimmer schaute.

»Grüner Nagellack«, sagte Alyshia und hob schüchtern die Hände, ein verlegenes Lächeln auf den Lippen; sie fühlte sich ertappt... Was beweist, dass sie eine typische Zwölfjährige ist, dachte Julian, die ebenso verlegen zurücklächelte. Es war eine Entschuldigung für ihr Eindringen, für das bisherige Versagen der Polizei, für das Versagen des Lebens, das Alyshias bescheidene Erwartungen und Wünsche nicht hatte erfüllen können.

Die beiden nebeneinander liegenden viereckigen Zimmer der Schwestern, der schwach erleuchtete Flur... der erste Stock sah fast genauso aus wie bei ihnen damals, wurde Julian bewusst – visuell war die Erinnerung zwar längst verblasst, gefühlsmäßig aber war sie noch immer präsent und spürbar.

Die Zimmer waren mit den typischen Objekten der sich verändernden Interessen ihrer Bewohnerinnen gefüllt. Die Puppen und Stofftiere, die allmählich immer neuen Postern von Popstars weichen mussten, die beiden rosanen und lindgrünen Kassettenrekorder und in Alyshias Zimmer der Computer. Die überall verstreuten Klamotten, Sonntagskleider und in rauen Mengen Jeans und T-Shirts, auf dem Boden, auf den Betten und über einem weißen Schaukelstuhl... bei Julian und Stephanie hatte es nicht anders ausgesehen.

Die Ähnlichkeiten waren unheimlich, die Parallelen erschreckend. Irgendwann musste Julian die Augen zukneifen, um sich des beunruhigenden Anblicks zu erwehren, der ihr fast körperlich wehzutun begann...

Im ersten Stock der Ryans erlebte Julian nicht nur die

unbehagliche Faszination, das Leben einer fremden Familie auszuspionieren, sondern in gewisser Weise auch ihr eigenes. Sie belauschte, beobachtete, roch, spürte und durchwanderte ihre eigene Vergangenheit. Natürlich gab es zahlreiche Unterschiede zwischen den Häusern und den darin lebenden Menschen, aber diese Unterschiede schienen nur das essenziell und zeitlos Gleiche herauszustreichen.

Vom Flurende stapfte Edwards heran und nickte kurz – seine Zufriedenheit und seine Unzufriedenheit in diese eine knappe Geste packend.

»Genug gesehen?«, fragte Julian.

Statt zu antworten stapfte Edwards rüde an ihr vorbei und stieg wortlos die Treppe hinunter.

Julian blieb nichts anderes übrig, als ihm zu folgen.

17

Die Abteilung verfügte über ein kleines Bankkonto, von dem Spitzel und Informanten bezahlt wurden. Von dort kam das Geld, das sie Edwards gab. Es war ein Hungerlohn. In Dollar gerechnet war es ein Spottpreis angesichts seiner Erfahrung und seines fachmännischen Geschicks. Von der menschlichen Warte aus betrachtet war der Preis, den sie zahlten, allerdings wesentlich höher. Seine Schroffheit, die Ng und Mendoza abwechselnd faszinierte und abstieß, seine bedrückende Gegenwart, seine ganze selbstgefällige Art, all das erforderte ihre ganze Energie und Aufmerksamkeit. Von der menschlichen Warte aus betrachtet war er ein extrem kostspieliger temporärer Mitarbeiter.

In Gehweite vom Revier gab es ein billiges Motel, das kaum mehr war als ein verlaustes Armenhaus; eine Absteige für ungelernte Hilfsarbeiter aus der Dritten Welt, ein Auffangbecken für Mittellose, für Vagabunden und Arbeitsunfähige, die Art Etablissement, in dem die Polizei immer wieder für Ruhe sorgen musste. Sie selbst war nie drin gewesen. Sie schickte ihn dorthin.

Einen Block weiter gab es, wie sie wusste, ein kleines, billiges Schnellrestaurant, wo er für zwei Dollar eine Suppe und ein paar Spiegeleier auf Toast bekommen konnte.

Edwards arbeitete nicht für sie. Zumindest nicht offiziell. Aber inoffiziell eben doch. Früher oder später würde es herauskommen. Ganz sicher.

18

Es sah aus, als gönne er sich bei der Arbeit ein kleines Nickerchen.

Das heißt, bis auf das Blutrinnsal, das an seinem Hals herunterlief, über die Schreibtischunterlage und einige Papiere floss und sich fein säuberlich an der Tischkante sammelte, bevor der rote Schwall heruntertropfte. Auf dem Boden schwamm eine einzelne, in ihrer perfekten Symmetrie unheimlich wirkende kreisrunde Blutlache. Frank Ryans Tod schien – abgesehen von der Todesart – ebenso ordentlich abgelaufen zu sein wie sein Leben.

Julian hatte auf dem Schreibtisch wieder die Fotos vom Tatort ausgebreitet, zwei Dutzend Zwölf-mal-siebzehn- und eine Hand voll Siebzehn-mal-fünfundzwanzig-Abzüge.

Die gestochen scharfen, sorgfältig aneinander gelegten

Großaufnahmen erweckten beinahe den Anschein, als läge der Tote auf Julians Schreibtisch.

Die kleineren Fotos – die ohne Frank Ryans Leiche – erzielten einen noch eigenartigeren Effekt: zwischen den Schwarzweißaufnahmen vom Tatort und der Julian umgebenden Realität ihres Büros schien eine seltsame Duplizität, eine Art Echo-Effekt zu existieren.

Auf einem der Fotos war auf Frank Ryans Schreibtisch ein kleiner Stapel Münzen zu erkennen. Und links von dem Foto stand auch auf Julians Schreibtisch ein kleiner Stapel Münzen. Auf den Fotos sah man eine Schreibtischunterlage. Auch auf Julians Schreibtisch lag eine Unterlage. Ein runder Bleistiftbehälter, eine Schachtel Kleenextücher, aufgeschlagene Schnellhefter – alle diese Gegenstände auf den Fotos fanden sich auch auf Julians Schreibtisch. Es war ein unheimlicher Effekt, wenn es einem denn auffiel. Bisher hatte Julian es nicht bemerkt, obwohl sie die Fotos mehrfach intensiv studiert hatte. Jetzt aber, wo Edwards da war, sprang es ihr endlich ins Auge. Seine Gegenwart schien sie wachsamer zu machen. War das gut oder schlecht? War zu befürchten, dass – wenn ihre Sinne permanent auf Hochtouren liefen – sie im entscheidenden Moment zu erschöpft wäre, um sich noch auf ihre Urteilskraft verlassen zu können?

Der goldene Brieföffner. Der doppelseitige Fotorahmen aus Plexiglas. Der CD-Spieler im Holz-Imitat-Gehäuse. Die aufgeschlagenen Geschäftsbücher. Die blaue Schachtel mit Kleenextüchern. Dies war, wurde Julian bewusst, das letzte Bild, das Frank Ryan vor Augen gehabt hatte. Und durch die Fotos waren die Gegenstände für immer Teil von Frank Ryans letzten Momenten geworden. Unwissentlich, mit stillem Respekt, waren sie eine geheiligte Verbindung eingegangen, bewirkten eine Synergie zwischen Leben und

Tod. Und durch diesen Synergieeffekt waren sie gewissermaßen Teil der Ereignisse geworden, ohne bisher jedoch eine tiefere Bedeutung erlangt zu haben.

Der heruntergefallene goldene Brieföffner. Der doppelseitige Fotorahmen. Auf den Aufnahmen vom Tatort waren es stumme, leblose Objekte, denen sie bislang keine größere Bedeutung beigemessen hatten. Jetzt waren sie plötzlich Gegenstand verschiedener Spekulationen. Während sie dasaß und auf die Fotos starrte, erwartete sie fast, dass die Stücke sich verschoben, ihr Antworten gaben, ihr halfen, die Ereignisse der Mordnacht zu verstehen. Schließlich waren es nur zwei Gegenstände, aus denen sich nur wenige, deutlich umrissene Möglichkeiten und Alternativen ableiten ließen. Sie versuchte, sie kraft ihres Willens zu einer erhellenden Geometrie des Verstehens zurückzurücken.

Mittel, Motiv, Gelegenheit. Ein Drei-Teile-Puzzle, dessen Geometrie ebenso klar und elementar war wie die der Gegenstände auf dem Schreibtisch. Während sie ununterbrochen auf die Fotos starrte, gingen ihr immer wieder diese drei Begriffe durch den Kopf. Mittel, Motiv, Gelegenheit. Die heilige Trinität aller Polizeiarbeit. In Gedanken sprach sie es sich immer wieder vor, im treibenden Rhythmus einer voll kostümierten Marschkapelle. Mittel, Motiv, Gelegenheit. Die drei Gebote auf der Akademie, die alle anderen, längst aus der Mode gekommenen Polizei-Prinzipien wie Respekt, Gehorsam etc. verdrängt hatten. Der Ansatz, die Methode, mit der jedes Kapitalverbrechen durchleuchtet und – in den meisten Fällen – letztlich aufgeklärt wurde.

Mittel, Motiv, Gelegenheit. Das war die Schablone, die sie über diese Objekte legen musste. Aber sie sah doch, dass er vermutlich mit dem Ellbogen den Brieföffner vom Tisch gestoßen hatte. Sie sah doch, dass er beim Vornüberkippen vermutlich gegen den Fotorahmen gestoßen war und ihn dadurch zur Seite geschoben hatte. »Auf dem Brieföffner fanden sich keine Fingerabdrücke«, erinnerte sie ihre Kollegen aufs Neue. »Er hat nicht versucht, sich zu wehren.«

»Vielleicht wollte er danach greifen, und dabei ist das Ding vom Tisch gefallen, und *deswegen* sind keine Fingerabdrücke drauf«, widersprach Mendoza.

»Vielleicht wurden die Fingerabdrücke abgewischt«, sagte Ng.

»Und dann wurde das Ding auf dem Boden liegen gelassen?«, fragte sie. »Wenn man die Fingerabdrücke abwischt, legt man das Stück auch zurück auf den Schreibtisch.«

»Vielleicht wurde er auf dem Boden liegen gelassen, damit es *aussieht,* als wäre er heruntergefallen«, sagte Ng bedächtig. »Und deswegen wurde er abgewischt. Nachdem ihn jemand in der Hand hatte.«

Sie rutschte unbehaglich auf ihrem Stuhl umher. Ihr war das alles zu verworren…

Edwards schwieg. Er schien der Diskussion nur mit halbem Ohr zu folgen.

»Warum nur diese beiden Gegenstände?«, fragte er schließlich – vage sinnierend –, als dächte er bloß laut nach. »Warum wurden nicht auch die anderen Gegenstände verrückt oder vom Tisch gestoßen?« Er machte eine Pause. Wieder hatte er ausgesprochen, was sie im Stillen dachte. Aber eine mögliche Erklärung für seine Einwände bot er nicht an, fiel ihr allmählich auf. Gegenargumente lieferte er nie. Diesen negativen Part schien er ihr zu überlassen…

»Aber… wer sagt denn, dass andere Gegenstände herunterfallen mussten?«, sagte sie zwangsläufig. »Überlegen Sie, wie er nach vorne kippt. Er muss nicht unbedingt andere Objekte umstoßen. Diese beiden Gegenstände waren ihm im Weg, als er auf die Tischplatte fiel. Das war alles. Ganz einfach«, sagte sie.

Aber Julian wusste, dass dies längst nicht feststand. Dies war keine absolute Wahrheit. Beide Sichtweisen waren möglich. Der Brieföffner auf dem Boden: Hatte er ihn versehentlich heruntergestoßen, als er nach vorne fiel? Oder hatte er versucht, sich zu wehren? Diese Frage war bislang nicht zu beantworten.

Aber es war, als würde Edwards bloß zur allgemeinen Verwirrung beitragen, als würde er immer dann eine neue Chemikalie in das brodelnde Gemisch der Möglichkeiten schütten, wenn die bisherigen Elemente sich zu binden begannen. Es war, als würde er die Gelegenheit, die Fotos zu betrachten, dazu nutzen, sich neue Fragen und neue Szenarien auszudenken. Jede neue Gelegenheit nutzte er, um immer wieder dasselbe zu tun.

Es waren erst wenige Tage vergangen, aber das Muster war längst zu erkennen …

Allmählich begann sie sich zu fragen, ob seine Theorien bloß ein Bluff waren.

Er war eine Legende gewesen, hatte zahllose Morde praktisch im Alleingang aufgeklärt. Aber in der Polizeiarbeit war eine neue Ära angebrochen, neue Technologien wurden eingesetzt. Und sie war nicht mehr die unerfahrene, leichtgläubige Praktikantin. War er nur ein Blender? Zumindest in diesem Fall? Versuchte er lediglich, seinen kleinen Job zu behalten, indem er sich auf seinen legendären Ruf stützte? Auf dem Brieföffner waren keine Fingerabdrücke. Ob erster oder zweiter Schuss spielte kaum eine Rolle. Sie konnte keine versteckten »Hinweise« erkennen. Das Abdunkeln von Ryans Arbeitszimmer. Wie er schweigend dagestanden hatte. Wie er stumm die Fotos in ihrem Büro studierte. Wie er sie mit allerlei Theorien gegeneinander aufbrachte. Allmählich dämmerte ihr die Möglichkeit, dass das alles bloß Spinnereien waren.

Versuchte er Zeit zu schinden? Sah er seinen nahenden Rauswurf längst voraus? Sie spürte ihre Enttäuschung. Fühlte sich im Stich gelassen. Sie sah ihn skeptisch an.

Oder glaubte er wirklich, dass an seinen verwirrenden Spekulationen etwas dran war? Sie hatte sich schon einmal von seinen bemerkenswerten Fähigkeiten täuschen lassen, hatte erlebt, wie er scheinbar aus dem Nichts eindrucksvolle Lösungsvorschläge herbeigezaubert hatte, die sich letztlich als völlig falsch erwiesen hatten. Wollte sie sich wirklich ein zweites Mal auf seine Spielchen einlassen?

In Ordnung, eine Weile würde sie noch mitspielen. Vielleicht allein wegen der Chance, endlich zu verstehen, was für ein Mensch er wirklich war.

Der goldene Brieföffner. Der doppelseitige Fotorahmen. Der CD-Spieler. Die blaue Schachtel mit Kleenextüchern. Edwards sah schweigend die Fotos durch, studierte die Gegenstände darauf. Ganz normale Gegenstände. Stumme Zeugen, jeder mit einer Geschichte. Würden sie weiter stumme Zeugen bleiben, oder würden sie ihnen ihr Geheimnis verraten? Ihnen eine stimmige Version der Ereignisse liefern …

»Was genau sehen Sie sich gerade an?«, fragte sie schließlich.

»Was ist das?«, fragte er und deutete auf einen dunklen Fleck auf dem Teppich, der auf einem der Fotos unter dem Schreibtisch zu erkennen war.

Sie lächelte. Es war etwas ganz Gewöhnliches, leicht Nachvollziehbares. »Das ist kein Blut«, sagte sie. »Ein Kaffeefleck.«

»Dann sehe ich mir gerade einen Kaffeefleck an«, sagte er.

Ng sammelte die Fotos ein.

»Am Montag kommt die forensische Neurologin, nach der Sie verlangt haben«, sagte Julia zu Edwards. Sie hatte keine andere Wahl. Edwards' Spekulationen über Frank Ryans Bewusstseinszustand vor dem zweiten Schuss waren zumindest ein Ansatz. Sie kannte sich mit der Physiologie des Gehirns gut genug aus, um dies zu erkennen. Wegen der geringen Durchschlagskraft der kleinen Waffe hatten die beiden Kugeln den Parietallappen womöglich unversehrt gelassen. Beide Kugeln waren knapp oberhalb des Kleinhirns stecken geblieben – vielleicht hatten sie es nicht in Mitleidenschaft gezogen. Jedwede Restfunktion des Gehirns hing vermutlich davon ab, wo genau welche Kugel zuerst eingedrungen war. Ursprünglich hatte sie diesen Aspekt rasch verworfen, weil es schlichtweg belanglos zu sein schien. So oder so, Frank Ryan war tot. Aber wenn sie, zumindest für den Moment, einräumte, dass die Fundstellen des Brieföffners und des Fotorahmens bedeutsam waren – und da sie, wie Edwards richtigerweise bemerkte, nichts anderes hatten –, war sie bereit, diesen Ansatz fürs Erste weiterzuverfolgen.

Sie müssen jede Möglichkeit in Betracht ziehen, konnte sie ihn fast sagen hören. *Sind Sie das den Ryans und sich selbst nicht schuldig, jede nur erdenkliche Möglichkeit in Betracht zu ziehen? Haben Sie nicht diesen Eid geleistet?* Aber er musste es gar nicht aussprechen. Es bedurfte nicht seiner Stimme. Es war ihre eigene Stimme, die zu ihr sprach.

»Gut, dann machen wir also am Montag weiter.« Sie hatte keine andere Wahl. Sie musste es tun, trotz aller Skepsis. Sie hatten nichts. Sie betrachtete Edwards und versuchte ihren Argwohn zu verdrängen. »Was werden Sie am Wochenende tun?«

Edwards sah sie an. »Ich werde hochfahren und Stelly besuchen. Vielleicht kann ich die Dinge ein wenig kitten.«

Estelle. Seit vierzig Jahren seine Ehefrau, und nun hatte sie ihn vor die Tür gesetzt.

»Weiß sie, dass Sie kommen?«

Edwards nickte. »Ich habe sie angerufen. Sie weiß, dass ich mit Ihnen an einem Fall arbeite. Sie kann es natürlich kaum glauben.«

»Ich auch nicht«, sagte Julian.

»Ich auch nicht«, sagte Edwards in einer schwer auseinander zu haltenden Mischung aus Erstaunen und aufrichtiger Dankbarkeit.

»Wissen Sie, die meiste Zeit sind Sie ein so großes Arschloch, dass es ein richtiger Schock ist, wenn Sie mal keines sind.«

Er sah sie ausdruckslos an. »Können Sie mir etwas Geld für die Heimfahrt geben?«

Sie schnaubte. »Sie tun das absichtlich, stimmt's?« Sie schüttelte den Kopf und griff in ihre Tasche. »Ein Vorschuss für nächste Woche.«

Die Dinge kitten? Wenn sie am Wochenende bei Estelle Edwards anrief, um ihre Bekanntschaft aufzufrischen und ein wenig über alte Zeiten zu plaudern, würde sie ihn wirklich dort vorfinden?

Aber würde es die Dinge nicht verschlimmern, wenn sie herausfand, dass er nicht dort war? Das Grübeln, wo er steckte, das schlaflose Spekulieren …

Sie konnte ihn beschatten lassen.

Vermutlich sollte sie es tun.

Aber vielleicht war es besser, nicht allzu genau Bescheid zu wissen.

19

Edwards hatte für seinen Abstecher nach Florida ein Hin- und Rückflugticket gekauft, und als die Polizeibehörde des Bundesstaates New York ihm völlig unerwartet einen Freiflug spendiert hatte, war sein eigenes Rückflugticket ungenutzt geblieben.

Früh am nächsten Morgen tauschte er dieses Ticket an einem Schalter des Albany-County-Flughafens gegen ein Ticket nach North Carolina um.

Am Vormittag landete er im sonnigen Raleigh Durham.

Vor dem Flughafengebäude hielt er einem erschrockenen Taxifahrer seine alte Polizeimarke unter die Nase und hatte für den Tag plötzlich einen etwas verwirrten, aber folgsamen Chauffeur.

Edwards hatte mitbekommen, dass Julian aus nicht näher erläuterten Gründen nur selten mit ihrer Mutter sprach. Als Julian für ihn gearbeitet und ihm von dem Mord an ihrem Vater erzählt hatte, hatte er sich zu fragen begonnen, wie wohl ihre Beziehung zu ihrer Mutter war. Edwards hatte sie nicht direkt darauf ansprechen können – Julian hatte ihm zu verstehen gegeben, dass dieses Thema tabu war. Nichtsdestotrotz hatte er den Eindruck gewonnen, dass zwischen Mutter und Tochter eine große Distanz herrschte. Dass die Beziehung zunehmend eingeschlafen war und die Kontakte zwischen ihnen immer seltener wurden. Er wusste nicht genau, warum. War dies Julians Art, mit der Tragödie umzugehen: vergessen und sich ein gänzlich neues Leben aufbauen? Machte sie unbewusst ihre Mutter mitverantwortlich, war ihr Verhalten durch diese unbewusste Schuldzuweisung gekennzeichnet? Was auch immer, er wusste, dass die beiden Frauen heute nur noch hin und wieder miteinander telefonierten. Und wenn dies tatsächlich der Fall war, wenn tatsächlich diese Distanz zwischen ihnen herrschte, dann war anzunehmen, dass bei den seltenen Telefonaten keine der beiden den Mord ansprach, es wahrscheinlich seit Jahren nicht getan hatten. Der Mord am eigenen Vater war kein Thema, das man gegenüber der Mutter, der Ehefrau des Toten, immer wieder von neuem aufbrachte.

Aber selbst wenn sie ihre Mutter darauf angesprochen hatte, hatte sie nicht die richtigen Fragen gestellt, dachte Edwards.

Niemand weiß, wie man der eigenen Mutter unbequeme Antworten entlockt.

Aber Edwards wusste, dass Sylvia Blood Antworten hatte.

Und Edwards würde sie bekommen.

Artemis Shores Auskünfte erwiesen sich jedoch als falsch. Das Pflegeheim, in dem Sylvia Blood untergebracht gewesen war, existierte nicht mehr. Es hatte Ärger gegeben, und die Stadt hatte es geschlossen. Und obwohl Artemis ein gut informierter Mann zu sein schien, war er diesbezüglich nicht auf dem neuesten Stand. Die Zeit hatte ihm einen Streich gespielt. Vermutlich hinkte er den Ereignissen in seinem Heimatort um Jahre hinterher. Im Rathaus erhielt Edwards von einem jungen Angestellten nach Überprüfung der Computerdateien die Information, dass weder in der Stadt noch in der näheren Umgebung eine Sylvia Blood wohne. Selbst von dem Pflegeheim wusste keine der Dienststellen im Rathaus, und auch die Leute, die auf den Eingangsstufen herumstanden, hatten nie davon gehört. In der Kantine glaubte ein älteres Ehepaar, sich vage an den Mordfall zu erinnern, aber wo die Witwe heute lebte, wussten auch sie nicht.

Es mochte riskant sein, aber er konnte versuchen, es durch Julian herauszubekommen, konnte versuchen, irgendwie an ihre Telefonrechnung und die darin aufgelisteten Nummern zu gelangen. Er hätte dies als Allererstes versuchen sollen. Er hätte sich nicht auf Artemis verlassen sollen. Er sollte sich auf niemanden verlassen außer auf sich selbst.

Samstagabend. Er saß auf einer Holzbank im Stadtzentrum. In einer halben Stunde würde sein Taxifahrer kommen.

Er hatte nichts in Erfahrung gebracht. Er war den ganzen weiten Weg gekommen und hatte sein Ziel doch nicht erreicht.

Es war brütend heiß hier unten. Der Indian Summer hauchte seinen letzten feurigen Atem auf die sanft geschwungenen Hügel und die flachen Felder der Region. Edwards saß im Oberhemd da, heftig transpirierend, glitzernde Schweißperlen auf der Stirn. Es war ein brutaler Gegensatz zu der harschen Kälte, die im Norden New Yorks längst Einzug gehalten hatte. Die Hitze; die Kälte. Beides gleichermaßen grausam für Leute mit angeschlagener Gesundheit.

Er saß vor einem Eiskrem-Laden und machte den Besitzer allmählich nervös, wie er an dessen argwöhnischen Blicken erkannte.

Er beobachtete die wenigen Passanten, die offenbar ziellos an ihm vorübergingen. Als wären sie so ziellos, wie er sich im Augenblick fühlte…

Die Stadt erinnerte ihn an die, die er verlassen hatte, die dreißig Jahre lang ihm gehört hatte.

Die kleine Stadt oben im Schneegürtel, die er regiert hatte wie ein Monarch, anfangs gütig und dann immer weniger gütig; sein kleines, privates Feudalreich, dessen Existenz Außenstehenden nicht bekannt war. Es war wie eine aufwändige Spielzeugeisenbahn-Landschaft im Keller, von der Gäste, die zum Abendessen kamen, nichts wussten; sein Hobby, sein geheimer Zeitvertreib, seine unerklärbare Obsession. Er lächelte versonnen. Es war ein bisschen kindisch für einen erwachsenen Mann, sicher; ja, er war der sprichwörtliche Hecht im Karpfenteich gewesen. Aber in dem Teich hatte es von Leben gewimmelt, und, dies war das Beste daran, er hatte, wann immer es ihm beliebte, auf Beutezug gehen können. Die Stadt, die er regiert und die er verloren hatte, als seine Herrschaft die Grenzen des Vernünftigen überschritten hatte. Irgendwo hier in diesem kleinen Südstaaten-Städtchen gab es eine Person oder eine Gruppierung, die diesen Ort in derselben Weise kontrollierte. Das war es, was die Leute nicht verstanden. Er saß auf der Holzbank, betrachtete die Stadt und dachte dabei an jene andere Stadt, die so weit entfernt war und ihm doch so nah lag, unauslöschlich in seinem Herzen verankert. Im Grunde genommen war auch sie eine Südstaaten-Stadt, überlegte er, eine Südstaaten-Stadt, die zufällig oben an der kanadischen Grenze inmitten der lähmenden Kälte lag. Dies war der Grund, warum ihm dieser Ort hier trotz der drückenden Hitze – und obwohl er nur ein namenloser Punkt auf der Landkarte war – so vertraut vorkam …

Und dann sah er sie.

Eine Frau, die die Straße überquerte und auf eine Drogerie zuging.

Wahrscheinlich konnte es nur ihm allein aufgefallen sein.

Wahrscheinlich konnte sie nur jemandem auffallen, der von Julian Palmer besessen war.

Jemandem, der unablässig an sie gedacht hatte, der in

seiner Gefängniszelle fortwährend ihr Bild heraufbeschworen hatte, der sich nach ihr verzehrt hatte, Nacht für Nacht für Nacht …

Jemandem, der sich das einzige, im Zusammenhang mit seinem Fall erschienene Zeitungsfoto von ihr eingeprägt und es irgendwann in einem Tobsuchtsanfall in Fetzen gerissen hatte, weil es die Realität nur unzureichend wiedergab. Ja, vermutlich hatte es nur einer solchen Kreatur, nur einem solchen Mann so schnell und zweifelsfrei auffallen können.

Julian selbst wäre nie darauf gekommen …

Julian hatte nicht die geringste Ahnung.

Aber es war unverkennbar. Derselbe Kinnschwung, derselbe Unterkiefer. Dieselben schlanken Hände. Dieselben anmutig geschwungenen Brauen und dieselben leicht schräg stehenden Kleopatra-Augen, derselbe schimmernde Braunton ihrer Haut. Derselbe makellose Teint.

Sein in langen Jahren entwickelter, einstmals berühmter und noch immer funktionierender Instinkt sagte es ihm. Er wusste es, er sah es, er spürte es in der Wurzel seines Kleinhirns, merkte es an seinen aufgerichteten Nackenhärchen. Spürte es, fühlte es in den Knochen.

Sie musste ganz in der Nähe wohnen.

Und auf Grund der Informationen, die er von Artemis erhalten hatte …

Er blickte auf Julian Palmers Halbschwester. Sie musste mit ihr verwandt sein.

Eine ältere Halbschwester.

Eine unbekannte Halbschwester.

Dies waren schließlich die Südstaaten.

Während die Frau in der altmodischen Drogerie verschiedene Waren aus den massiven Holzregalen nahm, schossen dem offenbar ziellos vor der Fensterscheibe auf und ab gehenden alten Mann ein halbes Dutzend möglicher Szenarien durch den Kopf. Während die Frau an der antiken Registrierkasse stand, seelenruhig in ihr Portemonnaie griff und ihre Einkäufe bezahlte, prallten in den Gedanken der Gestalt vor der Fensterscheibe ihre fiktive Vergangenheit und Gegenwart heftig aufeinander.

Die Frau kam aus der Drogerie, in einer Hand die kleine braune Tüte mit ihren Einkäufen, und glitt nahe an dem alten Mann vorüber, der, wie sie kurz dachte, vermutlich auf seine ebenso betagte Gattin wartete oder vielleicht auf seinen etwas jüngeren Altenpfleger –

»Entschuldigen Sie bitte«, hörte sie den alten Mann heiser stammeln.

Sie wandte sich zu ihm um und hob, mit einer Kleinstadt-Empfänglichkeit, die er weder erwartet noch erhofft hatte, die anmutig geschwungenen Augenbrauen. »Ja?«

Aber der alte Mann starrte sie nur mit leerem Blick an, so lange, bis sie nach einigen Augenblicken einen Anflug leichter Beunruhigung zu empfinden begann und sich, trotz ihres Mitleids für den offenbar vergesslichen Alten, abwandte und weitergehen wollte.

»Verzeihen Sie«, sagte der alte Mann nicht mehr ganz so heiser, sondern vielmehr mit einem leicht einschmeichelnden Unterton, wie ihr auffiel. »Es ist bloß …« Der Mann lächelte verlegen, und erst jetzt bemerkte sie eine gewisse Wachsamkeit in seinen Augen. »Nun, Sie sehen aus wie jemand, den ich kenne …«

»Ach, das höre ich oft …«

»Von wem?«, fragte er plötzlich – etwas zu drängend, schroff beinahe. Die Frau wich ein Stück zurück und begann, wie ihm auffiel, nach einer eleganten Fluchtmöglichkeit zu suchen.

Aber anders als ein Großstadtmensch würde sie ihn niemals einfach stehen lassen und weitergehen. Sie brauchte eine Ausrede, eine kleine höfliche Entschuldigung für einen schnellen Abgang, und dies musste er verhindern.

»Verzeihen Sie bitte«, sagte er mit formvollendeter Höflichkeit, »es ist mir äußerst unangenehm, auf der Straße eine mir fremde junge Dame anzusprechen ...« So, das war genug Anstand und Manierlichkeit, um sie vom Fortrennen abzuhalten. »Verzeihen Sie mir«, wiederholte er, lächelnd darauf wartend, dass sie ihrerseits lächelte und damit seine Entschuldigung annahm. Da, da war das Lächeln. Die Ermutigung zu seinem nächsten Schritt. Sag irgendetwas, etwas Nettes, etwas Unverfängliches, irgendetwas, um das Gespräch in Gang zu halten. »Vielleicht könnten Sie mir helfen ...«, sagte er im liebenswürdigen Tonfall eines netten älteren Herrn. »Ich wollte schon reingehen und fragen, aber vielleicht könnten Sie mir ja einen Tipp geben ...« Er sah sie hoffnungsvoll an, ganz der liebenswerte, hilfsbedürftige Großvater. »Ich suche eine Unterkunft für die Nacht ...«

Wieder betrachtete sie ihn mit leichtem Argwohn – aber dann lächelte sie über ihre unangebrachte Interpretation seines völlig legitimen Anliegens, lächelte, wie er ihr ansah, um ihre Unsicherheit zu überdecken, die sie wohl nicht gerade gastfreundlich fand.

»Wüssten Sie etwas?«, fragte er extrem höflich. »Gibt es etwas in der Nähe?«

»In der Stadt gibt es weder ein Hotel noch ein Motel«, sagte sie zu ihm in ihrem eigentümlich weichen Tonfall, in dem jedoch dieselbe geschmeidige Kraft wie bei Julian mitschwang, wie ihm nun auffiel, eine stimmliche Bestätigung, dass sie in der Tat Julians Halbschwester war. »Die nächsten Unterkünfte liegen an der Route 55«, sagte die Frau mit breitem Südstaaten-Akzent, der die Ähnlichkeit der Stimmen jedoch nicht schmälern konnte. »Ungefähr fünfundzwanzig Meilen von hier.«

Der alte Mann sah beunruhigt aus. »Gibt es nichts Näheres? Irgendetwas?«, fragte er.

Sie zögerte. Dann schüttelte sie den Kopf.

»Aber etwas ist Ihnen gerade eingefallen…«, sagte er und neigte den Kopf leicht zur Seite.

Sie schaute ihn an, ein wenig überrascht von seiner Beobachtungsgabe. Sie sagte nichts.

»Hab ich Recht?«, hakte er freundlich nach.

Sie lächelte verlegen. »Nun, im Haus meines Vaters nehmen wir hin und wieder Gäste auf.« Sie machte eine Pause. »Wir… wir hätten wohl ein Zimmer frei.« Für einen Moment setzte sie eine geschäftsmäßige Miene auf. »Es kostet fünfunddreißig Dollar die Nacht.«

»Klingt angemessen«, sagte er.

»Wo ist Ihr Wagen?«, fragte sie.

»Canaanville, New York«, antwortete er lächelnd. »Aber es ist ein wunderschöner 64er Impala. Minzgrün.«

Ihr Lächeln kehrte zurück. »Dann nehme ich Sie eben mit.«

20

Sie stellte sich als Tammy Smithers vor, ohne die Hand vom Steuer zu nehmen.

Nett, Sie kennen zu lernen. Seinen Namen nannte er ihr noch nicht.

Sie hatte ihn bisher nicht gefragt, was er hier tat. Er fand dies außerordentlich anregend. Er hielt seinen Blick auf die

Straße gerichtet, sah nur zu ihr hinüber, wenn sie etwas sagte, und jedes Mal entdeckte er weitere Ähnlichkeiten mit Julian.

Jemand oder etwas lächelte auf ihn herab. Etwas im Universum wollte, dass dieses Verbrechen aufgeklärt wurde, dachte er, und plötzlich verspürte er eine Bedeutsamkeit und Selbstsicherheit, die ihn an seine frühere Stärke erinnerten, an sein früheres Leben. Dies hatte nur geschehen können, wurde ihm zum wiederholten Male – mit einem Anflug ekstatischer Düsternis – bewusst, weil Julians Gesichtszüge, ihre charakteristischen Merkmale, ihr gesamtes Wesen so unauslöschlich in seinen Geist eingebrannt waren, dass er sich fortwährend in einem Zustand extremer Sensibilität befand und vor einer Drogerie in einer Kleinstadt in North Carolina augenblicklich erkannt hatte, dass diese Frau ihre nichts ahnende Halbschwester sein musste.

Es war Glück, pures Glück, aber wie hieß es so schön, Glück muss man sich erarbeiten …

Sie würde ihn später fragen, was er hier tat, überlegte sie. Was immer es sein mochte, sie spürte, dass es irgendwie unlauter war, aber das ging sie schließlich nichts an. Die unausgesprochene Frage stand auf geheimnisvolle Weise zwischen ihnen. Aber das gefiel ihr. Es war etwas Abwechslung in ihrem gleichförmigen, vorhersehbaren Alltag.

Trotz aller wilden Spekulationen wäre sie nie darauf gekommen, dass er ihretwegen hier war.

Ihr Vater sei geschäftlich unterwegs, erzählte sie ihm. Im Moment wohnten einige Saisonarbeiter auf der Farm. Daher müsse sie wohl keine Angst vor ihm haben, sagte sie lächelnd, ohne zu ihm hinüberzuschauen.

Der frisch gewaschene, glänzende rote Ford-Pick-up rumpelte über einen staubigen Feldweg.

»Ich bin natürlich neugierig, was Sie hier tun, so ganz ohne Koffer und so, aber ich bin zu höflich, um zu fragen«, sagte sie.

Und ich möchte Sie nach Ihrer Mutter fragen, dachte er, *und ich bin dazu nicht zu höflich*.

»Kann ein Mann nicht einfach auf der Durchreise sein?«, schlug er vor.

»Nicht ein Mann Ihres Alters.«

»Oh, Alters-Diskriminierung«, sagte er jovial. »Ich werde Sie anzeigen.«

»Und Sie versuchen Frauen aufzugabeln, die halb so alt sind wie Sie. Ich werde *Sie* anzeigen.«

Sie fuhren eine Weile schweigend weiter. Edwards spürte seine verschiedenen Schmerzen und fühlte sich gleichzeitig von ihnen befreit, fühlte sich entspannt und lebendig.

»An wen erinnere ich Sie denn?«, fragte sie.

»Tja ...« Er sah aus dem Fenster. »Ich gestehe es ... an jemanden, der mir viel bedeutet ... wie Sie sich bestimmt denken können.«

An Ihre Halbschwester, dachte er. *Sie sehen genau aus wie Ihre Halbschwester.*

»Jetzt mal im Ernst ... was tun Sie hier?«

»Ich bin Detektiv und arbeite an einem Fall.«

Sie lachte schallend. »Kommen Sie. Lassen Sie sich etwas Besseres einfallen.«

Er zuckte mit den Schultern.

Sie sah herausfordernd zu ihm hinüber. »Sie sind ganz schön alt für einen Detektiv.«

Er verengte die Augen. »Ist auch ein ganz schön alter Fall.«

»Und deswegen konnten Sie keine Unterkunft finden«, sagte sie, denn allmählich ging ihr auf, dass er sie anscheinend veralberte.

»Hey, Sie sind selbst eine ziemlich gute Detektivin«, lobte er sie für ihre Feststellung.

Ich habe kein Auto, kein Geld und keine Anhaltspunkte, nur meinen Instinkt, denn ich ermittle in einem Fall, der seit Jahrzehnten vergessen ist.

Sie sah aus wie sie, klang wie sie. Es war ungeheuerlich. Unheimlich. Sie war gewissermaßen die ungebildete, provinzielle, weniger gewandte Version von Julian Palmer.

Er war sich noch immer nicht völlig sicher. Aber neben Tammy Smithers zu sitzen und mit ihr zu reden bestärkte ihn in seiner Vermutung und ließ die Geschichte immer realer erscheinen.

Julians Mutter musste diese Tochter zur Welt gebracht haben, bevor sie den späteren ermordeten Vernon Blood geheiratet hatte. Zum ersten Mal Mutter mit sechzehn oder siebzehn, danach ein Neuanfang; es war nichts Ungewöhnliches in dieser Gegend – genau genommen war es nirgendwo ungewöhnlich. Und Vernon Blood, der Kleinstadt-Zeitungsmann? Hatte er davon gewusst? Oder hatte er trotz seines Reporter-Instinkts keine Ahnung gehabt?

Oder war alles viel komplizierter gewesen? Nach allem, was Artemis über Sylvia Blood gesagt hatte, konnte diese Tochter auch das Resultat einer außerehelichen Affäre sein. Vielleicht hatte sie sie zur Welt gebracht, während Vernon sich wegen der Affäre eine Zeit lang von ihr getrennt hatte. Eine Art erzwungene Übereinkunft zwischen den beiden. Es schien durchaus möglich, gerade hier im ländlichen North Carolina, wo niemand allzu genau hinsah. Edwards lief vor Neugier förmlich das Wasser im Munde zusammen.

Er konnte sich gut vorstellen, wie die Affäre gelaufen war. Wie sie mitten am Tag verschwand, während Vernon bei der Arbeit war und die Kinder in der Schule saßen.

Aber vielleicht war er zu voreilig.

Was immer hinter der Sache stecken mochte, es schien in Verbindung zu dem Mord an Vernon Blood zu stehen. Zwar nicht zwingenderweise, aber die Wahrscheinlichkeit war hoch. Die Wahrscheinlichkeit …

»Da sind wir«, sagte Tammy Smithers und bog von dem Feldweg auf eine unbefestigte Hauseinfahrt ab.

Ein altes, großes weißes Farmhaus. Es sah wie ein leicht heruntergekommenes Erbstück aus – von wessen Familie das Vermächtnis stammte, konnte er natürlich nicht mit letzter Gewissheit sagen –, und obwohl es bessere Zeiten gesehen hatte, konnte es sicherlich noch schlechtere sehen.

Obwohl Zeichen des schleichenden Niedergangs erkennbar waren – ein ausgeschlachtetes Auto vor dem Garagenschuppen, ein paar lose Dachrinnen an der Scheune –, sah man auch Beispiele emsiger Sorgfalt. Eine frisch getünchte Hausfassade. Ein gepflegter Vorgarten. Ja, die Bemühungen waren erkennbar. Das letzte Urteil war noch nicht gesprochen.

Sie fuhr hinter das Haus zu den beiden Blockhütten, die dort auf einer weitläufigen Wiese standen. Sie hielt an, schaltete den Motor aus und deutete mit gehobenem Kinn auf die beiden Gäste-Unterkünfte.

»Wenn ich jetzt bitte die fünfunddreißig Dollar bekommen dürfte«, sagte sie.

Edwards holte seine Brieftasche hervor, zog den vereinbarten Betrag heraus und gab ihn ihr.

»Und wo bekommt man hier etwas zu essen?«, fragte er.

»Bei mir in der Küche«, sagte sie.

Es war, als existiere zwischen ihnen eine natürliche, auf seiner Beziehung zu Julian basierende Verbindung.

Als befände er sich mit Julian in einem Parallel-Universum, in einem anders verlaufenen Leben. Der Kinnschwung. Die schlanken Hände. Die anmutig gewölbten Brauen und die leicht schräg stehenden Augen.

Aber da war auch dieser eigenartige Effekt, der in allem mitschwang. Es kam ihm so vor, als hätte ihm das Schicksal sein letztes Kartenblatt in die Hände gelegt, seine letzte Chance, seine letzte Rechnung. Die ganze Situation hatte eine traumartige, seltsam schwebende Qualität und die zeitlose Atmosphäre eines Lebens nach dem Tod...

Sie servierte ihm ein Heidelbeer-Sandwich und ein großes Stück Sahnetorte, beides köstliche Gesten der hiesigen Gastfreundschaft. Anhand der Teller und Gläser, die statt in Regalen auf dem Küchentresen aufgestellt waren, und anhand des bunten Kalenders und der vielen, aufs Geratewohl an die Küchenwände getackerten, Kurznotizen konnte er erkennen, dass sie ein zwangloses, freudvolles Leben führte.

»Erzählen Sie mir von Ihrem Fall«, sagte sie verschmitzt lächelnd; offenbar kaufte sie es ihm noch immer nicht ganz ab.

»Es ist ein Mordfall«, sagte er und beobachtete ihre Reaktion.

»Natürlich«, entgegnete sie mit einem breiten, sarkastischen Lächeln, um zu demonstrieren, dass sie ihm höchstens halb glaubte, und möglicherweise auch, um sich dies selbst zu beweisen – aber stattdessen offenbarte sie damit, dass tief in ihr die Zweifel zu schwinden begannen.

»Ein Mord an einem Familienvater«, erklärte er und sah zu, wie sie geschäftig den Küchentresen abwischte, als folge sie ihm bloß mit halbem Ohr.

»Geschah der Mord hier in der Gegend?«, fragte sie.

»Ja. Wie ich schon sagte, vor vielen Jahren.«

»Wie wollen Sie denn nach all der Zeit noch etwas herausfinden?«, fragte sie berechtigterweise.

»Das ist nicht einfach«, gestand er. »Ich kann mich nur auf meinen Instinkt stützen und auf alte Zeitungsartikel und beiläufige Gespräche…«

»Wie dieses gerade…«, sagte sie verschmitzt.

Er lächelte. »Genau.«

Als sie ins Haus gekommen waren, hatte er sich natürlich unauffällig umgesehen, hatte im Flur, im Wohnzimmer und in der Küche nach einem verräterischen Familienfoto Ausschau gehalten, nach einer Aufnahme von Tammys Mutter. Aber auf allen waren nur Vater und Tochter abgebildet. Vater und Tochter vor ihrem Pferd posierend, mit ihrem Hund, vor seinem neuen Auto, im Badeanzug am Strand. Auf keinem der Fotos war ihre Mutter mit drauf.

Er beschloss, sanft und vorsichtig auf die nächste emotionale Ebene vorzudringen…

»Der Ermordete war Vater zweier Töchter, die heute etwa in Ihrem Alter sind…«, sagte er, als wär es ihm gerade erst eingefallen. Er machte eine Pause, bevor er hinzufügte: »Als der Mord geschah, waren sie natürlich noch Kinder…«

Sie nickte, Edwards' Erklärungen auf Grund seines Tonfalls allmählich als die Wahrheit akzeptierend. »Ja, ich weiß einiges darüber«, sagte sie, plötzlich deutlich leiser und ohne jeden Sarkasmus.

Seine Augenbrauen schossen in die Höhe. Er wartete, sagte keinen Ton, saß schweigend in Tammy Smithers' Küche und lauerte auf was immer nun ans Licht kommen würde.

»Nicht über den Mord«, korrigierte sie rasch, »sondern darüber, wie es ist… nun, wie es ist, mit nur einem Elternteil aufzuwachsen.« Sie sah ihn an. »Nachdem ich Ihnen groß und breit erzählt habe, dass ich das Haus mit meinem

Vater teile, haben Sie sich bestimmt gefragt, was mit meiner Mutter ist.«

»Ich bin Detektiv«, sagte er. »Sicher habe ich mich das gefragt – und ich sah an den Wänden die Fotos von Ihnen und Ihrem Vater.«

»Ich kann mich nicht an sie erinnern«, sagte sie mit einer Mischung aus Gleichgültigkeit und Schwermut. »Sie starb, als ich noch sehr jung war.«

Sie können sich nicht an sie erinnern, weil Sie sie nicht kennen durften. Mein Gott. Was für ein Betrug, dachte er, einem kleinen Mädchen das Recht auf eine Mutter zu rauben, das Recht auf die Wahrheit. Einfach die Mutter aus ihrem Leben zu löschen. Er spürte überrascht, dass tiefe Verärgerung in ihm aufwallte, sich sammelte und zu einer Wut verdichtete, die er nur schwer verbergen konnte. Bestimmt empfand er so, weil sie mit Julian verwandt war und er ein altmodisches Moralempfinden hatte …

»Ihr Grab ist nur einen kurzen Fußweg entfernt.«

Moment … *was?!*

Edwards musste sich am Küchentresen abstützen, um nicht aus dem Gleichgewicht zu geraten.

»Offen gestanden bin ich täglich an ihrem Grab, um in ihrer Nähe zu sein«, gab sie verlegen zu.

Edwards' Gedanken überschlugen sich. Hatte er sich mit Tammy Smithers völlig getäuscht? Hatte er ihre schockierende Ähnlichkeit mit Julian und den Umstand der fehlenden Mutter in einen gemeinsamen Kontext zu pressen versucht, nur um die ersehnte Lösung des Falles herbeizuzwingen? War Tammy Smithers' Gemeinsamkeit mit Julian Palmer ein bloßer Zufall, war sie lediglich ein weiteres Südstaaten-Mädchen mit einer tragischen Familiengeschichte? Hatte er sich aus einem tief in ihm schwelenden Bedürfnis heraus die täuschende Ähnlichkeit zwischen den beiden Frauen nur eingebildet?

Ein schnelles Nachrechnen im Kopf steigerte seine Verunsicherung noch: Da sie gesagt hatte, ihre Mutter sei gestorben, als sie, Tammy, noch sehr jung war, konnte Tammy Smithers' Mutter schon tot gewesen sein, bevor Julian geboren worden war. In diesem Fall konnte es sich unmöglich um dieselbe Frau handeln.

Hatte er sich geirrt? Ließ ihn nun sogar sein Instinkt im Stich? Es musste pures Wunschdenken gewesen sein, seine Besessenheit, die ihn überwältigt und seine Gedanken getrübt hatte. Er fühlte sich geschlagen. Besiegt.

Er versuchte, Tammy in einem anderen Licht zu sehen. Bloß ein weiteres Südstaaten-Mädchen …

Er begann zu überlegen, ob er auch mit Julian und ihrer Mutter völlig falsch lag. Er hatte den Eindruck gehabt, zwischen ihnen herrschte eine große Distanziertheit, hatte geglaubt, sie würden nur – anstandshalber – hin und wieder miteinander telefonieren, aber wirklich gewusst hatte er es nicht, denn sie hatte nie darüber gesprochen, oder zumindest konnte er sich im Augenblick an keine bestimmte diesbezügliche Äußerung erinnern. Es war purer Instinkt gewesen. Gewusst hatte er es nicht. Er hatte es nur angenommen. Hatte er sich getäuscht? Er war verunsichert, empfand einen Anflug von Panik. Der erste Panikanfall des Alters, dachte er, der Beginn einer Übergangsphase, in der man anfängt, sich selbst und seinem Denkvermögen zu misstrauen, weil einem die Welt um einen herum plötzlich zu komplex und unüberschaubar vorkommt.

War Sylvia Blood überhaupt noch am Leben? Artemis hatte gesagt, sie wohne in einem Pflegeheim, aber diese Auskunft hatte sich als falsch erwiesen oder zumindest als veraltet. War sie tot? Krankheit? Selbstmord? Hatte ihr

Doppelleben, das er sich so schillernd ausgemalt hatte, letztlich seinen Tribut gefordert? War seine Phantasie mit ihm durchgegangen? Er wusste nicht mehr, was er glauben sollte.

»An die Beerdigung kann ich mich nicht mehr erinnern«, fuhr Tammy fort. »Ich war zu jung. Aber einmal bestand ich darauf, von alledem zu erfahren, und Dad erzählte es mir, obwohl ihm dabei nicht wohl zu Mute war. Der Sarg. Die Prozession. Mir kommt es so vor, als erinnere ich mich vage an einen Trauerzug.« Sie lächelte betrübt. »Aber ich war nur ein kleines Mädchen. Deswegen verwechsle ich es wohl mit einer Straßenparade ...«

Er war zutiefst verunsichert, konnte es nicht fassen. Wie im Rausch hatte er versucht, die Puzzlestücke ineinander zu fügen, damit seine Theorie funktionierte, aber nun begann ihm bewusst zu werden, dass er sich schlichtweg getäuscht hatte.

Es sei denn ... es sei denn.

Es ist eine wolkenverhangene, mondlose Nacht. Tiefe Finsternis liegt über der Landschaft. Die Kreaturen des Waldes und der Erdhügel heulen und zirpen, knurren und summen, künden von ihrer Existenz inmitten der undurchdringlichen Schwärze – es sind in regelmäßigen Abständen ausgestoßene, offenbar notwendige Rückversicherungen ihrer selbst in dieser ozeanischen nächtlichen Finsternis.

Und da sind noch andere Klänge, ein murmelnder, vom Wind generierter Chorus verschiedener Geräusche. Die Überreste eines alten Glockenspiels, das zerbrochen an der hinteren Veranda hängt und im Wind nur noch einen einzigen, synkopierten Ton erzeugt, der an ein monotones Grablied erinnert. Das unregelmäßige Schlagen eines Fensterladens an die Hauswand. Das Flüstern zehntausender raschelnder Blätter, das bei jedem neuerlichen Windstoß anschwillt und dann wieder leiser wird…

Und nun kommt eine dritte Art von Geräuschen hinzu…

Die Seitentür am Garagenschuppen schwingt auf – wieder der Wind? – und jetzt das Geräusch einer Schaufel, die im Dunkeln gegen einen Holzbalken stößt…

Vielleicht war es nur eine Maus, oder der Wind hat etwas umgestoßen, denn jetzt ist es wieder still…

Aber jetzt das gedämpfte Stapfen von Schritten, der urzeitliche Rhythmus eines Menschen, der durch die Dunkelheit schleicht…

Das langsame, rhythmische Furchen einer ins Erdreich eindringenden Schaufel…

Und wenig später das schwere, angestrengte Atmen eines Mannes…

Dann plötzliche Stille…

Stille…

Vielleicht war alles nur Einbildung…

Da… es beginnt von neuem…

Der Schweiß floss Winston Edwards aus allen Poren, während er in der noch immer brütend warmen, pechschwarzen Nacht entschlossen die Schaufel in die dunkle Erde North Carolinas stieß. Seine dunkle Gestalt vor dem noch dunkleren Hintergrund bot einen gespenstischen Anblick. Er achtete darauf, den Durchmesser des Lochs so gering wie möglich zu halten. Zu dieser Jahreszeit wuchs hier glücklicherweise kein Gras, deswegen konnte er die Erde hinterher einfach verwischen, und am Morgen würde niemand erkennen können, dass an der Stelle ein Loch gegraben worden war.

Als er einen halben Meter tief gegraben hatte, wurde die Erde deutlich härter, deswegen benutzte er ab hier den etwa ein Meter achtzig langen Holzpfahl. Mit ihm ging es deutlich schneller voran als mit der Schaufel, doch das Hinabstoßen machte mehr Krach und war deswegen riskanter. Aber der Wind wehte in seine Richtung, blies also die Geräusche vom Haus fort, und dies beruhigte ihn einigermaßen.

Die anstrengende Arbeit ließ ihn seine Schmerzen und auch das Gefühl kindischer Torheit vergessen, das er wegen seiner nächtlichen Buddelei empfand. *Vertraue deinem Instinkt.*

Er dämpfte das Stoßgeräusch mit einem Stofflappen, den er ebenfalls im Garagenschuppen gefunden und um die Pfahlspitze gewickelt hatte.

Er machte nach jedem Stoß eine Pause. Ein schnellerer Arbeitsrhythmus würde ihn womöglich verraten. Mit einzelnen Stößen dauerte es natürlich länger, aber es klang eher nach einem zufälligen Geräusch – und verringerte die Gefahr, dass eine junge Frau, die mitten in der Nacht erwachte, einen der Stöße hörte.

Nach fünfzehn Minuten steckte der Pfahl etwa anderthalb Meter in aufgewühlter Erde. Zusammen mit dem ursprünglichen Fünfzig-Zentimeter-Loch ergab dies eine Gesamttiefe von zwei Metern.

Ein zwei Meter senkrecht in die Erde hinabführender Schacht, kaum einen halben Meter vor dem schlichten Grabstein.

Judy Smithers. Geboren 1942. Gestorben 1966.

Der Pfahl war auf nichts gestoßen. Auf keine Kiste. Auf keinen Behälter. Kein Widerstand. Nichts. Nur die fruchtbare, wertvolle Erde North Carolinas.

Er hatte es halb vermutet, und nun wusste er es mit letzter Gewissheit: Hier hatte nie ein Sarg gelegen. Und keine Leiche.

Es war lediglich ein nützlicher Schrein. Eine nützliche Fiktion. Zweifellos vom Vater des Mädchens erdacht. Und es brachte Edwards einen Schritt näher an die Wahrheit.

Aber das falsche Grab machte Tammys Vater noch lange nicht zum Mörder.

Aber es machte ihn verdächtig. Sehr verdächtig.

Denn es bewies, dass der Mann bereit gewesen war, eine aufwändige Lüge zu inszenieren und diese ein Leben lang aufrechtzuerhalten. Warum?, musste man sich fragen. Allein zum Wohle eines kleinen Mädchens?

Nachdem er das Loch zugeschüttet hatte, inspizierte er es, so gut es in der mondlosen Nacht ging. Er trat die feuchte Erde fest und verwischte sie. Am Morgen würde alles trocken sein.

Er erhob sich und streckte den Rücken. Noch immer floss ihm der Schweiß aus allen Poren.

Er sah zu den Sternen auf. Schaute zu dem dunklen Haus hinüber, in dem die Frau schlief.

Winston Edwards draußen in finsterster Nacht. Wieder draußen in finsterster Nacht. Die Nacht hatte ihn immer angezogen, hatte ihm Schutz geboten. Hatte ihn verborgen. Und letztlich hatte sie ihn verraten. Winston Edwards, der Werwolf-Cop.

Tammy Smithers sah zu, wie er hastig an dem Kaffee nippte, den sie zum Frühstück gekocht hatte.

»Sie ziehen weiter, nicht wahr?«

»Was?«, fragte er.

»Ich sehe es daran, wie Sie Ihren Kaffee trinken. So gehetzt. Die schnellen Schlucke. Sie denken an irgendeinen anderen Ort, zu dem Sie müssen.«

Er lächelte. »Ah, wieder die Detektivin«, sagte er. Er

trank einen Schluck und lächelte. »Sie haben völlig Recht. Ich sollte Sie für mich arbeiten lassen.«

Das Sonnenlicht strömte durch das Erkerfenster in die altmodische, aber funktionale Küche. Es war richtig idyllisch. Friedvoll. Die Zeit schien still zu stehen…

»Ich muss zurück«, bestätigte er ihre Beobachtung und trank einen letzten Schluck.

Sie lächelte ihn gütig an. »Aber Sie haben nicht gefunden, wonach Sie suchten«, sagte sie.

Er stellte die Kaffeetasse ab, beugte sich zu ihr vor und setzte einen warmherzigen Blick auf. »Aber etwas habe ich doch gefunden, oder?«, fragte er sie liebenswürdig. »Meinen Sie nicht, dass ich etwas gefunden habe?«

Sie lächelte und nickte.

Wenig später fuhr sie ihn in ihrem glänzenden roten Ford-Pick-up in die Stadt zurück.

21

Die kleinwüchsige, bebrillte ältere Frau, die am alten Bahnhof im Stadtzentrum aus dem Zug stieg, trug einen knallroten Plastik-Regenmantel und schlenkerte energisch ihre überdimensionale Handtasche hin und her, in der sie scheinbar ihre zahlreichen Neurosen mit sich herumtrug.

Julian trat auf die Frau zu, um sie zu begrüßen.

Die forensische Neurologin.

Das Superhirn für Hirn-Fragen.

Zweifellos die angesehenste Hirn-Spezialistin im Lande.

Ida Cornell.

Sie arbeitete im Johns-Hopkins-Institut und war mit dem Zug aus Maryland gekommen. Sie hatte sich geweigert zu fliegen. Genauso wie sie sich hartnäckig weigerte, vorgekochte, abgepackte Nahrung zu sich zu nehmen oder einen Sicherheitsgurt anzulegen. Und offenbar hatte sie sich auch geweigert, während der Zugfahrt ihre Latex-Handschuhe auszuziehen. Ihr eigenes Gehirn hätte vermutlich derart absonderliches Anschauungsmaterial für eine neurologische Untersuchung geboten, dass die Expertenwelt vor Freude gejauchzt hätte. Aber Julian war ja gewarnt worden.

Es ging um die Möglichkeit, dass der zweite Schuss nur deswegen abgefeuert worden war, weil der erste seinen Zweck nicht ganz erfüllt hatte. Zuerst war es nur ein Gedanke gewesen, den sie rasch verworfen hatten, dann hatten sie die Möglichkeit erneut in Erwägung gezogen, und mittlerweile hielten sie es für ein möglicherweise wichtiges Detail. Und nun war das Superhirn für Hirn-Fragen hier.

Julian kannte ihre Geschichte. Jeder kannte ihre Geschichte.

Ida Cornell war eine Vollblut-Akademikerin. Sie hatte extensiv an Primatenhirnen geforscht und dann das Glück – beziehungsweise das Pech – gehabt, sich plötzlich im Lebend-Laboratorium eines grauenhaften Völkermords wiederzufinden, bei dem die rivalisierenden Hutus und Tutsis die allergröbsten Waffen – Beile, Keulen, Fahrradketten, Steinschleudern – verwendeten und damit Millionen von Opfern die Schädel einschlugen. So konnte sie in diesem afrikanischen Albtraum ihre hochmodernen Untersuchungsmethoden zum Einsatz bringen und dabei nicht nur von der Durchführung hunderter Autopsien profitieren, ohne dass irgendwelche Hinterbliebenen etwas dagegen gehabt hätten, nein, als zusätzlichen Bonus hatte sie auch noch die grausam zugerichteten Überlebenden der Massaker studieren können.

Die Brutalitäten geschahen Tag für Tag, und die Wissenschaftler, die nicht in der Lage waren, dies zu verhindern und denen diese Rolle auch gar nicht zukam, konnten ungehindert mit dem grausigen Anschauungsmaterial arbeiten und daraus die allerneuesten Erkenntnisse ableiten.

Dann kehrte sie in ihr Institut zurück. Als wäre der Völkermord bloß eine weitere Feldstudie gewesen. Sie kehrte mit ihren Filmen, Fotos und Gutachten in ihre wohl behütete Enklave zurück und schreckte die Neurologen-Gemeinde mit ihren filmischen Dokumentationen von gemeinsamen Mahlzeiten mit Einheimischen auf, deren Schädeldecken halb eingeschlagen oder gänzlich zertrümmert waren, Filmen, in denen die Männer und Frauen bereitwillig ihre Köpfe in die Kamera hielten und auf ihre entsetzlichen Verletzungen deuteten. Danach präsentierte sie ihren Kollegen ihre Forschungsergebnisse und schreckte die Leute damit ein zweites Mal auf.

Sie erbrachte den unwiderlegbaren Beweis, dass das menschliche Gehirn im Stande war, auch bei schwersten physischen Schäden funktionsfähig zu bleiben und zahlreiche Aufgaben von unverletzten Hirnbereichen verrichten zu lassen. Sie lieferte Beweise, dass sich nach traumatisierenden Hirnverletzungen bis dahin nicht existierende neuronale Verbindungen bildeten, mit denen das Gehirn seine Funktionsbeeinträchtigung zu kompensieren vermochte. Die Beweise waren natürlich besonders schockierend, weil sie am Beispiel lebender, brutal entstellter Kriegsopfer erbracht wurden.

Julian fragte sich, ob Ida Cornells Forschungstätigkeit von dem Umstand beeinflusst wurde, dass sie eine Schwarze war. War ihre Hautfarbe für sie ein Ansporn oder ein Hindernis? So oder so, Julian konnte sich gut vorstellen, dass Ida Cornells Kollegen und Konkurrenten sich insgeheim das Maul über sie zerrissen und dass dabei vermutlich auch ihre Hautfarbe eine – wie auch immer geartete – Rolle spielte.

Bald schon wurde Dr. Cornell zu einem Fall hinzugezogen, bei dem ein Mann, dem in den Kopf geschossen worden war – das Opfer eines Mordversuchs –, Augenblicke später den Täter erschossen hatte. War er im Vollbesitz seiner geistigen Kräfte gewesen, oder hatte es sich bei seinem Schuss um einen Reflex gehandelt? Sie lieferte den neurologischen Nachweis, dass er gewusst hatte, was er tat.

Sie sagte in einem Fall aus, bei dem ein Mann, dem an einem bestimmten Ort in den Kopf geschossen worden war, in einem anderen Stadtteil gefunden wurde, ohne dass es Anhaltspunkte gab, dass seine Leiche dorthin geschafft worden war. Sie demonstrierte überzeugend, dass der Mann trotz des Kopfschusses – er hatte sich eine Mütze aufgesetzt, um die Wunde und das Blut zu verbergen – die U-Bahn genommen hatte – er war sogar einmal umgestiegen – und erst am Zielort zusammengebrochen war.

Für Julian war das alles grausiges Zeug.

Aber Ida Cornell war eine Frau, die sich selbstständig und kompromisslos in einer Männerdomäne behauptete, und deswegen zollte Julian ihr höchsten Respekt.

Alle diese Geschichten klangen nicht gerade normal für eine Großmutter aus dem Mittleren Westen, als die sie sich während der Fahrt zum gerichtsmedizinischen Labor offenbarte, aber dies war nun mal die Art und Weise, in der sie sich präsentierte – während der knapp viertelstündigen Autofahrt erzählte sie Julian praktisch ihre gesamte Lebensgeschichte. Ihre restlichen Äußerungen behandelten die Vorzüge der Eisenbahn, Bakterien in Amerika sowie die Unhöflichkeit und Ignoranz der Jugend – all das war wiederum ziemlich normal für eine Großmutter.

»Das sind meine Detectives, Walter Ng und Juan Mendoza. Und das ist Winston Edwards. Es war seine Idee, Sie anzurufen«, stellte Julian Ida Cornell ihr Ermittler-Team vor.

Die kleinwüchsige Frau und Winston Edwards nickten einander respektvoll zu.

»Und nun zur Sache«, sagte Julian und legte die beiden Nahaufnahmen vom Kopf des Ermordeten in den Lichtkasten.

»Der Schusskanal führt in den Hinterhauptlappen, etwa hmm... sagen wir dreihundert Mikrometer von der Längsachse entfernt«, sagte Ida Cornell mit ihrem tonlosen Akzent des Mittleren Westens. »Der zweite Schusskanal verläuft etwa, oh... etwa hundertfünfzig Mikrometer weiter südwestlich.« Sie lächelte fröhlich. »Ob er nach dem ersten Schuss noch bei Bewusstsein war? Oder sogar noch nach dem zweiten? Das hängt von den Schusskanalwinkeln, von der Eintrittstiefe und von Verletzungen des Gewebes ab.« Sie warf einen Blick auf das nächste Foto. »Am meisten jedoch davon, welche Kugel die erste und welche die zweite war.« Sie drehte sich um und sah die Ermittler an, versonnen über das nette akademische Problem lächelnd.

Sie betrachtete wieder die Fotos. »Und das lässt sich feststellen, indem man bestimmt, welcher Schusskanal den anderen kreuzt. Stellen Sie sich einen Sandkasten vor. Jemand zog mit den Fingern zwei Linien, die sich überkreuzen. Wenn man den Berührungspunkt genau betrachtet, erkennt man, welche der Linien zuerst gezogen wurde.«

Sie stand geduldig da, offensichtlich den nächsten Satz Fotos erwartend.

Dann starrte Dr. Cornell bestürzt auf Julians leere Hände. »Wie, das war alles?«, fragte sie ungläubig krächzend.

»Ja.«

»Keine Fotos vom Hinterhauptlappen?«

Julian schüttelte den Kopf. So spezielle Aufnahmen gehörten nicht zur Standardprozedur.

»Anhand der vorliegenden Fotos kann ich nicht bestimmen, welche die erste Kugel war und welche die zweite«, sagte Dr. Cornell verärgert. »Und deswegen lässt sich unmöglich sagen, ob sein Gehirn noch über eine Restfunktion verfügte.« Sie sah Julian an. »Wollen Sie nicht alle Fakten wissen? *Brauchen* Sie nicht alle Fakten, *verdienen* Sie nicht, alle Fakten zu kennen, besonders da Sie ansonsten keine weiteren Anhaltspunkte haben?«

Sie mussten herausfinden, ob die Lage der Gegenstände – der Brieföffner und der Fotorahmen – von Bedeutung war oder nicht. Und dies hing davon ab, ob Frank Ryan in den letzten Augenblicken seines Lebens gewusst hatte, was er tat, oder ob er einfach tödlich getroffen auf die Tischplatte gekippt war.

Ida Cornell spitzte die Lippen. »Wie lange ist der Mord her?«

»Drei Wochen.«

Sie überlegte. »Drei Meter Tiefe. So weit unten ist der Boden momentan äußerst kühl.« Sie sah Julian fest an. »Ich könnte es noch erkennen. Das Gewebe sollte noch so weit intakt sein.«

Julian beschlich ein unbehagliches Gefühl. »Was … Wir sollen die Leiche exhumieren?«, fragte sie mit wachsender Bestürzung. Sollte sie nur wegen Edwards' vager Spekulationen so drastische Maßnahmen ergreifen? Aber sie hatte Edwards schließlich dazugeholt. Offenbar war sie gewillt, alles Notwendige zu tun, um den Fall aufzuklären.

»Exhumieren Sie«, befahl Dr. Cornell plötzlich mit einer eigenartig flatternden Handbewegung, als wäre sie überrascht, dass es darüber überhaupt eine Diskussion geben konnte. »Exhumieren Sie.«

22

Julian stand abermals auf der breiten Veranda des massiven Steinhauses und drückte auf die Türklingel.

Ida Cornell hatte darauf gedrängt, die Sache telefonisch zu klären, damit sie sich möglichst schnell an die Arbeit machen konnte, aber Julian hatte sich geweigert. Obwohl sie einen raschen, unpersönlichen Telefonanruf bevorzugt hätte, statt der trauernden Witwe einen neuerlichen, bedrückenden Besuch abstatten zu müssen.

Mrs. Ryan öffnete die Tür und hob erwartungsvoll die Brauen, bis sie an Julians Gesichtsausdruck erkannte, dass ihr keine frohe Botschaft bevorstand.

»Hallo«, sagte Nell Ryan vorsichtig.

»Hallo«, sagte Julian. Sie waren inzwischen miteinander vertraut. Vertraut genug, um Freundinnen zu sein. Und doch waren sie noch immer Fremde füreinander und würden es auch immer bleiben.

»Nell, wir müssen ...« Es war ein Satz, den Julian in ihrer gesamten Berufslaufbahn noch nie hatte aussprechen müssen. Es war so neu für sie, dass sie zu stammeln begann. »Nell ... ich ... ich fürchte ... ich fürchte, wir müssen den Leichnam Ihres Mannes exhumieren.«

Nell Ryan sah sie verständnislos an. »Aber Sie haben doch eine Autopsie durchgeführt!«

»Ja ... aber, nun, wir haben eine neurologische Expertin hinzugezogen, und sie ist der Meinung, dass –«

»Sie? Arbeiten nur Frauen in Ihrem grässlichen Beruf?«

Julian holte tief Luft. »Sie muss eine eigene neurologische Untersuchung durchführen.«

Stille trat ein. Dann kam ein schwaches, schmerzerfülltes »Mein Gott«. Dann wieder Stille.

Julian wartete, dass Nell noch etwas sagte, ihre Einwilligung gab oder es rundheraus ablehnte, aber es kam nichts.

Sie wartete und lauschte der Stille.

»Nell?«

»In Ordnung«, gab sich die Stimme geschlagen.

»Es gibt verschiedene juristische Einzelheiten, die vor einer solchen Prozedur geklärt werden müssen.«

»Dann kümmern Sie sich darum«, sagte Nell Ryan schroff.

»Ich werde die Anordnung des Staatsanwalts vorbeibringen lassen. Sie müssen sie nur unterschreiben«, sagte Julian rasch.

Julian fühlte sich elend. Inkompetent. Aber am schlimmsten war ihre Befürchtung, dass die Exhumierung vergebens sein könnte. Viel Lärm um nichts.

Nell Ryan straffte den Rücken, versuchte, sich gegen diese neuerliche Schmach, gegen diese neuerliche Boshaftigkeit des Schicksals zu wappnen. »Übrigens«, sagte sie mit leicht verändertem Tonfall, »meine Tochter würde Sie gerne etwas fragen.«

Julian empfand eine unerwartete Leichtigkeit. Sie freute sich darauf, das Mädchen, das ihr so freundlich zugelächelt hatte, etwas besser kennen zu lernen, eine etwas engere Beziehung zu ihr aufzubauen. Da nach wie vor das Thema der Exhumierung im Raum stand, verkniff Julian sich ihr Schmunzeln. Aber sie empfand eine innerliche Wärme, die Wärme des Sich-geschmeichelt-Fühlens. Und dann wurde ihr bewusst, dass es auch die jüngere Tochter sein konnte …

»Alyshia«, rief Mrs. Ryan die Treppe hoch.

Die ältere Tochter. Julian lächelte innerlich.

Alyshia kam ans Treppengeländer.

»Ms. Palmer ist hier.«

»Oh.«Alyshia begann, nervös von einem Fuß auf den anderen zu treten.

»Wolltest du Ms. Palmer nicht etwas fragen?«, drängte die Mutter mit einer Mischung aus Ungeduld und Zuneigung, eine Angewohnheit, die ihr tagtägliches Zusammenleben mit sich brachte. »Komm bitte runter. Und sei höflich.«

Alyshia kam die Treppe halb herunter, kam ihrer Mutter buchstäblich auf halbem Wege entgegen. Ihr Fuß schwebte unschlüssig über der nächsten Stufe. Sie versuchte, das Drängen ihrer Mutter abzuschütteln, sich von ihrer Einmischung freizumachen, von ihrer erdrückenden Präsenz – eine Zwölfjährige inmitten einer schrecklichen Tragödie, aber nichtsdestotrotz eine Zwölfjährige.

»Hallo Alyshia«, sagte Julian zu dem Mädchen auf der Treppe. »Du kannst mich ruhig Julian nennen, wenn du möchtest.«

»Oh«, sagte das Mädchen; eine fremde Erwachsene mit dem Vornamen ansprechen zu dürfen war ein neuer Gedanke, der in ihrer Weltsicht offenbar einen leichten Perspektivwechsel bewirkte: Die Wahrnehmung der Dinge war etwas, das sich ändern konnte, war eine wandelbare, unstete Sache. Und offensichtlich gefiel ihr diese neue Erkenntnis, denn plötzlich war sie ganz aufgeregt. »Okay. Also, die Sache ist, wir haben in der Schule so ein Projekt, bei dem wir jemanden interviewen sollen, der einen interessanten Beruf hat. Und da dachte ich …« Sie beendete den Satz nicht, sondern verließ sich darauf, dass die Erwachsenen schon verstehen würden, worauf sie hinauswollte.

»Liebend gern«, sagte Julian rasch, um das Mädchen nicht in die Verlegenheit zu bringen, den Satz zu Ende sprechen zu müssen. Sie fühlte sich geschmeichelt und war froh und erleichtert, den Ryans endlich einmal etwas anderes bieten zu können als Kummer und Schmerz.

23

Wie Julian erwartet hatte, verwandelte sich die übersprudelnde, leicht abzulenkende schwarze Großmutter aus dem Mittleren Westen von Grund auf, sobald sie ihre Skalpelle und Pinzetten in die Hände nahm. Plötzlich hatte sie eine beherrschende Präsenz, strahlte allerhöchste Kompetenz und intellektuelle Autorität aus. Julian glaubte zu erkennen, dass die Frau sich hier im Obduktionssaal wesentlich wohler fühlte als zu Hause bei ihrer Familie. Sie sprach flüssig und ohne ein einziges Mal ins Stocken zu geraten in das altmodische Mikrofon, das über den gnädigerweise verdeckten Überresten von Frank Ryan hing.

Ihre schimmernden Instrumente waren säuberlich auf drei glänzenden Metalltabletts ausgelegt. Spektroskope, Präzisionszirkel, optische Sonden und andere hoch entwickelte optometrische Werkzeuge, die einen krassen Gegensatz zu den groben Sägen, Schneideblättern, Klammern und Zangen bildeten, die Myron Caterwalk, der hiesige Gerichtsmediziner, zu benutzen pflegte. Ihre Schnitte ins Hirn waren entschieden und aggressiv, aber zugleich behutsam und präzise. Caterwalk assistierte ihr, sich demütig in seine ungewohnte Nebenrolle fügend.

Auf Grund ihrer Ausbildung konnte Julian Ida Cornells Erläuterungen und medizinischen Kommentaren zunächst problemlos folgen, aber als Ida tief in Frank Ryans Gehirn gelangt war, verstand Julian nur noch Bahnhof. Die Terminologie wurde technisch und undurchschaubar, und deswegen zog Julian es vor, sich aus dem grell erleuchteten, nach Desinfektionsmittel riechenden Saal zurückzuziehen. Der Gründlichkeit halber und um zu vermeiden, dass sie noch einmal nach Troy zurückkehren musste, führte Ida Cornell eine vollständige neurologische Untersuchung durch. Julian saß schweigend auf einem der unbequemen Stühle vor dem altertümlichen Saal und sog dankbar die frische Luft ein.

Kaum eine Stunde später kam Dr. Cornell heraus, entledigte sich ihres Mundschutzes und ihrer Handschuhe und unterrichtete Julian und Caterwalk – in noch immer anmaßendem, autoritärem Ton – über ihre weiteren Pläne.

»Ich werde ins Hotel zurückfahren, ein heißes Bad nehmen, mir zum Mittagessen einen bunten Salat gönnen, anschließend meinen Bericht verfassen und ihn am frühen Abend in Ihr Büro bringen. Danach muss ich den Zug um 19:09 erwischen«, sagte sie, Julian auf die benötigte Fahrt zum Bahnhof aufmerksam machend.

Dann änderte sich ihr Verhalten. Plötzlich wurde sie wieder zum Menschen, zur Großmutter aus dem Mittleren Westen. »Aber eins muss ich Ihnen sagen.« Sie studierte die Gesichter der beiden, als wollte sie in deren Innerstes schauen und ausloten, ob die beiden verstehen würden, was sie vorzubringen hatte.

»Glücklicherweise überlagern sich die Schusskanäle der beiden Projektile. Sie haben sich nicht geschnitten, verstehen Sie. Sie blieben in der Hirnmasse stecken. Aber ihr Eindringen verletzte das Gewebe in einer Weise, an der ich erkennen kann, welche Verletzung tiefer geht – das wäre dann der erste Schuss – und welche darüber liegt – das wäre der zweite. Erinnern Sie sich noch an mein Beispiel mit den Linien im Sandkasten?«, fragte sie ein wenig oberlehrerhaft. »Auf diese Weise konnte ich erkennen, dass die Kugel, die in den dritten Vorbereichssektor des Hinterhauptlappens eindrang, die erste war.« Sie sah die beiden an. »Und angesichts der Tatsache, dass im dritten Vorbereichssektor des Hinterhauptlappens eine so kleinkalibrige Kugel steckt –« sie machte eine Pause und sah die beiden bedeutungsvoll an –, »ist es gut möglich, dass Frank Ryan sich umdrehte und schaute, was da hinter ihm vorging.« Vor Julians innerem Auge blitzte das von Edwards erdachte Szenario auf. Ida Cornell hatte diese Möglichkeit soeben bestätigt.

»Sie meinen, er wusste eventuell gar nicht, dass er einen Kopfschuss abbekommen hat?« Es war eine Sache, es von Edwards zu hören. Es von ihr zu hören, war etwas völlig anderes.

Aber vielleicht, dachte Julian, hatte Edwards genau dies beabsichtigt.

Schließlich sagte sie nicht, dass es so gewesen war, sondern nur, dass es möglich wäre.

»Er könnte bei vollem Bewusstsein gewesen sein.« Sie zog ihren knallroten Plastik-Regenmantel an und begann, ihn gedankenlos, fast ziellos zuzuknöpfen, mit nicht mehr motorischem Geschick als jede beliebige Großmutter, wie Julian auffiel. »Es wäre eine Trauma-Verletzung. Ich habe so etwas oft gesehen. Man bleibt auf rätselhafte Weise voll funktionsfähig.«

»Also spürte er es vielleicht gar nicht.«

»Vielleicht war es sogar noch schlimmer«, sagte Ida Cornell, »vielleicht *spürte* er es nicht, aber sah es, wusste was geschehen war und erkannte sogar den Schützen.«

»Aber auch der zweite Schuss traf ihn in den *Hinterkopf*«, merkte Julian an. »Das sieht nicht danach aus, als hätte er sich vorher umgedreht und seinen Mörder erkannt.«

Ida Cornell zuckte mit den Schultern und klappte den Mantelkragen hoch.

»Ich wünschte, ich könnte Ihnen vorbehaltlos Recht geben. Aber zwischen dem ersten und zweiten Schuss kann eine Menge geschehen sein. Vielleicht wurde er gezwungen, sich wieder zu seinem Schreibtisch umzudrehen. Vielleicht drehte er sich freiwillig um. Oder, wie Sie sagten, weil er nicht merkte, dass er schon eine Kugel im Kopf hatte.« Ida Cornell ließ sich auf einen der Klappstühle fallen, die im Warteraum vor dem Obduktionssaal standen. »Aber hier wird die Sache kompliziert. Denn der zweite Schuss könnte eine Sekunde später abgefeuert worden sein.« Sie sah Julian an. »Oder fünf Minuten später.«

»Fünf Minuten!«

»Ich sage nicht, dass es so war. Ich sage, dass dies der äußerste Parameter des medizinisch Möglichen ist. Dies ist der Zeitpunkt, wenn der durch die erste Wunde entstandene Blutverlust so groß geworden ist, dass unweigerlich der Tod eintritt. Sie haben den Blutfluss gesehen. Nicht gerade eine sprudelnde Quelle. Bei einer Kopfwunde in dieser Gegend sickert das Blut gleichmäßig und langsam heraus. Und da es seinen Nacken hinunter und in seinen Kragen und sein Hemd lief, ist es durchaus möglich, dass er von dem Schuss nichts bemerkte.«

Vielleicht hatte er seinen Mörder erkannt, wurde Julian bewusst. Vielleicht hatte er sich nichts ahnend umgewandt und die Person gefragt: »Was war das? Hast du das gehört?« Oder: »Warum, warum nur hast du das getan?« Und dann hatte er sich, aus welchem Grund auch immer, wieder umgedreht. Vielleicht aus Unwissenheit oder absichtlich oder weil er gezwungen worden war. Die Vielzahl der Möglichkeiten war verwirrend. Es gab nur eines, das schlimmer war, als an seinem eigenen Schreibtisch erschossen zu werden. Erschossen zu werden und es bei vollem Bewusstsein mitzuerleben.

Julian wurde schlecht bei der Vorstellung. Zuerst waren sie nicht im Stande gewesen, ein Szenario zu entwerfen, in dem alle Elemente passten, und nun hatten sie so viele, dass einem fast schwindlig wurde. Der Phantasie waren keine Grenzen gesetzt ...

»Nun, lassen Sie uns realistisch bleiben. Am wahrscheinlichsten ist, dass der zweite Schuss kurz nach dem ersten abgefeuert wurde«, sagte Ida Cornell mit dem praktischen Sinn des Mittleren Westens. »Als Reaktion auf die Bewegung des Opfers nach dem ersten Schuss. Oder der Mörder schoss zweimal hintereinander, ohne abzuwarten.«

Ida Cornell beugte sich mühevoll herunter, um nach ihren schwarzen Stiefeln zu greifen. »Ich kann nur die medizinischen Fakten liefern«, sagte sie, während sie sich mit den Stiefelschnallen abmühte. »Sie sind dafür zuständig, etwas daraus zu machen.« Als könnte sie das chaotische Durcheinander in Julians Kopf hören.

Erst zu wenig, nun zu viel. Alle diese Möglichkeiten – es war das genaue Gegenteil von Intuition, wurde Julian bewusst. Es stand in direktem Widerspruch zu allem, was Edwards immer gepredigt hatte, zu der Art, wie er arbeitete. Hat er dies alles geplant? Hatte er beabsichtigt, die von ihm gestiftete Verwirrung durch die Aussage einer anerkannten Sachverständigen legitimieren zu lassen? Um seinen verschlungenen Theorien den Anschein von Seriosität zu verleihen?

Und gleichzeitig rückte er sich damit in ein positives Licht, stärkte seine Glaubwürdigkeit.

Denn Edwards hatte seine Theorien ganz beiläufig geäußert, gewissermaßen im Vorübergehen. Und nun hatte ihn die kleine Expertin bestätigt.

Aber sie hatte es lediglich als Möglichkeit bestätigt. Und das brachte ihnen rein gar nichts. Nur schlaflose Nächte.

24

Mit einem Lächeln auf den Lippen bedeutete der Captain Julian, Platz zu nehmen, und machte hinter ihr die Tür zu.

Er trug weiter sein Lächeln zur Schau, während er um seinen Schreibtisch ging und sich in seinen großen Bürostuhl fallen ließ. Grünes Leder, wie auf der Akademie. Brandneu, fiel Julian auf. Die Lieferung hatte sich bestimmt nicht acht Monate hingezogen.

Er lächelte sogar noch, als er sie wutschnaubend anfuhr: »Was zum Teufel tun Sie?«

Er war irischer Abstammung, sah gut aus, hatte eine weit verzweigte Sippschaft und war für seine Direktheit berüchtigt. Und während sein eigener Vorgesetzter, der hiesige Polizeichef und Leiter der Dienstaufsichtsbehörde, nicht aus Troy stammte und der Abteilung erst seit knapp einem Jahr vorstand, war er selbst seit dreißig Jahren hier und erledigte das Tagesgeschäft weitgehend alleine. Er war weit besser informiert über das, was hinter den Kulissen geschah, und glaubte, über alles Bescheid zu wissen.

Er war stets tadellos gekleidet, wie ein erfolgreicher Börsen- oder Immobilienmakler. Er ging regelmäßig ins Fitnessstudio. Das war sicherlich nichts Ungewöhnliches, aber verglichen mit den anderen, zumeist fettleibigen Vorgesetzten, die sie bisher gehabt hatten, war er ein richtiger Athlet.

»Ihre Gerichtsakten sind der Öffentlichkeit nicht zugänglich. Mir schon, wie Sie sicherlich wissen«, sagte er zu ihr. »Dachten Sie wirklich, ich würde es nicht erfahren?«, fragte er verärgert. »Dachten Sie, die Sache würde mich nicht interessieren?«

Julian sagte nichts.

Der Captain schüttelte den Kopf.

»Was tun Sie bloß? Ist Ihnen nicht klar, dass man Sie ruckzuck feuern kann?«

Sie blieb still, sah aber nicht überrascht aus. Sie zeigte ihm, dass sie sehr wohl wusste, auf welch dünnem Eis sie wandelte.

Er zog zischend die Luft ein.

Er hatte sie nie gemocht. Sie hatte es vom ersten Tag an gespürt. Seine Abneigung gegen sie war so offensichtlich wie sein aufgemaltes Lächeln. Deshalb waren sie sich weitgehend aus dem Weg gegangen. Aber bei dieser Sache sah er sich zu einem persönlichen Gespräch gezwungen.

Julian lächelte.

Es schien den Captain etwas zu verunsichern, denn er rutschte unbehaglich auf seinem Stuhl umher, doch er erholte sich schnell.

Er lehnte sich zurück. »Da Sie sich der Risiken bewusst zu sein scheinen, müssen Sie von den Fähigkeiten dieses Kerls ja ziemlich überzeugt sein.«

Seine Fähigkeiten? Bisher hatte Edwards nicht mehr herausgefunden als sie selbst, nämlich nichts. Julian hatte erwartet, deswegen eine gewisse Genugtuung zu empfinden, aber sie hatte gemerkt, dass sie sich nur schlechter und besorgter fühlte und sogar an ihrer Kompetenz zu zweifeln begann. Denn dadurch, dass sie Edwards dazugeholt hatte, hatte sie sich hochgradig angreifbar gemacht, und bisher hatte sie keine Ergebnisse geliefert, die sie als Rechtfertigung für ihr Handeln anführen konnte.

Mit seiner nächsten Äußerung wollte der Captain seine Untergebene offenbar überraschen. »Nun… ich lasse Sie weitermachen«, sagte er gönnerhaft. »Es wird unser kleines Geheimnis bleiben.«

Aber seine Untergebene durchschaute ihn. »Sie lassen mich weitermachen«, sagte Julian, »weil Sie mich scheitern sehen wollen. Sie lassen mich weitermachen, weil Sie annehmen, dass es ein totaler Fehlschlag wird und sich Ihnen die perfekte Gelegenheit eröffnet, mich endlich loszuwerden. Denn Sie mögen weder mich noch das, was ich repräsentiere, und es geht Ihnen gegen den Strich, so zu tun, als ob das Gegenteil der Fall wäre.«

Der Captain lehnte sich zurück, strich mit seinen manikürten Händen über das glatte grüne Leder seines Bürostuhls. Seines brandneuen Bürostuhls.

Angesichts der neuen Offenheit zwischen ihnen nahm er sich einige Augenblicke Zeit zum Nachdenken. »Wenn Sie aus diesem Schlamassel irgendwie heil rauskommen«, sagte er schließlich, »verspreche ich Ihnen eine Beförderung. Denn nach unserem heutigen Gespräch weiß ich, dass Sie über ein brillantes Urteilsvermögen verfügen.«

Er sah ihr direkt in die Augen – ein wahrhaftiger, herausfordernder, offener Blick –, dann setzte er wieder sein Plastik-Lächeln auf und schlug mit beiden Händen munter auf den Tisch, das Zeichen für Julian, dass das Gespräch beendet war.

Auf dem Weg zurück in ihr eigenes Büro wurde es ihr bewusst:

Wenn man sich einmal außerhalb aller Konventionen befand, hatte man anscheinend nichts mehr zu verlieren.

Vielleicht empfand sie deshalb diese eigentümliche Verbundenheit mit Winston Edwards.

25

Edwards lag auf dem schmalen Bett des Motelzimmers, in das sie ihn gesteckt hatten, und schwenkte nachdenklich den Whiskey hin und her. Es war sein dritter.

Er wusste, dass es sein letzter sein würde. Obwohl er keine Ahnung hatte, warum er es wusste.

Er grübelte darüber nach, wieso ein Vater für seine Tochter eine so aufwändige Lüge inszenierte.

Zum Wohle des Kindes?

Er kannte sich mit Lügen aus. Er war kompetent auf diesem Gebiet. Ein Experte. Er wusste nur zu gut, dass eine Lüge die Wahrheit verschleiern sollte, aber ebenso wusste er, dass diese spezielle Art von Lügen auch immer eine Selbsttäuschung war. Und im Grunde genommen ging es dabei mehr um Kontrolle als um Schutz. Darum, eine Situation zu kontrollieren, nicht darum, jemanden vor etwas zu schützen.

Galt die Lüge dem Wohle des Kindes? Wenn der Vater sich einredete, es zum Wohle seines Kindes zu tun, dann, dessen war Edwards sich sicher, geschah es ebenso sehr zum Wohle des Vaters. Er griff nach dem Telefon und wählte.

»Artemis?«

»Ja?«

»Hier ist Edwards.«

»Ah, der große Polizeichef.« Die schleppende Sprache des ehemaligen Reporters ließ auf einen gewissen Alkoholpegel schließen. Edwards lächelte. Er mochte den exzentrischen kleinen Kerl. Vermutlich war es das erste Mal, dass Edwards einen Informanten mochte.

»Philip Smithers«, sagte Edwards und wartete auf eine

Reaktion. Er dachte an die Postkartenbilder von Florida, an die feuchtschwüle Hitze und stellte sich Artemis Shore in Badelatschen vor.

»Philip Smithers«, sagte Artemis. »Klar, kenn ich.«

»War er einer der Männer, mit denen Sylvia Blood ins Bett stieg?«, fragte Edwards.

»Soweit ich weiß nicht«, sagte Artemis leicht verwirrt. »Er war ein feiner Kerl, ein richtiger Gentleman.«

»Arty, die beiden hatten eine gemeinsame Tochter. Philip Smithers und Sylvia. Ich habe die Tochter gesehen. Sie ist Julian wie aus dem Gesicht geschnitten.«

Artemis schwieg.

»Smithers und Sylvia Blood hatten die Tochter, *bevor* Sylvia Julians Vater heiratete. Bevor sie all die Affären hatte.« All die Affären, die die selbstzerstörerische Reaktion eines verwirrten jungen Südstaaten-Mädchens waren, das es nicht verkraftete, heimlich ein Kind in die Welt gesetzt zu haben, und es als Schande empfand, sich nicht um das Baby zu kümmern. Und dass sie damit durchkam. »Deswegen hat niemand etwas herausgefunden. Sie und all die anderen haben sich nur auf Sylvia Bloods heimliche Liebhaber konzentriert. Einer von denen musste es gewesen sein. Aber dem war nicht so. Es war Philip Smithers. Er konnte es nicht ertragen, dass sie ihn verließ und ein paar Häuser weiter eine neue Beziehung einging, ein neues Leben begann und er tagtäglich an seine zerbrochenen Träume erinnert wurde. Wahrscheinlich erfuhr er von ihren Affären, und das machte ihn nur noch wütender.« Der Whiskey ölte Edwards' Stimme. Die Worte sprudelten aus ihm heraus. »Philip Smithers fühlte sich ausgegrenzt, abgeschoben. Ständig sah er sie mit ihren neuen Töchtern und wurde immer wieder an das Leben erinnert, das er hätte führen wollen, während er selbst nach dem kurzen

Höhepunkt mit ihr tiefer und tiefer sank. Irgendwann hielt er es nicht mehr aus, und er wusste, dass es ein Dutzend möglicher Verdächtiger geben würde, angesehene Männer, die der ortsansässige Sheriff niemals bloßstellen würde. Er wusste also, dass er nichts zu befürchten hatte, und eines Nachts ging seine Wut mit ihm durch.« In der anschließenden, whiskeydurchtränkten Stille konnte er Smithers' Wut bestens nachvollziehen, konnte verstehen, welche hilflose Ohnmacht den Mann getrieben hatte. Er spürte es förmlich unter der Haut, dass er den richtigen Mann hatte.

»Wer war dann der andere Mann, der in der Tatnacht gesehen wurde? Der Kerl mit der Kapuze?«

»Keine Ahnung«, sagte Edwards. »Woher soll ich das wissen?«

Artemis schwieg. Dann stellte er die einzige relevante Frage, die noch verblieben war. »Und wie zum Henker wollen Sie das alles beweisen?«

»Auch das weiß ich nicht.«

Wie sollte er es beweisen? Warum sollte er es überhaupt beweisen? Warum sich abmühen?

Weil es zweifellos sein letzter Fall sein würde.

Edwards sank auf das Kissen zurück. Drehte schläfrig das Whiskeyglas zwischen den Fingern.

Er hatte das Rätsel gelöst. Er kannte den Täter. Er wusste nur noch nicht, ob er den Mann vor Gericht bringen und ob – und wenn wann – er es Julian sagen sollte. Aber er hatte den Fall gelöst.

Im Grunde genommen war er der Einzige, der den Fall hatte aufklären können. Julian konnte es nicht erkennen. Und er und Julian waren die Einzigen, die noch genug Interesse an der Geschichte hatten, um überhaupt daran zu arbeiten.

Ein ungeklärter Mordfall, für dessen Aufklärung nur ein

einziger Mann in Frage kam. Das hatte die Chancen, den Täter zu finden, deutlich verringert, praktisch unmöglich gemacht. Aber nun war das Rätsel gelöst.

Eigentlich war es – mit ein bisschen Glück natürlich – recht einfach gewesen.

So einfach, dass er sich zu fragen begann, ob Julian – die die schmerzhafte Lektion würde lernen müssen, dass einen selbst nahe stehende Menschen, von denen man alles zu wissen glaubt, böse überraschen können – überhaupt wollte, dass der Fall aufgeklärt wurde.

Nach dem dritten Whiskey griff er abermals nach dem Telefon und klappte den Zettel auf, den er in die Brieftasche geschoben hatte.

Er wählte die Nummer.

Winston Erdwards rief auf der Farm an.

Ein Mann meldete sich.

Gut.

»Hallo, Mr. Smithers?«

»Ja...«

Die Stimme klang nach unbewusstem Argwohn, nach ständiger unterschwelliger Angst. Und irgendwie klang sie verschlagen. Aus der einen Silbe konnte Edwards eine ganze Lebensgeschichte heraushören, aus einer einzigen Silbe, die – digital zerlegt – mehrere hundert Meilen nach Norden übertragen und dort für Edwards' Ohr wieder zusammengesetzt wurde, ohne dass auch nur die leiseste Nuance verloren ging. Ja, er konnte eine ganze Lebensgeschichte heraushören. Oder bildete es sich jedenfalls ein.

»Hier ist Winston Edwards, Privatdetektiv.« Er wartete. Er würde nach jedem Satz eine Pause machen, würde schauen, dass jedes Wort seine eigene bedeutungsschwangere Kraft entwickelte, und lauschen, wie der Mann reagierte, bevor er ihm die nächste Salve vor den Bug knallte.

Schweigen. »Ja?« Edwards fiel sofort der veränderte Tonfall auf. Nun klang der Mann plötzlich freundlich und kooperativ – und gänzlich falsch. Es wäre nicht aufgefallen, hätte er davor nicht so argwöhnisch geklungen.

»Ich bin ein Bekannter Ihrer Tochter«, sagte Edwards und lauschte aufmerksam auf die Reaktion, lauschte, ob Smithers gespannt die Luft anhielt oder aufgeregt den Atem ausstieß. Er wusste, dass er die volle Aufmerksamkeit des Mannes genoss, und deswegen konnte er davon ausgehen, dass jede Reaktion in direktem Zusammenhang mit seinen Worten stand.

»Ach so, ja«, sagte Smithers unverfänglich. Sein Tonfall schien darauf hinzudeuten, dass seine Tochter ihm von dem Gast erzählt hatte, der unlängst bei ihnen übernachtet hatte.

»Oh, Sie hat Ihnen von mir erzählt?«, fragte Edwards spitzzüngig, um dem Mann zu zeigen, dass er ihn durchschaute. Er wollte ihn ein bisschen nervös machen.

»Nun, ähm …« Mit dieser kurzen Stammelei bewies der Mann, dass er sich noch nicht entschieden hatte, was er genau sagen wollte. »Ja, ich glaube, sie hat mir von Ihnen erzählt. Ja, doch.« Er versuchte, Zeit zu gewinnen, versuchte, seine Unsicherheit zu überspielen.

»Nun, ich wollte mich nur noch mal bei ihr bedanken. Und bei Ihnen auch. Philip, nicht wahr?« *Ich kenne Ihren Namen.*

In der nachfolgenden Stille konnte Edwards die Mischung aus Nervosität und leichter Verärgerung heraushören, einer Verärgerung, die sich schnell zu schnaubender Wut steigern und unkontrolliert aus ihm herausbrechen konnte. »Ohne ihre Hilfe hätte ich ziemlich blöd dagestanden. Deswegen wollte ich mich noch mal bei ihr bedanken. Und bei Ihnen natürlich auch.«

»Hmm«, raunte Smithers.

»Ist sie da?«

»Ja, aber sie kann gerade nicht ans –«

»Wer ist dran, Dad?«, hörte Edwards plötzlich im Hintergrund eine Frauenstimme.

»Ist nicht für –«, begann der Mann zu sagen, und Edwards spürte, dass Smithers jeden Moment auflegen würde.

»Wer ist es?« Die Frauenstimme klang jetzt heller, war näher am Telefon.

»Dieser Detektiv«, brummte Tammy Smithers' Vater mürrisch.

Sie nahm den Hörer. »Hallo«, sagte sie gut gelaunt.

»Ich wollte mich nur noch mal bei Ihnen bedanken«, sagte Edwards.

»Das ist aber nett von Ihnen.« Sie machte eine Pause. »Daddy«, sagte sie, ihn liebevoll neckend, »das ist ein privates Gespräch.«

Ein privates Gespräch? Was? Warum tat sie vor ihrem Vater so, als wäre etwas zwischen ihnen?

Aus Vorsicht... um ihn abzulenken...

Dann sprach sie plötzlich mit gesenkter Stimme. »Sie haben im Grab herumgescharrt.« Es klang schroff, aufgebracht.

Edwards gab keine Antwort.

»Ihr Fall hat mit uns zu tun, stimmt's?«, stellte sie wütend fest.

Die nachfolgende Stille klang wie eine Anklage, und Edwards wurde schlagartig bewusst, dass er sie wahrscheinlich nie wieder sehen würde, und falls doch, nur unter negativen Vorzeichen. Ihre Freundschaft, die so unschuldig und viel versprechend begonnen hatte, war beendet, bevor sie sich hatte vertiefen können. Er war nicht überrascht, dass er einen Anflug von Traurigkeit empfand.

»Ich habe ihm nichts erzählt«, flüsterte Tammy Smithers rasch und legte unvermittelt auf.

Also wusste sie es.

Nun, nicht unbedingt. Aber sie ahnte etwas. Sie hatte zeit ihres Lebens etwas geahnt, und dass Edwards aufgetaucht war, um am Grab ihrer Mutter herumzuschnüffeln, hatte bestätigt, dass diese Ahnung gerechtfertigt war.

Sie wusste nicht genau, was er bei ihnen gewollt hatte. Aber sie wusste, dass etwas in der Luft lag. Wusste, dass etwas nicht stimmte.

Und sie ließ ihn weitermachen.

Sie wird die Wahrheit erfahren. Die Worte wiederholten sich wie in einer Endlosschleife, verfingen sich in seinen whiskeygetränkten Gedanken. *Sie wird die Wahrheit erfahren.*

26

Ng wollte die ältere Ryan-Tochter in Lieutenant Palmers Büro führen, doch das Mädchen blieb an der Tür stehen und lugte nur verlegen hinter Ngs breitem Rücken hervor, wie ein ängstliches Tier.

Julian begrüßte das Kind mit einem strahlenden Lächeln, und ihr wurde schlagartig bewusst, dass ein so breites, unkalkuliertes Lächeln eine Seltenheit in diesem Büro war. Genau genommen konnte sie sich nicht entsinnen, jemals einen Besucher dermaßen angestrahlt zu haben.

»Komm ruhig rein«, sagte Julian fröhlich und malte sich aus, wie unwohl sich das Mädchen in dieser kalten, bedrückenden Büroatmosphäre fühlen musste. »Komm, setz dich zu mir. Vielen Dank, Ng.« Julian stand auf, ging um den Schreibtisch herum und deutete auf den neuen Klappstuhl. Alyshia kam herein, ihren Notizblock mit dem Kätzchen-Motiv und diverse Buntstifte in den Händen, und setzte sich.

»Vielen Dank für die Einladung«, sagte das Mädchen höflich, aber etwas unsicher und widerwillig. Julian spürte augenblicklich, dass es das Unbehagen war, das alle vorpubertären Kinder empfanden, die sich für eine Weile wie höfliche Erwachsene benehmen mussten. Julian lächelte innerlich, denn sie konnte sich nur zu gut an ihre eigene Kindheit erinnern. Man konnte sich verlegen geben oder gelöst und selbstbewusst. Man konnte sich geben, wie man wollte, denn man wusste noch nicht um die eigene Persönlichkeit, wusste noch nicht, welches das wahre Selbst war.

Julian hatte vor einigen Tagen einen Anruf von Mrs. Ryan erhalten. »Es ist wirklich nett von Ihnen, dass Sie das tun.«

»Ach was, es ist mir ein Vergnügen.« *Machen Sie Witze? Das ist das Mindeste, was ich für Ihre Familie tun kann.*

»Ich bin froh, dass Alyshia mit Ihnen sprechen möchte. Ich wollte Sie ohnehin wegen ihr anrufen.«

»Tatsächlich?«

Nell Ryan seufzte verdrossen. »Sie macht neuerdings keine Hausaufgaben mehr. In der Schule stört sie ständig. Abends kommt sie viel zu spät nach Hause.« Ihre Verdrossenheit entlud sich in einem weiteren Seufzer. »Ich weiß, dass Sie kein Schulpsychologe sind, aber Schulpsychologen haben auch nichts mit Mordfällen zu tun.«

»Wenn so etwas geschieht, lässt sich nur schwer abschätzen, welche Folgen es für ein Kind haben wird. Lassen Sie ihr Zeit«, sagte Julian. Sie fühlte sich von Nells Vertrauen geschmeichelt und wusste, dass dies die richtige Antwort war.

»Sie war immer eine Einser-Schülerin, war immer die Klassenbeste. Sozusagen eines dieser Traumkinder, über das man sich keine Gedanken machen muss. Sie hat immer alles richtig gemacht, wurde von allen gemocht. Und jetzt, tja, jetzt *muss* ich mir Gedanken machen.«

»Und wie geht es ihrer Schwester?«

Julian konnte aus Nells Antwort die elterliche Überraschung, ja fast einen Anflug von elterlicher Belustigung heraushören: »Mit ihrer Schwester ist es genau umgekehrt. Sie war nie eine besonders gute Schülerin, aber nun lernt sie wie eine Besessene.«

Julian kannte das. Ihr war es genauso ergangen. Sich verschließen. Einen Tunnelblick entwickeln. Wie besessen lernen. Alyshia hatte vermutlich den besseren Weg gewählt, indem sie alles heraus- und hereinließ und ihre Emotionen auslebte.

»Aber beide zeigen eine Reaktion, nicht wahr? Beide versuchen, mit der Situation so gut wie möglich umzugehen. Es wird vermutlich eine Weile dauern.«

»Alyshia isst zu viel, sie wird immer dicker.«

»Sie ist ein Kind, Mrs. Ryan. Üben Sie Nachsicht mit ihr. Seien Sie behutsam.«

»Sie klingen, als hätten Sie so etwas schon mal erlebt.«

»Nun …«, begann sie unschlüssig. *Ich war Ihre Tochter. Mir ging es genauso. Ich habe dieselbe Tragödie erlebt, dieselbe unfassbare Verschiebung meines Universums.* »Ja, ich … ich habe Erfahrung mit derlei Dingen.«

»Nun, ich habe nicht vor, Sie mit den Problemen meiner

Kinder zu belasten. Ich rufe nur an, um mich zu bedanken, dass Sie mit Alyshia reden wollen.«

Und nun saß sie in Julians Büro.

Julian überraschte ihr widersprüchliches Verhalten: Das Mädchen ließ in der Schule die Zügel schleifen, und doch stürzte es sich voller Ehrgeiz auf dieses Schulprojekt. Aber vielleicht hatte Julians Welt den Geschmack von Realität, vom realen, brutalen Leben, von dem das Mädchen eine zu starke Dosis abbekommen hatte, während ihr die Schule so künstlich und isoliert vorkam. Die reale Welt war in ihr behütetes Leben eingedrungen. Es hatte ihr zwar Kummer und Schmerz gebracht, aber gleichzeitig hatte das Mädchen von der Existenz dieser Welt erfahren und fühlte sich auf seltsame Weise davon angezogen. Und auf Grund ihres Berufs war Julian für sie die perfekte Begleiterin in diese neue Welt, jemand der ihr Schutz bot und sie gleichzeitig mit den Realitäten des Lebens vertraut machen konnte.

»Also ... ähm ... wie sind Sie darauf gekommen, bei der Polizei arbeiten zu wollen?« Der rosafarbene Notizblock war aufgeschlagen, ein farbiger Stift schwebte über der noch leeren Seite.

»Wie ich darauf kam?« Julian sah das Mädchen einen langen Moment an.

Eine Zwölfjährige, die in den letzten Wochen so viel Schlimmes erlebt hatte ... Was mochte es für sie bedeuten, wenn sie herausfand, wie viel sie zufälligerweise mit der Polizistin gemeinsam hatte, die mit den Ermittlungen betraut war?

Konnte es heilsam sein, wenn das Mädchen erfuhr, dass es nicht allein war, dass andere Menschen ihr Schicksal teilten?

Julian ging zur Tür und schloss sie behutsam, so behutsam wie den Deckel eines Buches, das sie soeben ausgelesen hatte und nie wieder lesen würde ... und doch möglicherweise ein letztes Mal vorsichtig aufschlagen würde.

»Wie ich darauf kam, bei der Polizei zu arbeiten? Ich werde es dir erzählen. Aber vorher möchte ich, dass du weißt, dass es etwas ist, das ich bisher niemandem erzählt habe, weil ich der Meinung war, dass es nicht relevant ist. Aber bei dir ...«

Das Mädchen rümpfte die Nase und legte die Stirn in Falten. Es verstand nicht, was Julian meinte. Das war in Ordnung. Gleich würde sie verstehen.

»Als ich so alt war wie du, *genauso* alt wie du« – Julian machte eine Pause, holte kurz Luft und sah das kleine Mädchen fest an –, »wurde mein Vater auf ziemlich ähnliche Weise umgebracht wie deiner.« Ihre Worte klangen tonlos, sachlich und nüchtern, hatten noch nicht die emotionale Wucht entwickelt, die sich gleich einstellen würde.

Das Mädchen sah verblüfft aus, schwieg und blickte Julian voller Verwunderung an.

Julian empfand Stolz, eine Art innerer Befreiung und eine Verbundenheit zu dem Mädchen, die sie nicht erwartet hatte.

Es half Julian, die Geschichte zu erzählen.

Eine Tür. Schritte. Schwärze. Das Knarren der Sprungfedern, das Atmen ihrer schlafenden Schwester im oberen Bett. Etwas schlägt gegen die Haustür. Ein dumpfer Knall. Stille. Ein Schrei. Sirenen.

Zum Eisblock erstarrt. Im Bett. Reglos. Trotz der drückenden Hitze, trotz der Sturzbäche von Schweiß. Dann wieder Schreie.

Die Tür fliegt auf. Im Türrahmen der Sheriff. »Steht auf, Mädchen.«

Nein, ich kann nicht.

Er zerrt sie aus den Betten. Ihre Schwester schreit. Sie selbst ist zum Eisblock erstarrt.

Er hält das Messer. Der Sheriff. In einem Plastikbeutel. Das Messer…

In der Küche das unheilvolle rötliche Schimmern der Ambulanzlichter vor dem Haus. Das Stapfen der Uniformstiefel, ihr Herzpochen, der plötzliche helle Lichtschein nach der Dunkelheit des Kinderzimmers, das Knacken in den Funkgeräten; und Männer, namenlose, gesichtslose Männer, die ihr durch das Nachthemd auf ihre knospenden Brüste starren…

Das Wimmern ihrer Mutter… ihr unaufhörliches Wimmern…

Der warme Urin, der ihre Beine hinabrinnt…

Und dort, auf dem Boden unter einer Plane, die Ausbuchtung eines Körpers. Es sieht aus wie ein Sack voller Sand.

Dann ein letztes Knacken aus den Funkgeräten. Die Männer verschwinden genauso plötzlich, wie sie gekommen waren. Schnell an die Arbeit. Ermittlungen… Plötzlich ist alles vorüber. Alles ist wie ein Traum. Unwirklich.

Bald werden die Ermittlungen eingestellt. Sie haben nichts ergeben.

Das Herz eines kleinen Mädchens ist zum Eisblock erstarrt, inmitten der Hitze des Südens…

Das Mädchen hatte wie erstarrt in seinem Bett gelegen.

Hätte ich dich retten können, Daddy? Oh, Daddy, hätte ich dich retten können, wenn ich nicht wie erstarrt im Bett liegen geblieben wäre?

Es war klar, dass das Interview damit beendet war, aber Alyshia und Julian blieben sitzen und sahen einander mit großen Augen an.

Das Mädchen war engagiert und voller Tatendrang. Julian wünschte, dass Nell Ryan ihre Tochter so sehen könnte. Endlich hatte Julian den Ryans etwas gegeben. Es war fast ein wenig erschreckend, wie gut es sich anfühlte, etwas für Alyshia getan zu haben. Und nach allem, was Nell Ryan ihr über Alyshias Schwierigkeiten in der Schule berichtet hatte, sollte es eigentlich nicht schwer sein, noch mehr für die Kleine zu tun, überlegte Julian.

»Hör zu«, sagte sie zu Alyshia und merkte mit leichter Belustigung, dass es ihr trotz der Zeit, die sie mit dem Mädchen schon verbracht hatte, fast unangenehm war zu fragen. »Wie wäre es… ähm…« Aber es fühlte sich natürlich an. Ja, es war eine gute Idee, sie zu fragen. »Wie wäre es, wenn ich dich am Wochenende ins Kino einlade?«

Alyshia sah Julian überrascht an. Die Frage schien sie etwas aus der Fassung zu bringen, und sie nahm sich einige Augenblicke Zeit zum Überlegen. Es war ihrem Gesichtsausdruck anzusehen, dass sie etwas in dieser Art nicht erwartet hatte. Aber während sie noch überlegte, breitete sich auf ihrem Gesicht ein freudiges Lächeln aus.

»Das wäre toll«, sagte sie strahlend.

»Am Samstag?«, fragte Julian. »Oder am Freitag? Was wäre dir lieber?«

»Ist mir egal«, sagte Alyshia fröhlich, sich allmählich an den Gedanken gewöhnend.

»Okay, dann Samstag um sieben. Ich hole dich ab.« Dann etwas strenger: »Aber frag vorher deine Mutter.«

Ich kann hier etwas Gutes bewirken, dachte Julian. *Etwas Gutes für uns beide.*

27

Den Rest der Woche überlegte Julian, welchen Film sie sich anschauen sollten. Ursprünglich hatte sie einen neuen Disney-Film ausgewählt, aber dann war ihr eingefallen, dass dies für ein intelligentes Mädchen wie Alyshia womöglich eine Beleidigung war. Sie hatte die Programme studiert und sich von einigen Kollegen, die besessene Kinogänger waren, beraten lassen und alle Filme ausgeschlossen, in denen Sex und Gewalt vorkamen. Schließlich war sie Polizistin und verantwortlich für eine Minderjährige – es galt, bei der Wahl gewisse moralische Grundsätze zu beachten. Am Ende war kein einziger Film übrig geblieben, und irgendwann hatte sie über sich lachen müssen: Sie verhielt sich wie eine überängstliche Mutter, die sich um einen angemessenen Filminhalt sorgte, obwohl das Mädchen kürzlich eine Erfahrung gemacht hatte, gegen die jede künstliche Zwei-Stunden-Erfahrung verblassen musste. Mach dir keine Sorgen wegen irgendwelcher moralischer Erwägungen. Lass das Mädchen den Umstand genießen, mal mit einer Erwachsenen zusammen zu sein, die nicht ihre Mutter ist. Und umso entspannter Julian an die Sache heranging, desto schöner würde es werden.

Ihre Nervosität überraschte sie. Es war fast wie bei einem Rendezvous. Nun, es *war* ein Rendezvous. Ein Rendezvous mit ihrer eigenen Kompetenz – als Erwachsene, die einen Abend lang für ein fremdes Kind verantwortlich war.

Doch sie wusste, dass es mehr war als das. Sie mochte Alyshia – unabhängig von den tragischen Umständen ihres Kennenlernens, unabhängig von der Tatsache, dass sich in dem Mädchen ihre eigene traurige Vergangenheit widerspiegelte. Unabhängig von der Tatsache, dass ihr diese Freundschaft indirekt die Möglichkeit bot, ihr emotionales Chaos in den Griff zu bekommen, das sie seit der Ermordung ihres eigenen Vaters plagte. All dessen war Julian sich bewusst, aber das war es nicht.

Julian mochte sie, Punkt. Sie spürte an Alyshias Neugierde, an ihrer Aufgewecktheit und der Individualität, mit der sie ihren Schmerz zu überwinden versuchte, dass sie ein wundervolles Kind war.

Julian wurde langsam älter. Sie hatte keinen Freund. Die biologische Uhr tickte unaufhaltsam, und die Umstände ihres eigenartigen Lebens machten es immer unwahrscheinlicher, dass sie eines Tages eine Familie gründen würde. Und doch war dies etwas, nach dem sie sich in letzter Zeit immer stärker sehnte.

Alyshia war mehr als bloß die Tochter von irgendwem. Alyshia war die Tochter, die sie selbst gern hätte. Die Tochter, die sie vermutlich nie haben würde. Aber mein Gott – ich will diese Freundschaft nicht mit all meinen Problemen befrachten, dachte Julian.

Und ihr wurde klar, warum sie sich so viele Gedanken über den Film gemacht hatte. Es war ihr Beschützerinstinkt. Sie wollte Alyshias Kindheit vor jedem weiteren Schaden bewahren. Sie dachte an den Mord. An eine unbekannte Person, die in das Haus eingedrungen und wieder verschwunden war, ohne die geringste Spur zu hinterlassen. Es war fast so, als ob die Person demonstrieren wollte, dass sie es wieder tun könnte. Sie verdrängte den Gedanken.

Um Punkt sieben fuhr sie bei den Ryans vor. Das alte Steinhaus, das ihr durch die wiederholten Besuche mittlerweile so vertraut schien, sah am Abend völlig anders aus, stellte

Julian überrascht fest. Mit leichtem Entsetzen wurde ihr bewusst, dass es so für den Mörder ausgesehen hatte.

Der Gedanke verlangsamte ihre Schritte. Sie betrachtete einen Moment lang die Umrisse des Hauses, die sich dunkel vor dem grauen Abendhimmel abzeichneten. Dann läutete sie an der Tür. »Kommen Sie rein!«, tönte von drinnen Alyshias sorglos klingende Stimme. Julian war überrascht, dass das Mädchen so vertrauensselig war, obwohl sie natürlich wusste, wer kam. Sie ging hinein und sah Alyshia vor dem Fernseher auf dem Sofa liegen. Sie schaute sich eine hirnrissige Quizsendung an, Eis aus einer Familienpackung löffelnd, und wandte sich nicht einmal zu Julian um.

Vielleicht war es ihr unangenehm.

Vielleicht war es die Nähe ihrer Mutter.

Was auch immer der Grund sein mochte, Julian befand sich plötzlich in der Gegenwart eines unhöflichen, eigensinnigen Teenagers. Das war nicht das nette, aufgeweckte Kind, das in ihr Büro gekommen war, um sie zu interviewen.

Mrs. Ryan kam aus der Küche und blickte frustriert auf Alyshias Hinterkopf.

»Möchtest du Miss Palmer nicht begrüßen?«

»Nennen Sie mich ruhig Julian«, verlangte Julian sanft – sie hatte nicht vor, sich in das hausgemachte Drama hineinziehen zu lassen.

»Alyshia…«, sagte Nell Ryan mit einer Mischung aus Bitten und Ermahnen, und Julian spürte, dass ein Großteil der Kommunikation zwischen den beiden in dieser Weise ablief.

Keine Antwort.

»Alyshia, Julian ist den ganzen Weg –«

»*Gleich*, Mama«, sagte Alyshia gereizt. »Die Sendung ist gleich vorbei…« Dann fuhr ihr Kopf rasch herum, und sie fing Julians Blick auf und warf ihr ein kindliches, breites und verschwörerisches Grinsen zu, aus dem Julian ablas, dass der Abend schön werden würde.

Im nächsten Augenblick erklang die Toilettenspülung, und dann kam ein schlaksiger Junge in Alyshias Alter aus der Gästetoilette. Er blieb an der Tür stehen, die Hände in den Taschen seiner Jeans, und grinste Julian frech an.

»Willst du ihr Ricky nicht vorstellen?«, fragte Mrs. Ryan, die den nächsten Anlass gefunden hatte, ihre Irritation zum Ausdruck zu bringen.

»Warum denn? Wir machen doch sowieso Schluss«, sagte Alyshia mit der kalkulierten Patzigkeit eines Teenagers.

Ihre Mutter ging kopfschüttelnd zu Alyshia hinüber und nahm ihr unsanft den Eisbecher aus der Hand. Dann sagte sie: »Ricky, das ist Lieutenant Palmer.«

»Julian, bitte«, erinnerte sie die Hausherrin sanft.

»Julian, das ist Ricky Boyko, Alyshias Freund.«

Von einem Freund war nie die Rede gewesen, als sie am Anfang der Ermittlungen die Mädchen vernommen hatte.

Ricky Boyko.

Tief drinnen spürte sie ein eigenartiges Kribbeln, ein vages Vorgefühl. Ein Erwachen ihrer Sinne. Sie spürte, wie Ricky für sie ein Teil der Ryans wurde. Es war wie eine köchelnde Suppe, in der man herumrührte und neue Zutaten an die Oberfläche beförderte.

Später wurde ihr klar, dass sie förmlich gespürt hatte, wie die Suppe dicker wurde.

28

Nach dem Film standen sie vor dem Multiplex-Kino in der frischen Luft; über ihnen funkelten die Sterne am klaren Abendhimmel. Der Film war völlig harmlos gewesen. Er hatte Julian nicht fesseln können, aber sie hatte zufrieden zur Kenntnis genommen, dass Alyshia ihn spannend fand – und so hatte Julian sie im flimmernden Licht der Leinwand heimlich von der Seite beobachtet.

Es war nicht zu übersehen, dass das Mädchen tatsächlich Gewicht zugelegt hatte. Aber selbst ohne dramatische häusliche Probleme schwankten pubertierende Mädchen in ihrem Gewicht. Und was ihre Schwierigkeiten in der Schule betraf – nun, das Mädchen war nicht nur äußerst intelligent, sondern hatte, wenn es wollte, eine überaus einnehmende Art. Solange Alyshia über diese beiden Eigenschaften verfügte, brauchte Julian sich keine Sorgen um sie zu machen.

»Wie wär's mit einem Eis?«, fragte Julian.

Das Mädchen schaute plötzlich angesäuert in die andere Richtung. »Sie machen sich über meine Figur lustig.«

Julian fühlte sich ertappt. »Ach was … ich … nach dem Kino holt man sich eben noch ein Eis. Ist doch ganz normal, oder?«

»Aber Ihnen ist aufgefallen, dass ich dicker geworden bin. Sie haben sich verraten, weil Sie gerade so nervös wurden, als ich das Thema aufbrachte.« Alyshia verschränkte die Arme vor der Brust und starrte eingeschnappt ins Leere, während um sie herum die anderen Kinobesucher auf die Straße strömten.

»Mensch, du hast mich perfekt durchschaut. Du bist die geborene Nachwuchs-Detektivin«, versuchte Julian abzulenken. »War das der wahre Grund für dein Interview mit mir?«, scherzte sie. »Bist du an dem Beruf interessiert?«

Alyshia lächelte, ließ sich aber nicht beirren. Stattdessen setzte sie noch einen drauf. »Und jetzt versuchen Sie mich abzulenken, indem Sie mich für meine Beobachtungsgabe loben. Nun«, jetzt konnte das Mädchen nicht anders als zu lächeln, »es funktioniert.« Sie nahm die Arme von der Brust. »Ein Eis klingt toll.« Dann fügte sie mit gespieltem Vorwurf hinzu: »Aber das wussten Sie ja sowieso.«

Sie war klug. Eine gute Beobachterin. Intelligent und aufgeweckt.

Und es gab eine Verbindung zwischen ihnen. Eine augenblickliche Intimität, die Julian sich anfangs nur einzubilden geglaubt hatte, sich erhofft hatte. Aber es stimmte. Es war real. Herrlich.

Die bunte Neonbeleuchtung tauchte die Eisdiele in bonbonfarben schimmerndes Licht. Julian und Alyshia saßen sich in einer Nische gegenüber und löffelten, zufrieden schweigend, ihre Eisportionen, Minz-Schokoladensplitter und Erdnussbutter-Sorbet.

An einem Punkt blickten beide gleichzeitig auf, sahen sich an und brachen in spontanes Gelächter aus, amüsiert darüber, dass sie beide völlig selbstvergessen das Eis in sich hineinschaufelten.

»Und …«, sagte Julian und wischte sich einen Schokosplitter vom Mund.

»Und was?«, fragte Alyshia.

»Ricky … wer ist er?« Julian versuchte, beiläufig zu klingen.

»Ricky?« Sie zuckte mit den Schultern. »Ein Freund, nichts weiter.«

»Er schien sich bei euch richtig zu Hause zu fühlen. Wieso habe ich noch nie von ihm gehört?«

Sie zuckte erneut mit den Schultern. »Wieso sollten Sie? Er ist doch bloß… ein Freund…« Wieder ein Schulterzucken, als wäre es völlig unerheblich, als wäre er eben nur irgendein Schulkamerad, nichts weiter. Jungs sind eben Jungs, und die zählen nicht…

»Moment, Alyshia. Ist er nur irgendein Freund, oder ist er dein *Freund*? Das ist ein riesengroßer Unterschied«, sagte Julian lächelnd.

Alyshia verzog das Gesicht. »Er ist nicht mein Freund. Nicht wirklich.«

»Er benahm sich, als würde er bei euch ständig ein und aus gehen«, stellte Julian fest. »Der gute alte Ricky.«

Plötzlich runzelte Alyshia die Stirn und knallte den Eislöffel auf den Tisch. »Wieso hören Sie nicht auf damit?«

Es war, als wäre Julian nichts ahnend durch den Wald spaziert und völlig unvorbereitet über etwas gestolpert. Über ein gänzlich unidentifiziertes Objekt. Was es genau war, ließ sich noch nicht sagen. Aber es war etwas Unerwartetes. So viel stand fest.

Julian schaffte es, das Gespräch in eine andere Richtung zu lenken. Auf den Film. Auf verschiedene Schulfächer. Bald nahm Alyshia den Eislöffel wieder in die Hand. Als hätte sie es schon wieder vergessen. Aber Julian hatte es nicht vergessen.

»Nun«, sagte Julian an der Haustür. Sie kam sich vor wie nach einem Rendezvous und fand das Gefühl gleichzeitig völlig absurd, »ich hoffe, es hat dir Spaß gemacht.«

Alyshia lächelte, und das Lächeln sagte *Sie wissen doch, dass es mir Spaß gemacht hat*, und wie um es zu bestätigen, trat sie auf der Veranda plötzlich mit unvermutetem Selbstbewusstsein auf Julian zu und schloss sie spontan in die Arme.

Sie ließ Julian los und schaute zu ihr auf. »Danke.« Es klang nicht bloß wie eine einfach dahergesagte Floskel, sondern wie echte, aufrichtige Dankbarkeit, die anscheinend nicht allein der Einladung ins Kino und dem anschließenden Eis galt. Dann wandte Alyshia sich um und ging hinein.

Julian betrachtete noch einmal das alte Steinhaus. Die Quader stammten von irgendwo in der Nähe, waren vor einem drei viertel Jahrhundert aus irgendeinem Steinbruch geschlagen worden. Das Haus kam ihr inzwischen völlig vertraut vor. In Gedanken war sie durch die einzelnen Räume gegangen, hatte sich anfangs nur aus rein beruflichen Gründen das Leben darin vorgestellt, aber mit der Zeit waren ihre Motive vielschichtiger geworden.

Sie sah zu den Sternen hoch. Es waren dieselben Sterne wie über dem Multiplex-Kino, die auch hier hell und gleichmütig am Himmel funkelten. Alle möglichen Dinge gingen ihr durch den Kopf – einige Gedanken waren vage und verschwommen, andere so klar wie der Himmel über ihr. Sie stieg in ihren Wagen und fuhr nach Hause. Als sie dort ankam, stellte sie sich an ihren Platz am Fenster und starrte in den Park auf der anderen Straßenseite.

Sie dachte über ihre Einsamkeit nach, über das Alleinsein. Die Gedanken waren durch einen gemeinsamen Abend mit einem anderen Menschen ausgelöst worden, durch eine Kontaktaufnahme – und sei es bloß mit einer schüchternen Siebtklässlerin –, und gerade diese Kontaktaufnahme hatte ihr ihre Einsamkeit vor Augen geführt. Wie ironisch. Wie brutal.

Sie war Lieutenant bei der Polizei, also jemand, der seine Entscheidungen allein zu treffen hatte. Jemand der, den ungeschriebenen Gesetzen ihrer Position folgend, zu den Kollegen eine gewisse Distanz wahren musste, um seine Autorität zu behalten. Sie wohnte in einer Stadt, die sie fast willkürlich, allein nach beruflichen Gesichtspunkten, ausgewählt hatte und in der sie völlig auf sich selbst gestellt leben musste. Sie hatte früh in ihrem Leben lernen müssen, dass es am wenigsten schmerzvoll war, wenn man einfach allein blieb. Und als sie gemerkt hatte, dass es funktionierte, dass sie zum Alleinsein fähig war, war sie eben dabei geblieben.

Sie merkte, dass in ihren Gedanken über die Einsamkeit keine besondere Traurigkeit mitschwang. Es war, zumindest für den Moment, die bloße Feststellung einer Tatsache. Einer Tatsache ihres Lebens, eine angeborene Eigenschaft, so wie Ngs angeborener Enthusiasmus, so wie Mendozas angeborenes Misstrauen, wie ein Punkt, den man bei einem Persönlichkeitstest ankreuzte. Ihre angeborene Einsamkeit. Sie war keine versponnene Einsiedlerin, litt nicht unter mangelnder Kommunikationsfähigkeit. Nein, sie war einfach bloß allein.

Der Vergleich ließ sich nicht vermeiden – in gewisser Weise war sie wie Edwards, stand ebenso abseits wie er, war genauso grüblerisch und genauso allein.

Ihre Einsamkeit war privat und leise, war mal zu erkennen, mal nicht. Sie war transparent wie ein luftiger Schleier. Dagegen war Edwards' Einsamkeit wie eine offene Wunde, wie ein gewaltiger Ozean. Wenn ihre Einsamkeit ein leises Wimmern war, war seine ein verzweifeltes Heulen. Oder war ihre auch ein Heulen? Vielleicht war es lautlos, aber nichtsdestotrotz ein Heulen.

Dem Detektiv in ihr fiel auf, dass sie so allein war, dass es in ihrem Leben kaum Hinweise auf sie selbst gab. Auf dem Weg zur Arbeit kaufte sie sich einen Kaffee, aber sie genoss ihn nicht. Sie besaß einen CD-Spieler, aber wenn sie ihn benutzte, ließ sie sich von der Musik nur berieseln, hörte gar nicht hin. Wenn sie übers Land fuhr, fuhr sie schnell, ohne die Landschaft zu betrachten, ohne die Bäume am Wegesrand zu bemerken. Hin und wieder machte sie einen Spaziergang im Wald, aber ohne sich ihrer Schritte, ihres Weges, ihrer Gegenwart in der Natur bewusst zu sein. Sie konnte nur flüchtige Hinweise auf sich selbst entdecken, und auf gewisse Weise war dies fast schlimmer, denn es waren Hinweise darauf, wie es sein könnte und sollte.

Dann kamen die Gefühle hoch: In der stillen, dunklen Abgeschiedenheit am Fenster ihres Apartments begegnete sie plötzlich sich selbst. Vermutlich bedurfte es der Stille und der Dunkelheit, um weinen zu können. Erst war es nur eine einzelne Träne auf ihrem Gesicht, und es sah fast schön aus, doch dann wurde daraus ein ganzes Tränenmeer, und dies war nicht mehr schön.

Allein. Es war nicht bloß eine Tatsache, sondern eine lebenslange Strafe. Sie war allein. Vielleicht hatte sie deswegen Edwards dazugeholt, einen Seelenverwandten.

Sie wollte Alyshia nicht unnötig belasten, aber das Mädchen war ein Hoffnungsschimmer, ein Spiegel, in dem sie sich selbst erkannte und sah, dass es womöglich noch nicht zu spät war.

Oder doch?

29

Sie ließ Ng die Highschool anrufen, um die Betragensbeurteilung eines gewissen Ricky Boyko zu bekommen. Sie wollte ihre Neugier befriedigen.

»Und fragen Sie auch Ihre Kinder nach ihm«, trug sie

ihm zusätzlich auf. Wenn es um Dinge ging, die in irgendeiner Weise mit der Schule zusammenhingen, war Ng eine phantastische Quelle. Seine sechs Kinder waren allesamt Mathematik-Genies mit glatten Einsen und bestätigten damit zu hundert Prozent das Klischee vom hoch begabten, aufstrebenden Asiaten. So gesehen war Ng in seiner eigenen Familie ein Außenseiter. Julian hatte beobachtet, wie seine Kinder ihn manchmal nur verständnislos anstarrten. Aber sie waren absolut vertrauenswürdig. Wenn ihr Vater ihnen auftrug, nichts zu sagen, dann sagten sie nichts. Sie waren wirklich niedliche kleine Informanten.

Die Beurteilung und die Berichte von Ngs Kindern stimmten weitgehend überein. Ricky Boyko war mehr der handwerklich begabte Typ, stand im Schulleben eher am Rand und war auch bei den typischen Schul-Auseinandersetzungen eher ein Beobachter, stand selten in deren Mittelpunkt. Mal eine harmlose Schulhof-Rangelei oder eine patzige Bemerkung zu einem Lehrer. Einmal hatte er auf dem Schulparkplatz Alkohol getrunken. Eine Hand voll Ermahnungen. Kein einziger Verweis. Er war weder ein besonders gutmütiges und kooperatives Kind noch ein besonders schwieriges. Bei Themen, die ihn interessierten, zeigte er ein überraschendes Durchhaltevermögen, berichtete einer seiner Lehrer. Wahrscheinlich legte er dabei denselben harmlosen rauen Charme an den Tag wie an jenem Samstagabend bei den Ryans, als er sie so frech angegrinst hatte, dachte Julian.

Sie las die Beurteilung genau durch und sah sich auch die Auflistung seiner Fehltage an. »Er fehlt selten«, kommentierte Julian. »Obwohl, schauen Sie sich das an. Im November hat er zwei volle Wochen gefehlt.« Sie blickte kopfschüttelnd zu Ng auf. »Und von zu Hause rief niemand in der Schule an. Was meinen Sie? Hatte er Grippe? Oder wollte er nur ein paar schwierige Klassenarbeiten schwänzen?«

Ng drehte den Beurteilungsbogen zu sich herum, warf einen Blick auf die Fehltage und sah dann Julian an.

»Diese zwei Wochen im November«, sagte er, »das war der Beginn der Jagdsaison.«

Schießunterricht in freier Wildbahn, dachte Julian grimmig.

Wie erwartet wohnten die Boykos lange nicht so gepflegt wie die Ryans. Im Garten stand ein aufgebocktes Auto, und am Ende der staubigen Einfahrt befand sich eine unerklärliche, nicht zu übersehende Baugrube. Julian war wieder einmal im Begriff, ungefragt in das Leben einer Familie einzudringen, einer Familie, die im amerikanischen Gesellschaftsspektrum offenbar eine Randrolle einnahm.

Natürlich gab es keine Klingel, daher klopfte sie an die verblichene Holztür. Ein riesiger Kerl, der nur Boyko senior sein konnte, machte auf, blieb aber im Schatten hinter der geschlossenen Glastür stehen.

Julian hatte auf der Ladefläche des verdreckten Pick-ups die Gewehrhalterungen gesehen. Nun konnte sie hinter Boyko den Gewehrschrank im Wohnzimmer erkennen – das auffälligste und vermutlich schönste Möbelstück im Haus, das sogar von der Eingangstür aus zu sehen war, als wollte Boyko senior mit dem Anblick von vornherein jeden aufdringlichen Vertreter oder potenziellen Einbrecher verjagen.

Er stand schweigend hinter dem schmierigen Türglas und starrte auf die adrett gekleidete junge Frau herab, die unangemeldet an seiner Haustür erschienen war.

»Ja?«, fragte er schroff.

»Mr. Boyko?«

»Was wollen Sie?«, bestätigte er knapp, aber nicht sehr freundlich, dass er tatsächlich Boyko war.

»Ich bin Lieutenant Palmer.«

Sie sah es ihm förmlich an, wie er das Wort »Lieutenant« verarbeitete. Er versuchte zu entscheiden, in welche Schublade er diese Information packen sollte.

»Darf ich reinkommen?«

»Warum?«, fragte er, unverhohlen seine Abneigung zur Schau tragend, jedoch ohne damit seine Verwirrung verbergen zu können.

»Darf ich?«, fragte sie noch einmal höflich, doch ihr herausfordernder Blick besagte, dass er ihrer Bitte besser nachkommen sollte.

Er war klug genug, um sie hereinzulassen.

Sie warf einen raschen Blick durch das Wohnzimmer. Es sah genauso aus, wie man von außen vermutete. Es war ein einziges Chaos, überall lag wertloses Zeug herum, ein Durcheinander wie auf einem Dachboden. Die einzige Ausnahme war der Mahagoni-Gewehrschrank. »Schöner Schrank«, sagte sie mit aufrichtiger Bewunderung. »Das da drin ist eine alte Winchester achtunddreißig-vierzig, oder?«

Er war erstaunt; seine Schroffheit und sein Argwohn rangen mit seinem Enthusiasmus und der Freude darüber, jemanden bei sich zu haben, der offenbar seine Leidenschaft teilte.

»Ja, stimmt...« Er konnte nicht anders, als bewundernd auf das Gewehr zu starren. »Ist aber nicht so selten wie die vierzig-vierundvierzig.«

»Schießt aber besser«, entgegnete sie mit der Autorität einer Expertin. »Mit der trifft man aus dreihundert Meter Entfernung einen Rehbock.« Sie hatte es sich in den letzten Jahren zur Aufgabe gemacht, alles zum Thema Jagen und

Jäger – vom Experten bis zum Hobbyjäger – zu lernen. Die Gegend war ein Jagd-Paradies, und Jagen und Verbrechen hatten leider eine gemeinsame Schnittstelle: Feuerwaffen.

Er zollte ihr schweigend Respekt. Dass sie offenbar eine Expertin war, machte ihn nur noch schweigsamer statt gesprächiger.

»Besitzen Sie auch kleinkalibrige Waffen?«

Er schüttelte den Kopf.

Sie trat näher an den Schrank heran und sah in der hinteren rechten Ecke zwei Revolver liegen. Es schien fast, als wären sie dort versteckt. »Liegt da nicht ein 32er? Ich würde das als Kleinkaliber bezeichnen.«

Sie hatte ihn bei einer Lüge ertappt. Sie hoffte, dass ihm bewusst war, dass sie keine zweite Lüge hinnehmen würde.

Sie betrachtete den anderen Revolver.

»Ihr Sohn ist mit der Tochter eines Ermordeten befreundet«, sagte sie in aller Direktheit.

»Ich weiß nie, wo er sich rumtreibt. Er steckt öfter in Schwierigkeiten. Aber er ist kein schlechter Junge«, sagte Boyko senior.

»Welches Kaliber hat der andere Revolver?«, fragte sie.

»Ist ein 28er.«

Sie sah ihm direkt in die Augen.

Dann blickte sie wieder auf den Revolver herunter.

Sie öffnete ihre Handtasche, holte ein Taschentuch heraus, nahm den Revolver aus dem Schrank, wog ihn in der Hand und schaute in den Lauf.

»Den nehme ich mit«, sagte sie ruhig, ohne zu Boyko aufzublicken. Warnend fügte sie hinzu: »Veranlassen Sie mich nicht, mit einem Durchsuchungsbefehl zurückkommen zu müssen.«

Boykos Unbehagen wuchs. Seine Kiefermuskeln traten hervor. Sie sah, dass sein linkes Augenlid zu zucken begann. Aber dann zog er die Mundwinkel hoch und grinste wie ein altkluger Schuljunge. »Ich wüsste nicht, was Sie sich davon versprechen.«

Sie sah ihn durchdringend an.

Sein Grinsen wurde breiter. »Ich schieße jeden Sonntag, hinten im Garten«, sagte er. »Alle meine Waffen kommen zum Einsatz. Es sind meine Babys. Nach dem Schießen reinige und poliere ich sie, bis sie wieder hübsch sauber sind. Die Nachbarn hören meine Ballerei. Die werden's Ihnen bestätigen. Denen wäre es am liebsten, wenn ich mit der Ballerei aufhöre, aber die trauen sich nicht, sich zu beschweren«, sagte er mit einem boshaften Grinsen. »Ist schließlich legal.«

Plötzlich nahm Julian das Taschentuch von der Waffe, umschloss den Griff und richtete den Lauf auf ihn. Boyko blinzelte nervös und trat instinktiv einen Schritt zurück. Dann schien er es zu bereuen, sich von ihr aus der Fassung gebracht haben zu lassen und so schnell zurückgewichen zu sein.

Nun war Julian diejenige, die grinste. »Ich würde mich auch gerne beschweren, und zwar weil ich Sie gerne festnageln würde, aber weiß, dass ich das nicht kann.«

Sie legte den Revolver in den Gewehrschrank zurück. »Der Mord wurde mit einer 25er verübt«, erklärte sie.

Er sah sie verwirrt an.

»Sie glaubten, die Mordwaffe hätte ein kleines Kaliber«, sagte sie zu Boyko. »Deswegen hielten Sie es für das Beste, auf Nummer sicher zu gehen und zu behaupten, Sie besäßen keine kleinkalibrigen Waffen. Als ich dann in Ihrem Gewehrschrank doch welche entdeckte, wusste ich, dass Sie saublöd sind«, erklärte sie. »Und deswegen musste ich meine Strategie Ihrer Blödheit anpassen. Als Sie mir erzählten, es wäre ein 28er«, fuhr sie fort, »sagte ich nichts, sondern ließ Sie glauben, dass die Mordwaffe ebenfalls ein 28er gewesen sei. Und plötzlich verteidigten Sie den Revolver, weil Sie meinten, es könnte die Mordwaffe sein. Sie befürchteten, Ihr Sohn hätte sie benutzt und heimlich wieder zurückgelegt. Sie wollten ihn decken. Aber ich weiß, was ich wissen muss – und zwar, dass Sie nicht im Besitz der tatsächlichen Mordwaffe sind. Hätten Sie sie, hätten Sie mir seelenruhig den 28er überlassen, weil Sie gewusst hätten, dass die Sache von unserem Ballistiker schnell aufgeklärt worden wäre.«

Sie schloss den Gewehrschrank und warf noch einen letzten, bewundernden Blick auf die Winchester. »Ich musste sicher sein, dass Sie keine 25er hier haben. An der Art, wie Sie Ihren 28er verteidigten, konnte ich erkennen, dass Sie tatsächlich keine besitzen.«

Boyko konnte sie nur hilflos anstarren.

»Sie verbergen nichts«, sagte sie zu ihm. »Zumindest nichts Wichtiges. Ich kenne Männer wie Sie.« Sie lächelte. »Sie wünschten, Sie *hätten* diese 25er.«

Sie verbergen nichts. Die Frage ist, ob Ihr Sohn, der kleine Waffenexperte, den Sie erschufen, etwas verbirgt.

»Er sollte nicht zwei Wochen die Schule schwänzen, um mit Ihnen jagen zu gehen.«

Boyko antwortete nicht, sondern starrte Julian nur böse an, diese neue, interessante Gattung eines Gesetzeshüters, diese schlüpfrige, neue Inkarnation staatlicher Schlechtigkeit. Das Recht, Waffen zu tragen, das Recht, seinen Sohn so zu erziehen, wie er es für richtig hielt, das Recht, sich und sein Haus verteidigen zu können – all diese hinterwäldlerischen Ansichten und Rechtfertigungen standen ihm deutlich ins Gesicht geschrieben, aber er sagte nichts, denn sie war schließlich nur ein kleiner Polizeilakai, ein Roboter, ein Automat, wenn auch ein verdammt gerissener. Julian wusste genau, was in seinem Kopf vorging. »Vorsicht, Boyko. Ich kann Ihre Gedanken lesen.«

Es funktionierte. Einen Moment lang sah er sie erschrocken an, als könnte sie tatsächlich Gedanken lesen.

Sie lächelte und schüttelte den Kopf. »Nein, ich kann keine Gedanken lesen, Boyko. Sie sind bloß paranoid. Und dumm. Wie Sie gerade wieder bestätigt haben.«

Aus dem Nichts war im Umfeld der Ryans ein Junge namens Ricky Boyko aufgetaucht, und dessen Vater entpuppte sich als ein menschenverachtender Waffennarr.

Trotzdem, es wäre zu einfach gewesen. Aber obwohl sie sich sicher war, dass Boyko senior keine 25er besaß, spürte sie, dass sie mit seinem Sohn noch lange nicht fertig war.

Als sie in ihren Skylark stieg und beim Zurücksetzen an all die Boykos dieser Welt dachte, warf sie noch einen letzten Blick auf das Haus und den ungepflegten Garten, und plötzlich fiel ihr im hinteren Teil des Grundstücks etwas ins Auge.

Sie stieß die Wagentür auf und stieg aus.

Sie ging durch den Garten und betrachtete mit dem bewundernden Blick einer Gartenclub-Vorsitzenden die wild wachsenden, wunderschönen, unbeschnittenen Blumen.

Lilius macrophylla lupidus.

30

Die Exhumierung von Frank Ryans Leiche hatte keine wirklich neuen Erkenntnisse erbracht. Julian, Edwards, Ng und Mendoza wussten noch immer nicht genau, ob der Mann nach dem ersten Schuss noch gelebt hatte oder nicht. Die forensische Neurologin hatte sich geweigert, die Wahrscheinlichkeit in Prozenten auszudrücken. »Es ist durchaus möglich«, war alles, was sie dazu hatte sagen wollen. Es war also möglich, bewusst mitzuerleben, wie man langsam ins Jenseits hinüberglitt.

»Das kann nicht sein«, sagte Ng. »Denn warum griff er dann nicht nach dem Telefon? Es stand direkt vor ihm auf dem Schreibtisch.«

»Vielleicht befürchtete er einen zweiten Schuss. Er wollte sich nicht bewegen und nach dem Telefon greifen, weil er Angst hatte, dann endgültig abgeknallt zu werden.« Es ließ sich nicht mit letzter Sicherheit feststellen. Aber der Phantasie waren keine Grenzen gesetzt. Maximal fünf Minuten, hatte die Neurologin gemeint. Was hätte in dieser Zeitspanne alles geschehen können?

Vielleicht war er bei vollem Bewusstsein gewesen, ohne dass sein Mörder es gemerkt hatte.

»Ich glaube, diese Cornell hat uns mit einem Voodoozauber verunsichert«, sagte Mendoza.

Sie sahen sich noch einmal die Fotos an. Der spitze, goldene Brieföffner. Der doppelseitige Plexiglas-Fotorahmen. Sie konnte nicht anders, als sich den lebenden Frank Ryan vorzustellen. Frank Ryan, dachte sie: ein toter Mann, der eigentlich noch unter uns weilen sollte. Dann sah sie Winston Edwards an und dachte: und hier ein Mann, der noch unter uns weilt, obwohl seine Zeit längst abgelaufen ist. Ein freier Mann, der eigentlich hinter Schloss und Riegel gehört.

Sie betrachtete Edwards. Er wirkte verbraucht und ausgebrannt.

Dann wurde ihr bewusst, dass auch er ein Mann war, der – im übertragenen Sinne – nach der ersten Kugel noch lebte. Erst die zweite würde ihm endgültig den Rest geben.

Ganz gleich, wie man es sah, diese Übergangsphase war eine besondere Zeit im Leben eines Menschen.

31

Zurück am Computer.

Edwards sah kein Problem darin, das Pflegeheim ausfindig zu machen, in dem Sylvia Blood heute lebte. Um sich nicht auf dem Polizeirevier über die Schulter schauen lassen zu müssen, benutzte er wieder den Computer in der öffentlichen Bibliothek, wo sich niemand an seinen ersten Besuch zu erinnern schien. Dies war kaum verwunderlich, denn heute war er nüchtern und frisch rasiert, seine Kleidung war sauber und kaum zerknittert, und nichts erinnerte an sein wüstes Erscheinungsbild vor wenigen Wochen. Er gab den Namen und das Passwort seines alten Kollegen, Louis P. Simms, ein und hielt einen Moment lang gespannt die Luft an, weil er nicht wusste, ob sein letzter Ausflug ins Netz entdeckt worden war und ihm nun der Zugang verweigert werden würde. Seine Befürchtungen waren überflüssig. Nach wenigen Sekunden war er drin und klinkte sich in die Suchmaschinen der Polizei ein, das absolute Nonplusultra für computergestützte Ermittlungsarbeit.

Zuerst suchte er in den Patientenlisten der Gesundheitsbehörde, dann in den Datenbanken über Kontrollierte-Medikamenten-Abgabe, die jeder Bundesstaat führen musste, und anschließend in allen übrigen medizinischen Datenbanken des Landes. Nach einer Stunde systematischen Suchens stieß er auf die Patientin Sylvia Blood, Alter fünfundfünfzig. Diagnose: manisch depressive Psychose.

Er hangelte sich von Akte zu Akte, von einem Krankenbericht zum nächsten, von Datenbank zu Datenbank, einer zehn Jahre währenden, durch verschiedene Bundesstaaten und zahllose Heilanstalten führenden Spur folgend. Er las die diversen psychiatrischen Gutachten, die die Heilanstalten untereinander austauschten, und erfuhr von zweitägigen Zwangseinweisungen, von freiwilligen und unfreiwilligen Isolierphasen, von der Einnahme hochpotenter Antidepressiva und zahlloser anderer Medikamente, deren Verschreibung meldepflichtig war. Irgendwann wurde ihm bewusst, dass es im Grunde genommen schwieriger gewesen wäre, *nicht* auf Sylvia Bloods Spur zu stoßen.

Er überprüfte den letzten Eintrag und verglich ihn mit dem jüngsten psychiatrischen Gutachten, um ganz sicher zu sein.

Sylvia Blood. St.-Mary-Rehabilitationszentrum, Southwest Virginia.

Dort endete ihre Spur, und dort, so hoffte er, würde er die Wahrheit finden.

»Mrs. Blood?«, sagte die freundliche ältere Nonnenschwester mehr aus Höflichkeit, um mit einem reinen Gewissen nach Hause gehen zu können, denn aus Hoffnung auf eine vernünftige Kommunikation. Diese Hoffnung hatte sie bei dieser Patientin schon lange aufgegeben. »Ein Herr möchte Sie besuchen kommen.«

»Im Eimer ist kein Wasser, und das macht mir Sorgen«, entgegnete Mrs. Blood ungehalten. »Kein Wasser im Eimer, kein Gott auf dem Thron, kein Teufel in Hemdsärmeln. Ich weiß nicht... Herren sind eine Rasse«, erklärte sie der Nonne. »Die Rasse der Erzeuger. Ich kannte einmal einen Herrn. Ich kannte mehrere Herren. Sie donnerten in ihren Streitwagen durch die Dardanellen am Kaspischen Meer.« Mrs. Blood spuckte grünlichen Auswurf aus – immerhin in den metallenen Mülleimer.

Die Nonnenschwester verzog keine Miene. Sie kannte das. »Sein Name ist Winston Edwards.«

»*Mein* Name ist Winston Edwards«, sagte Mrs. Blood verbittert. »Sie hätten die Pfingstrosen sehen sollen. Blau, golden, lebendige, brutale Farben. Wenn man heimlich um die Ecke spähte, sah man, wie die Farben sich angriffen. Aber sie taten es nie, wenn man direkt davor stand.«

»Er wird um zwei Uhr hier sein«, sagte die Nonne und atmete, wie immer, tief durch, um sich von der Begegnung zu erholen. Bei dieser Art von Patienten war es ungemein schwierig, eine wohltuende Medikamentenmischung zu finden – und bei dieser Patientin schien es besonders schwierig zu sein. Die Nonne hoffte, dass die Ärzte es bald hinbekommen würden.

Die Nonne wandte sich um und ging den Gang hinunter. Sylvia Blood starrte verloren auf den leeren Türrahmen, wo gerade noch die andere Frau gestanden hatte. »Nachts tanzen die Farben zu dieser verrückten französischen Jazzmusik«, murmelte sie und schüttelte erstaunt den Kopf über den Gedanken.

Sie schlurfte zur Tür, schloss sie leise und stellte ebenso leise einen Stuhl unter die Klinke. »Wie eine alte Ordensschwester«, sagte sie laut. »Ich schleiche herum wie eine alte Ordensschwester.«

Sie trat an ihr Bücherregal, griff hinter ein bestimmtes Buch, zog einen zerknüllten Plastikbeutel hervor, strich ihn glatt und schüttete das gute Dutzend Pillen in ihre Hand. Weiße Pillen. »Viel zu bunt«, sagte sie gereizt. »Viel zu bunt, die blöden Dinger.« Dann setzte sie sich seufzend auf das Bett. Sie schüttelte den Kopf. Tränen schossen ihr in die Augen, und plötzlich lag der Raum um sie herum hinter einem verschwommenen Nebelschleier.

In einer einzigen fließenden Bewegung hob sie die Hand,

ließ die Pillen in ihren Mund rutschen und würgte sie mit zwei geübten Schlucken herunter.

Sie saß auf dem Bett, mit dem Rücken an der Wand, und starrte aus dem vertrauten Fenster.

Bald begann der verschwommene Raum sich zu drehen.

Sie hatte keine Ahnung, wie lange sie dort saß.

Sie würde es nie erfahren.

Auch die nette ältere Nonne, die sie später entdeckte, wusste es nicht.

»Ich hatte ihr erzählt, dass Sie kommen würden«, hörte Winston Edwards die Nonne stammeln, als er zwei Stunden später im Büro des Chefarztes stand und von den Ereignissen erfuhr. Er war verblüfft. »Mehr habe ich nicht gesagt, nur dass ein Mr. Winston Edwards kommen würde.« Die Stimme der Nonne bebte, Tränen schwammen in ihren Augen. Der Arzt nahm sie beim Arm und führte sie zu einem Stuhl. Die Frau setzte sich und schaute konsterniert zu Edwards auf.

»Sie bekam offenbar mehr von den Dingen um sie herum mit, als sich aus ihrem Verhalten schließen ließ«, sagte der Arzt. »Ich spürte es, aber ich konnte es nicht beweisen und deswegen keine entsprechende Änderung der Behandlung einleiten.« Er sah Edwards betrübt an. »Wir haben versagt«, sagte er. »Unser Zentrum hat versagt, alle die mit ihr zu tun hatten. Sie hatte ein so schweres Leben.« Er schüttelte bedauernd den Kopf. »Könnte es sein, dass Ihr bevorstehender Besuch Mrs. Blood veranlasst hat … Sind Sie sicher, dass sie Sie nicht kannte?«

Edwards nickte, bestätigte es ein weiteres Mal. »Ganz sicher.«

»Nun, wir haben bereits ihre nächste Verwandte kontaktiert«, sagte der Arzt und beugte sich ein Stück vor, um einen Blick auf die Akte auf seinem Schreibtisch zu werfen. »Eine Tochter …«

Edwards spürte, wie sich sein Puls beschleunigte.

»Stephanie«, las der Arzt ab. »Stephanie Holmes.«

Edwards sah ihn an. Er merkte, dass er die Fäuste ballte. Er versuchte, sich zu entspannen. »Haben Sie, ähm … haben Sie der Tochter gesagt, dass ich auf dem Weg hierher war?« *Haben Sie meinen Namen erwähnt?*

Der Arzt zuckte mit den Achseln. »Offen gestanden erinnere ich mich nicht mehr.«

Edwards schaffte es zu nicken.

Er wandte sich zur Tür.

Er hatte Julians Mutter umgebracht.

Unabsichtlich, ja – aber sie war tot, und es sah so aus, als wäre er dafür verantwortlich.

Er wusste, dass dies alles ändern würde.

Winston »der Bär« Edwards, der auf seinem Marsch durch die Landschaft alles niedertrampelte und überall Zerstörung und Verderben hinterließ.

Gute Arbeit, dachte Edwards düster. Gute Arbeit.

32

Peng!

Was war das für ein Geräusch? Frank Ryan blinzelt.

Bin ich eingenickt?

Das Foto, umgestoßen. Der Brieföffner, auf dem Boden. Warum?

Er beugt sich herunter, um ihn aufzuheben.

Woher kommt das Durcheinander? Habe ich das getan? Oder jemand anderer?

Er greift hinunter.

Gott, schau dir das an. Was ist das? Das ist Blut.

Er setzt sich auf, ist verwirrt. *Wie kam das Blut dorthin?*

Peng!

Peng!

Was war das für ein Knall? Ist etwas umgefallen? Flog die Tür auf?

Hey.

Mein Kopf liegt auf dem Schreibtisch.

Vor mir die Bleistifte.

Was geht hier vor?

Seltsam, wie ich hier sitze. Eigenartiger Blickwinkel.

Ich muss mich aufsetzen.

Es fällt mir schwer.

So, so geht's.

Peng!

Peng!

Huch… mein Hinterkopf ist ja ganz warm.

Seine Hand tastet nach der Stelle.

Was?! Blut!

Er wendet sich um…

Sie! Sie haben mich angeschossen! Warum?

Wie konnten Sie das tun?

Um Himmels willen, legen Sie die Waffe weg!

Er wendet sich wieder zurück, die Hände auf dem Schreibtisch. Er versucht aufzustehen.

Ich kann nicht.

Es ist schwer.

So. Hoch jetzt.

Peng!

Er sackt in den Stuhl zurück.

Steh auf.
Geht nicht.
Geht nicht.

Verschiedene Szenarien, alle äußerst lebendig und realistisch. Aus einem einfachen Grund: Eines dieser Szenarien musste das richtige sein.

33

Es war Abend, als Julian in ihr Büro zurückkehrte. Sie hatte den ganzen Nachmittag damit zugebracht, bei einem fünfzig Meilen entfernt stattfindenden Drogenprozess auszusagen. Sie schaute kurz aus dem Fenster auf den inzwischen in tiefer Dunkelheit liegenden Police Plaza, dann wandte sie sich auf ihrem zerschlissenen Bürostuhl zum Schreibtisch um. Sie ging kurz einige Akten durch und legte sie sich für den nächsten Morgen zurecht; danach sah sie, bevor sie endgültig Feierabend machen wollte, noch einmal kurz in ihrem Computer nach, ob neue E-Mails eingegangen waren.

Sie lächelte. Eine Nachricht von Chief Richards. Er war die erste Person gewesen, die sie, völlig abgekämpft, in jener schrecklichen Nacht vor fünf Jahren aufgesucht hatte. Er hatte ihr gegen Edwards zur Seite gestanden und war während des gesamten Prozesses und des anschließenden Dienstaufsichtsverfahrens mit Julian in Kontakt geblieben. Richards und Edwards waren Altersgenossen, waren sogar miteinander zur Schule gegangen. Und genau wie Edwards wurde er langsam gebrechlich, aber sein Kopf funktionierte noch einwandfrei.

Die E-Mail hatte jedoch eine andere Adresse. Sie kam nicht aus seinem Büro, sondern von zu Hause. »Gehe nicht mehr arbeiten. Bleibe fortan daheim. Habe unseren Schriftwechsel genossen.« Dann der nächste Satz, ohne jedes Selbstmitleid, ohne jedes überflüssige Detail: »Es geht rasend schnell.«

Es geht rasend schnell. Richards' kleinstädtische Verschlossenheit, mit wenigen Worten auf den Punkt gebracht. Er starb, zweifellos an Krebs. Schließlich war er kein junger Mann mehr, war weit in den Siebzigern, aber noch immer so voller Leben. Ihr wurde schmerzhaft klar, dass er seit Monaten Bescheid gewusst, es in seinen fröhlichen E-Mails aber nicht erwähnt hatte, sie nie damit belastet hatte, bis er spürte, dass er sie informieren sollte. »Schauen Sie ruhig noch mal bei mir vorbei«, schrieb er weiter. Sie fühlte sich von der Einladung geschmeichelt, empfand aber, als sie weiterlas, augenblicklich ein unangenehmes Stechen in der Seite. »Und bringen Sie Ihren Kollegen Edwards mit.« Es hatte sich also herumgesprochen. Es war ihr peinlich, weil er es von jemand anderem hatte erfahren müssen. Was hielt Richards von der Sache? Wie war seine Meinung dazu?

Sie grübelte noch darüber nach, während sie aufstand und das Büro verlassen wollte, als plötzlich das Telefon klingelte. Ng saß noch an seinem Schreibtisch. Julian erwog, ihn rangehen zu lassen, tat es dann aber doch selbst.

»Julian?«

»Steph?«

»Ich habe den ganzen Tag versucht, dich zu erreichen, aber es hieß, du seist bei einem Gerichtstermin.«

Julian wusste es sofort. Die Nachricht schwang im dringlichen Klang der Stimme ihrer Schwester mit.

Sie lauschte schweigend dem kurzen Bericht. Nur Fakten, keine Einzelheiten. Eine kurze Diskussion über eine Feuerbestattung. Vages Gerede über einen eventuellen Trauergottesdienst. Danach beiderseitiges Schweigen. Sie legten auf. Es gab nichts mehr zu sagen, aber eine Menge, worüber sie nachdenken mussten …

Sie schaute aus dem Fenster und dachte über den Tod nach. Sie war nun eine Waise. Nein, eine Vollwaise …

Ein weiterer Mensch wird sterben. Dies sei die Botschaft der seltsamen Neon-Blume, hatte ihr der alte spanische Florist gesagt. Und obwohl sie geglaubt hatte, er hätte es sich bloß ausgedacht, um sie loszuwerden, stellte sich nun heraus, dass er Recht gehabt hatte. *Ein weiterer Mensch wird sterben.* Sie hatte dies natürlich auf den Mordfall bezogen, in dem sie ermittelte, und nicht geglaubt, dass dieser neuerliche Todesfall sie persönlich betreffen würde.

34

Sie saßen schweigend nebeneinander, Julian am Steuer ihres Skylark, Edwards auf dem Beifahrersitz. Sie hatte Ng und Mendoza ihre Fahrtroute genannt und Edwards wissen lassen, dass ihre Kollegen informiert waren. Außerdem ließ sie das Funkgerät unter dem Armaturenbrett eingeschaltet. Obwohl sie mittlerweile zu spüren glaubte, dass es Winston Edwards nicht darum ging, ihr körperlichen Schaden zuzufügen. Und an diesem Morgen war es ihr ohnehin egal, dass sie mit ihm allein war. Sie machte sich keine Sorgen. Damit würde sie anfangen, wenn er ihr eine Kugel in den Bauch jagte, sie in den Straßengraben warf und sie mit leblosen Augen zum Himmel hochstarrte. Irgendwo hier draußen, wo man sie nie finden würde.

Verdränge es. Verdränge es für den Augenblick. Du darfst dir darüber jetzt keine Gedanken machen. Du verdrängst es doch seit Jahren, also mach einfach weiter damit.

Sie fasste in ihrem Leben immer nur das nächstliegende Ziel ins Auge. Und heute war es die Fahrt zu Chief Richards. Denn vermutlich war dies die letzte Gelegenheit. Und genau das war die Lektion des Tages: Vermutlich würde es keine weitere Gelegenheit geben, den Mann noch einmal lebend wieder zu sehen. *Verdränge es. Verdränge es.*

Sie sah zu Edwards hinüber. Er sah krank aus und klang auch so. Bleich und alt und ausgebrannt, obwohl er seit neuestem etwas lebendiger und stabiler wirkte. Chief Richards dagegen, ein durch und durch moralischer und ehrenwerter Mensch, lag im Sterben. Und ihre Mutter, die seit langem der Realität entrückt gewesen war, war tot. *Verdränge es. Verdränge es.*

Sie fuhren schweigend. Julian freute sich auf den Besuch bei Richards, freute sich darauf, ihn reden zu hören, freute sich auf die Dynamik zwischen ihm, ihr und Edwards, während sie an seinem Sterbebett sitzen würden. Überhaupt, wie gedachte Edwards sich gegenüber seinem ehemaligen Freund zu verhalten? Erst da kam ihr der Gedanke: Hatte Richards etwas herausgefunden, das Edwards belastete? Hatte er sie deshalb gebeten, Edwards mitzubringen?

Auch Edwards, der nachdenklich durch die Windschutzscheibe blickte, sah sich schon im Straßengraben liegen und mit leblosen Augen zum Himmel hochstarren. Dem Chefarzt des St.-Mary-Rehabilitationszentrums zufolge waren die Familienangehörigen bereits informiert worden. Julian wusste es also. Aber sie hatte nichts gesagt. Also war sein Name nicht Teil der Nachricht gewesen. Offenbar hatte ihn niemand erwähnt.

Es sei denn, sie sprach ihn absichtlich nicht darauf an, sondern führte irgendetwas im Schilde. Vielleicht wartete sie nur auf den richtigen Augenblick, um ihm eine Kugel in den Kopf zu jagen.

Aber er wusste, dass dies nicht der Fall war. Er kannte sie zu gut. Er wusste, dass er, aus welchem Grund auch immer, eine Gnadenfrist erhalten hatte.

Sie fuhr die Einfahrt hoch. Das Haus sah noch genauso aus wie in jener Nacht, als Julian sich blutend, halb erfroren und unter Schock stehend hergeschleppt hatte, getrieben von einer inneren Kraft, die aufzubringen man nur im Angesicht des Todes im Stande war. Im hellen Tageslicht sah das Haus anders aus, und trotzdem hätte sie es immer und überall sofort wieder erkannt. Es war wie ein Schnappschuss, eine umrahmte visuelle Versinnbildlichung ihrer Rettung, und es würde für sie immer eine Aura von Sicherheit ausstrahlen.

Aber dieses Mal öffnete ihr Mrs. Richards die Tür.

Und dieses Mal stand der Mann, der versucht hatte, sie umzubringen, der Mann, dem sie nur knapp entkommen war, neben ihr und betrat mit ihr das Haus der Richards'.

Als wäre ihr klar, wie ungewöhnlich das Besucherpaar war, lächelte Mrs. Richards bloß liebenswert und weise, alle Worte der Begrüßung und des Verstehens in dieses Lächeln legend, und wies die Treppe hoch.

Er lag am Fenster, halb aufgerichtet in einem offenbar eigens hergeschafften Krankenhausbett. Er musste schon geraume Zeit so daliegen, denn die am Bett stehenden Gegenstände wirkten so, als stünden sie schon immer dort. Er starrte an die Decke. Auf einem Beistelltisch neben ihm stand sein großer Computer.

Trotz ihrer normalerweise zurückhaltenden Art eilte Julian zu ihm, beugte sich herab und gab der ausgezehrten, kaum wieder zu erkennenden Gestalt einen Kuss auf die Wange.

Edwards stand nur ungerührt da.

Richards schlug die Augen auf und schaute zu Julian und Edwards hoch.

Er lächelte schwach. »Ah, wie ich sehe, haben Sie ihn mitgebracht«, sagte er zu Julian. »Er sieht ziemlich verändert aus, was?« Seine wässrigen Augen – die Augen eines Sterbenden – wanderten zu Edwards und studierten ihn aus der ungewohnten Perspektive. Aus der Perspektive des Endgültigen. Aus der Perspektive der Ewigkeit. »Wie geht es dir, Winston?«, fragte er schließlich ohne jede Wärme, ohne Vergebung in der Stimme.

Edwards nickte bloß. »Und selbst?« Machte er sich über ihn lustig, oder bildete sich Julian das bloß ein? Schwer zu sagen, aber Julian glaubte, in seiner Stimme leisen Sarkasmus zu hören.

Richards hustete. »Nicht besonders. Noch ein paar Tage, dann ist alles vorbei.« Richards schaute auf seinen ausgemergelten Körper herab, wie auf einen Gebirgszug, den man nicht überqueren konnte. »Höchstens noch ein paar Tage.«

Er blickte auf und verengte die wässrigen Augen. »Lass mich einen Augenblick mit Julian allein.«

Edwards trat einen Schritt ans Bett heran, wie ein Mörder, ein Todesengel, der im nächsten Moment den Patienten erwürgen wollte, dann wandte er sich wortlos um und verließ den Raum.

Richards schaute lächelnd zu Julian auf. Sie hatte nie gedacht, dass ein Sterbender zu einem so warmherzigen Lächeln fähig wäre, obwohl sie wusste, dass er ein herzensguter Mensch war.

»Es ist schön zu sterben, wenn man weiß, dass es noch Menschen wie Sie gibt«, sagte er leise. Dann, nach einer Pause: »Es scheint ihm gar nicht so schlecht zu gehen, wo er jetzt wieder an Ihrer Seite ist.« Wieder lächelte Richards, die Augen jetzt halb geschlossen. »Er scheint völlig normal zu sein, was? Da fragt man sich fast, ob man ihn vielleicht doch zu Unrecht für ein Ungeheuer gehalten hat. Er ist ja gar nicht so schlimm. Wirkt geläutert, völlig verändert. Und jetzt sind Sie der Boss, stimmt's?« Er kannte sie. Sie nickte.

Er schüttelte den Kopf. Seine Züge verhärteten sich. »Er ist böse, Julian. Die Inkarnation des Bösen. Sie wissen das, oder?« Er schaute zu ihr auf, die Augen wieder weit geöffnet, und schien auf ein Nicken, auf eine Bestätigung zu warten. Julian nickte. Richards nickte ebenfalls. »Ein Teil des Bösen ist, dass man es vergisst. Man akzeptiert es, lässt es geschehen. Aber Sie dürfen es nicht vergessen, niemals. Lassen Sie sich nicht von ihm einlullen, hören Sie?« Wieder wartete er auf eine Antwort. Ein Vater und seine Tochter. Der Vater, den sie verloren hatte. Der Vater, den Alyshia verloren hatte. Der Vater, für den sie fälschlicherweise Edwards gehalten hatte. »Behalten Sie ihn im Auge. Versprechen Sie es mir.«

Julian nickte.

»Holen Sie ihn rein«, sagte Richards, plötzlich mit neuer Kraft in der Stimme.

Julian ging zur Tür, öffnete sie und bedeutete Edwards hereinzukommen.

Edwards kam ins Zimmer, trat an Richards' Bett und starrte mit unergründlicher Miene auf den Sterbenden herab.

»Ich liege hier und warte auf den Tod, während du quicklebendig durch die Gegend rennst, als wärst du rehabilitiert und soeben einem Jungbrunnen entstiegen.« Er lächelte. »Unfassbar. Aber so ist nun mal das Leben, was?«

Richards' Blick wanderte zur Decke. »Ich weiß nicht, was mich erwartet. Vermutlich gar nichts. Aber eines sage ich dir: Falls es so etwas wie ein Leben nach dem Tod gibt, garantiere ich dir, dass ich dich gnadenlos heimsuchen werde, wenn ich die Gelegenheit dazu habe. Und wenn es so ist, werde ich dich bis ans Ende deiner Tage verfolgen.

Wir beide wissen, dass du es getan hast, Winston. Es konnte zwar nie bewiesen werden, aber wir wissen, dass du es warst.«

Edwards sagte nichts.

»Dir über den Weg zu laufen ist das Schlimmste, was einem widerfahren kann«, sagte Richards im Tonfall eines Mannes, der in seinem Leben alles gesehen hatte und wusste, wovon er sprach. »Du glaubst, vom Krebs zerfressen zu werden wäre schlimm?« Er schüttelte den Kopf. »Das ist nichts im Vergleich dazu, wie das Wissen um deine Bösartigkeit mein Inneres zerfrisst.« Seine ganze Wut und Verachtung schienen sich in seinen wässrigen Augen zu sammeln. »Ich werde dich heimsuchen«, versprach er. »So wahr mir Gott helfe, ich werde dich in deinen Träumen heimsuchen und dir das Leben zur Hölle machen.«

Edwards beugte sich dicht zu Richards' Gesicht herunter. »Ich freue mich darauf«, sagte er, ein leises Lächeln auf den Lippen.

Julian konnte es nicht fassen. Ihr Herz raste. Die Atmosphäre in dem Raum war zum Zerreißen gespannt.

Richards schaute zu Edwards auf, als wollte er sich dessen Züge für seine Heimsuchung noch einmal genau einprägen, dann wanderte sein Blick wieder zur Decke hoch, und er schloss friedvoll die Augen. »Es war schön, Sie noch einmal gesehen zu haben, Julian«, murmelte er sanft und schlief Augenblicke später ein.

»Ich freue mich drauf, Richie«, wiederholte Edwards, dieses Mal jedoch für Julians Ohren.

Julians Blick ruhte auf dem schlafenden Richards. Sie konnte sich nicht dazu bringen, Edwards anzusehen.

Sie hörte, wie Edwards hinter ihr aus dem Zimmer ging.

Sie schaute Richards noch einen Moment lang an, dann ging auch sie aus dem Zimmer.

Sie fuhren zurück, ohne ein einziges Wort miteinander zu reden. Aber ihr Schweigen sagte alles – es kündete von Julians Zorn und Edwards' boshafter Anmaßung.

Drei Tage später war Richards tot.

Julian ging zu seiner Beerdigung, Edwards nicht. Ob er dies aus Respekt für seinen alten Freund tat oder aus Verachtung sollte Julian nie erfahren.

Sie versuchte, Richards' Versprechen, Edwards aus dem Reich der Toten heimzusuchen, als verzweifelten Wunsch nach Gerechtigkeit zu betrachten und nicht als das traurige Gefasel eines Sterbenden.

Sein verzweifelter Wunsch nach Gerechtigkeit.

Nun lag es allein an ihr, Gerechtigkeit walten zu lassen.

Chief Richards war tot.

Und sie war vollends auf sich allein gestellt.

35

Die Haustür der Ryans flog auf. Alyshia kam herausgestürmt, eilte die Verandastufen hinunter und rannte zu Julians Wagen.

Julian lächelte, genauso erfreut wie das Mädchen.

Inmitten all der Toten symbolisierte Alyshia das Leben. Sie war das Mittel gegen die allgemeine Trübsal.

Und was ihre Schul- und Gewichtsprobleme und ihre abrupten Stimmungswechsel betraf – nun, für Julian gehörte dies eben zu der Person, die Alyshia war, und außerdem gab es ihr die Gelegenheit, dem Mädchen zu helfen.

»Und, was machen wir heute Abend?«, fragte Alyshia, als sie sich schwungvoll neben Julian auf den Beifahrersitz fallen ließ, trotz ihres sichtlich gewachsenen Körperumfangs so gewandt, wie es sich für ein junges, sportliches Mädchen gehörte.

Sie hatten am Telefon verschiedene Möglichkeiten besprochen, sich aber noch nicht entschieden.

»Ich bin gerne mit Ihnen zusammen«, sprudelte es aus Alyshia heraus, als wäre sie überrascht, dieses Gefühl just in diesem Augenblick in sich zu entdecken. »Wenn ich mit Gleichaltrigen zusammen bin, denke ich immer daran, wie dick ich geworden bin«, sagte sie. »Außerdem wissen sie noch immer nicht, wie sie sich mir gegenüber verhalten sollten, und ich weiß nicht, was ich dagegen tun kann.«

»Tu gar nichts«, sagte Julian achselzuckend. »Lass ihnen Zeit. Sie werden schon lernen, wie sie mit dir umzugehen haben.« Dann fragte sie im selben unverfänglichen Tonfall: »Und was ist mit Ricky? Was sagt er zu deiner Figur?«

Alyshia lächelte. »Ricky… er versteht mich echt gut. Solche Dinge sind ihm schnurz.« Sie wandte den Kopf und schaute etwas mürrisch durch die Scheibe der Beifahrertür. »Man merkt sofort, wenn Sie wieder zur Polizistin umschalten«, sagte Alyshia und fuhr mit dem Finger geistesabwesend über die Scheibe. »Es erinnert mich sofort daran, was Sie sind. Das macht mich traurig.« Alyshia verstummte kurz, dann sagte sie: »Sie haben seinen Vater besucht, den alten Waffennarr, stimmt's?«

Sie war ein kluges Mädchen. Respektiere das. Sei offen und ehrlich. »Nun, zwei Dinge, Alyshia. Ich möchte deine Freundin sein. Ich wäre gerne deine Freundin, und ich glaube, dass du das merkst. Aber ich muss auch über dich und Ricky Bescheid wissen. Ich muss das Gefühl haben, dass ich verstehe, was zwischen euch abgeht.«

Es war Freitagabend und die Kegelbahnhalle rappelvoll, aber wie sich herausstellte, waren weder Kollegen von der Polizei noch irgendwelche Mitschüler von Alyshia da. Sie konnten sich also unbeobachtet fühlen und miteinander Spaß haben.

Alyshia kegelte, ohne groß zu überlegen, und lachte ununterbrochen. Sie schien zum Spaßhaben geboren zu sein, schien sich mehr zu amüsieren als ihre erwachsene Begleiterin. Julian ging das Kegeln mit wissenschaftlicher Ernsthaftigkeit an, wie alles andere auch. Deswegen musste sie sich immer wieder daran erinnern zu lächeln und unbeschwert zu sein. Alyshia bewegte sich gut. Ihr T-Shirt hing über der Hose, um ihre Pfunde zu verbergen, wie Julian wusste. Und es funktionierte – man sah nichts von ihrem Übergewicht. Sie war einfach ein normales, unbeschwertes junges Mädchen.

Die beiden waren regelrecht schockiert, als sich herausstellte, dass sie unentschieden gespielt hatten. »Noch eine Runde?«

»Klar doch, immer.«

Zur Hälfte des zweiten Spiels geriet Alyshia bei einem Wurf ins Stolpern, fiel hin und saß plötzlich mit dem Hosenboden auf der Kegelbahn.

Julian eilte zu ihr. »Alles in Ordnung?«

Alyshia schluckte ein wenig beklommen und nickte. »Ja … ich … ich bin bloß gestolpert.«

Julian nahm sie bei den Händen und begann, Alyshia auf die Beine zu helfen.

»Nein, nicht«, sagte Alyshia energisch, fast panisch. Julian ließ sie los, und Alyshia sank wieder zu Boden. Sie lächelte. »Mir … mir ist ein bisschen schwindlig. Einen Moment noch …«

Julian verspürte einen Anflug von Sorge. »Was ist los?«

»Nichts«, sagte Alyshia. »Warten Sie einfach einen Moment.«

Julian wartete. Von den angrenzenden Kegelbahnen schauten einige Leute zu ihnen herüber und konnten sehen, dass es nicht das übliche Gelächter gab, das normalerweise einem Ausrutscher folgte. Schließlich nickte Alyshia, und Julian half ihr auf und führte sie zu ihrer Plastik-Sitzbank zurück.

»Mir … mir geht es wieder gut«, sagte Alyshia und setzte sich lächelnd.

»Vielleicht sollten wir besser Schluss machen«, schlug Julian vor.

Alyshia schüttelte den Kopf. »Mir geht's wieder gut. Wir können ruhig weiterspielen.«

»Nein, wir sollten für heute aufhören«, wiederholte Julian. Dieses Mal war es ihr Ernst. »Es wird sowieso langsam spät.«

»Ach was, es ist doch noch gar nicht so spät. Wirklich, mir geht's wieder gut«, beharrte Alyshia. Julian musterte sie unentschlossen. »War halb so schlimm«, sagte Alyshia lächelnd. »In der Schule wurde mir vor ein paar Tagen auch schwindlig. Ich hätte mich beinahe übergeben. Aber es ging wieder weg …«

»Tatsächlich?«

»Ja, es ist nichts. Mir geht's gut.«

Und plötzlich wusste es Julian. Julian, die Polizistin. Julian, die Idiotin, dachte sie verbittert. Julian, die Unwissende, die Blinde.

Das riesige Erdnussbutter-Eis.

Die Gewichtszunahme.

Schwindelanfälle.

Übelkeit.

Das veränderte Verhalten in der Schule. Die Konzentrationsschwierigkeiten. Die unerledigten Schularbeiten. Die abrupten Stimmungswechsel.

Alyshia Ryan war schwanger.

Eine Zwölfjährige.

Und plötzlich hatte Julian wieder Ricky Boyko vor Augen, sah ihn aus dem Badezimmer kommen und sie unverschämt angrinsen und dabei seinen Hosenschlitz schließen. Irgendwo tief in ihr hatte die erste Begegnung mit dem Jungen ein eigenartiges Vorgefühl ausgelöst, und jetzt wurde ihr klar, weshalb. »Er ist nicht mein Freund«, hatte Alyshia gesagt. »Nicht wirklich.«

Nicht im konventionellen Sinne einer Zwölfjährigen. Nicht im Sinne von gemeinsamem Hausaufgaben-Machen, von Händchenhalten und Auf-Klassenfeten-Gehen.

Am liebsten hätte sie dem Burschen links und rechts eine runtergehauen, ihm die andere, die schlagkräftige Seite des Frauseins demonstriert, ihm eingebläut, dass Frausein nichts mit zwölfjährigen Mädchen zu tun hatte. Dass dazu schon ein bisschen mehr gehörte, mein Jungchen.

Schwanger.

Eine schwangere Zwölfjährige.

Und nicht nur das.

Es ist nichts. Mir geht's gut.

Offenbar wusste Alyshia nicht, dass sie schwanger war.

Eine 25er… fast eine Betäubungswaffe.

Betäubend war das Ganze auf jeden Fall…

Sie hatte wieder die Nacht von Frank Ryans Ermordung vor Augen, sah die unterschiedlichen Szenarien, die alle plausibel klangen…

Hatte Frank Ryan seiner Tochter die Beziehung verboten, als er von der Schwangerschaft erfahren hatte? Oder war es ein Präventivschlag gewesen, damit Daddy erst gar nicht von der Schwangerschaft erfuhr? Ein Pakt zwischen Jugendlichen? Oder war Ricky allein zu Werke gegangen? Oder hatte jemand anderer in ihrem Auftrag gehandelt? Alyshia war zwölf, Ricky dreizehn. Vor dem Gesetz befanden sie sich an der Grenze zum Erwachsensein, trugen für ihre Taten im Grunde schon die volle Verantwortung. Die Palette der möglichen Konsequenzen war breit gefächert, besonders bei Kapitalverbrechen…

Julian versuchte, sich auf die vor ihr liegende Straße zu konzentrieren. Sie fühlte sich benommen, verwirrt. Es konnte doch nicht sein, dass die Zwölfjährige neben ihr in den Mord verwickelt war. Das konnte einfach nicht sein. Diese Zwölfjährige, die offenbar nicht einmal ahnte, dass sie schwanger war. Es passte einfach nicht zusammen, ergab keinen Sinn. Sie umfasste das Lenkrad fester und ließ den Blick auf die Straße gerichtet, ließ ihn nicht zu dem zwölfjährigen Mädchen wandern, das neben ihr mit angezogenen Beinen auf dem Beifahrersitz hockte und nachdenklich durch die Windschutzscheibe starrte.

Was sollte sie tun… was sollte sie tun…

Sie setzte Alyshia ab, umarmte sie lächelnd und sah ihr nach, wie sie in dem dunklen Haus verschwand.

Sie wendete, schaltete die Scheinwerfer und den Motor aus, nahm ihr Handy und tätigte den einzigen Anruf, der ihr in diesem Moment vernünftig erschien.

»Winston?«

»Was?«

»Das Schnellrestaurant bei Ihnen um die Ecke. Sofort.«

36

Die Sache war zu wichtig, um auf den Kaffee zu warten oder sich erst höflich zu begrüßen. Sie war sogar zu wichtig, um mit einem raschen Blick die Atmosphäre des Schnellrestaurants in sich aufzunehmen. Der Tisch war leer. Nicht einmal ein Glas Wasser stand zwischen ihnen.

»Winston.«

»Was?«

»Eiskrem. Gewichtszunahme. Der abrupte Stimmungswechsel. Schwindelanfälle. Ich bin bescheuert. Alyshia Ryan ist schwanger.«

Er schaute sie an, kniff unwillkürlich ein Auge zusammen, sagte aber nichts.

»Am liebsten würde ich diesen kleinen Dreckskerl Ricky windelweich prügeln.« Sie spürte, wie die Wut in ihr brodelte, obwohl sie sich dagegen wehrte und ruhig bleiben wollte. Es ging nicht. »Dieser arrogante kleine Scheißer.« In ihrer Vorstellung sah sie, wie sie den Jungen durch das Haus der Ryans prügelte, wie sie in ihrem Büro auf ihn einschlug, wie sie ihn an Frank Ryans Grab nach allen Regeln der Kunst verdrosch. »Ich könnte den Jungen vor Wut totschlagen.«

»Warum?«, fragte Edwards.

»Warum?« Sie war baff. Und sah wieder einmal Winston Edwards' rasiermesserscharfes Lächeln, das ihr fast körperlich wehtat, ihr buchstäblich unter die Haut fuhr.

Julian starrte ihn verwirrt an, blickte fassungslos in seine leeren Augen, fühlte sich fast erdrückt von seiner düsteren, schmerzgepeinigten Präsenz. Und plötzlich wusste sie es …

Aber die massige, grüblerische Gestalt auf der anderen Seite des Restauranttisches sprach es trotzdem aus. »Dieser Ricky ist nicht der Vater«, sagte Edwards tonlos.

Wie um sich zu schützen, wurde ihr Geist für einige Momente leer.

Dann fluteten mit blendender Helligkeit die Bilder über sie hinweg, während blankes Entsetzen ihren Körper durchfuhr …

»Der Vater ist der Vater«, sagte Edwards leise. Er sprach den Satz so, als wäre es eine ganz normale Feststellung und keine abartige Erkenntnis, die einen betroffen machen, einen vor Wut schäumen lassen müsste.

Der Vater ist der Vater.

Hinter diesem ebenso simplen wie seltsamen Satz – einem sprachlichen Ausrutscher, einer syntaktischen Deformierung – verbarg sich ein viel größerer, ein ungeheuerlicher Ausrutscher, eine charakterliche Deformierung …

Das Bild der Ryans, dieser wunderbar braven Bürger, fiel vor ihren Augen auseinander.

Und das Wort »Vater« – das für Julian seit jeher mit Verlust, mit Einsamkeit und unendlicher Trauer verbunden gewesen war – bekam für sie augenblicklich und für alle Zeiten eine neue Bedeutung.

Julian spürte, wie ihre Hände taub wurden. Wie sich ihre Kehle zuschnürte. Sie saß auf dem Restaurantstuhl, rang nach Luft und spürte die pulsierende Wut in ihren Adern – grenzenlose Wut, die wie ein nicht enden wollender Stromstoß durch ihren Körper fuhr.

Natürlich. Kein Hinweis auf ein gewaltsames Eindringen. Denn der Mörder befand sich bereits im Haus. Denn der Mörder wohnte dort. Denn der Mörder war Frank Ryans Tochter.

Mittel, Motiv, Gelegenheit. Die heilige Trinität, die drei Sirenen, deren Gesang endlich einen harmonischen Dreiklang ergab.

Mittel, Motiv, Gelegenheit. Was anfangs komplex scheint, erweist sich meistens als sehr einfach. Dies war immer Edwards' Leitspruch gewesen.

Der Vater ist der Vater. Sie hatte sofort gewusst, dass Edwards Recht hatte. Diese Möglichkeit hatte sie überhaupt nicht in Betracht gezogen, weil sie sich mit der Familie emotional eingelassen hatte, weil sie ihre Stärke bewunderte, weil sie bewunderte, wie Nell Ryan und Alyshia mit der Tragödie umgingen, und weil sie selbst eine idealisierte Vorstellung von Vätern hatte.

Aber abgesehen von alledem, war es vielleicht eine grundsätzliche Unfähigkeit, das Böse zu erkennen oder zu akzeptieren? Es einfach als Teil des menschlichen Wesens zu betrachten? Ihr blinder Optimismus, ihr bedingungsloser Glaube an das Gute im Menschen hatte ihr oft über schwierige Situationen hinweggeholfen, aber diese Einstellung konnte sich auch negativ auswirken. Ihr Unvermögen, das Böse zu erkennen oder zu erspüren war das exakte Gegenteil von Edwards' herausragendster Fähigkeit: Er war mit dem Bösen vertraut, glaubte daran und erkannte es augenblicklich, wo immer es ihm begegnete.

Ihre Gedanken überschlugen sich. Innerhalb weniger Sekunden liefen vor ihrem inneren Auge die kommenden Ereignisse ab. Eine gerichtliche Empfehlung, mildernde Umstände gelten zu lassen. Vielleicht eine Haftstrafe in einem Jugendgefängnis oder eine Aussetzung auf Bewährung. Sie wusste, dass in derartigen Fällen beides möglich war, aber in diesem speziellen Fall würde aller Wahrscheinlichkeit nach das mildeste Urteil ergehen, das möglich war.

Warum hatte Alyshia sich nicht ihrer Mutter anvertraut? Weil Kinder das nie tun, wenn es um den *eigenen* Vater geht, den Ehemann der Mutter. Ein Jugendrichter würde dies zweifellos gelten lassen.

»Was sollen wir jetzt tun?«, fragte sie, obwohl sie genau wusste, was zu tun war.

»Vorladen und verhören«, sagte Edwards an ihrer Stelle.

»Winston, sie ist zwölf Jahre alt.« Sie schüttelte den Kopf. »Eine Minderjährige. Es wird heißen, dass sie ihre Rechte nicht versteht. Deswegen müsste bei einem Verhör ein Vormund dabei sein. Und wir können ihr keinen anderen Vormund zuweisen als ihre Mutter, denn die Frau steht zur Verfügung, und juristisch gesehen spräche nichts gegen ihre Anwesenheit. Aber wir können davon ausgehen, dass das Mädchen uns in Gegenwart seiner Mutter nicht die ganze Geschichte erzählen wird. Schließlich hat sie das bisher auch nicht getan.« Sie trommelte mit den Fingern auf die glänzende Tischplatte. »Und wenn wir mit unserer Annahme falsch liegen« – sie zog noch einmal in Betracht, dass womöglich doch Ricky der Vater war – »oder wenn wir irgendetwas falsch verstanden haben – bisher sind das alles bloß Spekulationen –, könnte ein in Abwesenheit eines Vormunds gemachtes Geständnis von ihr juristisch wertlos sein.«

»Sie gehen vom Schlimmsten aus«, stimmte Edwards ihr düster zu. »Sie gehen davon aus, dass das Geständnis eines Tages vor Gericht Bestand haben muss, sei es vor einem Jugend- oder sogar vor einem Strafgericht, aus welchen unvorhergesehenen Gründen auch immer.«

Sie beide hatten mehr als einmal erlebt, wie das Rechtssystem einen Fall bis zur Unkenntlichkeit verdrehen konnte.

Obwohl sie dies für den Augenblick unausgesprochen ließen.

»Was soll ich also tun? Ihr vom Gericht einen temporären Vormund zuweisen lassen?«

»Das könnte eine Zwölfjährige sogar noch stärker verstören«, sagte Edwards. »Womöglich würden Sie gar nichts aus ihr herausbekommen.« Julian wusste, dass er Recht hatte.

»Aber Sie haben eine Trumpfkarte«, sagte Edwards langsam. »Etwas, das in einer solchen Situation von unschätzbarem Wert ist.« Er sah sie an, neigte seinen großen Bärenkopf zur Seite. »Ihre Freundschaft mit dem Mädchen.«

Er sah sie fest an. »Freunde stellen einander Fragen«, sagte er. »Ihre Freundschaft mit Alyshia gibt Ihnen die Gelegenheit, ihre Aussage zu bekommen.« Er streckte den Rücken und verzog wegen irgendwelcher Schmerzen das Gesicht; dann fuhr er fort: »Sie müssen mit ihr alleine reden. Außer Ihnen kommt dafür niemand in Frage. Und Sie haben nur eine einzige Chance. Verderben Sie es nicht.« Er lächelte sarkastisch.

Julian merkte, wie sehr sich ihr Körper verkrampft hatte.

»Natürlich besteht die Möglichkeit, dass sie über das Geschehene nicht reden *kann*«, warnte er sie. »Immerhin betrifft es ihren Vater. Vielleicht hat sie es verdrängt und kann es nicht mehr hervorholen. Vielleicht ist ihr bewusst, was geschah, aber sie versteht die Konsequenzen nicht…«

Julian überlegte. »Manchmal wirkt sie richtig erwachsen, dann wieder wie ein Kind. Wer weiß, vielleicht liegt es am strengen Katholizismus der Familie.«

»Angesichts Ihrer Freundschaft mit dem Mädchen können Sie ruhig ein bisschen bohren«, riet ihr Edwards. »Aber passen Sie auf, überschreiten Sie nicht die Grenze, sonst heißt es hinterher, Sie hätten das Kind über seine Rechte im Unklaren gelassen. Belassen Sie es bei unverfänglichen Fragen, unterstellen Sie ihr nicht, dass sie etwas vor Ihnen verbirgt. Und fragen Sie um Himmels willen nicht nach der Mordnacht. Reden Sie mit ihr so, als wüssten Sie nichts von dem Verbrechen. Fragen Sie sie nur nach ihrer Beziehung zu ihrem Vater. Wenn sie von der Waffe oder den tödlichen Schüssen zu reden beginnt, können Sie behutsam nachhaken, weil Sie meinetwegen etwas nicht genau verstanden haben. Aber fangen Sie keinesfalls von selbst damit an.«

Das war der andere Edwards, der Edwards ohne aufgeblasenes Ego. Sie kam nicht umhin, dies zu registrieren.

»Es darf kein Verhör sein, kein Zwang, sonst lässt man die Aussage vor Gericht nicht gelten. Natürlich werden Sie, wenn es zu einer Anhörung oder einem Prozess kommt, vermutlich den einen oder anderen Beweis vorlegen können. Aber viele wird es wahrscheinlich nicht geben. Also seien Sie vorsichtig, gehen Sie vom Schlimmsten aus. Sie muss es von alleine zugeben. Sie dürfen sie nicht drängen. Seien Sie behutsam. Wenn es vor Gericht ans Eingemachte geht, werden die Anwälte sich vor allem auf das Gespräch stürzen, dass Sie mit ihr geführt haben werden – also verhalten Sie sich dementsprechend.«

»Es ist ganz schön riskant.«

»Ja, aber dieses Risiko müssen Sie eingehen, Julian.«

Sie sah ihn an. Sie wusste, dass er Recht hatte.

37

Ja? Oh, hallo Kleines. Es ist vier Uhr früh. Warum liegst du nicht im Bett? Egal, schön dass du hier bist. Wirklich, schön. Daddy hat etwas für dich. Lass es mich schnell auspacken. Es ist schon ganz hart, denn du bist so ein niedliches kleines Mädchen…

Peng!

Was?

Was ist passiert?

Was war das für ein Knall? Hast du ihn auch gehört?

Peng!

Peng!

Was?

Du? Was tust du hier?

Ich soll mich zum Schreibtisch umdrehen? Wie meinst du das?

Was ist das?

Mein Gott.

Ich habe dich doch lieb. Ich verstehe das nicht. Ich habe dich superlieb. Das weißt du doch.

Peng!

Julian lud Alyshia zu einem Basketball-Meisterschaftsspiel der Highschool ein.

Sie holte sie um sieben Uhr ab.

Sie erzählte ihr, sie müssten kurz ins Polizeirevier hoch, um die Eintrittskarten zu holen.

Am Ende des Ganges gab es einen alten Abstellraum, den sie »zufällig« mit versteckten Mikrofonen ausgestattet hatten und für Verhöre nutzten. In dem Raum standen noch immer diverse Besen und Eimer herum, die nur herausgenommen wurden, wenn ein gewalttätiger Krimineller verhört wurde. Es war der einzige Raum, wo Platz für Putzzeug war. Es sah nicht aus wie ein Verhörzimmer, was den Raum vermutlich umso geeigneter machte, wie Julian fand. Vier harte Stühle aus der Fortbildungsabteilung. Ein alter Kassettenrekorder. Im oberen Teil der Tür eine kleine, behelfsmäßig eingesetzte Spiegelglasscheibe, durch die man, wenn im Gang das Licht ausgeschaltet wurde, ungesehen hereinschauen konnte.

Julian führte Alyshia in den Raum.

Sie schloss die Tür hinter ihnen.

Sie wusste, dass draußen Edwards aus dem Schatten trat und durch die Scheibe hereinspähte.

»Alyshia…«, begann Julian so sanft wie möglich.

»Was… was tue ich hier?«, fragte Alyshia ein wenig ängstlich.

»Lass uns über deinen Vater reden.«

»Über meinen Vater… Was wollen Sie denn wissen?«

»Du und dein Vater…«, sagte Julian. Ihr Magen verkrampfte sich.

»Was…? Er war… er war mein bester Freund.«

Sie spürte, wie augenblicklich Zweifel in ihr aufkamen. Sie wollte Edwards einen fragenden Blick durch das Spiegelglas zuwerfen, durfte aber nicht riskieren, dass Alyshia es mitbekam.

Sie spürte, wie ihre Meinung umschlug. Edwards hatte sich getäuscht. Nicht Frank Ryan hatte Alyshia geschwängert, sondern doch Ricky, der kleine Mistkerl. Was anfangs komplex scheint, erweist sich meistens als sehr einfach. Wieso hatte sie nicht ihrem ersten Bauchgefühl vertraut? Dann kam ihr ein anderer, verstörender Gedanke: Vielleicht war Alyshia gar nicht schwanger. Julian war von selbst zu diesem Schluss gelangt. Hatten sie und Edwards es sich eingeredet und sich gegenseitig hochgeschaukelt, weil sie sich für so verdammt schlau hielten?

Es waren alles bloß Spekulationen, dessen war sie sich voll bewusst gewesen. Dann hatten sie dies plötzlich völlig ignoriert und sich aufgeregt auf Alyshias vermeintliche Schwangerschaft gestürzt. *Mein Gott.*

Julian wollte aufstehen, die Tür öffnen, mit Alyshia zu dem Basketballspiel gehen und alles vergessen, doch sie spürte Edwards' bohrenden Blick hinter der kleinen Spiegelglasscheibe in der Tür…

»Alyshia…«, sagte Julian sanft.

Es gab Experten für diese Dinge. Kinder-Psychiater, Jugendarbeiter. Aber Julian war diejenige, der Alyshia vertraute, also war Julian die einzige in Frage kommende Person für diese Aufgabe.

»Alyshia, dein Gewicht, deine Schwindelanfälle…«

Alyshia schaute zu ihr auf, eine Zwölfjährige, die auf eine Erklärung wartete, auf eine Anweisung, auf irgendetwas.

War es ein Irrtum? Hatten sie sich alles bloß eingebildet? Julian und Edwards, beide Opfer ihrer kranken Polizisten-Phantasie?

»Alyshia, ist dein Vater manchmal in dein Zimmer gekommen?« Julian ging davon aus, keine Antwort darauf zu bekommen, weil ihr Vater sie auf derartige Fragen vorbereitet hatte. Auf die nächste Frage hingegen hatte Frank Ryan seine Tochter bestimmt nicht vorbereitet, dessen war Julian sich sicher.

»Alyshia, weißt du, dass du schwanger bist?«

Alyshia Ryan sah sie an. In ihrem Blick lag blankes Entsetzen, Abscheu – und das Wissen, dass es stimmte.

Ihre Gesichtszüge wurden hart, schienen sich zu einer

Faust zu ballen, schienen sich ein letztes Mal dem in ihr rumorenden Schmerz entgegenzustemmen. Aber es funktionierte nicht.

Tränen traten in ihre Augen.

Julian rutschte auf ihrem Stuhl herum. Sie wusste nicht, was sie tun sollte.

Sie hatte Schmerz und Trauer gesehen. Aber nicht bei einer zwölfjährigen Freundin.

Sie wusste, dass sie auf die Wahrheit gestoßen war – aber sie wollte sie nicht mehr wissen. Zum ersten Mal in ihrem Leben wollte sie die Wahrheit nicht hören.

Sie war mit den Nerven am Ende, war selbst den Tränen nahe. Und trotzdem musste sie die ganze Geschichte aus ihr herausholen, musste die ganze Wahrheit erfahren.

»Alyshia.« Sie brachte nur den Namen über die Lippen. Etwas anderes fiel ihr in diesem Moment nicht ein. Am liebsten wäre sie über den Tisch gesprungen und hätte das Mädchen in die Arme genommen, aber sie durfte es nicht. Also blieb sie sitzen.

Alyshia begann zu schluchzen, erst vorsichtig stockend, dann immer heftiger und unkontrollierter.

Schließlich brachen die Worte aus ihr heraus, wie eine alles hinwegspülende Sturmflut.

Der Hergang der Vergewaltigungen.

Seine regelmäßigen Besuche in ihrem Zimmer.

Die Geschichte sprudelte unaufhaltsam aus ihr heraus – genauso unaufhaltsam wie die Tränen, die ihr über die Wangen und Lippen liefen.

Sie erzählte nicht der Reihe nach, sondern sprang zwischen verschiedenen Zeitebenen hin und her, aber dies machte die Geschichte nicht weniger brutal und abstoßend.

Julian war betroffener, als sie sich je hätte ausmalen können. Darauf war sie nicht vorbereitet gewesen. Denn sie merkte, wie sehr die Geschichte ihrer eigenen Vergangenheit ähnelte, wie sehr sie sich an die Nacht mit dem Sheriff und seinen glotzenden Kollegen erinnert fühlte.

Zum Eisblock erstarrt. Im Bett.

Reglos.

Trotz der drückenden Hitze, trotz der Sturzbäche von Schweiß. Reglos.

Oh, Daddy, hätte ich dich retten können, wenn ich nicht wie erstarrt im Bett liegen geblieben wäre?

Das schlechte Gewissen. Die Schuldgefühle. Die Selbstzweifel.

Alles ein und dasselbe.

Mein Gott.

Es waren Erlebnisse, die Alyshia sich offensichtlich seit langem hatte von der Seele reden wollen.

Am Ende starrte sie Julian völlig aufgelöst an, unfähig zu begreifen, dass sie eine so unfassbare Geschichte erzählt hatte.

Und dann war der Augenblick der Schlussfolgerung gekommen. Alles war gesagt, Alyshias Vater enttarnt, und es verblieb nur noch eine einzige offene Frage.

»Dann… hast du… ihn getötet?«

Die Erinnerung ließ Alyshia laut aufschreien. Der Lärm hallte von den Wänden des kleinen Raumes wider.

Die bloße Vorstellung ließ sie erneut in Tränen ausbrechen.

Sie nickte.

»Mit Rickys Waffe?«

Wieder ein Nicken.

Sie sah Julian flehend an, als wollte sie sie bitten, es ungeschehen zu machen, die Vergangenheit auszulöschen, oder es wenigstens weniger schmerzvoll zu machen.

Aber dazu war Julian nicht im Stande. Sie konnte Alyshia nur zuhören, ihr zur Seite stehen. Den Schmerz konnte sie ihr nicht nehmen.

Alyshia beugte sich vor und ließ die Stirn und den Oberkörper hart auf die metallene Tischplatte fallen. Sie verharrte in dieser Position, als wollte sie sich wenigstens für einige Augenblicke in die tröstende Dunkelheit ihrer geschlossenen Augen retten. Wie betäubt legte Julian eine Hand auf Alyshias Schulter.

In derselben Haltung hatte Alyshias Vater auf seinem Schreibtisch gelegen, fiel Julian auf. Mit zwei Kugeln im Hinterkopf.

Während Alyshia Ryan vornübergebeugt am Tisch saß, beobachteten Julian und Edwards sie durch die kleine Spiegelglasscheibe in der Tür. Julian wusste, was als Nächstes anstand.

»Und jetzt muss es jemand der Witwe sagen«, murmelte sie, ein bleiernes Gefühl im Magen, ihr Gesicht wie versteinert.

»*Sie* müssen es der Witwe sagen«, entgegnete Edwards. Ganz er selbst.

38

Julian stand ein weiteres Mal vor der Haustür der Ryans.

Sie spürte, dass es das letzte Mal sein würde.

Sie war so oft hier gewesen, dass ihr das Haus richtig vertraut vorkam. Wegen seiner Aura von Tragödie und Unglück…

Julian begann, sich hier fast schon heimisch zu fühlen.

Sie läutete an der Tür.

Nell Ryan öffnete ihr und bat sie herein.

Julian schüttelte den Kopf. Sie zog es vor, an der Tür stehen zu bleiben. Mit dieser schrecklichen Neuigkeit im Gepäck wäre sie im Haus nicht wohlgelitten.

Aber dann fand sie, dass Nell Ryan sich lieber hinsetzen sollte, und folgte ihr ins Wohnzimmer.

»Ich sehe es Ihrer Miene an, dass es wichtig ist«, sagte Nell, während die beiden Frauen Platz nahmen. »Offenbar wollten Sie, dass Alyshia auf dem Revier bleibt, damit sie es nicht mit anhören muss. Ihre Schwester ist bei einer Freundin und wird dort übernachten. Wir sind also ungestört.« Mrs. Ryan sah sie hoffnungsvoll an. »War es das? Ist der Fall gelöst?« Es klang, als wäre ihre Frage – das Bedürfnis, die Wahrheit zu erfahren – förmlich aus dem Mund gesprungen, ohne dass sie es hätte verhindern können.

Julian nickte schwerfällig und sah die Frau betrübt an.

Mrs. Ryan bemerkte Julians eigenartigen Blick. »Was ist?«

Julian holte tief Luft. »Wir denken, dass der Fall gelöst ist«, begann sie vorsichtig. »Aber die Lösung ist die denkbar schlimmste, Nell.«

Nell Ryan wartete, bereitete sich, wie Julian sah, auf eine unschöne Überraschung vor.

Julian ließ ihren Blick durch das Wohnzimmer wandern, über den gepflegten Teppichboden, den eleganten Tisch, und suchte nach einer Möglichkeit, es nicht aussprechen zu müssen. Aber es gab keine.

»Mrs. Ryan, wie es scheint, wurde Ihr Mann von Alyshia erschossen ...« Julian sprach ohne aufzublicken weiter, wartete absichtlich nicht auf Nells Reaktion. Sie durfte diesen Satz, diesen Gedanken, nicht einmal für einen kurzen

Moment allein im Raum stehen lassen. Sie musste etwas folgen lassen, irgendetwas, das ihm die Rohheit nahm. Natürlich würde alles, was folgte, den Sachverhalt kaum erträglicher machen. Aber was sollte sie tun? Warten, bis die Wucht des ersten Schlages einigermaßen verflogen war, um dann den nächsten, ebenso harten Schlag folgen zu lassen? Es war besser, es in einem Rutsch auszusprechen. »Sie hat ihn erschossen, weil er eine sexuelle Beziehung zu ihr unterhielt.« *Rede weiter – schnell – höre nicht auf – hoffentlich begreift sie es.* »Die Rechtsprechung des Bundesstaates New York ist sehr offen für mildernde Umstände jedweder Art, besonders in Fällen wie diesem... Es wird eine Anhörung geben... man wird ihr Alter berücksichtigen... sie wird nicht als vorbestraft gelten... nach einem Haftprüfungsverfahren wird sie wieder in Ihre Obhut kommen... dann können Sie ihr Leben neu ordnen.«

Julian sah Nell an. *Haben Sie das begriffen? Haben Sie irgendetwas von alldem begriffen?* Dies war die Frage, die Julian abwägen musste. Hatte die Frau begriffen, oder hatte sie ihren Verstand schon ausgeschaltet?

Nell Ryan starrte ungläubig ins Leere, erschüttert, um Fassung ringend. Aber da war noch etwas anderes. Etwas, das Julian nicht erwartet hatte, obwohl sie auf alles gefasst gewesen war. Wut, unermessliche, überschäumende Wut, die Nells ungläubiger Blick kaum verbergen konnte.

»Er hatte keine sexuelle Beziehung zu ihr«, sagte sie tonlos und formell, ohne jede Emotion.

»Mrs. Ryan –«

»Sie verstehen nicht. Er hatte keine sexuelle Beziehung zu ihr«, wiederholte sie. »Ich weiß, dass Sie diese Reaktion erwartet haben, und nun reagiere ich tatsächlich so. Aber hören Sie mir zu.« Sie war seltsam kühl und gefasst – als wäre dies der letzte normale Moment vor dem ruinösen

Zusammenbruch. »Ich sitze hier, und es geht um meine Familie. Ich verstehe das alles nicht. Ich weiß nicht, was in Alyshia vorgeht. Aber ich weiß, dass Frank das nicht getan hat. Verstehen Sie? Er hatte keine sexuelle Beziehung zu ihr.«

»Nell, sie ist schwanger«, sagte Julian.

»Er hatte keine sexuelle Beziehung zu ihr«, wiederholte sie, als hätte sie Julian nicht verstanden. Vielleicht war sie nicht mehr fähig zu verstehen.

»Mrs. Ryan.« Julian straffte den Rücken und holte tief Luft, bereitete sich auf die nächste Hässlichkeit vor, die sie der Frau an den Kopf werfen musste. »Mrs. Ryan, wir müssen Alyshias Bettlaken und Kleidung untersuchen …«

Rede weiter, mach keine Pause. »Haben Sie irgendwann in den letzten Monaten bemerkt, dass ein Laken oder bestimmte Kleidungsstücke fehlten?« Julian war jetzt eine Maschine, ein Automat, stand außerhalb ihres Körpers. Sie traute ihren Ohren nicht, konnte nicht glauben, was aus ihrem Mund kam.

»Er hatte keine sexuelle Beziehung zu ihr«, wiederholte Nell Ryan abermals. Dann schrie sie es mit weit aufgerissenen Augen und am Hals hervortretenden Adern wütend heraus. »ER HATTE KEINE SEXUELLE BEZIEHUNG ZU IHR!« Anschließend sackte sie auf dem Stuhl in sich zusammen, fiel auf den gepflegten Teppichboden und stieß dabei mit den Armen einige Gegenstände auf dem Wohnzimmertisch um.

Wie Frank, dachte Julian, während sie vom Stuhl aufsprang und der Frau zu Hilfe eilte.

Nell Ryan lag im Schlafzimmer auf dem Bett. Verschiedene Elektrodenpflaster auf ihrer Haut maßen die Wirkung der Beruhigungsmittel und übermittelten die Werte an einen Monitor auf dem Beistelltisch neben dem Bett.

Julian war auf die Veranda gegangen und hatte Ng, Mendoza und die anderen Männer hereingewunken, die in der Einfahrt in ihren Fahrzeugen gewartet hatten. Sie waren wortlos die Stufen hochgetrottet und hatten sich im Haus an die Arbeit gemacht.

Sie blieb noch einen Augenblick auf der Veranda stehen und blickte zu dem im Schatten liegenden Waldstück hinüber; anfangs hatte sie geglaubt, dass es mit dem Mord irgendwie in Verbindung stehen würde. Aber nun stand fest, dass einer der Hausbewohner der Täter war.

»Den ganzen Teppich«, ermahnte sie ihre Kollegen, während sie im Kellergeschoss des Hauses umherstapfte. »Vor allem unter dem Schreibtischstuhl.« Bisher hatten sie nur die Blutflecken untersucht. *Ich schaue mir einen Kaffeefleck an*, hatte Edwards gesagt. Nun führten sie eine andere Untersuchung durch. Vielleicht war es wirklich nur Kaffee. Oder Blut. Aber möglicherweise handelte es sich um eine völlig andere Körperflüssigkeit.

»Die Wäschekammer ist im Erdgeschoss. Nehmt euch alle Laken und Bettbezüge vor«, trug sie ihren Kollegen auf.

Und zwar sofort. Bevor jemand auf die Idee kam, ein entscheidendes Beweisstück verschwinden zu lassen. Bevor irgendjemand – eine loyale Schwester, die Hausherrin oder ein anderer Familienangehöriger – der Versuchung erliegen konnte.

Sie ging in Gedanken die Liste der Faserproben durch, die sie untersuchen lassen wollte, überlegte, wie lange die einzelnen Analysen in den verschiedenen New Yorker Labors dauern würden. »Nehmt Materialproben vom Schreibtischstuhl und vom Teppichboden.«

Sie war ein völlig anderer Mensch. Mrs. Ryan und ihre

Töchter hätten sie nicht wieder erkannt. Sie selbst erkannte sich kaum wieder. Sie war nicht barsch oder despotisch, sondern verhielt sich wie eine effiziente Maschine, wie ein auf Hochleistung getrimmter Polizei-Roboter – eine Ermittlungs-Lokomotive, der man besser keine Hindernisse auf die Gleise stellt.

»Und seht euch die schmutzige Wäsche an. Besonders die Unterwäsche.«

Mit jeder neuen Anweisung wurde das hässliche Bild in den Köpfen ihrer Kollegen schärfer und lebendiger, aber wenigstens konnte Julian sich sicher sein, dass sie jede Anweisung nur einmal geben musste.

»Nehmt euch auch den Wäschekorb im Badezimmer vor.«

Ihr Auftreten war das Auftreten eines Menschen auf der Suche nach der Wahrheit. Die Suche nach der Wahrheit war das Entscheidende.

Ihr auf Effizienz ausgelegtes Verhalten war wie ein Kleidungsstück, das sie trug, um ihre Gefühle in Schach zu halten.

Sie würde Beweise finden, die Alyshias Tat rechtfertigten, befand sie kühl. Sie würde Alyshias Tat rechtfertigen, dachte sie mit kühler Ironie, selbst wenn es das Mädchen zerstörte.

Während Nell im Bett lag und Ng, Mendoza und die Männer der Spurensicherung das Haus durchkämmten, ging Julian in Alyshias Zimmer.

Stofftiere, Poster von Popstars, Musikzeitschriften.

Julian durchsuchte den Kleiderschrank und die Kommode und nahm alle Unterhosen heraus, die sie fand. Alle waren mit verschiedenen Motiven bedruckt: Bären, Herzen, Giraffen, Leopardenmuster. Sie schob jedes Höschen in einen eigenen Plastikbeutel, der mit »Alyshia Ryan« beschriftet war. Alyshia war noch auf dem Revier. Sie mussten sich beeilen, durften eine Minderjährige nicht viel länger festhalten. Kein Richter würde dies hinnehmen, wenn es je zu einem Prozess kommen sollte.

Als alles eingepackt war, gönnte sie sich eine kurze Verschnaufpause. Sie seufzte resigniert, denn tief im Innern wusste sie, dass sie weder auf der Unterwäsche noch auf den Bettlaken einen Beweis finden würden. In Nell Ryans perfekt aufgeräumtem Haushalt wurde zweifellos regelmäßig gewaschen.

Sie sah sich in Alyshias kleinem Zimmer um. *Aber Sie haben eine Trumpfkarte*, hatte Edwards gesagt. *Etwas, das in einer solchen Situation von unschätzbarem Wert ist.*

Ihre Freundschaft mit Alyshia. Ihre Gemeinsamkeiten. Beide waren sie die älteren Töchter. Töchter des Unglücks.

Überlege. Spüre. Sei wieder zwölf Jahre alt. Julian versuchte mit aller Kraft, sich in Alyshia hineinzuversetzen. *Wenn ich zwölf wäre und ein so schreckliches Geheimnis verbergen müsste…*

Ohne weiter nachzudenken, trat Julian wieder an die Kommode, bückte sich, öffnete die unteren Schubladen und wühlte zwischen den akkurat zusammengelegten Pullovern und Hosen.

In der untersten Schublade, unter einer Jeans, fand sie ein zerknülltes Bettlaken. Ein Bettlaken, das offensichtlich mit Bedacht an einem gesonderten Ort versteckt worden war.

Sie starrte es einen Moment lang an, bevor sie es vorsichtig herausnahm und in einen Plastikbeutel schob. Ihr wurde übel bei dem Gedanken, was vermutlich dahinter steckte: Dass Alyshia in jenen schrecklichen Nächten, bevor er zu ihr kam – vielleicht war es seine Idee gewesen –

dieses Laken auf ihrem Bett auslegte. Und es hinterher in der Kommode versteckte und das Bett wieder mit dem ursprünglichen Laken bezog, damit ihre Mutter keine Flecken entdeckte. Damit ihre Mutter es nicht erfuhr.

Sie ging ins Schlafzimmer der Ryans, wo Nell mit geschlossenen Augen auf dem Bett lag.

Julian ging zu der Kommode, zog die obere Schublade auf und sah darin Nells Unterwäsche liegen. In der unteren Schublade lag Frank Ryans Unterwäsche. Sie nahm die oberste Unterhose heraus und schob sie in einen Plastikbeutel. Nell Ryan schlug die Augen auf.

Nell sah sie an. Sah den durchsichtigen Plastikbeutel mit Frank Ryans Unterhose in Julians Händen.

Julian erstarrte. Am liebsten wäre sie fortgerannt, hätte am liebsten auf der Stelle das Haus der Ryans verlassen, wäre am liebsten noch heute aus ihrem winzigen Büro im sechsten Stock und aus ihrem unpersönlichen Einzimmerapartment ausgezogen, wäre am liebsten für alle Zeiten davongerannt, ohne auch nur ein einziges Mal auf ihr bisheriges Leben zurückzuschauen. Sie sah doch, was es ihr einbrachte, wenn sie zurückschaute. Sie hatte eine junge Freundin gefunden, mit der sie ihre eigene traurige Vergangenheit hatte bewältigen wollen, und was war geschehen? Du siehst es ja. Verschwinde einfach. Ein für alle Mal.

Nell stand unter Beruhigungsmitteln und stöhnte leise. Sie schloss die Augen und drehte sich um.

Julian griff in die Schublade und nahm die nächste Unterhose heraus.

Sie hielt Ng und Mendoza die Haustür auf. Mit all den Wäschebeuteln auf den Armen sahen die beiden aus wie Hotelangestellte.

Als alle verschwunden waren, schloss Julian leise die Tür.

Es wurde langsam dunkel. Sie musste zurück. Sie konnten eine Minderjährige nicht länger festhalten.

Eine Minderjährige. Eine Mörderin. Ein Opfer.

Er hatte keine sexuelle Beziehung zu ihr. Immer wieder klang ihr Nell Ryans verzweifeltes Beharren in den Ohren, während sie alleine in ihrem Skylark zurückfuhr. Aber gegenüber Familienangehörigen waren Menschen blind. Sie hatte es schon tausend Mal erlebt.

Auf dem Revier wollte niemand von Julian wissen, wie die Witwe es aufgenommen hatte. Keiner musste danach fragen. Sie konnten es sich vorstellen. Keiner wagte es, Julians Zorn auf sich zu ziehen oder sie in ihrer Trübsal zu stören.

Julian selbst war in Gedanken noch immer im Haus der Ryans, gefangen in dem düsteren Familiengeheimnis. Wie konnte eine Ehe das aushalten? Wie konnte man so etwas ignorieren? Und doch geschah es ständig, überall. In den meisten Fällen bemerkten es Außenstehende nicht. Es kam nur selten zu einer Anzeige, und doch wusste die Polizei, dass diese Dinge öfter geschehen, als man wahrhaben wollte. Und nun mussten sie sich mit einem solchen Fall auseinander setzen. Sie waren dazu gezwungen.

In dem Büro, in dem Alyshia wartete, lief ein – unbeachteter – Videofilm. Vor ihr standen eine unberührte Cola und ein unberührter Hamburger. Alyshia schaute zu Julian auf und starrte gleichzeitig durch sie hindurch, ein kleines Mädchen und zugleich eine von ihren schrecklichen Erlebnissen mitgenommene uralte Frau, deren leerer Blick Julian mehr beunruhigte als ihr Schwindelanfall auf der Kegelbahn. Was immer nun aus ihrer Freundschaft werden würde, es würde nur ein verzerrtes Abbild dessen sein, was einmal gewesen war, wusste Julian. Ganz gleich, wie viel Mühe sie sich geben würde.

Julian saß noch einen Moment lang schweigend neben Alyshia, schwelgte noch einen Augenblick in der Erinnerung an ihre Freundschaft, bevor sie dem Mädchen mitteilte, was, wie sie wusste, für eine Zwölfjährige mit ihrer Geschichte wie die Ankündigung einer bevorstehenden Abrechnung klingen musste.

»Alyshia, deine Mutter wird dich bald abholen.«

»Nein!«, schrie das Mädchen mit mehr Kraft in der Stimme, als Julian einer Zwölfjährigen zugetraut hätte. »Bitte… nicht!« Sie hatte Angst, ihrer Mutter gegenüberzutreten, nachdem das Geheimnis nun gelüftet war.

Es bewies, dass sie sich vor ihrer Mutter fürchtete, und ließ kaum einen Zweifel an Frank Ryans Untaten, oder aber sie fürchtete sich vor etwas anderem, das nicht in Zusammenhang mit den Ereignissen stand.

»Sie wird bald hier sein«, sagte Julian. *Sobald ihr Zustand sich stabilisiert hat, sobald sie wieder gehen und wenigstens einigermaßen funktionieren kann.*

Als sie auf das Revier kam, trug Nell Ryan einen langen Mantel und eine Sonnenbrille. Sie sah aus wie eine mürrische, wortkarge Geschäftsfrau. Julian empfing sie am Eingang und geleitete sie nach oben, wo ihr Erscheinen nur geringe Aufmerksamkeit zu erregen schien. Julian hatte Ng, Mendoza und den anderen Kollegen das Versprechen abgenommen, wenn möglich nicht aufzuschauen und am besten so zu tun, als bemerkten sie die Frau gar nicht.

Alyshia Ryan wurde vor Julians Büro in die Obhut ihrer Mutter übergeben. Nur Julian war dabei, war die einzige Zeugin, als Mutter und Tochter einander gegenübertraten und wortlose Blicke austauschten, Blicke, die von Verständnis und Verwirrung kündeten, von unausgesprochener Liebe und totaler Erschöpfung, von Hoffnungen und Feindseligkeiten.

Genau wie in dem Moment, als sie die eigenartige Blume auf dem Sargdeckel sah, hatte Julian auch jetzt plötzlich das Gefühl, dass irgendetwas nicht stimmte, nicht zusammenpasste. Es war, als würden weder Mutter noch Tochter glauben, dass es wirklich geschehen war. Es sah aus, als ginge es lediglich um einen geringfügigen Vorfall ohne jedes Opfer. Eine harmlose Ruhestörung. Die Mutter erscheint auf dem Revier, um ihre aufmüpfige Tochter abzuholen. Später würden sie über den Vorfall lachen.

Oder versuchten sie, die schrecklichen Tatsachen zumindest für den Augenblick zu verdrängen? Was nur zu verständlich wäre, wenn Mutter und Tochter sich nach einer solchen Geschichte das erste Mal begegneten.

Hinsichtlich der Blume hatte sie völlig falsch gelegen. Die Blume hatte zu keiner Spur geführt, hatte nichts bedeutet.

Ihre Instinkte waren unbrauchbar. Sie schwamm in unkartografierten Gewässern.

Sie geleitete Alyshia und Nell Ryan den Flur hinunter und bemerkte mit wachsender Verärgerung, dass ihnen unzählige Blicke folgten, dass ihre Kollegen ihr Versprechen brachen und verstohlen dem tragischen Trauermarsch nachblickten. Am liebsten hätte sie jeden einzelnen der Männer geohrfeigt, und ihr war bewusst, dass der Grund dafür ihre eigene Vergangenheit war, jene schreckliche Nacht, als sie selbst diesen starrenden Blicken ausgesetzt gewesen war.

An der Glastür am Ausgang wurde kein Wort gewechselt. Sie standen einfach nur da, drei Frauen, die die Macht des Schicksals zusammengeführt hatte, drei Frauen, die durch ihre Schicksale einsamer geworden waren, als sie sich in ihren traurigsten Vorahnungen je hatten ausmalen können.

Sie verabschiedeten sich nicht. Nell nickte ihr nicht einmal knapp zu, obwohl Julian sich nach einem letzten Blick verzehrte, nach einem letzten kurzen Blickkontakt. Sie wollte helfen.

Sie sah Nell und Alyshia nach, wie sie wortlos zum Auto gingen, ohne sich ein einziges Mal anzusehen.

Liebt euch, wollte sie ihnen nachrufen. *Liebe deine Tochter, Nell. Liebe deine Mutter, Alyshia.* Aber sie tat es nicht.

Julian ließ die Tür zufallen und ging in ihr Büro zurück.

Verdränge es. Verdränge es für den Augenblick.

Was für ein Tag. Was für eine Welt.

Für Ng, Mendoza, Julian und den Rest der Kollegen stand fest, dass der Fall aufgeklärt war. Die Akte konnte geschlossen werden. Die schale, zum Schneiden dicke Büroluft war – fast sichtbar – mit Abscheu und Erleichterung geschwängert. Ein waberndes Empfindungsgemisch, in dessen Genuss Normalbürger im Allgemeinen nie kamen, Polizeibeamte dafür umso öfter.

Alle waren der Meinung, dass der Fall abgeschlossen war.

Sie hätten sich nicht mehr täuschen können.

Es fing gerade erst an.

Allein Winston Edwards, der heruntergekommene Außenseiter – der mit hinter dem Kopf verschränkten Armen in seinem schäbigen Hotelzimmer auf dem durchhängenden Bett lag –, allein Winston Edwards spürte es.

39

Lawrence Cooperman – der begüterte, würdevolle, ebenso berühmte wie berüchtigte Strafverteidiger – dachte über das Leben im Ruhestand nach, während er in seinem Rokoko-Büro die Korrespondenz überflog.

In Zukunft würde er viel Golf spielen.

Er würde sich wieder in Form bringen.

Er würde an der Börse spekulieren und zu schicken Pferderennen gehen.

Oh, und er würde seiner Frau und seinen beiden Töchtern beichten, dass er homosexuell war.

Es war an der Zeit, der Welt sein wahres Ich zu zeigen. Er würde anfangen, richtig zu leben. Ja, es war an der Zeit, reinen Tisch zu machen.

Und zwar zuerst auf dem Schreibtisch. Er ging rasch den Stapel Briefe durch, die sich angesammelt hatten.

Sein Doppelleben war vorüber. So gut wie.

Er vollzog die morgendlichen Rituale seines Juristenlebens, wie er es immer getan hatte. An diesem speziellen Morgen jedoch mit Tränen der Wehmut in den Augen. Gut, dass Mildred noch nicht wach war.

Er las seine E-Mails und hörte gleichzeitig seine Mailbox ab.

»Ach so, ich dachte, es würde dich interessieren«, sagte die Stimme eines alten Bekannten am Ende eines kurzen Berichts über eine Rechtsangelegenheit. »Ich hab gehört, dass dieser Winston Edwards – der Kerl, den du vor Jahren bei dieser internen Bullen-Geschichte vertreten hast – jetzt für die Frau arbeitet, die ihn damals des Mordes beschuldigte. Wie hieß das junge Ding noch gleich? Julian Palmer, genau… Unglaublich, was…?«

Das normalerweise kalte Herz des Strafverteidigers zog sich für einen Moment zusammen.

Diese bescheuerte Kuh, dachte er. Wie bescheuert kann man bloß sein?

Er ordnete sein Leben neu. Machte reinen Tisch. Er ging in den Ruhestand, damit nicht länger seine Anwaltskanzlei auf dem Spiel stand.

Er würde sie einweihen.

Er würde dieser bescheuerten Kuh das Leben retten. Das heißt, falls es noch nicht zu spät war.

Mein Gott, wie bescheuert kann man bloß sein?

Wie es der Zufall wollte, saß Edwards in Julians Büro und sah sich noch einmal die Fotos an, als Julian ans Telefon ging.

Die Stimme kam ihr sofort bekannt vor, und ihr wurde vor Unbehagen augenblicklich übel. »Julian, hier spricht Lawrence Cooperman. Sagen Sie nichts. Legen Sie nicht auf«, sagte die Stimme mit einer Kraft und Eindringlichkeit, die sie noch von seinem Schlussplädoyer vor fünf Jahren kannte. »Sitzt Edwards gerade in Ihrem Büro? Wenn ja, schauen Sie nicht auf.«

»Ja«, sagte sie vorsichtig.

»Wenn Sie ihn rausschicken, schöpft er vielleicht Verdacht, und wenn wir das vermeiden können, werden Sie ihm einen Schritt voraus sein. Tun Sie, als wäre ich ein alter Bekannter«, sagte er. »Lächeln Sie. Lehnen Sie sich zurück. Der Apparat, den ich benutze, ist nicht unter meinem Namen registriert. Nur für den Fall, dass er Verdacht schöpft und Ihre Telefonate überprüft.«

»Klar! Hallo!«, sagte Julian überschwänglich. »Mensch, das gibt's doch gar nicht… ist ja eine Ewigkeit her!«, sagte sie und hatte damit völlig Recht.

Sie sah zu Edwards hinüber und hob einen Finger, um anzudeuten, dass es nicht lange dauern würde.

Edwards hob fragend die Hände: Soll ich rausgehen?

Julian zuckte scheinbar desinteressiert mit den Schultern: Wie Sie möchten, ist nicht so wichtig. Natürlich hoffte sie, dass Edwards rausgehen würde.

Er blieb sitzen.

»Ich rufe an«, sagte der Anwalt, »weil ich von Ihrem neuen Kollegen gehört habe und Ihnen sagen möchte, dass Sie wahnsinnig sind«, sagte er herablassend. »Fragen Sie mich, ob ich Kinder habe.«

Julian fragte ihn lächelnd und entgegnete anschließend überrascht, eigens für Edwards: »Drei!«

»Eigentlich nur zwei«, sagte Cooperman. »Nicht schlecht, dafür, dass ich schwul bin.«

»Wirklich?!«, sagte Julian und schaffte es, ihre Stimme hell und fröhlich klingen zu lassen. »Wer hätte das gedacht!«

»Touché«, erwiderte Cooperman. »Und ich werde es bald verkünden und auch, dass ich in den Ruhestand gehe. So, trotz meiner Ihnen bekannten Animositäten gegenüber Frauen im Allgemeinen und einer bestimmten Sorte Frau im Speziellen würde ich es für unschicklich halten, für den Tod auch nur einer dieser Frauen verantwortlich zu sein.«

Ihr Lächeln gefror.

»Es ist Zeit, reinen Tisch zu machen, und da ich weiß, dass Edwards inoffiziell für Sie arbeitet, sehe ich mich gezwungen, Ihnen gewisse Fakten mitzuteilen, die ich bei dem Prozess unterschlagen habe, die nun aber von existenzieller Bedeutung sind. Ist er noch da?«

»Sicher«, sagte sie freudig.

»Erzählen Sie etwas über sich«, befahl er ihr.

»Nun, du kennst mich doch, immer noch bei der Polizei. Inzwischen bin ich Lieutenant.«

»Glückwunsch«, sagte Cooperman sarkastisch.

»Es ist interessant und ziemlich anstrengend, aber mein Beruf bedeutet mir alles – noch jedenfalls.«

»Das reicht«, sagte er.

Edwards studierte weiter die Fotos.

»Ich habe einen Beweis für das, was damals in Canaanville geschah. Etwas, das keine Fragen offen lässt.«

»Wirklich!«, sagte sie überschwänglich. »Klingt klasse!«

»Stimmt«, entgegnete er kühl. »Der Punkt ist, dass ich nichts Schriftliches niederlegen werde. Ich möchte nicht riskieren, dass ich in die Sache hineingezogen werde, und deswegen rufe ich Sie an. Ich werde Ihnen das Beweisstück zukommen lassen, und niemand wird es mit meinem Namen in Verbindung bringen können. Aber es ist so eindeutig, dass Sie mich nicht brauchen werden. Der Beweis ist unwiderlegbar.«

»Oh, komm schon, raus mit der Sprache«, sagte sie mit einem Plastik-Lächeln.

»Ich werde es Ihnen schicken. Urteilen Sie selbst«, sagte Cooperman. Situationsbedingt konnte sie natürlich nicht weiter nachhaken. Vermutlich wollte er es so. »Es wurde uns damals zugespielt, als das Verfahren schon so gut wie abgeschlossen war, das versichere ich Ihnen. Ich werde es Ihnen auf eine Weise zukommen lassen, die Sie und mich so wenig wie möglich gefährdet.« Plötzlich fragte er charmant: »Also, wann wollen wir denn nun unser Wiedersehen feiern?«

»Gerne... ich weiß nicht...« Sie schaute eigens für Edwards auf ihren Kalender. »Du bist in der ersten Januarwoche im Norden? Klasse...« Sie schrieb den Namen eines alten Schulfreundes in den Kalender, für den Fall, dass Edwards nachsah.

»Passen Sie um Himmels willen auf sich auf«, sagte Cooperman.

Ein unwiderlegbarer Beweis. Mit allen Wassern gewaschene Strafverteidiger wie Cooperman nahmen solche Formulierungen nicht leichtfertig in den Mund, denn Leute wie sie zweifelten alles an, versuchten alles anzufechten und die Dinge für ihre Zwecke zu verdrehen...

Ein unwiderlegbarer Beweis. Es gab nur einen Gegenstand, der dafür in Frage kam.

Ihr Herz begann zu rasen.

»Abgemacht«, sagte sie freudig. »Schön, dass du angerufen hast. Bis bald.«

40

Ng trug den dicken Umschlag mit derselben Gewissenhaftigkeit herein, mit der er die Wäschebeutel aus dem Haus der Ryans getragen hatte, mit einer Gewissenhaftigkeit, die nicht, wie manches Mal sonst, mit seiner hoch aufgeschossenen, etwas linkisch wirkenden Statur kollidierte.

Seine mürrische Miene und der starrende Blick seiner sonst ständig umherwandernden Augen deuteten auf die Wichtigkeit dessen hin, was er zu verkünden hatte.

»Und?«, fragte sie, doch ihr unbekümmerter Tonfall konnte ihre Anspannung nicht verbergen.

»Spermareste auf dem Schreibtischstuhl«, sagte er.

Oh Gott.

»Spermareste auf dem Bettlaken, das Sie in der Kommode in Alyshias Zimmer fanden«, fuhr er fort.

»Wo auf dem Laken?«

»Dort, wo man sie erwarten würde«, sagte Ng. »Und auf einem ihrer Höschen fanden sich ebenfalls Spermareste.«

Es war genauso, wie sie gedacht hatten. Es machte es leichter, aber zugleich auch unendlich schwerer.

»Wollen Sie mehr hören?«, fragte Ng, obwohl ihm sichtlich unwohl zu Mute war.

Julian bedeutete ihm fortzufahren.

»Laut Laborbericht weisen die Fleckenmuster auf eine – ich zitiere – ›erhebliche‹ Flüssigkeitsmenge hin«, sagte Ng.

»Was bedeutet, dass er nicht in sie hinein ejakulierte«, sagte Edwards unverhohlen.

»Um sie nicht zu schwängern«, fügte Mendoza ebenso unverhohlen hinzu.

»Er passte immer auf, handelte mit vollem Vorsatz«, sagte Ng, der offenbar schon länger darüber nachgrübelte.

»Aber einmal hat er sich verschätzt«, bemerkte Mendoza düster.

»Dank der Spermareste verfügt das Labor über eine Vielzahl äußerst sauberer DNA-Proben«, sagte Ng, während er den Bericht durchblätterte. »Wenn wir die DNA-Proben von Alyshia und dem Fötus haben, werden wir eine fünfzigprozentige Übereinstimmung mit Alyshia Ryans Probe und eine fünfundsiebzigprozentige Übereinstimmung mit der des Babys erhalten.« Ng schaute auf. »Es ist selten so leicht, einen solchen Treffer zu landen. Normalerweise stehen die Chancen dafür eins zu mehreren Millionen«, sagte er, unfähig, angesichts dieser Zahlen seine Faszination und Zufriedenheit zu verbergen. »Das Zeitalter der DNA-Analyse macht die Polizeiarbeit um einiges leichter, wenn ein Vater seiner Tochter an die Wäsche geht.«

»Die DNA-Profile sprechen eine eindeutige Sprache. Die Geschworenen werden anhand der Grafiken erkennen können, dass Frank Ryan der Vater des Babys ist«, bemerkte Mendoza, ebenfalls nicht im Stande, seine Faszination zu verbergen.

»Das ist das Schöne daran«, sagte Ng. Er schüttelte den Kopf. »Das einzig Schöne. Wir brauchen die Toten nicht. Nur ein Stück Stoff.«

Mendoza betrachtete die Büroklammer, die er zwischen Daumen und Zeigefinger hielt. »Sie holte also immer dieses Laken heraus und versteckte es hinterher wieder.«

»Weil sie Angst hatte, dass ihre Mutter es erfuhr. Und deswegen kamen wir an Frank Ryans DNA-Probe«, sagte Ng.

Er klappte den Labor-Bericht zu. »Wenn das keine mildernden Umstände sind. Dann noch die DNA-Probe des Babys, und die Sache ist eindeutig.«

»Die Hartnäckigkeit getrockneter Spermaflecken«, sagte Mendoza. »Sie versauen einem die Laken, aber gerade deswegen sind sie ein hervorragendes Beweismittel.« Er lehnte sich zurück, reckte die Arme in die Höhe und atmete mehrere Male tief durch. »Der Fall ist abgeschlossen«, sagte er, fast eine Spur zu überschwänglich. »Das war's, oder, Lieutenant?«

Julian fühlte sich dagegen noch immer angespannt. War noch immer nicht hundertprozentig überzeugt. »Ja … der Fall scheint erledigt … Das war's wohl.«

Sie konnte Edwards also mit gutem Gewissen entlassen. Sein einziger Beitrag war seine Intuition gewesen, die er in dem grell erleuchteten Schnellrestaurant an den Tag gelegt hatte, seine bloße Präsenz, seine düstere Sichtweise, die sie beide hatte erkennen lassen, wer der Vater des Babys war. Aber nichtsdestotrotz war es ein entscheidender Beitrag für die Ermittlungen gewesen.

Sie konnte ihn entlassen, nachdem sie bislang auf wundersame Weise das Bekanntwerden ihrer gemeinsamen Vergangenheit vermieden hatte, nachdem es ihr gelungen war, einen untadeligen Ruf zu behalten. Sie konnte ihn entlassen und sich wieder einem anderen, einem fünf Jahre alten Fall widmen. Einem Fall, der durch einen mysteriösen Telefonanruf wieder zum Leben erweckt worden war.

Oder sie konnte ihn gerade wegen dieses neuen, alten Falles hier behalten.

Womöglich würde es sich als zusätzlicher, als entscheidender Vorteil erweisen, ihn in der Nähe zu haben. Sich seiner Gegenwart sicher zu sein.

Schließlich hatte der alte Richards sie auf dem Sterbebett eindringlich vor ihm gewarnt. Genauso wie Cooperman am Telefon.

Sie vermied es, ihn anzusehen, während sie zu Ng und Mendoza sagte: »Ja, ich denke der Fall ist abgeschlossen.«

»Haben Sie mit Nell Ryan über das Baby gesprochen?«, fragte Edwards unvermittelt.

Nun hatte Julian einen Grund, ihn anzusehen. Sie seufzte. »Nein, Winston, dafür war noch keine Zeit«, sagte sie. »Ich weiß, ich muss mit ihr sprechen. Das werde ich auch.« Sie hatte vor, in einigen Tagen zu den Ryans zu fahren und der Familie mit den Einzelheiten der Abtreibung zu helfen und gleich die Entnahme einer fötalen DNA-Probe zu arrangieren.

Die Ryans waren strenggläubige Katholiken, gingen regelmäßig in die Kirche, richtig. Aber sie wusste, dass Nell Ryan – die bereits genug durchgemacht hatte – weder ihre Familie noch sich selbst der Demütigung aussetzen würde, ein solches Kind in die Welt zu setzen und es womöglich noch selbst aufzuziehen. Außerdem würde es sich, statistisch gesehen, um eine absolute Risikogeburt handeln. Obwohl heutzutage durch Embryonaldiagnostik und andere pränatale Untersuchungen die meisten Schädigungen bei einem Baby schon im Mutterleib festgestellt werden konnten, war die Wahrscheinlichkeit einer unerkannten geistigen oder körperlichen Behinderung bei einer Vater-Tochter-Schwangerschaft extrem hoch. Selbst der strenggläubigste Katholik musste in einem solchen Fall eine Abtreibung befürworten, und rein rechtlich gesehen – von den ethischen Aspekten ganz zu schweigen – spräche ohnehin nichts dagegen.

»Reden Sie mit ihr über das Baby«, wiederholte Edwards mit einer Eindringlichkeit, die darauf schließen ließ, dass er sich zu dem Thema erst wieder äußern würde, nachdem sie mit Nell gesprochen hatte.

Julian brachte ein Lächeln zu Stande. »Sie scheinen sich sehr um das Baby zu sorgen, Dr. Spock. Vielleicht sollten Sie in einer Kinderklinik anheuern …«

»Reden Sie mit ihr über das Baby«, sagte Edwards mürrisch, ohne jeden Humor, verärgert über ihre scherzhafte Antwort. »Reden Sie einfach mit ihr. Das ist alles.«

41

In bestimmten Stadtvierteln ihres Zuständigkeitsbereichs regte sich kaum jemand über Inzest auf. In den dicht gedrängten, chaotischen Häuserblocks mit ihren überbordenden sozialen Problemen kamen alle denkbaren inzestuösen Kombinationen vor: Vater-Tochter, Mutter-Sohn, Bruder-Schwester, Großvater-Enkelin, Onkel-Nichte, Tante-Neffe. In jenen Vierteln rümpfte man zwar die Nase über diese Dinge, nahm sie aber als etwas Naturgegebenes hin. Es war falsch, aber unvermeidbar. Und in den seltenen Fällen, wenn offen darüber geredet wurde, wenn ein Pfarrer von seiner Kanzel aus dagegen wetterte oder sich einige der wenigen verbliebenen älteren Kirchgänger darüber empörten, galt dies letztlich nur als Beleg für den moralischen Verfall in diesen Stadtvierteln.

Aber Inzest in einem adretten Einfamilienhaus, Inzest in der gehobenen Mittelschicht – es war klar, dass die Zeitungen sich dieses gefundene Fressen nicht entgehen lassen würden.

Sie bat ihre Kollegen, nicht mit den Reportern zu reden, sich auf nichts einzulassen, aber sie wusste, dass es dasselbe sein würde wie mit ihrer Bitte, nicht aufzublicken, wenn Mrs. Ryan erschien.

Julian stand im Konferenzraum, vor ihr ein gutes Dutzend Zeitungsreporter.

Sie sprach über Sperma und Milliliter.

Sie sprach über Flecken und Unterhosen, Bettlaken und DNA-Proben.

Sie hatte nicht ihren besten Tag.

Nach ihrem knapp dreiminütigen Bericht würden die Reporter sich wie hungrige Geier auf die Ryans stürzen und sich genüsslich an der Tragödie weiden, sie ausschlachten und auf keines der schlüpfrigen Details verzichten.

Sie konnte nichts dagegen tun. Hätte sie per richterlicher Anordnung eine Nachrichtensperre erwirkt, hätten die Anwälte der Zeitungen die Anordnung binnen eines Nachmittags aufheben lassen.

Sie konnte nichts tun. Außer sich ausmalen, wie die Ryans sich fühlten.

Sie sprach mehrere Male auf den Anrufbeantworter der Ryans. Sie wusste, dass auch die Reporter ununterbrochen bei der Familie anriefen, und hoffte, dass Mrs. Ryan bei ihr eine Ausnahme machen und abnehmen würde. Bei jedem neuerlichen Versuch sprach sie laut und deutlich, in der

Hoffnung, dass Mrs. Ryan ihren Anruf zu schätzen wusste, ihn in eine andere Kategorie einordnen und sich melden würde, aber sie ging nicht ran.

»Hier ist noch mal Lieutenant Palmer. Bitte, Mrs. Ryan, nehmen Sie unseren Beistand in Anspruch. Wir können Ihnen in der Schwangerschafts-Angelegenheit helfen …« Es gab in der Gegend einige exzellente Abtreibungskliniken mit erfahrenem, professionellem Personal und psychologischer Betreuung.

Plötzlich raschelte es am anderen Ende der Leitung. Es kam so unerwartet, dass Julian einen Moment lang völlig perplex war.

»Wir kümmern uns um das Baby«, sagte Nell Ryan munter und zuversichtlich.

»Oh, Mrs. Ryan.« Sie erholte sich von ihrer Überraschung. »Okay …« Julian zögerte, runzelte die Stirn. »Verzeihen Sie, aber was meinen Sie mit ›kümmern‹?«

»Dass wir uns um das Kind *kümmern* werden«, sagte Nell Ryan. »Alyshia wird das Baby austragen.«

Julian merkte, dass sie plötzlich an ihrem Schreibtisch saß, obwohl sie eben noch gestanden hatte. »Aber Mrs. Ryan, die Risiken –«

»Wie Sie wissen, sind wir strenggläubige Katholiken.« Ihr bestimmter Tonfall ließ keinen Widerspruch zu. »Sie wird es austragen.«

Eine Zwölfjährige. Alyshia würde in einem katholischen Orden verschwinden, in einer Nonnenschule, und für Jahre aus ihrer gewohnten Umgebung herausgerissen werden. Es war nicht ihre Angelegenheit. Aber ihre junge Freundin, ihre junge, vom Schicksal gebeutelte Freundin sollte weggesperrt werden …

Vom eigenen Vater ein Kind bekommen: Das widersprach der natürlichen Ordnung des Lebens, forderte es heraus, war ebenso ruchlos wie das, was Frank Ryan getan hatte.

Julian rang um ihre Fassung. Sie stammelte herum, versuchte, den Kontakt zu der Familie zu retten. »Es ist natürlich Ihre Entscheidung. Aber nehmen Sie wenigstens die staatlichen Vorsorgeuntersuchungen in Ansp –«

»Wir glauben nicht an diese Dinge«, fiel Nell Ryan ihr ins Wort.

Im Orden-der-Kalten-Herzen-und-Zerbrochenen-Träume würde die Novizin Alyshia einen kurzen Blick auf ihr deformiertes Baby werfen dürfen, dann würden die Ordensschwestern es ihr wegnehmen und Alyshia zur Bibelstunde schleifen...

Nell Ryan suchte die Konfrontation, forderte sie heraus, wie Julian deutlich spürte. Doch die Herausforderung hatte nichts mit ihrem Glauben und ihren moralischen Überzeugungen oder dem Wohlergehen eines Kindes zu tun. Mrs. Ryan schien es vielmehr als Gelegenheit zu betrachten, die Kontrolle zurückzuerlangen oder mit ihr, Julian, abzurechnen, und sie folgte dabei einer Denkweise, die Julian nicht nachvollziehen konnte. Nell Ryan war eine Frau, die großen Wert auf das äußere Erscheinungsbild legte. Und es waren Julian und ihre Kollegen gewesen, die Nell Ryan der Lächerlichkeit preisgegeben und ihre soziale Ausgrenzung verursacht hatten. Nell Ryan hatte sich ungeduldig und entrüstet gezeigt, als sie den Fall nicht sofort hatten aufklären können. Und nun, wo sie es endlich geschafft hatten, schäumte sie vor Wut. Hierin lag für sie die Herausforderung, dies war der von ihr ausgehende Antagonismus. Julian spürte es ganz deutlich und nahm es ihr übel. Sie hörte sich sagen:

»Mrs. Ryan, ich muss Sie warnen. Der Staat kann seine Autorität geltend machen. Und in diesem Fall wird er es vermutlich tun. Er kann aus medizinischen Gründen auf einen Schwangerschaftsabbruch pochen. Selbst im sechsten Monat ist eine Abtreibung noch zulässig. In derartigen Fällen rät die Justizbehörde sogar dazu.«

»Ich fürchte, in diesem Fall wird sie das nicht tun. Mein Anwalt hat die Sachlage genau geprüft.« Sie klang, als wüsste sie, wovon sie sprach. Sie schien es zu genießen, die Situation zu kontrollieren und es den Behörden ein wenig heimzahlen zu können.

»Ich verstehe nicht, Mrs. Ryan. Ich kenne die Rechtslage bei derartigen Fällen sehr gut –«

»Wir haben unsere Kinder adoptiert«, sagte Mrs. Ryan. »Es überrascht mich, dass Sie das nicht überprüft haben. Andererseits bestand wohl kein Grund dazu.«

Julian hörte schweigend zu, spürte ein Pochen in den Schläfen und einen dumpfen Schmerz in der Magengrube, während Nell Ryan fortfuhr. »Es besteht keine Blutsverwandtschaft zwischen Frank und unseren beiden Töchtern. Das Baby wird völlig normal sein, völlig gesund. So normal und gesund, wie man es in dieser verrückten Welt nur sein kann.« Dann, mit wenigen, schnell gesprochenen Worten, offenbarte sie sich plötzlich – sollte es eine Rechtfertigung sein, oder bat sie um Verständnis? »Wir konnten keine eigenen Kinder bekommen, Lieutenant, aber das war mir egal, solange Frank da war. Jetzt ist Frank tot. Aber durch das Kind wird er weiterleben, verstehen Sie das nicht?«

War sie verrückt? Oder war es, andersherum, das Einzige, was sie tun konnte, um nicht verrückt zu werden?

Verrückt, fand Julian. Verrückt, wild entschlossen und selbstgerecht. Eine unselige Mischung.

Die Unterlagen waren eindeutig. Alyshia und Annabelle Ryan.

Ein katholisches Waisenhaus im Norden New Yorks. Eine kanadische Adoptionsagentur in Ontario. Die Adoption war in Kanada erfolgt. Deswegen hatten die US-Behörden es nicht automatisch registriert.

Aber die Mädchen sahen einander so ähnlich. Natürlich. Weil sie Schwestern waren. Und zufällig hatten sie auch große Ähnlichkeit mit Nell Ryan. Weil schöne Frauen und schöne Mädchen einander oft ähnlich sahen. Niemand dachte über solche Dinge nach, niemand stellte es in Frage. Warum auch?

Das Baby sollte zur Welt kommen. Zur Abwechslung überbrachte Nell Ryan eine Schocknachricht, statt eine zu erhalten. Vielleicht würde sie noch zur Besinnung kommen. Vielleicht hatte sie die Abtreibung insgeheim schon in die Wege geleitet. Als strenggläubige, von den Zeitungen in die Öffentlichkeit gezerrte Katholikin würde sie das natürlich niemals zugeben.

Und was war mit den Medien? Wenn das Baby tatsächlich zur Welt kam, würde die Geschichte niemals enden. Das Kind wäre auf ewig in den Nachrichten. Wie konnte Nell unter diesen Umständen glauben, jemals ein normales Leben führen zu können?

Die DNA-Analyse des Fötus würde weiterhin bedeutsam bleiben. Jedenfalls würde sie Frank Ryans Vaterschaft bestätigen.

Aber die Adoption … die Motive für Nells Handeln … Julian spürte, dass der Fall eine neue Komplexität gewann. Die Sache war noch lange nicht ausgestanden.

42

Julian saß mit Edwards in dem Schnellrestaurant. Sie erzählte es ihm äußerst ungern. Sie spürte, dass er es als Sieg für sich auffassen würde. *Reden Sie mit ihr über das Baby.* Er hatte vorausgesehen, dass die Sache mit dem Baby noch nicht erledigt war, und er hatte Recht behalten. Obwohl er nicht spezifiziert hatte, was geschehen würde. Vielleicht gehörte das zu seiner Technik – einer seiner zahllosen kleinen Tricks.

»Alyshia Ryan und ihre Schwester wurden adoptiert«, berichtete Julian ihm mürrisch. »Nell möchte, dass Alyshia das Baby austrägt. Wie Alyshia darüber denkt, weiß ich nicht.«

Es schien für Edwards nicht überraschend zu kommen. Er nippte an seinem Kaffee, wirkte seltsam zufrieden. »Sie bekommt das Baby, gut«, billigte er erstaunlicherweise Nells Entschluss.

»Und was soll das bitte schön heißen?«

»Das heißt, dass – falls das Baby jemals als Beweis herhalten muss – es gut ist, den Beweis zur Hand zu haben.« Er betrachtete sie mit einem sardonischen Funkeln in den Augen. *Den Beweis zur Hand haben.* Spielte er auf das Beweisstück gegen *ihn* an, auf das verräterische Messer mit der gezackten Zwanzig-Zentimeter-Klinge, das vor fünf Jahren spurlos verschwunden war? War es das, was er meinte?

»Warum sollte das Baby jemals als Beweis herhalten müssen?«, fragte sie.

»Keine Ahnung.« Er zuckte mit den Schultern. »Aber eines weiß ich: Nell Ryan sprach mit ihrem Anwalt, sagte sie? Nun, wenn Sie während der Schwangerschaft eine

DNA-Probe von dem Fötus nehmen wollen, wird der Anwalt es mit Sicherheit nicht zulassen. Wenn das Baby erst mal auf der Welt ist, bekommen Sie vielleicht Ihre Chance. Obwohl ich das Gefühl habe, dass Mrs. Ryan auch das zu verhindern versuchen wird.«

Damit niemand mit letzter Sicherheit behaupten konnte, dass das Kind tatsächlich von Frank Ryan stammte.

Und ohne diesen letzten Beweis würden Julian und der Staat New York den Fall kaum durchbekommen. Wer der Vater des Kindes war, würde – zumindest im technischen Sinne – unbewiesen bleiben, obwohl die Indizien überwältigend waren.

»Sie denken schrecklich weit voraus, finden Sie nicht?«, sagte sie.

»Betonung auf schrecklich«, entgegnete er.

Mit einem unangenehmen Gefühl im Bauch wurde Julian bewusst, dass Edwards vermutlich Recht hatte.

Es war frustrierend mit ihm. Immer wieder. Er war abweisend, grob, verschlossen. Sein ganzes Leben lang hatte er sich auf sein Bauchgefühl und seine Instinkte verlassen und seine Gedanken meistens für sich behalten, hatte sich kaum jemals mit jemandem ausgetauscht. Damit war er gut gefahren, und sie würde seine Eigenheiten nicht mehr ändern können.

Und doch waren gerade seine Eigenheiten für sie Anlass, sich immer wieder Hilfe suchend an ihn zu wenden. Sie schätzte ihre Zusammenkünfte, trotz aller Spannungen zwischen ihnen, obwohl immer eine eigenartige Finsternis über ihnen zu liegen schien, ganz gleich, wie hell die Beleuchtung um sie herum war.

Ihr wurde bewusst, dass sie sich zum zweiten Mal alleine mit ihm in dem Restaurant traf. Sie beobachtete ihn, während er an seinem Kaffee nippte. Er war alt geworden. Kraftlos. Mittlerweile war ihr klar, dass er keine Waffe trug. Aber ihre stetig wachsende Sorglosigkeit, ihre geringer werdende Angst vor ihm hatten mit diesen Dingen nur am Rande zu tun.

Warum begann sie, sich in seiner Gegenwart immer sorgloser, immer entspannter zu fühlen? Es hatte mit *ihrem* Instinkt zu tun. Ironischerweise war es genau der Instinkt, den zu entwickeln und zu schärfen ihr Edwards während ihres denkwürdigen Praktikums vor fünf Jahren beigebracht hatte. Es war derselbe Instinkt, der sich gemeldet hatte, als Alyshia auf der Kegelbahn zusammengebrochen war, der sie beide veranlasst hatte, das Mädchen in dem präparierten Abstellraum zu verhören, derselbe Instinkt, der ihr eingeflüstert hatte, dass Edwards ihr auf seine spezielle Art und Weise würde helfen können. Und nun sagte ihr dieser Instinkt, dass Edwards nicht vorhatte, ihr Schaden zuzufügen. Dass es ihm – ob es ihm bewusst war oder nicht – vielmehr um ihre persönliche Beziehung ging, dass er das Geschehene bedauerte und er ihr auf seine ganz eigene, schroffe, gefühlsarme Art Respekt und Zuneigung entgegenzubringen versuchte. Außerdem war es beide Male ihre Idee gewesen, sich hier im Restaurant zu treffen. Nicht seine.

Er ist böse, Julian. Die Inkarnation des Bösen. Sie wissen das, oder?, hatte Richards auf dem Sterbebett gesagt und mit flehendem Blick auf ihre Bestätigung gewartet.

Warum hatte sie ihn zurückgeholt? Warum wirklich? Vielleicht weil er ihr Bote aus dem Schattenreich war. Der Wesir der Finsternis. Denn es war *sein* finsterer Instinkt gewesen, der ihm eingeflüstert hatte, wer der wirkliche Vater von Alyshias Baby war. Hier, an genau diesem Restauranttisch, hatte ihn seine Intuition darauf gebracht.

Vielleicht hatte sie ihn zurückgeholt, weil er seinen Beruf ebenso ernst nahm wie sie. Er war davon besessen, war ein Gefangener seiner Arbeit, der alles andere außen vor ließ. Vielleicht wog diese Gemeinsamkeit schwerer als all ihre Konflikte, ihre Konfrontationen, der Alters- und Geschlechtsunterschied und ihre unterschiedlichen Standpunkte und Bildungsgrade.

Aber vielleicht waren ihre Standpunkte gar nicht so unterschiedlich. Schließlich waren sie in vielen Dingen einer Meinung.

Eines Abends, kurz vor Feierabend, hatte Ng sie vorsichtig gefragt: »Was genau war eigentlich zwischen Ihnen beiden?«

»Gute Frage«, war sie ihm höflich ausgewichen. Die Antwort war ihr selbst schleierhaft.

»Aber irgendetwas muss zwischen Ihnen beiden gewesen sein«, hatte Ng gesagt. »Man merkt es Ihnen deutlich an.«

Ja, etwas war zwischen ihnen. Noch heute. Trotz allem. Oder gerade deswegen.

Julian ging auf die schummrige, nur von einer Zwanzig-Watt-Glühbirne erleuchtete Damentoilette des Schnellrestaurants.

Sie fand, dass es nicht in Ordnung war.

So funktionierte ihr Verstand jetzt, wurde ihr einen Moment lang düster bewusst. Es ging nicht darum, wie die Toilette aussah, war keine emotionale oder ästhetische Reaktion darauf, sondern es ging um die rechtliche Seite. *Es ist nicht in Ordnung, dass es auf der Toilette so schummrig ist.*

Als sie sich vorbeugte, um sich die Hände zu waschen, hörte sie, wie hinter ihr die Tür geöffnet wurde. Sie vergegenwärtigte sich kurz die wenigen weiblichen Gäste in dem Restaurant.

Und plötzlich spürte sie einen harten Gegenstand im Rücken und den schweren Atem eines Mannes in ihrem Nacken.

Das war's.

Ein einziger, augenblicklicher Gedanke. Ein blitzartiger Angstimpuls, den sie genauso deutlich spürte wie den Druck des Gegenstands in ihrem Rücken. Vermutlich ein Messer.

In den folgenden Millisekunden überschlugen sich ihre Gedanken. Er war ihr auf die Toilette gefolgt. Cooperman und Richards hatten Recht gehabt. *Sie dürfen es nicht vergessen, niemals. Lassen Sie sich nicht von ihm einlullen, hören Sie? Er ist böse, Julian.*

Die anderen Restaurant-Gäste nahmen natürlich an, er wäre auf die Herrentoilette gegangen. Er würde rausgehen, die Rechnung bezahlen und verschwinden. Ihre Leiche würde man vielleicht erst in einigen Stunden entdecken.

Der schwere Atem in ihrem Nacken verschwand, wurde allein zu einem Geruch. »Nicht bewegen«, vernahm sie eine flüsternde Männerstimme. Aber es war nicht Winston Edwards' Stimme. »Nicht umdrehen.«

Sie spürte, wie der Gegenstand – es musste ein Messer sein – fester gegen ihren Rücken gepresst wurde.

»Wie fühlt sich das an?«

»Na wie wohl?«

»Gut«, sagte die flüsternde Stimme. »Vergessen Sie dieses Gefühl nicht.«

Plötzlich lag das Messer vor ihr neben dem Waschbecken. Sie sah, dass es in eine Plastikfolie gewickelt war. Man konnte die Klinge und den Griff nicht direkt berühren. »Das ist der Gegenstand, den Mr. Cooperman Ihnen zukommen lassen wollte.« Das Flüstern klang rau. »Er sagte, es sei wichtig, dass Sie dieses Gefühl niemals vergessen.«

In der engen, schlecht beleuchteten Damentoilette hing der Wandspiegel ein Stück rechts vom Waschbecken. Sie versuchte, den Kopf ein Stück zu drehen, um in dem Spiegel einen Blick auf den Mann hinter ihr zu erhaschen. Aber wer immer er war, er hatte es vorausgeahnt und war schneller als sie. Er packte ihren Hinterkopf und hielt ihn so fest, dass sie sich nicht rühren konnte. Jetzt wurde Julian klar, dass er nur flüsterte, damit sie später seine Stimme nicht wieder erkennen würde.

»Sie attackieren eine Polizeibeamtin«, zischte sie wütend. »Sie setzen gegen eine Polizeibeamtin körperliche Gewalt ein.«

»Ich liefere einer Polizeibeamtin ein Beweisstück, für das sie alles tun würde, um es in die Finger zu bekommen. Deswegen bin ich mir sicher, dass die Polizeibeamtin über mein Vorgehen hinwegsehen wird.«

Ihr Hinterkopf lag noch immer fest in seinem Schraubstockgriff, während er sie näher zum Ausgang der Damentoilette zog.

»Vergessen Sie niemals, wie sich das Messer anfühlte«, wiederholte er. Dann wandte er sich blitzschnell um, schlüpfte aus der Tür und eilte – in einen langen schwarzen Mantel gehüllt – zum Hinterausgang, bevor sie sein Gesicht oder ein anderes entscheidendes Merkmal erkennen konnte.

Ihr erster Impuls war, ihm hinterher zu rennen.

Ihr zweiter Impuls war, es nicht zu tun. Ihn gehen zu lassen und sich stattdessen das Messer anzusehen.

»Wo ist denn nun das Messer?«, hatte der Richter ärgerlich gefragt.

»Wie es scheint, wurde es irgendwo bei der Polizei verlegt«, erklärte der Gerichtsdiener mit fester Stimme, hörbar stolz auf seine wichtige Rolle in dem Verfahren. Julian dagegen hätte einen verlegenen, reumütigen Tonfall angemessener empfunden…

Er *hat es!* Er *hat es gestohlen!* Er *ist die Polizei, verstehen Sie nicht? Am liebsten hätte sie es herausgeschrien, doch stattdessen warf sie Edwards, der auf der anderen Seite des Gerichtssaals saß, nur einen wütenden Blick zu, aber Edwards ignorierte sie, starrte gleichgültig ins Leere…*

Das Messer mit der gezackten Zwanzig-Zentimeter-Klinge. Die Tatwaffe, mit der sich beweisen ließ, dass Edwards die Kellnerin umgebracht hatte. Und jetzt hielt sie es in ihren Händen. Mit seinen Fingerabdrücken drauf, wenn Coopermans Behauptung stimmte. Und warum sollte sie nicht stimmen? *Ein unwiderlegbarer Beweis.*

Das Messer hatte in der Asservatenkammer gelegen und war urplötzlich verschwunden. Ein typischer Fall von provinzieller Schlafmützigkeit, um nicht zu sagen hinterwälderischer Inkompetenz, die sich Edwards während seiner gesamten Laufbahn zu Nutze gemacht hatte. Seine Untergebenen in Canaanville waren allesamt unterbelichtete Trottel gewesen, und so hatte er keine Mühe gehabt, sie an der Nase herumzuführen und sich im Glanz seines legendären Rufes zu sonnen. Obwohl er ein brutaler Mörder war.

Im Laufe der Jahre waren die Fakten für Julian immer verschwommener geworden, oder zumindest hatte ihre Wahrnehmung der Fakten an Schärfe verloren. Mit seinem dramatischen Vortrag im Gerichtssaal hatte Cooperman eine völlig andere Sichtweise der Dinge dargelegt, und er war dabei so überzeugend gewesen, dass selbst sie angefangen hatte, seinen Gedankengängen zu folgen. Und obwohl sie wusste, dass alles nur Blendwerk war, hatte es so schlüssig geklungen, dass die von Cooperman vorgebrachten Argumente allmählich auch bei ihr Wirkung gezeigt hatten. Etwas zu sagen macht daraus noch lange keine Tatsache; aber das Problem ist, dass es das eben doch tut. Etwas ständig auf eine bestimmte Art und Weise zu wiederholen lässt das Gesagte allmählich wahr werden, oder zumindest bringt es den Zuhörer dazu, sich immer wieder das dargelegte Bild vorzustellen und es dadurch immer realer werden zu lassen. Möglicherweise hatte Edwards die Kellnerin *nicht* umgebracht, möglicherweise hatte er in jener stürmischen Schneenacht *nicht* versucht, auch Julian zu töten.

Aber das Messer änderte all das.

Ein unwiderlegbarer Beweis.

Hier in ihren Händen.

Ganz gleich, in welchem Zustand die Klinge war, das Messer schärfte ihre Wahrnehmung wieder.

Sie hob den Blick und sah sich plötzlich im Wandspiegel der Damentoilette.

Nicht als Lieutenant Palmer mit einem wichtigen Beweisstück in Händen. Sondern als ein Mädchen namens Julian. Ein hübsches, braunhaariges Südstaaten-Mädchen mit olivfarbenem Teint, das hunderte Meilen und gleichzeitig Lichtjahre von zu Hause entfernt war. Sie war heute älter, sah aber noch immer jung aus, fast beängstigend jung. Was war das in ihren Händen, dieser in Plastik gewickelte Gegenstand?

Hatte der gewiefte Cooperman sich das auch ausgedacht? Hatte er seinem geheimnisvollen Boten eingeschärft zu warten, bis sie vor einem Spiegel stand, bis sie sich mit sich selbst konfrontieren musste?

Sie. Das Messer. Der Spiegel.

Eine Reduktion der Bildelemente.

Wie der Brieföffner, der doppelseitige Fotorahmen und der CD-Spieler.

Nach dem ersten Schuss…

Vor dem zweiten Schuss…

Ihre tragische Vergangenheit…

Die Warnungen vor ihrer Zukunft…

Aber Winston Edwards hatte nichts versucht. Oder wartete er nur auf die richtige Gelegenheit? Eine Gelegenheit wie diese? Oder auf eine noch bessere?

Sie stand da, gefangen zwischen Vergangenheit und Zukunft, und betrachtete sich. Wer war diese Frau im Spiegel? Wer war sie wirklich?

Plötzlich empfand sie eine unheimliche, beängstigende Verbindung zu Frank Ryan, einen Moment der Parallelität, aber ihr wollte nicht klar werden, was dies zu bedeuten hatte.

Sie kehrte in den Innenraum des Restaurants zurück und setzte sich wieder zu Edwards an den Tisch. Sie hatte das Messer auf der Damentoilette ganz unten in ihrer Handtasche verstaut und stellte sic nun beiläufig neben sich auf die Sitzbank.

Das Messer, mit dem Edwards vor mehr als fünf Jahren einen bestialischen Mord an einer jungen Kellnerin begangen hatte. Das Messer, das dies endlich unwiderlegbar beweisen würde.

Was sollte sie als Nächstes tun?

Sie wusste es nicht genau.

Aber als Edwards einen zweiten Kaffee vorschlug, war ihr nicht danach zu Mute.

43

Während in den Lokalzeitungen zahlreiche Artikel über sie erschienen, zogen sich die Ryans völlig zurück. Sie versteckten sich in ihrem Haus und verweigerten jede Auskunft. Als das Interesse abflaute und die Reporter sich der nächsten Geschichte zuwandten – und damit der natürliche Schutzring der Medienleute in der Hauseinfahrt und vor der Schule der Mädchen verschwand –, ließ Julian das Haus und tagsüber auch die Schule von Zivilbeamten observieren. Eigentlich hatte die Polizei nicht genügend Leute für eine solche Sonderbewachung, aber Julian glaubte, keine andere Wahl zu haben, und zumindest tat sie auf diese Weise etwas Sinnvolles. Sie hatte schon oft erlebt, welch aufputschende Wirkung die Medienberichte auf bestimmte Menschen haben konnten, und es reichte schon, wenn nur einem dieser Menschen eine Sicherung durchbrannte. Die von ihr eingesetzten Zivilbeamten hatten bislang nichts mit dem Ryan-Fall zu tun gehabt, daher würden die Töchter sie vermutlich gar nicht bemerken. Nell Ryan hatte um keine Sonderbewachung gebeten, aber das spielte keine Rolle. Julian konnte anordnen, was sie für richtig hielt, ganz gleich, ob Nell Ryan es wollte oder nicht.

Julian ging davon aus, dass sie die Ryans erst vor Gericht wieder sehen würde. Sie hatte Mrs. Ryan in einem Brief geraten, Alyshia weiter in die Schule zu schicken, damit ihre Noten nicht noch mehr absackten; Besuche von Ricky sollte sie hingegen besser unterbinden, und bei der Vorverhandlung sollten sie versuchen, einen möglichst guten Eindruck zu machen.

Sie schickte Ng zum Jugendgerichtshof, um herauszufinden, welcher Richter mit dem Fall betraut werden würde, und stieß einen Seufzer der Erleichterung aus, als sie erfuhr, dass Alyshia eine Frau zugeteilt bekommen hatte, Richterin Caramore.

Julian wusste nicht, ob ein Richter eine DNA-Entnahme bei dem Fötus erzwingen konnte, um Frank Ryans Vaterschaft zu beweisen. Aber einer Jugendrichterin wie Caramore würden vermutlich die Indizien genügen, um der Familie weiteren Schmerz zu ersparen.

In dem Brief schilderte sie den Ryans, was sie bei dem Verfahren zu erwarten hatten. Wie es ablaufen würde. Wie sie sich fühlen würden. Wie sie sich verhalten sollten. Wie sie sich darauf vorbereiten konnten.

Am liebsten hätte sie die Gesetze ein wenig umgebogen, hätte das Verfahren Alyshia auf den Leib geschneidert, so als ginge es um ihre eigene Tochter. Ihr war bewusst, dass sie dem Mädchen gegenüber eine fast mütterliche Loyalität empfand. Und ebenso war ihr bewusst, dass sie alles daran setzte, eine Zwölfjährige mit einem Mord davonkommen zu lassen. Mit einem nachvollziehbaren, durchaus verständlichen Mord. Aber nichtsdestotrotz einem Mord. Es war das erste Mal in ihrer Laufbahn, dass sie so etwas tat. Und hoffentlich, so Gott wollte, das letzte Mal.

Natürlich fragte sich Julian, an welchem Punkt – ob nach oder schon vor dem Hauptverfahren – Alyshia aus der Schule genommen und von Mrs. Ryan in eine kirchliche Einrichtung gesteckt und dort im Alter von dreizehn Jahren Mutter werden würde. Sie war sich sicher, dass Nell Ryan bereits daran arbeitete. Zum ersten Mal in ihrem Leben hatte Julian eine Anwandlung von Muttergefühlen empfunden, und kurz darauf – auf der Kegelbahn – hatte sich plötzlich herausgestellt, dass ihre vermeintliche Tochter selbst eine werdende Mutter war.

44

Julian stand im Büro des Captains. Der Captain, geschniegelt wie immer, betrachtete seine Manschettenknöpfe, drehte sie gewissenhaft zurecht, bis sie so saßen, wie er es wünschte, dann blickte er auf und schaute Julian prüfend an, als wäre auch sie ein widerspenstiger Manschettenknopf.

»Der Mord ist aufgeklärt«, sagte der Captain. »Wieso ist Edwards noch hier?«

Weil ich ihn hier haben möchte. Weil ich im Begriff bin, einen weiteren Mord aufzuklären. Und zwar den, den er begangen hat.

Aber Julian schwieg. Denn aus seiner Sicht hatte der Captain eine vernünftige Frage gestellt.

Ng und Mendoza hatten mitbekommen, dass Edwards auf Grund seiner Intuitionsgabe die Lösung des Falles herbeigeführt hatte. Edwards war derjenige gewesen, der Frank Ryans Abscheulichkeiten erkannt hatte. Wahrscheinlich hatte sich im sechsten Stock herumgesprochen, über welche Fähigkeiten Edwards verfügte, und bestimmt war es auch dem Captain zu Ohren gekommen.

Zum Leidwesen des Captains – der einen ganz anderen Plan verfolgt hatte – hatte Edwards sich als nützlich erwiesen.

Der Captain sah sie verärgert an.

»Es ist Zeit, ihn in die Wüste zu schicken, Lieutenant.«

Ja, dachte Julian, *weil Sie sonst nicht mehr so tun können, als wüssten Sie nicht, wer er ist und was er hier gemacht hat.*

»Der Ryan-Fall hat die Presse auf den Plan gerufen, und sobald die Presse involviert ist, steigt die Wahrscheinlichkeit, dass irgendein übereifriger Reporter Ihre Verbindung zu ihm herausfindet und erfährt, wer er ist. In welches Licht würde Sie das stellen?«

Was in Wahrheit hieß, in welches Licht würde das mich, den Captain, stellen?

»Schicken Sie ihn fort, Julian«, wiederholte der Captain, dieses Mal deutlich schroffer. Aus einem Gespräch unter Kollegen war ein strenger Befehl geworden.

»Das werde ich«, sagte Julian, sich gerade noch ein »Jawohl« verkneifend.

Bald, sehr bald, dachte sie. *Ich verspreche es.*

45

Da sich die Familie völlig von der Außenwelt abgeschottet hatte, war Julian äußerst überrascht, als sie am Ende der Woche einen Anruf von Mrs. Ryan erhielt.

Ng, der den Anruf auf ihrer Leitung an seinem Schreibtisch entgegennahm, deckte die Sprechmuschel ab, schob den Kopf durch die Tür und flüsterte: »Nell Ryan.«

Julian nahm ihren eigenen Hörer ab und lauschte einen Moment lang schweigend, bevor sie sich meldete. »Lieutenant Palmer.«

»Lieutenant, Nell Ryan«, sagte die Stimme scharf.

»Oh… hallo… schön, dass Sie –«

»Ich habe Neuigkeiten für Sie«, fiel ihr Nell ins Wort.

Was denn jetzt? Was konnte es wohl sein? Wochenlang hatte Julian die Nachrichten überbracht. Offenbar gefiel Nell sich in der neuen Rolle.

Aber plötzlich wurde Nells Ton sanfter. Sie sagte es leise und tonlos, klang irgendwie vertrauensvoll und doch distanziert. »Sie hat das Baby verloren.«

Julian fühlte sie augenblicklich erleichtert. *Gott sei Dank*. Es war das Beste für Alyshia. »Es ... es tut mir Leid ...«

»Es tut Ihnen nicht Leid«, sagte Nell Ryan. »Sie fanden den Gedanken schrecklich, dass eine Zwölfjährige Mutter werden soll.« Für Julian wies dies darauf hin, dass auch Nell Ryan diesbezügliche Überlegungen angestellt hatte.

Julian schwieg einen Moment, dann fragte sie: »Wie ... wie ist es passiert?« Aus Höflichkeit, um ihre Besorgnis zu bekunden, um eine Brücke zurück zu Nell und Alyshia zu schlagen.

»Es ist ... es ist eben passiert«, sagte Nell frustriert und verärgert, als hätte sie eine Trumpfkarte verloren. »Solche Dinge passieren eben. Es ist eine Prüfung Gottes«, sagte sie.

»Nun, ich finde ...«

»Sie kam gestern Morgen tränenüberströmt nach unten«, sagte Nell plötzlich, und es hörte sich an, als müsste sie es sich von der Seele reden, als hätte sie diesen Moment regelrecht herbeigesehnt. »Es geschah mitten in der Nacht. Aber sie wollte mich nicht wecken, weil sie meinte, ich wäre böse auf sie.« Es dauerte einen Moment, bis Julian klar wurde, dass Nell Ryan weinte. »Können Sie sich das vorstellen? Sie wollte mich nicht wecken, weil sie glaubte, ich wäre böse auf sie.«

Julian wusste besser, dass Nell niemanden zum Reden hatte, und plötzlich wurde ihr klar, wie einsam Nell Ryan war. Wenn man sich an seinen Feind wandte, an die Verantwortlichen für den eigenen Niedergang, weil diese Leute einen am besten kannten und sie einem am nächsten standen, bewies das, wie einsam man wirklich war.

»Nell –«

Nell fiel ihr ins Wort. »Ich rufe an, um Sie zu der Beerdigung einzuladen.«

Moment. »Eine Beerdigung?« Julian war verwirrt.

»Das Kind verdient seinen Platz bei Gott«, sagte Nell Ryan. »Am Samstagvormittag, zehn Uhr.« Kurze Pause. »Sie kennen den Friedhof?«

Julians Hand schloss sich fester um den Hörer. Sie starrte ungläubig auf das Telefon und die anderen Gegenstände auf dem Schreibtisch. Sie sahen seltsam fremd aus.

Kann man einen Fötus, ein ungeborenes Kind, überhaupt beerdigen? Anscheinend ja. Es war zwar unüblich, aber nicht illegal. Und wenn sie sich in Nell hineinversetzte, konnte sie die Frau durchaus verstehen: Sie versuchte das Kind auf jede denkbare Weise zu legitimieren. Und auch auf emotionaler Ebene war ihr Verhältnis nachvollziehbar: Eine Beerdigung war das Einzige, was Nell noch für das Kind tun konnte, wo sie es schon nicht würde großziehen können. Julian war überrascht, dass Nells Kirche, Nells Glaube, dies zuließ. Aber wer sollte dies einer trauernden Witwe verwehren? Einer Witwe, die hatte erfahren müssen, dass ihr eigener Mann die zwölfjährige Tochter geschwängert hatte. Lasset sie ihren Schmerz kundtun, sagte die Kirche. Und wahrscheinlich war es das Beste für Nell. Vielleicht wollte sie öffentlich beweisen, dass Gottes Hand im Spiel war, und dies war weitaus besser als die in Latex gehüllte Hand eines Abtreibungsarztes. Und solange es für Nell eine Herzensangelegenheit war, würde es ihr vermutlich gut tun.

Nichts war grausamer als die Beerdigung eines ermordeten Ehepartners.

Außer vielleicht die Beerdigung eines ungeborenen Kindes.

Nell Ryan erlebte beides.

»Das Baby ist tot«, verkündete sie Edwards.

Seine Brauen schossen nach oben. »Wer nahm die Abtreibung vor?«

Sie sah ihn an. »Niemand. Es war eine Fehlgeburt.«

»Sagt wer?«

»Mrs. Ryan.«

»Zwölfjährige Mädchen sind jung und kerngesund«, erklärte Edwards. »Fehlgeburten erleiden nur ältere Frauen.«

»Falsch. Auch eine Zwölfjährige kann eine Fehlgeburt haben … Gott sei Dank.«

»Sie brauchen sich nicht bei Gott zu bedanken«, sagte Edwards barsch. »Es gibt keinen göttlichen Willen, denn es gibt keinen Gott.«

»Was ist in Sie gefahren, Winston? Sie klingen absolut lächerlich. Das Mädchen ist zwölf Jahre alt. Wenn es keinen Gott gibt, dann sollten wir eben unserem Glücksstern danken.«

Edwards gab klein bei. »Tja, vielleicht sollten wir mal nachforschen, welcher das ist«, murmelte er.

Julian ignorierte die Bemerkung. »Nell lässt den Fötus beerdigen.«

»Sie scherzen«, sagte Edwards.

»Nein, ich scherze nicht.«

»Ich gehe hin.«

»Sie werden nicht hingehen.«

»Ich werde auch ganz artig sein«, bettelte Edwards sie plötzlich wie ein kleiner Schuljunge an. »Ich habe schon die erste Beerdigung verpasst, vergessen Sie das nicht. Ich will mir Ihretwegen nicht den ganzen Spaß entgehen lassen.«

46

Als er auf dem schmalen Motelzimmerbett lag und über Philip Smithers' Leben nachdachte, fielen Edwards unweigerlich ihre Gemeinsamkeiten auf.

In den fünfundzwanzig Jahren seit dem Mord an Vernon Blood hatte Smithers rigoros den Mund gehalten und zum Wohle seiner Tochter eine völlig andere Familiengeschichte konstruiert. Anscheinend war Smithers äußerst kompetent darin, ein Geheimnis zu bewahren. Es machte ihm offenbar nicht das Geringste aus, ein Leben lang von einem schlechten Gewissen geplagt zu werden. Obwohl Edwards ihn nie kennen gelernt hatte und trotzdem verachtete, erkannte er die vielen Parallelen zwischen ihnen.

Und obwohl er ihn nie kennen gelernt hatte, meinte er, sich gut in ihn hineinversetzen zu können.

Er wusste, wie viel Disziplin nötig war, wie zielgerichtet man handeln und wie sehr man bei jedem Gespräch aufpassen musste. Er kannte die vielen einsamen Stunden, in denen man sein Gewissen mit Alkohol zu betäuben versuchte. Er kannte die lautlose innere Welt, die menschliche Festung, deren Mauern höher und unüberwindlicher waren als die eines jeden echten Gefängnisses. Er kannte den ständigen Impuls, auf der Hut zu sein, das immer wiederkehrende Bedürfnis, sich seiner Paranoia hinzugeben. Er kannte sich bestens aus in jenem alternativen Universum, der lebendigen heilen Welt, die man im Geiste erschaffen musste, um überzeugend darüber reden zu können. Um nicht verrückt zu werden.

Wieso er all diese Dinge so gut kannte?

Julian Palmer, Chief Richards und einige andere ruhelose Gegenspieler würden dies auf ihre Art beantworten. Edwards selbst würde es anders erklären.

Sie würden sagen, dass es an den Dingen lag, die er getan hatte.

Edwards hingegen würde sagen, dass es eine Geisteshaltung war, eine angeborene Eigenschaft. Es war keine intellektuelle Fähigkeit, sondern etwas viel tiefer liegendes. Etwas Instinktives, an dem nichts Verwerfliches war. Er trank einen Schluck Whiskey und schob den Gedanken beiseite, um sich wieder auf das Naheliegende zu konzentrieren. Hier ging es nicht um die Dinge, die *er* getan hatte.

Wie konnte er Philip Smithers überführen? So überführen, dass der Fall nicht nur gelöst war, sondern dass die Lösung auch vor Gericht Bestand hatte?

Ihm wurde klar, dass es nur eine einzige Möglichkeit gab, um dies zu erreichen.

In jener Nacht waren zwei Personen in Vernon Bloods Haus eingedrungen. Smithers und jemand anderer.

Und diese zweite Person war die einzige, die Smithers belasten konnte.

Smithers hatte einen Helfer gehabt.

Edwards seufzte. Auf gewisse Weise bedeutete es, von vorne anzufangen. Sich wieder an den Computer zu setzen. Wieder in den Süden zu reisen. Wieder im Dreck zu wühlen. Nach jemandem zu forschen, der einen Grund gehabt hatte, Smithers zu helfen, und in Kauf genommen hatte, in einen Mord verwickelt zu werden.

War es einer der Kerle gewesen, mit denen Sylvia Blood geschlafen hatte? Aber wenn er Artemis Glauben schenken konnte, hatten sich die Männer nur amüsieren wollen, hatten nichts mit dem Mord zu tun gehabt. Aber vielleicht wusste Artemis doch nicht so viel, wie er glaubte. Vielleicht war einem der Männer die Sicherung durchgebrannt.

Er stellte das Whiskeyglas ab und griff zum Telefon.

»Artemis?«

»Hallo, alter Freund«, erklang Artemis Shores Stimme.

»Haben Sie irgendeine Ahnung, wer die zweite Person gewesen sein könnte, die in Vernon Bloods Haus eindrang? Die Person, die Smithers half?«

»Sylvia sah die beiden bloß fliehen«, entschuldigte Artemis sich betrübt, denn er wusste, dass diese Information völlig nutzlos war. »Zwei kaum erkennbare Gesichter in der Dunkelheit. Laut Mrs. Blood war eine etwas schmaler und kleiner als die andere.« Dann fügte er geringschätzig hinzu: »Aber das lässt sich von zwei Leuten eigentlich immer sagen.« Stille trat ein. »Tut mir Leid«, sagte Artemis.

Edwards lief die Zeit davon. Julian hatte ihn angestellt, um im Mordfall Frank Ryan zu helfen, und obwohl er es in den Knochen spürte, dass die Sache noch nicht endgültig vorbei war, war der Fall, basierend auf den Beweisen, dem Motiv und der Tatgelegenheit, aufgeklärt. Also würde sie ihn nicht mehr lange hier behalten, so viel stand fest.

Vielleicht sollte er Julian einfach verkünden, dass er den Mörder ihres Vaters gefunden hatte.

Er würde ihr den Namen und die Adresse des Mannes geben.

Warum zögerte er noch?

Er erkannte, dass er so empfand wie immer. »Aufgeklärt« war zu abstrakt, zu intellektuell, ein reiner Spielbrett-Sieg. Ihm fehlte die Leidenschaft, die Befriedigung, etwas wirklich zu Ende gebracht zu haben.

Wollte er den Fall einfach bloß aufklären? Nein, er brauchte mehr, musste wissen, dass die Sache wirklich erledigt war.

Ihm war klar, dass er es persönlich zu Ende bringen musste.

Wie er es immer getan hatte. Er war immer noch derselbe. Nach fünf Jahren Gefängnis hatte er sich kein bisschen verändert.

Warum hatte er es getan?, würden sich alle fragen. Und sie würden alle erdenklichen Gründe anführen. Um reinen Tisch zu machen. Um das kosmische Gleichgewicht wiederherzustellen. Warum hat er es getan? Weil er den einzigen Weg hatte beschreiten müssen, den er kannte? Um durch seine Tat zu beweisen, dass er diese Kellnerin nicht umgebracht hatte? Oder um zu gestehen, *dass* er sie umgebracht hatte? So oder so ähnlich würden sie in den Polizisten-Kneipen mit gesenkter Stimme spekulieren.

Er war alt. Sein Körper ließ ihn im Stich. Sein Verstand, sein Gedächtnis – sie entglitten ihm wie auf dem Wasser ausgesetzte Papierschiffchen. Seine Gebrechen umstellten ihn wie ein Polizeikordon, bedrohten ihn von allen Seiten. Die Liebe seiner Frau war erkaltet, sein Geld vom Prozess aufgezehrt, sein Ruf ruiniert. Alles, was für ihn von Wert war, hatte sich in nichts aufgelöst.

Es war Zeit für den Schlussakt. Er war die perfekte Besetzung für den Schlussakt. Und ein Schlussakt war etwas, dessen Inhalt man sich genau überlegen musste. Denn er war das Vermächtnis, das man hinterließ. Er konnte alles beinhalten oder leer und nichts sagend sein. Man musste sich große Mühe damit geben.

Fünfundzwanzig Jahre nach der Tat würde er wahrscheinlich keine juristisch unanfechtbare Beweislage zusammenbekommen.

Also musste er improvisieren. Irgendetwas würde ihm schon einfallen. Und plötzlich tat sich in dem schäbigen kleinen Motelzimmer wie von selbst ein Plan auf. Wie immer bei Winston Edwards.

Und Julian Palmer? Natürlich würde auch sie am Schlussakt teilnehmen. Als Zuschauerin. Als Mitwirkende. Als weibliche Hauptbesetzung. Es sollte nicht allzu schwierig sein, sie zum Schauplatz des Schlussakts zu locken, dachte er. Ohne sie wäre es ohnehin kein richtiger Schlussakt.

Er legte sich auf das schmuddelige Kissen zurück und schloss die Augen. Im Geiste ließ er die kommenden Ereignisse ablaufen. So wie er sie vorher arrangieren würde. Er lächelte.

Ich werde es ihr demonstrieren.

47

Wieder eine Beerdigung. Wieder ein trüber Tag. Wieder standen sie Schulter an Schulter im Regen.

Dieses Mal war der Sarg winzig. Er sah aus wie eine Schmuckschatulle, in der jedoch keine Juwelen lagen, sondern die Überreste einer menschlichen Tragödie.

Vor den schmiedeeisernen Toren standen mehrere Fotografen und Zeitungsreporter. Ihnen war der Zutritt zum Friedhof untersagt. Bei einer Beerdigung wog der Wunsch der trauernden Familie nach Privatsphäre schwerer als das Informationsrecht der Presse. Die Reporter wussten, dass bei diesem Interessenkonflikt die Polizei am längeren Hebel saß, deswegen hatten sie sich alle am Friedhofseingang versammelt. Gelegentlich hob ein Fotograf seine Kameralinse, schoss schnell einige Fotos und ließ die Kamera wieder auf die Brust fallen, wie das Auge einer Kreatur, deren Interesse für einen Augenblick aufflackerte und sogleich wieder erlosch.

»Da ist aber niemand drin, oder?«, flüsterte Ng, verstohlen auf den winzigen, blank polierten schwarzen Sarg deutend.

»Natürlich nicht«, murmelte Mendoza neben ihm. »Was sollte denn drin sein? Denk mal drüber nach«, sagte er. »Aber nicht zu viel.«

Julian hörte Mendozas Bemerkung.

Sie stand einen Schritt vor den beiden.

Sie dachte darüber nach, und zwar ausführlich.

Das Baby war tot. Plötzlich existierte es nicht mehr.

Alyshia und Annabelle Ryan standen wieder in ihren neuen blauen Mänteln im Regen.

Zwischen Julian und den Ryans gab es keinen Kontakt. Ohne es auszusprechen, schien Nell Ryan zu sagen: *Lassen Sie uns in Ruhe*, und Julian respektierte es.

Also beobachtete Julian bloß. Sie betrachtete die Ryan-Mädchen in ihren langen blauen Mänteln, die ihre Mutter ihnen eigens für die Beerdigung ihres Vaters gekauft hatte und deren Anschaffung sich mit dieser neuerlichen Tragödie allmählich zu amortisieren begann.

Alyshia sah genauso aus wie beim letzten Mal, fiel Julian auf. Ganz genauso.

Natürlich hatte sie nicht erwartet, dass Alyshia so kurz nach der Fehlgeburt völlig verändert aussehen würde. So schnell konnte das Mädchen seine überschüssigen Pfunde nicht loswerden.

Aber Julians Gedanken zielten in eine andere Richtung.

Sie kam gestern Morgen tränenüberströmt nach unten, hatte Nell berichtet. *Es geschah mitten in der Nacht. Aber sie wollte mich nicht wecken.* Es waren nur Worte am Telefon gewesen. Die Einzelheiten der Fehlgeburt waren vage geblieben, denn Nell hatte es nicht miterlebt und musste deshalb keine Einzelheiten nennen.

Sie hatten keinen Arzt gerufen, waren nicht ins Krankenhaus gefahren.

Zwölfjährige Mädchen sind jung und kerngesund. Fehlgeburten erleiden nur ältere Frauen.

War Alsyhia Ryan noch schwanger und verheimlichte es vor ihrer Mutter?

Oder war Alyshia noch schwanger, und Nell Ryan wusste es und war selbst die Urheberin der Lüge?

Eine vorgetäuschte Fehlgeburt wäre eine Möglichkeit, dem Vaterschaftstest zu entgehen und damit den letzten Beweis und die daraus resultierende gesellschaftliche Ächtung zu vermeiden.

Auf Grund der Zeit, die sie mit ihrer zwölfjährigen Freundin verbracht hatte, glaube Julian die Wahrheit zu erkennen. Alyshia hatte nicht den Eindruck erweckt, als wüsste sie über Schwangerschaften und die damit verbundenen Symptome Bescheid. Deswegen war es unwahrscheinlich, dass sie wusste, wie eine Fehlgeburt ablief. Und deswegen war es kaum vorstellbar, dass sie in ihrem fragilen Zustand ein solches Unglück vorgetäuscht hatte. Bei Nell hingegen hatte Julian eine stetig wachsende Bereitschaft ausgemacht, sich gegen alle gesellschaftlichen Konventionen zu stellen und die Schwangerschaft ihrer Tochter zu rechtfertigen.

War Nells Anruf lediglich der erste Schritt eines Täuschungsmanövers, um alle Welt irrezuführen, bevor sie Alyshia fortschickte, um das Baby anderswo auszutragen?

War die Beerdigung inszeniert?

War Nell Ryan im Stande, eine so komplexe Lüge aufzubauen?

Wenn ja, würde dies etwas anderes erklären, das Julian seit geraumer Zeit beschäftigte. Nämlich die Frage, wieso

Nell Ryan nicht bemerkt hatte, das ihr Mann mit der ältesten Tochter schlief. Wie hatte sie nicht bemerken können, was regelmäßig im Kinderzimmer geschah? War es wirklich möglich, in seinem eigenen Haus, in den eigenen vier Wänden dermaßen unwissend zu sein?

Hatte sie es gewusst? Hatte sie gewusst, dass ihr Mann etwas mit der Adoptivtochter hatte ... Hatte sie es womöglich gebilligt – ob bewusst oder unbewusst –, weil ihr Mann sich nach etwas gesehnt hatte, das sie ihm nicht hatte geben können? War es möglich, dass Nell auf ihre eigene Weise selbst Komplizin in dieser hässlichen Geschichte war? Eigentlich undenkbar ... außer im Lichte von Frank Ryans eigenem krankhaften Verhalten.

Fragen Sie sie nach dem Baby. Fragen Sie sie einfach, das ist alles. Edwards' untrüglicher Instinkt. Ihr klangen seine Worte noch immer in den Ohren.

Eine inszenierte Beerdigung, um aller Welt etwas vorzugaukeln.

Ganz schön verwegen.

Log sie um ihrer Tochter willen?

Oder um ihrer selbst willen?

»Was sollte denn drin sein?«, murmelte Mendoza. »Denk mal drüber nach. Aber nicht zu viel.«

Edwards hörte Mendozas Bemerkung.

Er stand im Regen, einen Schritt hinter den anderen.

Er beobachtete Julian, die ihrerseits die Trauergäste beobachtete.

Was da drin ist? Nichts. Die Kiste ist leer.

Wie ein Grab in North Carolina, das ich kürzlich besucht habe.

Edwards stand im Nieselregen und begann, seine eigene Theorie über die angebliche Fehlgeburt zu entwickeln.

Über die leere Kiste.

Er beobachtete, wie Julian teilnahmsvoll auf den Miniatur-Sarg starrte.

Sie kam tränenüberströmt nach unten. Sie wollte mich nicht wecken, hatte Julian Nells Worte wiedergegeben.

Der leere Kindersarg. Das leere Grab …

Überall fand er Leere vor.

Und je länger er darüber nachdachte und je länger er Nell Ryan, Alyshia und Ricky beobachtete, desto sicherer wurde er sich. Desto klarer wurde das Bild.

Entfernte Onkel und einige Friedhofsbedienstete senkten den Sarg in das Grab hinunter.

Die Trauergäste standen schweigend davor und sahen wie betäubt zu.

Julian beobachtete Alyshia Ryan, die völlig unverändert aussah.

Julian glaubte, dass es die inszenierte Beerdigung eines Babys war, das Alyshia heimlich austragen würde.

Für Edwards war es die Beerdigung eines Babys, das nie existiert hatte.

48

»Ich glaube, sie wird das Baby austragen«, sagte Julian auf der Rückfahrt von der Beerdigung, während der Regen auf den Skylark niederprasselte. Edwards saß neben ihr auf dem Beifahrersitz, Ng und Mendoza im Fond.

»Was?«, fragte Mendoza. »Was wollen Sie damit –«

»Ich glaube, sie ist noch schwanger«, sagte Julian.

Wie erwartet konnte sie das Erstaunen ihrer beiden Kollegen auf der Rückbank deutlich spüren. Ihre Reaktion war vorhersehbar. Sie warf einen kurzen Blick auf Edwards neben ihr. Keine Regung. Kein Wort. Auch dies hatte sie vorhergesehen. *Fragen Sie sie nach dem Baby*, hatte er gesagt. Was bewies, dass er es halb erwartet hatte. Also konnte er nicht überrascht sein. Aber dieses Mal sagte er nichts, fiel ihr auf. Sie konnte seine Zweifel spüren.

Ng sah verwirrt aus. »Aber woher wollen Sie wissen, dass –«

»Alyshia sah genauso aus wie vor der angeblichen Fehlgeburt«, sagte Julian.

»Aber nach so kurzer Zeit sieht man noch keine körperlichen Veränderungen«, sagte Ng amüsiert, nachdem er einen Augenblick darüber nachgedacht hatte. »Das Baby ist gerade erst gestorben –«

»Glauben Sie mir, ich spüre es …«

Sie fuhren schweigend weiter.

»Es ist ihr gutes Recht, das Baby auszutragen«, bemerkte Mendoza düster. »Niemand kann ihr das verbieten.«

»Ich möchte die Ryans vorladen. Ich möchte einen Schwangerschaftstest durchführen lassen«, sagte Julian.

»Wenn sie möchte, darf sie das Baby austragen«, sagte Ng. »Aus juristischer Sicht ist nichts dagegen einzuwenden. Mrs. Ryan sagte Ihnen doch, dass –«

»Aber es ist nicht im Interesse des Kindes.«

»Sie ist ein zwölfjähriges Mädchen. Die Mutter entscheidet, was im Interesse des Kindes ist«, sagte Ng einen Moment später, nachdem er ein wenig auf seinem Platz herumgerückt war und nun seinen langen Oberkörper in eine andere Richtung lehnte. Er war einfach zu groß für die Rückbank.

»Eine Mutter, deren Ehemann gerade von der eigenen Tochter umgebracht wurde? Von einer Tochter, die ein Kind vom eigenen Vater erwartet? Nell Ryan ist momentan nicht befähigt, im Interesse ihres Kindes zu entscheiden«, bemerkte Julian bitter.

»Die Rechte einer Mutter sind nur schwer anzufechten«, sagte Mendoza.

»Ich fürchte einfach, dass es Alyshias Gerichtsverfahren verderben wird«, sagte Julian. »Eine Beerdigung? Und noch immer schwanger? Was wenn das herauskommt? Was wird ein Richter davon halten?«

Ein leichtes Lächeln umspielte Ngs Lippen. »Ich glaube, es könnte ihr sogar helfen. Der Richter wird erkennen, dass Alyshia sich nicht an ihre Mutter wenden konnte. Die Mutter ist eine religiöse Fanatikerin, die Beerdigungen schmeißt wie andere Leute Partys. Ich denke, es könnte Alyshia helfen.«

»Können die staatlichen Behörden dann nicht zumindest darauf bestehen, dass das Baby gesund zur Welt kommt? Können sie nicht auf einer Vorsorgeuntersuchung bestehen?«

»Sie können sie nicht zwingen. Es gibt keine juristische Handhabe dafür. Keinen medizinischen Grund. Die werdende Mutter ist weit unter fünfunddreißig, und es ist keine Risikoschwangerschaft«, bemerkte Ng, der sechs Kinder hatte und wusste, wovon er sprach. »Der Vater war ein kerngesunder Mann und ist genetisch gesehen nicht mit Alyshia verwandt.«

Edwards starrte durch die Fensterscheibe der Beifahrertür in den strömenden Regen hinaus. Nun sagte auch er etwas. »Hören Sie, wir alle wissen, wie Sie zu Alyshia stehen und wie sehr Ihnen ihr Wohlergehen am Herzen liegt.« Obwohl er sich von ihr abwandte – oder gerade deshalb –, war es einer jener seltenen, kurzen Momente, in denen sie sich mit Edwards verbunden fühlte, einer jener Momente, die in letzter Zeit immer häufiger wurden, wie ihr auffiel. Einer jener Momente, die sie zutiefst verwirrten und die sie sich fragen ließen, ob sie sich die Bösartigkeit, die sie in Edwards zu erkennen glaubte, nur einbildete. »Bei der Beerdigung trug sie diesen langen blauen Mantel. Alle trugen Mäntel. Im Gerichtssaal werden Sie ihre Figur besser erkennen können«, sagte Edwards in autoritärem Ton, jedoch ohne ihren Gedanken abzutun, sondern einfach nur den nächsten logischen Schritt vorschlagend. »Im Gerichtssaal werden Sie sehen, ob das Mädchen weiter zugenommen hat oder inzwischen wieder schlanker geworden ist.«

Wir wissen, wie sehr Ihnen ihr Wohlergehen am Herzen liegt.

Ihr Herz erstarrte.

Als sie abends im Bett lag und an seine Worte dachte, stieg entsetzliche Furcht in ihr auf.

Hatte er sich verraten? Hatte er seine wahren Absichten verraten, während er aus dem Beifahrerfenster gestarrt und eine achtlose Bemerkung gemacht hatte?

War dies der Grund, warum er Julian bislang verschont hatte?

Weil Julian einfach umzubringen zu schmerzlos für sie sein würde?

Weil er lieber hatte abwarten und herausfinden wollen, was ihr am meisten bedeutete, um ihr dies zu nehmen und zu zerstören?

Weil er es als Möglichkeit betrachtete, sie weit mehr leiden zu lassen?

Es wäre ein weitaus befriedigenderer Weg, sich für die fünf Jahre Gefängnis und für seine zerbrochene Existenz zu rächen.

Wir alle wissen, wie Sie zu Alyshia stehen, hatte er gesagt, während er von ihr abgewandt aus dem Beifahrerfenster starrte.

Julian war entsetzt.

Er ist böse, Julian. Die Inkarnation des Bösen.

Was sollte sie tun? Sie konnte nur abwarten und über Alyshia wachen wie ein zu allem entschlossenes Muttertier.

50

Alle erhoben sich.

Die Jugendrichterin, Judith Caramore, betrat in ihrer wallenden schwarzen Robe den Gerichtssaal, eine groß gewachsene, beleibte Frau mit einer verständnisvollen, mütterlichen Ausstrahlung, ein lebendes Sinnbild menschlichen Mitgefühls.

Julian nutzte die Anhörung, um die Sichtweise der Polizeibehörde darzulegen, dass dies schlichtweg eine jener traurigen Familientragödien war, die in dieser anonymen, atomisierten Gesellschaft leider immer wieder geschahen. Sie führte an, dass man eine Tragödie nicht mit einer weiteren Tragödie vergelten sollte, dass man den Verlust eines Menschenlebens – das des Vaters – nicht mit der Zerrüttung eines anderen Lebens – das der Tochter – sühnen sollte, da das Mädchen noch immer eine Chance auf eine glückliche Zukunft hätte.

Obwohl sie fest davon ausgegangen war, war sie dennoch erleichtert zu erfahren, dass der mit dem Fall betraute Staatsanwalt auf Grund der Beweislage bereit war, in vollem Umfang mildernde Umstände gelten zu lassen. Bei derartigen Fällen war dies nicht ungewöhnlich, hing aber nichtsdestotrotz ganz von der jeweiligen, individuellen Sachlage ab. Der Staatsanwalt konnte zu jedem Zeitpunkt seine Ansichten revidieren. Wenn es in der Vorwoche in einer Schule zu einer Schießerei gekommen war oder plötzlich eine neue Jugendbande die Straßen unsicher machte und daraufhin das politische Klima umschlug, würde die Staatsanwaltschaft womöglich von ihrer sanften Linie abrücken und eine neue, aggressivere Marschrichtung einschlagen. Man konnte sich seiner Sache nie völlig sicher sein, bis das Büro des Staatsanwalts seine Fragen formuliert und das geforderte Strafmaß festgesetzt hatte.

Mit ihrer persönlichen Aussage, und indem sie dem jungen Staatsanwalt geholfen hatte, eine zweckdienliche Präsentation der Beweise vorzubereiten, tat Julian alles in ihrer Macht Stehende, um die Richterin davon zu überzeugen, dass es nicht im Sinne der Anklage war, weiteren Schaden zu verursachen.

Jugendrichter besitzen weit reichende Machtbefugnisse, und Richterin Caramore nutzte dies, um im Interesse des Kindes die Reporter und andere Neugierige von dem Verfahren auszuschließen. Was ihr eigenes Verfahren vor fünf Jahren betraf, gelangte Julian zu der Erkenntnis, dass es womöglich ein taktischer Fehler ihres unerfahrenen Anwalts gewesen war, so schnell einem Ausschluss der Öffentlichkeit zugestimmt zu haben. Hier jedoch diente diese Maßnahme dem Wohl eines Kindes, und Julian spürte, dass es den Beteiligten tatsächlich um ein diskretes Verfahren und eine einsichtsvolle Beschlussfindung ging, die nicht unter der Sensationsgier der Presse leiden sollte.

Es war einer der leider viel zu seltenen Fälle, in denen das staatliche Rechtssystem seine Macht gezielt und gedankenvoll einsetzte.

Flankiert von zwei Assistenten, trug der junge Staatsanwalt die Fakten so leidenschaftslos und technisch wie möglich vor. »In Alyshia Ryans Zimmer wurden auf einem Bettlaken vom Verstorbenen stammende Spermareste gefunden. Laut Aussage der Angeklagten handelt es sich dabei um Alyshia Ryans Bettlaken.« Dann vergegenwärtigte sich der Mann sein Forum und legte plötzlich seinen formellen Tonfall ab. »Euer Gnaden, die Anklage schließt sich vorbehaltlos der Sichtweise der Polizei an. Ordner C enthält ein volles Geständnis. Die Angeklagte erlitt am –«, er sah in seinen Unterlagen nach, »am achtundzwanzigsten November im Haus der Ryans eine Fehlgeburt.« Julian konnte das erleichterte Seufzen des Staatsanwalts fast körperlich spüren. Dass der Fötus gestorben war, bedeutete für die Jugendgerichtsbarkeit, dass sie ein Problem weniger hatte. »In Anbetracht der eindeutigen Beweislage empfiehlt die Staatsanwaltschaft gemäß dem Jugendstrafrecht des Staates New York, in vollem Umfang mildernde Umstände gelten zu lassen.« Er sah die Richterin an, als wollte er sagen: Nun liegt die Sache ganz bei Ihnen.

Die Richterin nickte.

»Was ist mit der Tatwaffe?«, fragte Richterin Caramore unvermittelt.

»Die Fingerabdrücke wurden abgewischt, Euer Gnaden.«

Die Vorsitzende hob die Brauen und lächelte ernst. »Wie, haben wir es hier mit der Tat eines Profis zu tun?«

»Die Waffe wurde von einem männlichen Freund von Alyshia Ryan gekauft, einem dreizehnjährigen Jungen namens Ricky Boyko. Der Kauf kam über Kontakte seines Vaters zu Stande, Richard Boyko, ein Waffenliebhaber. Die Staatsanwaltschaft fand heraus, dass der Vater von den diesbezüglichen Aktivitäten seines Sohnes nichts wusste. Ricky Boyko lernte die nötigen Waffenkenntnisse von seinem Vater und gelangte über dessen Bekannte an den Verkäufer der Waffe. Die Staatsanwaltschaft ermittelte, dass die Waffe abgewischt und gereinigt wurde, weil Ricky Boyko diese Vorgehensweise von seinem Vater abgeschaut hat. Ballistische Untersuchungen ergaben, dass es sich bei der Pistole um die Tatwaffe handelte.« Nun gestattete sich auch der junge Staatsanwalt ein kurzes Lächeln, bevor er fortfuhr. »Ursprünglich weigerte sich der Vater, mit den Behörden zu kooperieren, doch als die Polizei bei ihm mehrere Verstöße gegen das Waffengesetz entdeckte, half Mr. Boyko uns, den Verkäufer und die Waffe selbst zu finden.«

Die Richterin blickte schweigend über den Rand ihrer Bifokalbrille hinweg. Irgendetwas schien sie zu stören, aber falls dies tatsächlich der Fall war, behielt sie es für den Augenblick für sich.

»In derartigen Fällen bin ich geneigt, mildernde Umstände gelten zu lassen. Ich bin sicher, dass Sie meine Ansichten zu diesen Dingen kennen...« Caramore machte eine Pause, und Julian spürte ein nervöses Kribbeln in der Magengrube. *In derartigen Fällen bin ich geneigt...* Sollte das heißen, dass sie in diesem Fall anders entscheiden würde? Es schien Caramore ein wenig zu stören, dass ihr der Ruf einer milden Richterin vorauseilte.

Caramore blickte über den Rand ihrer Bifokalbrille auf Alyshia, dann auf Nell und schließlich auf Julian. Alle Anwesenden schwiegen. Die Pause zog sich in die Länge. Caramore tat dies absichtlich, um sich der ungeteilten Aufmerksamkeit der Anwesenden zu versichern. Plötzlich merkte Julian, wie stickig es in dem Saal war und dass ein feiner Schweißfilm ihre Schläfen überzog.

»Ich bin auch in diesem Fall geneigt, mildernde Umstände gelten zu lassen«, sagte Caramore schließlich und machte sogleich wieder eine Pause.

Julian spürte die Verspannung in ihren Schultern und im Nacken.

»Ich bin dazu geneigt«, wiederholte Caramore und machte abermals eine Pause, »und werde auch in diesem Fall Milde walten lassen. In Anbetracht dessen, was zu der Tat führte, sehe ich keinen Grund für eine Inhaftierung der Angeklagten. Stattdessen verpflichte ich die minderjährige Alyshia Ryan zu zweihundert Stunden gemeinnütziger Arbeit im Sozialwesen und zu zweihundert Stunden Psychotherapie, die von den mit dem Fall betrauten Jugendarbeitern in die Wege geleitet werden wird.« Sie klappte die vor ihr liegenden Unterlagen zu. »Damit ist das Jugendstrafverfahren zehn-zwei-neunhundertundeins geschlossen.«

Julian war so erleichtert, als hätte sie selbst auf der Anklagebank gesessen. Sie spürte, wie ihre Schultern herabsanken und die Spannung von ihr abfiel und sich in der stickigen Saalluft auflöste. Ihre Erleichterung war so groß, dass sie einen Moment lang nicht aufstehen konnte.

Sie sah Alyshia an, die ihrerseits die Richterin ansah und lächelte. Es war ein zaghaftes, aber warmes Lächeln. Ein erleichtertes Lächeln, das Lächeln einer Angeklagten, die sich entgegen allen Befürchtungen in Freiheit wieder fand.

»Lieutenant?«

Julian stand im Gang vor dem Gerichtssaal, einen Kaffeebecher in der Hand, und wandte sich zu der angenehmen Stimme um.

»Richterin Caramore.«

»Wie geht es Ihnen?« Sie lächelte Julian verhalten an, und Julian spürte, dass sie ihr etwas mitzuteilen hatte, was über bloße Höflichkeitsfloskeln hinausging.

»Sie sind hier erschienen, weil Ihnen Alyshia Ryans Schicksal sehr am Herzen liegt, nicht wahr?«

Julian nickte.

»Sie haben meine Pausen bemerkt.«

»Natürlich.«

»Und?«

Julian wusste nicht, was sie darauf antworten sollte. »Sie waren sehr dramatisch.«

Caramore runzelte die Stirn. »Ich habe sie nicht um der Dramatik willen gemacht.«

Julian sah sie erwartungsvoll an.

»Ich hatte schon mit vielen Fällen dieser Art zu tun«, sagte sie.

»Das glaube ich Ihnen.«

»Ich habe immer wieder eine Pause gemacht«, fuhr Caramore leise fort, »weil, nun ... weil mich irgendetwas stutzig gemacht hat.« Sie betrachtete Julian über den Rand ihrer Bifokalbrille hinweg. »Irgendetwas stimmt nicht, Lieutenant. Ich weiß nicht was, und wenn ich es nicht weiß, kann ich nicht dementsprechend handeln.« Sie zuckte mit den Schultern. »Aber irgendetwas stimmt nicht.«

Dann bedachte sie Julian mit einem herausfordernden Kümmern-Sie-sich-darum-Blick, bevor sie sich umwandte und den altertümlichen Marmorgang hinunterschritt. »Nett Sie kennen gelernt zu haben, Lieutenant.«

Schließlich kamen Alyshia und Nell Ryan aus dem Gerichtssaal. Es war das erste Mal seit Wochen, dass Julian den beiden persönlich begegnen würde. Julian wusste nicht, was sie erwarten sollte, aber sie hoffte, dass auf Grund des positiven Ausgangs das eisige Verhältnis zwischen ihnen ein wenig auftauen würde. Sie merkte, dass sie nicht anders konnte, als breit zu lächeln, und erwartete, dass es der Mutter und ihrer Tochter ebenso gehen würde.

Genau genommen hatte sie die beiden schon im Gerichtssaal lächeln sehen, doch die Frage war, ob sie dies auch vor Julian tun würden.

Sie taten es nicht. Nell Ryan war darauf bedacht, ihren Unwillen gegenüber der Polizeibeamtin zur Schau zu tragen, die in ihren Augen für all den Ärger verantwortlich war. Jeder sollte sehen, was sie von Julian hielt.

»Hallo, Nell«, begrüßte Julian die Mutter.

»Lieutenant«, entgegnete Mrs. Ryan distanziert. Julian verstand die Botschaft.

Julian sah Alyshia an und versuchte zu erkennen, ob das Mädchen sich äußerlich, aber auch in ihrem Verhalten und ihrer Ausstrahlung verändert hatte. Alyshia hatte sich nicht verändert. Stimmte es, oder versuchte Julian bloß, ihre eigene Theorie zu bestätigen?

In Alyshias Gesichtsausdruck schien ein unmerkliches Flehen zu liegen. Als sei sie eine Gefangene. Ihr Lächeln war seltsam verkrampft.

Julian wusste es einfach. Alyshia würde das Baby bekommen. Und niemand außer Julian würde es glauben.

51

Julian öffnete die Tür zu ihrem Büro und hätte vor Überraschung beinahe ihren Styropor-Kaffeebecher fallen lassen, als sie sah, wer auf dem Stuhl vor ihrem Schreibtisch saß.

Alyshia.

Julian fühlte sich sofort an den Augenblick erinnert, als sie Edwards dort hatte sitzen sehen, aber ihre jetzigen Empfindungen waren das genaue Gegenteil von damals. Sie spürte, wie in ihr augenblicklich eine Woge mütterlicher Beschützerinstinkte aufstieg. Sie empfand tiefe Erleichterung. Immerhin sah es so aus, als hätte Nells feindselige Haltung ihr gegenüber nicht auf Alyshia abgefärbt.

»Ich hab mich von einem Taxi herbringen lassen«, erklärte Alyshia. »Zuerst bin ich zwei Stationen mit dem Schulbus gefahren, bis zu einem öffentlichen Telefon. Von dort bestellte ich mir ein Taxi. Ich habe extra meine Stimme verstellt, um älter zu klingen«, sagte sie mit einem verschmitzten Lächeln.

»Ziemlich schlau von dir«, sagte Julian, zufrieden, dass sich ihre Einschätzung über Alyshias Intelligenz bestätigte. »Schön dich wieder zu sehen. Ich habe mir Sorgen um dich gemacht.« Das war noch untertrieben. »Ich bin … ich bin echt froh, dass du gekommen bist«, stotterte Julian. Sie schloss die Tür hinter sich, damit sie ungestört waren.

»Ich habe nicht viel Zeit, ich muss zur Schule. Aber ich wollte unbedingt vorher herkommen und Ihnen etwas sagen.«

Julian hob die Brauen. Sie hatte eine Vorahnung, glaubte zu wissen, was sie zu hören bekommen würde. *Ich wusste es*, dachte sie. *Ich hatte Recht.* Sie wünschte, dass Edwards hier wäre, und war gleichzeitig froh, dass er es nicht war.

»Es geht um meine Schwangerschaft. Aber es muss unter uns bleiben«, sagte Alyshia.

Ich wusste es.

»Jetzt, wo der Prozess vorüber ist, traue ich mich, es Ihnen zu sagen«, gestand Alyshia. Sie rückte auf dem Stuhl umher, hob die Beine an und zog die Knie unters Kinn.

Einen Moment lang herrschte Stille.

»Du bist noch immer schwanger, stimmt's?«, fragte Julian behutsam, fast mütterlich.

»Man sieht es mir an, nicht wahr?«, entgegnete Alyshia verlegen.

Julian zuckte mit den Schultern, um es nicht aussprechen zu müssen.

»Ich sehe genauso dick aus wie vorher, oder?«, fragte Alyshia, als bestünde sie auf einer Antwort.

Julian wich ihr aus, indem sie fragte: »Die Beerdigung war die Idee deiner Mutter, nicht wahr?«

Alyshia nickte. »Natürlich, was glauben Sie denn?«

»Du wirst das Baby austragen.«

Alyshia legte – fast widerwillig – die Hände an den Bauch und schaute in eine andere Richtung. »Sieht ganz so aus, was?« Sie schien deprimiert, schien zu resignieren, als wüsste sie bereits, was für ein trauriges Leben ihr bevorstand.

»Du hast deiner Mutter gar nicht erzählt, dass du eine Fehlgeburt hattest, stimmt's?«, fragte Julian behutsam. »Das war ihr Einfall. Und deswegen war sie so vage mit den Einzelheiten. Nicht weil du ihr keine Einzelheiten nennen wolltest, sondern weil es keine Einzelheiten zu berichten gab. Sie dachte sich das alles aus.«

»Ich sagte ihr, dass ich das Baby verloren habe«, erklärte Alyshia. »Aber meine Mutter ... Sie kennen sie nicht ... Sie wollte es einfach nicht akzeptieren.«

»Moment. Ich ...« Julian war verwirrt. »Was hast du gerade gesagt ... Du hattest *doch* eine Fehlgeburt?«

»Meine Mutter wollte es einfach nicht akzeptieren.« Alyshia sah Julian an. »Sie will dieses Kind, Miss Palmer. Mehr als alles andere.«

Wir konnten keine eigenen Kinder bekommen, Lieutenant, aber das war mir egal, solange Frank da war. Jetzt ist Frank tot. Aber durch das Kind wird er weiterleben, verstehen Sie das nicht?

Mit angezogenen Beinen auf dem Stuhl hockend, begann Alyshia, nervös am obersten Knopf ihres blauen, mit einem bunten Blumenmuster bedruckten Kleides herumzuspielen. Trotz ihrer Verwirrung fielen Julian die leuchtenden, fast surrealen Farben der Blumen auf. Sie erinnerten sie an … *Lilius macrophylla lupidus*.

In dem winzigen Büro war es wie immer heiß und stickig. Alyshia öffnete den obersten Knopf.

Dann sah sie Julian an und öffnete den nächsten Knopf ihres Kleides. »Sie waren immer so nett zu mir, Lieutenant Palmer, deswegen wollte ich, dass Sie es wissen …«

Julian wusste nicht mehr, was sie denken sollte.

Alyshia öffnete den dritten Knopf, dann den vierten.

Julians Verwirrung und Panik stiegen wie der Pegelstand bei einer Flutkatastrophe. »Alyshia, warte.« Sie stand auf, ging zur Tür und wollte sie aufreißen, um Alyshia Einhalt zu gebieten.

»Nicht. Bitte. Schauen Sie.«

Worauf? Auf deinen dicker werdenden Bauch?

»Meine Mutter hat keine Ahnung von Schwangerschaften. Sie war nie schwanger«, sagte Alyshia.

Ich weiß, dachte Julian, sagte aber nichts.

»Zwölfjährige katholische Mädchen haben extrem viel Privatsphäre. Meine Mutter und meine Schwester haben mich noch nie nackt gesehen. So ist das bei uns zu Hause.«

Was?

»Und Sie haben, glaube ich, auch keine Ahnung von Schwangerschaften, Lieutenant.«

Jetzt waren alle Knöpfe an Alyshias Kleid offen.

So konnte Alyshia Ryan unter dem Kleid mehrere Schichten sorgfältig übereinander gelegter Stoffpolster hervorholen, die sie, wie Julian sah, mit Klebeband fachmännisch auf dem Bauch befestigt hatte.

Mein Gott.

»Sie dachten, ich wäre immer noch schwanger«, sagte

Alyshia. »Deswegen verstehen Sie bestimmt, dass meine Mutter das auch glaubt.« Sie hielt die Stoffpolster in den Händen und betrachtete sie mit so viel Zuneigung, als würde es sich dabei tatsächlich um ein Baby handeln. Die Polster bestanden aus Fetzen von alten Schlafanzügen und Bettlaken. Vielleicht von einem Laken, auf dem ihr Vater über sie hergefallen war, überlegte Julian. Mit Spermaresten, die ihnen entgangen waren.

»Meine Mutter glaubt, ich sei schwanger, und das wird sie auch weiterhin glauben«, sagte Alyshia resolut. Dann legte sie sich die Stoffpolster wieder auf den Bauch und drückte sich die Klebestreifen auf die Haut, bis sie so fest saßen, dass das Bündel nicht verrutschen konnte. »Nachdem ich ihr von der Fehlgeburt erzählt hatte ... sagte ich ihr etwas später ... dass es nur Blut gewesen sei, was ich gesehen hatte. Und dass ich das Baby noch in mir trüge. Sie glauben gar nicht, wie froh meine Mutter war ...«

Und deswegen stopft sie sich nach wie vor mit Essen voll, wurde Julian klar. Um die Täuschung aufrechtzuerhalten.

»Sie wissen doch, was wir meiner Mutter angetan haben, Lieutenant Palmer«, sagte Alyshia, nachdem das Kleid wieder zugeknöpft war. Sie hielt den Blick gesenkt, obwohl sie versuchte, Julian anzuschauen. Es gelang ihr nicht. »Sie wissen doch, dass mein Vater und ich miteinander ...« Sie machte eine Pause und schüttelte deprimiert den Kopf. »Das ist das Mindeste, was ich für meine Mutter tun kann.«

Um ihrer Mutter willen tut sie so, als wäre das Baby noch am Leben. Wegen ihrer Schuldgefühle. Mein Gott.

»Für später werde ich mir etwas ausdenken«, sagte Alyshia mit leiser, düster klingender Stimme. »Wenn der Zeitpunkt kommt, wo ich das Baby zur Welt bringen müsste.

Aber ich wollte, dass Sie es wissen. Sie waren immer so nett zu mir, waren so besorgt um mich.« Sie sah Julian entschuldigend an und rutschte beklommen auf ihrem Stuhl herum. »Ich musste warten, bis der Prozess vorüber war. Ich wollte, dass Sie der Richterin nur Gutes über mich erzählen. Ich weiß, dass Sie gut von mir denken.«

Julian versuchte, das Gehörte zu verarbeiten. Ihre Schläfen pochten. Aber gleichzeitig wurde sie von tiefer Traurigkeit überwältigt.

Es war nicht deine Schuld, Alyshia. Du bist doch erst zwölf. Zwölf…

»Ich vertraue Ihnen, Miss Palmer«, sagte Alyshia. »Sie werden es ihr nicht verraten, oder? Es bleibt unser Geheimnis, ja?« In ihrer Stimme schwang Verzweiflung mit.

Julian brauchte Nell Ryan nichts zu verraten, denn früher oder später würde Nell Ryan von selbst herausfinden, dass ihre Tochter sie getäuscht hatte.

Falls Nell sich überhaupt hatte täuschen lassen.

»Ja«, versprach Julian. »Ich werde nichts sagen, aber Alyshia, Kleines…«

Bevor Julian den Satz zu Ende sprechen konnte, fing Alyshia an zu weinen.

Julian kam um den Schreibtisch herum, legte Alyshia den Arm um die Schultern und merkte überrascht, wie zerbrechlich sie sich anfühlte.

Eine Schwangerschaft vorzutäuschen, um den Kinderwunsch der Mutter zu erfüllen. Julian versuchte, sich in die Psychologie einer Familie hineinzuversetzen, in der eine adoptierte Tochter so etwas tat. War dies ein Gradmesser für Alyshias verzweifeltes Ringen um Akzeptanz? Empfand sie unbewusst den Drang, Nell das Baby zu schenken, das ihre Adoptivmutter selbst nie hatte bekommen können? Julian wusste, dass bei den Ryans eigenartige, krankhafte psychologische Kräfte am Werk waren. Erst der Inzest des Vaters, dann das Verdrängen des Inzests durch die Mutter. Und als die zwölfjährige Adoptivtochter das Inzest-Baby verliert, tut sie so, als sei sie weiterhin schwanger.

Und Nell *glaubte* Alyshia. Um alle anderen zu täuschen, hatte sie eine Beerdigung inszeniert, damit ihre Tochter das Baby in aller Abgeschiedenheit austragen konnte – genau wie Julian angenommen hatte, als sie im Regen gestanden und der Beerdigung des Fötus beigewohnt hatte.

Die meisten jungen Mädchen würden versuchen, ihre Schwangerschaft zu verheimlichen. Dieses hingegen täuschte eine Schwangerschaft vor. Dass Alyshia sich dabei so große Mühe gab, schien ein Hinweis darauf zu sein, warum das – adoptierte – Mädchen stillschweigend den Inzest über sich hatte ergehen lassen. Sehnte sie sich tatsächlich so sehr nach der Anerkennung ihrer Adoptiveltern? Verunsicherte es sie so sehr, ohne ihre leiblichen Eltern aufwachsen zu müssen?

Fragen dieser Art gingen über die gängige Ermittlungsarbeit der Polizei weit hinaus, reichten in weit subtilere psychologische Ebenen hinein. Adoptivmütter, adoptierte Töchter. Verzweiflung. Unsicherheit. Das Gefühl, nicht richtig dazuzugehören. Isoliertheit. Julian fühlte sich überfordert. Derartige Dinge lagen jenseits ihres Erfahrungshorizonts.

Schließlich stand Alyshia auf und überprüfte noch einmal das Stoffbündel an ihrem Bauch, so wie sie es allmorgendlich und vermutlich auch den ganzen Tag über immer wieder heimlich tat.

Sie gibt sich die Schuld an den Vergewaltigungen.

Was sie jetzt versuchte, war natürlich ein völlig absurdes Unterfangen. Eine absurde, herzzerreißende Scharade. Der naive Plan einer Zwölfjährigen, die alles richtig machen wollte.

Konnte Nell Ryan wirklich glauben, dass das Baby noch lebte, nachdem ihre Tochter ihr gesagt hatte, sie hätte eine Fehlgeburt erlitten? Warum nicht? Eine Verkennung, ein Verdrängen der Tatsachen. Eine Zwölfjährige hatte ein bisschen Blut im Ausfluss gehabt und daraus die falschen Schlüsse gezogen. Hatte überreagiert.

Oder akzeptierte Nell einfach stillschweigend das Lügenspiel ihrer Tochter? Die Mutter erkennt, dass die Tochter dies braucht, genauso wie die Tochter zu erkennen glaubt, dass die Mutter das Baby braucht. Beide versuchen in ihrer stillschweigenden, unkommunikativen Art, einander zu helfen.

Es war genau dieser Mangel an Kommunikation, diese Distanziertheit und Unehrlichkeit, die in der Familie erst zu den Tragödien geführt hatten.

Sie ging mit Alyshia zur Tür, öffnete sie und verabschiedete sich.

Dann schloss sie die Tür wieder, ließ sich auf ihren zerschlissenen Schreibtischstuhl fallen und dachte, völlig versunken, an die paradoxen, verzwickten emotionalen Abhängigkeiten innerhalb einer Mutter-Tochter-Beziehung.

Verdränge es, zumindest für den Augenblick. Verdränge es einfach.

Es war völlig absurd. Eine billige, an Tragik grenzende Komödie. Ein absurdes, tragisches Possenspiel. Und sie war, dachte sie kopfschüttelnd, darauf hereingefallen.

Warum sollte dann nicht auch die prüde, unausgeglichene Mrs. Ryan darauf hereinfallen?

Eine Stunde später kam Edwards auf das Revier.

Sie werden es ihr nicht verraten, oder? Es bleibt unser

Geheimnis, ja? Sie hatte versprochen, es der Mutter nicht zu verraten. Von Edwards war keine Rede gewesen.

Es ihm zu erzählen würde ihr nur ein herablassendes Grinsen und einen Ich-habe-es-Ihnen-doch-gesagt-Blick einbringen. Eigentlich bestand kein Grund, es ihm zu verraten. Es würde sie nur wie einen Trottel aussehen lassen. Andererseits waren dies nun mal die Fakten. Und trotz ihres peinlichen Irrtums war es wohl das Beste, mit der Wahrheit herauszurücken.

»Sie werden es nicht glauben«, sagte sie zu Edwards. »Andererseits werden Sie sich bestätigt fühlen.«

Er saß auf dem Stuhl, auf dem vor einer Stunde Alyshia gesessen hatte. Was für ein Gegensatz.

Sie erzählte es ihm, berichtete ihm von den Stoffpolstern, führte Alyshias Erklärung an, erzählte ihm von ihren Tränen.

»Dann habe ich mich wohl getäuscht«, gab Julian zu. »Sie ist nicht mehr schwanger. Sie hat das Baby wirklich verloren. Was halten Sie davon?«, fragte sie abschließend.

Edwards antwortete nicht, sondern sah sie nur eigenartig an.

»Was halten Sie davon?«, wiederholte sie und wartete auf irgendeine Reaktion.

Edwards schwieg weiter. Er saß völlig regungslos da, wie Julian bemerkte, fast wie in einer Art religiöser Trance. Julian war entnervt. Dann lächelte er plötzlich. »Was ich davon halte?« Sein Lächeln wurde intensiver, strahlender. »Ich glaube, Alyshia Ryan hat soeben ihren ersten Fehler gemacht.«

»Wie bitte?«

»Sie offenbarte Ihnen, wie gerissen sie ist. Und mehr noch, sie offenbarte Ihnen, wozu sie im Stande ist.«

52

Er schloss die Tür.

»Julian.« Er sah sie an.

Sie kannte diesen Blick. Es war ein Blick, den dieser verschlossene, schwierige, undurchschaubare Mann nur selten aufsetzte, ein Blick, der besagte, dass sie ihm genau zuhören sollte.

»Lassen Sie uns einmal annehmen, dass Frank Ryans Ehe schlecht lief. Ich meine, Sie haben Mrs. Ryan ja kennen gelernt. Sie kann ziemlich… ich weiß nicht… steif sein.«

»Sie bringt ihren Kindern aufrichtige Liebe entgegen«, entgegnete Julian automatisch.

»Das bezweifle ich nicht«, sagte Edwards. »Meine Frage ist, wie viel Liebe sie ihrem Mann entgegenbrachte.«

Julian zuckte mit den Achseln. Frank Ryan war ein gut aussehender, hart arbeitender, zärtlicher Mann gewesen. Warum hätte sie ihm *keine* Liebe entgegenbringen sollen? Aber etwas war zwischen Frank Ryan und Nell geschehen, so viel stand fest. Etwas war in ihrer Ehe schief gelaufen, deswegen hörte Julian ihm, wenn auch widerwillig, zu.

»Ein gut aussehender, gesunder Mann. Zwei junge Töchter. Beide adoptiert. Warum? Warum adoptiert ein junges katholisches Ehepaar zwei Mädchen auf einmal? Weniger als ein Jahr nach der Hochzeit. Überprüfen Sie die Daten. Das dürfte Ihnen nicht allzu schwer fallen«, sagte Edwards.

»Sie konnten keine gemeinsamen Kinder bekommen«, sagte Julian achselzuckend. »Deswegen entschlossen sie sich –«

»Das glauben Sie. Nell Ryans Frauenarzt war anderer

Meinung. Er war sich sicher, dass sie Kinder bekommen konnten – und deswegen war er, gelinde gesagt, ziemlich erstaunt über die Adoption.«

Julian wurde auf der Stelle wütend. »*Wann* ... wann haben Sie das herausgefunden?« Sie machte eine Pause, überlegte. »Das würde Ihnen ein Arzt nie erzählen. Diese Informationen unterliegen der ärztlichen Schweigepflicht. Er könnte seine Zulassung verlieren.«

»Richtig, Lieutenant«, sagte Edwards, »absolut richtig. Aber seine älteste Sprechstundenhilfe ist eine richtige Plaudertasche. Und ihr Chef hat ihr die Geschichte erzählt. Das bedeutet, dass er es für erwähnenswert hielt.«

Julian war noch immer erzürnt. »Wieso ... wieso sind Sie ohne mich dort hingegangen?«

»Ganz einfach: Eine gerissene junge Polizeibeamtin kommt mit ihren Furcht einflößenden Kollegen in eine Arztpraxis ... oder ein alter, leicht abgerissen aussehender Ermittler fragt unauffällig die Sprechstundenhilfe aus ... Ich nahm an, auf eigene Faust mehr in Erfahrung zu bringen.« Er sah sie an. »Außerdem war mir klar, dass Sie mich zurückpfeifen würden, wenn Sie gewusst hätten, was mir durch den Kopf ging.«

Sie starrten einander mit funkelnden Blicken an.

»Das Labor«, fuhr Edwards unvermittelt fort, »das Labor sprach von *erheblichen* Spermamengen, richtig?« Er schüttelte den Kopf, offensichtlich über sich selbst verärgert. »Ng, Mendoza und ich schlussfolgerten sofort, dass Frank Ryan ihn immer kurz vorher rauszog und einmal zu langsam war. Ist nachvollziehbar. Aber diese *erheblichen* Spermamengen ... Vielleicht hat er gar nicht mit Alyshia Ryan geschlafen. Vielleicht hat er sich ihr niemals sexuell genähert.«

»Was reden Sie da?«, sagte Julian. »Die Spermareste –«

»Frank Ryan ist ein gut aussehender Mann, und seine schöne Frau lässt ihn nicht ran«, sagte Edwards. »Vielleicht hin und wieder mal, vielleicht nie, aber jedenfalls nicht oft genug, um Kinder bekommen zu können. Oder vielleicht will sie keinen Sex, weil sie Angst vor der Schwangerschaft hat – vor dem Mutter-Sein. Eine gute Katholikin nimmt natürlich keine Verhütungsmittel... Aus welchem Grund auch immer, Sex macht ihr eine Höllenangst.«

Julian begann wütend den Kopf zu schütteln, doch Edwards hob die Hand, um ausreden zu dürfen.

»Frank Ryan besitzt zwei gut gehende Schreibwarenhandlungen. Eine dritte steht kurz vor der Eröffnung. Muss man wirklich jeden Morgen um vier Uhr aufstehen, um das alles im Griff zu behalten? Finde ich nicht, besonders wenn man ein kluger junger Mann ist. Ich glaube, er steht so früh auf, weil er nicht schlafen kann.« Edwards sah Julian an, eine eigenartige Kraft und Leidenschaft ausstrahlend, die ein guter Einfall hervorruft. »Vier Uhr früh, jung, allein, frustriert, liebeshungrig«, sagte Edwards.

Julian betrachtete ihn.

»Lassen Sie uns annehmen, Frank Ryan onaniert.«

Julian regte sich nicht, zuckte nicht mit der Wimper, hörte zu.

»Vielleicht nur hin und wieder. Vielleicht regelmäßig. Vielleicht onaniert er auf der kleinen Toilette neben seinem Arbeitszimmer und ejakuliert ins Klobecken. Er spült nicht, weil er nicht möchte, dass die laute Toilettenspülung in dem alten Haus seine schlafende Familie weckt. Oder er masturbiert an seinem Schreibtisch und ejakuliert in ein Kleenextuch und wirft es in den Papierkorb.«

Die Kleenextücher auf dem Schreibtisch... Spermaflecken auf dem Schreibtischstuhl...

Irgendetwas stimmt nicht, Lieutenant, hatte Richterin Caramore gesagt. *Irgendetwas stimmt nicht …*

»Wieso höre ich mir das überhaupt an?«, sagte Julian.

»Der Punkt ist, dass Alyshia Ryan irgendwann entdeckt, was ihr Vater frühmorgens treibt. Sie schleicht herunter und beobachtet ihn heimlich beim Onanieren. Sie ist schockiert und angewidert, oder sie findet es lustig und erzählt ihrem Freund Ricky davon, wer weiß? Was immer ihre erste Empfindung ist – als sie die milchige Spermaflüssigkeit im Toilettenbecken schwimmen oder im Papierkorb eines der zusammengeknüllten Kleenextücher sieht, kommt sie auf einen perfiden Plan. Sie schöpft das Zeug aus der Toilette oder nimmt die Kleenextücher mit hoch und reibt das Sperma auf ein eigens beiseite gelegtes Laken und auf ihr Höschen. Sie macht es immer wieder, bis sich das Sperma im Stoff richtig festgesetzt hat …«

Julian bekam kaum Luft. Ihr Brustkorb und ihre Kehle waren wie zugeschnürt.

»Sie tut es, um den sexuell frustrierten Schwächling von einem Vater anzuschwärzen, den sie so hasst«, sagte Edwards, »den Vater, der in Wirklichkeit gar nicht ihr Vater ist. Und ebenso möchte sie ihre spießige, tief religiöse Mutter fertig machen, eine Mutter, die gar nicht ihre Mutter ist. Sie will aus der Kindheit und dem Leben ausbrechen, das sie nicht mehr ertragen kann.«

Er hatte keine sexuelle Beziehung zu ihr!

Julian war völlig entgeistert und zutiefst verwirrt, sodass sie das Gehörte und die dadurch hervorgerufenen Bilder nur teilweise in sich aufnehmen konnte. »Moment mal – was reden Sie da?« Dann wurde es ihr bewusst. »Es hat *nie* ein Baby gegeben?« Julian sah ihn ungläubig an. »Ach, kommen Sie.«

»Kein Arzt hat uns jemals die Schwangerschaft des Mädchens bestätigt«, sagte Edwards.

»Alyshia wurde ständig schwindelig, nahm zu, wurde auf der Kegelbahn fast ohnmächtig! Was wollen Sie denn noch?«

»Das war alles gestellt.«

»Sie sind verrückt! Das Mädchen ist zwölf Jahre alt!«

»Ein zwölfjähriges Mädchen hat im Fernsehen hunderte Spielfilme gesehen und bestimmt auch schwangere Freundinnen der Mutter kennen gelernt. Eine Zwölfjährige weiß, wie sich eine Schwangere benimmt. Besonders eine Zwölfjährige, die ganz gezielt das Sperma ihres Vaters sammelte und auf ein Bettlaken rieb, das sie so versteckte, dass die Polizei es finden würde.«

»Aber das Kind… Alyshia wusste nicht einmal, dass sie schwanger ist!«

»Sie ist eine exzellente Schauspielerin.«

»So etwas kann ein zwölfjähriges Mädchen nicht spielen.«

»Dieses schon, denke ich. Weil Alyshia seit Jahren schauspielert. Denn ich glaube, dass es seit Jahren zwei Alyshia Ryans gibt. Die Alyshia Ryan, die Nells Tochter ist. Die vorgibt, Nell Ryans folgsame Tochter zu sein. Und die Alyshia Ryan, die jemand völlig anderer ist.«

Edwards beugte sich vor und starrte Julian intensiv an.

»Was ist mit ihrem Besuch hier heute Morgen? Glauben Sie wirklich, sie kam nach der Verhandlung her, bloß um Ihnen zu sagen, dass sie um ihrer Mutter willen vorgibt, schwanger zu sein? Kommen Sie, Julian. Das hat sie Ihnen erzählt, aber in Wahrheit kam sie, um Ihnen zu zeigen, dass sie *niemals* schwanger war und wie sie die Täuschung hinbekam. Sie wollte, dass Sie das wissen – dass sie niemals schwanger gewesen ist. Sie wollte es Ihnen unter die Nase reiben und sich über Ihre Leichtgläubigkeit amüsieren. In ihrem Triumph schwelgen. Eine typische Zwölfjährige hätte offen damit geprahlt, aber sie ist keine typische Zwölfjährige. Sie ist klüger, viel klüger. Und deswegen denkt sie sich eine geschickte Möglichkeit aus, um mit ihrem Erfolg zu prahlen und Ihnen zu demonstrieren, wie gerissen sie ist.«

Sie war klug. Eine gute Beobachterin. Intelligent und aufgeweckt.

Plötzlich fiel Julian das Gespräch im Abstellraum ein, als sie Alyshias Beichte gelauscht hatte, der Geschichte von den Vergewaltigungen.

Es waren Erlebnisse, die Alyshia sich offensichtlich seit langem hatte von der Seele reden wollen, hatte Julian gedacht.

Weil sie es vorher einstudiert hatte?

Die Geschichte sprudelte aus ihr heraus. Sie erzählte nicht der Reihe nach, sondern sprang zwischen verschiedenen Zeitebenen hin und her.

Weil es in Wirklichkeit nie geschehen war?

Eine erschreckende Ähnlichkeit mit Julians eigener Vergangenheit.

Weil Alyshia Elemente der Geschichte übernommen hatte, die Julian ihr berichtet hatte?

Julian spürte, wie ihr ein Schauder über den Rücken kroch.

Edwards beugte sich noch weiter vor. »Dieses Schulprojekt, wegen dem sie Sie interviewen wollte. Das war nur ein Trick, um an Sie heranzukommen und Sie besser kennen zu lernen. Damit Sie ein positives Bild von ihr haben würden. Wie heißt es so schön, bleibe in der Nähe deiner Feinde? Egal. Jedenfalls erzählt sie ihrer Mutter von einem Schulprojekt, damit die Mutter sich an Sie wendet und die Bitte dadurch legitimiert ist. Rufen Sie die Schule an. Fragen Sie, ob es dieses Projekt je gab.«

»Heißt das… heißt das, dass Sie schon angerufen haben?«

»Tun Sie es einfach«, sagte Edwards. »Rufen Sie an. Der Name ihrer Klassenlehrerin ist Mrs. Harkavy.«

Julian griff zum Telefon.

Sie starrte auf die Wähltasten, wählte aber nicht.

Noch wollte sie nicht erfahren, dass es dieses Schulprojekt nie gegeben hatte.

Sie war noch nicht so weit.

Sie legte den Hörer zurück.

Sie merkte, dass ihr schlecht wurde. Weil es sie krank machte, sich das dargelegte Szenario bildlich vorzustellen, und weil Edwards fähig war, überhaupt auf derartige Dinge zu kommen.

Die größte Übelkeit verursachte ihr jedoch der Umstand, dass das alles durchaus möglich war.

53

Sie lehnte sich zurück und umfasste die zerschlissenen Armlehnen ihres Schreibtischstuhls. Sie versuchte, sich zu beruhigen.

Je entschlossener sie probierte, seine Theorie als blanken Unsinn abzutun, desto stärker setzte sich die Theorie in ihrem Kopf fest.

»Sie sind verrückt«, sagte sie schließlich, verärgert und beleidigt von dieser völlig abstrusen Interpretation der Ereignisse. »Das ist wahnsinnig.«

»Fand ich auch«, gab Edwards zu. »Ich hielt es für absolut schwachsinnig«, sagte er. »Bis Sie mir von den Stoffpolstern erzählten.«

Sie schüttelte den Kopf. »Das ist wahnsinnig.«

»Aber nicht so wahnsinnig, dass Sie mich aus Ihrem Büro geworfen hätten. Ich sitze noch immer hier und spüre den Stuhl unter mir«, sagte er düster.

»Das ist … absolut lächerlich.« *Diese Theorie entspringt Ihrem Frauenhass. Ihre Vorstellungskraft wird von Ihrer Wut gesteuert. Oder Sie folgen einem geheimen Plan, von dem ich nichts ahne.* »Es gibt nicht den geringsten Beweis dafür«, sagte sie sauer.

Trotzdem merkte sie, dass sie in Gedanken nach einem Punkt suchte, der seine Theorie entweder bestätigte oder ad absurdum führte.

Es stimmte. Soweit sie wussten, hatte kein Arzt untersucht, ob es tatsächlich ein Baby gab. Es war durchaus möglich, dass Alyshia ihre Mutter belogen und sich für ihren skrupellosen Plan die Glaubwürdigkeit einer erwachsenen Frau zu Nutze gemacht hatte.

Es hatte keinen offiziellen Anlass gegeben, die Existenz oder Nichtexistenz des Fötus von einem Mediziner bestätigen zu lassen. Für einen Inzest-Fall hatte es scheinbar auch so genügend unwiderlegbare DNA-Beweise gegeben. Besonders für eine Jugendrichterin.

Bis jetzt. Bis sich herausgestellt hatte, dass Spermaflecken allein kein ausreichender Beweis waren.

Es zeigte, wie leicht eine Zwölfjährige sie hinters Licht führen konnte.

Ein verändertes Äußeres. Ein auffälliges Benehmen. Stoffpolster und Eiskrem.

Im Moment fiel ihr nichts ein, womit sie Edwards' Theorie hätte widerlegen können. Obwohl sie es unbedingt wollte. Und genau genommen im Begriff war, es zu tun.

»Ein glühender Hass auf ihre Adoptiveltern? Dies würde erklären, warum sie sie demütigen wollte. Warum sie aus dem Elternhaus ausbrechen wollte. Aber einen der beiden *umbringen*? Dazu hätte wesentlich mehr …« *Wesentlich mehr.* Sie sah Edwards an. Ihre Augen wurden immer größer, während ihr allmählich bewusst wurde, dass …

Im selben Moment schien auch Edwards darauf zu kommen. Seine Augen weiteten sich. Er schien völlig verblüfft. »Was wenn Sie von Anfang an wegen diesem Ricky Recht hatten und ich völlig falsch lag?«

Er schüttelte wie betäubt den Kopf. »Was wenn sie das Baby *noch immer* in sich trägt? Und die Stoffpolster sollen Sie denken lassen, dass das Baby gestorben ist.«

Mein Gott …

»Es ist Rickys Baby. Ihr dreizehnjähriger Freund machte ihr genau zum richtigen Zeitpunkt ein Kind.«

Genau zum richtigen Zeitpunkt? Was wollen Sie damit …

»Es ist, wie Sie sagten. Es muss etwas vorgefallen sein. Wenn sie ihre Adoptiveltern schon seit langem hasste, musste das Fass irgendwann überlaufen.« Er sah sie eindringlich an. »Und deswegen die Schwangerschaft. Schauen Sie, wie kommt ein zwölfjähriges Mädchen wie Alyshia Ryan an eine Waffe? Nur indem sie jemanden überzeugt, ihr eine zu geben. Vielleicht hat sie sich nur wegen des Hobbys seines Vaters mit Ricky angefreundet. Vielleicht bat sie ihn um eine Waffe, und Ricky lehnte erschrocken ab, oder aber sie spürte, dass er ihr nur dann eine Waffe geben würde, wenn sie einen verdammt guten Grund dafür hat.

Und wie erfindet sie einen solchen Grund? Indem sie ihn zum stolzen Vater macht. Dann erzählt sie ihm, dass ihr eigener Vater droht, ihnen das Baby wegzunehmen und dem alten Boyko zu verraten, was sein Sohn treibt. Oder dass er der Polizei erzählen wolle, dass Ricky seine Tochter vergewaltigt hat, wer weiß? Was immer sie ihm erzählt, es reicht, um von ihm eine Waffe zu bekommen.« Er machte eine Pause. »Vielleicht reicht es sogar dazu, dass Ricky selbst ihren Vater erschießt.«

Sie überlegte einen Moment lang. »Zumindest würde es erklären, warum sie so gut eine Schwangere spielen konnte«, sagte Julian. »Weil sie wirklich schwanger war.«

»Und zwar nicht bloß, weil sie an die Waffe kommen wollte«, fügte er hinzu, »sondern auch, weil sie einen Grund erfinden musste, der die Polizei – die neuerdings zu ihren besten Freunden gehört – auf die Spermaflecken ihres Vaters stoßen lässt, falls sie jemals in Verdacht geraten sollte.«

Trotz ihrer Skepsis und ihrer freundschaftlichen Gefühle für Alyshia verspürte Julian ein aufgeregtes Kribbeln im Bauch.

Sie wird das Baby bekommen, hatte sie zu Ng, Mendoza und Edwards im Auto gesagt. Vertrauen Sie Ihrem Instinkt, hatte er ihr immer gepredigt. Vielleicht hatte ihr Instinkt Recht behalten.

Und es gab eine Möglichkeit, seine Theorie zu beweisen oder zu entkräften.

Mittels einer DNA-Analyse von Rickys Baby.

Wenn das Baby wirklich existierte.

Und wenn es tatsächlich von Ricky stammte.

54

Einem ungeborenen Kind eine DNA-Probe zu entnehmen war in den meisten Fällen relativ unproblematisch, in diesem jedoch aus verschiedenen Gründen nahezu unmöglich.

Wenn das Baby bereits zur Welt gekommen war, war es einfach. Man musste nicht einmal eine Erlaubnis einholen. Eine Hautzelle oder ein einzelnes Haar reichte vollkommen aus, obwohl eine Speichelprobe auf einem Wattebausch am geeignetsten war.

Aber einem Fötus eine DNA-Probe zu entnehmen war um einiges komplizierter, denn es beinhaltete automatisch eine Embryonaldiagnose. Und dies bedurfte der Einwilligung des Vormunds. In diesem Fall hieß der Vormund Nell Ryan, und die Frau würde alles daran setzen, um einen DNA-Test zu verhindern.

Selbst wenn Nell überzeugt werden konnte, dass das Baby von einem dreizehnjährigen Jungen stammte und nicht von ihrem Ehemann, musste ihr aufgehen, dass sie mit ihrer Einwilligung für eine Embryonaldiagnose Alyshias Opferrolle gefährdete und ihrer Tochter den Weg ins Gefängnis oder bestenfalls zu einer harten Jugendhaftstrafe ebnen würde. Eine Mutter wie Nell würde alles tun, um dies zu verhindern. Vor die Wahl gestellt, eine Niederträchtigkeit gegen eine andere einzutauschen, würde sie lieber beim bisherigen Stand der Dinge bleiben und nicht riskieren, sich abermals einer öffentlichen Demütigung durch die Presse aussetzen zu müssen.

Und selbst wenn man sie dazu brachte zuzugeben, dass es tatsächlich ein Baby gab, konnte Nell Ryan immer noch argumentieren, dass Frauen unter fünfunddreißig von einer Embryonaldiagnose abgeraten wurde, da die Prozedur für Mutter und Kind ein unnötiges Risiko bedeutete. Zwar ein verhältnismäßig geringes Risiko, aber nichtsdestotrotz ein Risiko.

Im Grunde genommen konnte das Ganze noch sechs Monate warten. Dann würde das Baby zur Welt kommen. Aber die Justizbehörde würde kaum zulassen, dass das Schicksal eines zwölfjährigen Mädchens so lange in der Schwebe blieb. Vor allem, da es genügend DNA-Beweise gab – Frank Ryans Spermaflecken –, die die Version des Mädchens zu bestätigen schienen. Ihre Version war völlig glaubwürdig. Im Gegensatz zu Edwards' hanebüchener Theorie.

Kein Richter würde sie nur auf Grund einer vagen Vermutung an einem ungeborenen Kind herumdoktern lassen, während zahllose DNA-Beweise existierten, die die gegenteilige Version stützten.

Wenn Edwards Recht hatte, hatte Alyshia eine kriminelle Meisterleistung vollbracht.

Wenn sie tatsächlich kaltblütig ihren Vater umgebracht hatte, würde es ohne eine DNA-Analyse des Fötus das Hirngespinst einer durchgeknallten Polizeibeamtin bleiben.

Genau wie damals im Fall *Der Bundesstaat New York gegen Winston Edwards*, sinnierte Julian. Der heutige Fall war ebenso schwer zu gewinnen. Besonders da die existierenden DNA-Beweise gegen einen sprachen.

»Die Behörden werden keine sechs Monate warten. Und Nell wird ihre Tochter nicht freiwillig ins Gefängnis bringen«, sagte Julian. »Und einander widersprechende DNA-Proben reichen im Staate New York nicht aus, um einen Fall zu gewinnen, daher würden wir ohne eine überzeugende Beweislage sowieso nichts erreichen.« Noch immer skeptisch, überlegte sie laut: »Was soll ich also tun? Alyshia herzitieren und versuchen, die Wahrheit aus ihr herauszuprügeln?«

»Das würde aus zweierlei Gründen nicht funktionieren«, sagte Edwards verdrossen. »Der erste Grund: Wahrscheinlich würde sie selbst unter allergrößtem Druck bei ihrer Version bleiben. Wenn sie, wie ich annehme, bisher gelogen hat, dann hat sie das Verhör im Abstellraum mit Bravour bestanden und könnte beim zweiten Mal völlig gelassen bleiben. Der zweite Grund ist noch gravierender: Nehmen wir einmal an, wir würden es schaffen, sie zu brechen. Ein zwölfjähriges Mädchen. Wir wollen ein zwölfjähriges Mädchen massiv unter Druck setzen, damit sie ihre Geschichte ändert? Kein Richter der Welt würde dies hinnehmen. Ihre Aussage würde weder vor einem Straf- noch vor einem Jugendgericht Bestand haben.«

Wenn Edwards mit seiner Version Recht hatte, dann hatte Alyshia sie so geschickt zum Narren gehalten, dass sie mit Sicherheit nicht zusammenbrechen würde. Wenn seine Version stimmte, bewies es, wie klug und skrupellos Alyshia war. Sie würde wissen, dass sie nur bei ihrer Version bleiben musste, um ungeschoren davonzukommen.

Gerissen. Extrem gerissen.

Alyshia.

Und Edwards auch.

Also musste Julian noch gerissener sein.

55

»Elinor Banning?«

»Ja?« Die Stimme klang argwöhnisch.

Sobald Edwards das Büro verlassen hatte, hatte sie sich von Ng den Namen von Nell Ryans Frauenarzt und den seiner ältesten Sprechstundenhilfe besorgen lassen.

»Hier spricht Lieutenant Palmer. Ich muss mit Ihnen über eine Ihrer Patientinnen reden, über Nell Ryan. Es geht um den Mord an ihrem Mann.«

»Sie wissen, dass ich das nicht darf. Mrs. Ryan ist nach wie vor unsere Patientin.«

Aber Julian drängte sie weiter, sanft und beharrlich, die unausgesprochene Androhung polizeilicher Maßnahmen in der Stimme.

Elinor Banning fühlte sich in die Enge getrieben. »Hören Sie, ich habe dem dicken Kerl schon viel zu viel erzählt. Und er meinte, dass keiner mehr anrufen würde. Redet ihr Polizeileute nicht miteinander? Tut mir Leid.«

Sie legte auf.

Edwards war tatsächlich dort gewesen.

Aber was genau hatte Elinor Banning ihm erzählt?

»Mrs. Harkavy? Alyshia Ryans Klassenlehrerin?«

»Ja.«

»Mrs. Harkavy, hier spricht Lieutenant Palmer.«

»Oh, Alyshias Aufsatz über Sie! Haben Sie ihn gelesen? Er war hervorragend!«

Julian war erleichtert. Also hatte es das Schulprojekt wirklich gegeben. Alyshia hatte nie wieder davon gesprochen, und Julian hatte nicht weiter darüber nachgedacht. Nun aber war sie neugierig auf den Aufsatz.

Mrs. Harkavy senkte die Stimme. »Wissen Sie, Lieutenant, der Aufsatz war ihre letzte schriftliche Arbeit, bevor diese schrecklichen Dinge über ihren Vater herauskamen.«

»Ich verstehe«, sagte Julian und fragte nach einer kurzen Pause: »Dann war der Aufsatz also Teil eines speziellen Schulprojekts?«

Sie konnte Mrs. Harkavys Erstaunen spüren. »Nein, es war kein Projekt. Es war ihre eigene Idee. Ich war sehr beeindruckt. Das war ja das Schöne daran. Und es war so ungewöhnlich für Alyshia, besonders nachdem sie ... nun, Sie wissen schon ... nachdem sie all diese schrecklichen Dinge durchmachen musste.«

Ihre eigene Idee.

»Mrs. Harkavy, hat Sie jemals ein Kollege aus meiner Abteilung aufgesucht?«

»Nein.«

Tun Sie es einfach. Rufen Sie an. Hatte er geblufft? Oder hatte er einfach *gewusst*, dass Alyshia das Schulprojekt erfunden hatte?

»Sind Sie sicher?«

»Lieutenant«, sagte Mrs. Harkavy leicht brüskiert, »Sie wissen, dass ich mich daran erinnern würde, oder?«

Sie rief im Binghamton-Labor an und ließ sich mit Dr. Caliban verbinden.

»Dr. Caliban, hier spricht Lieutenant Julian Palmer. Sie haben für uns DNA-Analysen von bestimmten, ähm, Proben durchgeführt. Sie trugen die Nummer –«, sie sah in ihren Unterlagen nach, »siebenundvierzig-null-eins bis siebenundvierzig-null-neun.«

»Wenn Sie das sagen.«

»Haben Sie den Bericht vorliegen?«

»Sicher, einen Moment«, sagte er freundlich. Eine kurze Pause. »Da ist er.« Wieder eine kurze Pause. »Ach ja, ich erinnere mich. Das waren verdammt große Probemengen.«

Ihre Antennen fuhren aus. »Was soll das heißen?«

»Das soll heißen, dass die Fleckenmuster auf große Mengen Spermaflüssigkeit hinweisen, so wie es im Bericht steht. Ich würde meinen, dass die Leute auf den Laken ziemlich viel Spaß hatten, aber da wir die Analyse für Ihre

Abteilung durchführten, gehe ich davon aus, dass es am Ende nicht mehr spaßig war.«

»In Ihrem Bericht verwenden Sie das Wort ›erheblich‹.«

»Dann war es wohl so«, sagte er heiter.

Sie schwieg einen Moment. »Kann man daraus schlussfolgern, dass das Sperma auf das Laken ejakuliert wurde?«, fragte sie dann.

»Schlussfolgern?« Er klang etwas verwirrt. »Na sicher, was denn sonst?«

»Wäre es auch möglich, dass jemand das Sperma von woanders hernahm und in das Laken einrieb?«

»Netter Einfall«, sagte er. Dann, einen Moment später, sagte Dr. Caliban: »Genau genommen, gefällt mir die Vorstellung.

»Tatsächlich?«

»Ja, denn dadurch kann ich mich ein bisschen männlicher fühlen«, scherzte er. »Ein bisschen selbstbewusster.«

»Wieso?«

»Nun, den Flecken nach zu urteilen war es ungewöhnlich viel Sperma für einen Coitus interruptus.«

»Aber Sie können nicht mit letzter Sicherheit sagen, ob das Sperma darauf ejakuliert oder nachträglich eingerieben wurde.«

»Ich fürchte nicht. Deswegen gefällt mir ja die Vorstellung, dass das Sperma nachträglich eingerieben wurde. Viel Spaß damit«, sagte Dr. Caliban heiter.

Sie war schon lange keine naive Berufsanfängerin mehr und hatte es sich abgewöhnt, einen bestimmten Vorgesetzten wegen seines legendären Rufs anzuhimmeln. Sie wusste nicht, was in Edwards' dunklem Herzen vorgehen mochte, und allmählich begann sie zu akzeptieren, dass sie es womöglich nie herausfinden würde. Aber sie vermutete, dass er irgendetwas im Schilde führte, irgendeinen perfiden Plan verfolgte.

Aber nun hatte sie alles überprüft, was es zu überprüfen gab, und war zu keinen neuen Erkenntnissen gelangt.

Hatte Edwards es von vornherein gewusst? Das war die große Frage.

Wenig später kam er wieder in ihr Büro und setzte sich schweigend hin, als wollte er sie mit seiner bloßen Gegenwart von seiner Theorie überzeugen. Sie wusste nicht, was sie sagen oder wie sie in diesem Moment mit ihm umgehen sollte.

Um ihn nicht anschauen zu müssen, wandte sie sich der eingegangenen Post zu.

Sie nahm den obersten Briefumschlag vom Stapel.

56

Edwards musterte den Umschlag in ihren Händen.

Während Julian stirnrunzelnd den Brief aufriss, warf er einen verstohlenen Blick auf den Absender.

St.-Mary-Rehabilitationszentrum, Southwest Virginia.

Tief in seiner Bärenbrust versetzte ihm sein müdes Herz einen Stich, der ausreichte, um ihn erschrocken zusammenzucken zu lassen.

Natürlich hatte man sie längst über den Tod ihrer Mutter informiert. Wahrscheinlich mit einem Telefonanruf. Aber bisher hatte sie es ihm gegenüber mit keinem Wort erwähnt. Sie hatte die Nachricht für sich behalten, war mit ihm zu Richards gefahren, ohne es zu erwähnen, und soweit er wusste, hatte sie auch sonst mit niemandem auf dem Revier darüber gesprochen. Anscheinend konnte Edwards davon ausgehen, dass Julian nichts von seinem Besuch bei ihrer Mutter wusste. Zumindest hatte man es am Telefon nicht erwähnt.

Wegen der Geisteskrankheit der Mutter war die Beziehung zwischen den beiden äußerst schwierig und distanziert gewesen. Trotzdem hatte er von ihr irgendeine Reaktion erwartet. Vielleicht hatte sie ja reagiert, und er wusste nur nichts davon. Weshalb sollte sie es ihm auch erzählen? Weshalb sollte sie sich ihm anvertrauen?

Nun aber hatte ihr das Rehabilitationszentrum einen Brief geschickt. Stand etwas darin, das sie am Telefon nicht hatten erwähnen wollen?

Während sie las, sah er, wie ihre Augen größer wurden.

Sie schaute zu Edwards auf.

Kniff die Lippen zusammen.

Schüttelte den Kopf.

Er spürte, wie sein Herz ihm erneut einen Stich versetzte. Er war sich mit aller Deutlichkeit ihres Dienstrevolvers bewusst, der direkt hinter ihr im Holster am Wandhaken hing.

Er dachte an den ersten Tag zurück, als sie ihm den Revolverlauf an die Schläfe gehalten hatte. Heute war er darauf vorbereitet. Er erwartete es seit Tagen. Er hatte angenommen, dass man sie telefonisch informieren würde, dass ein Telefonanruf ihre Wut entfesseln würde. Vielleicht stand es jetzt in dem Schreiben.

Er blickte wieder verstohlen auf Julians Revolver. Es wäre kein allzu schrecklicher Tod, dachte er. Irgendwie passend. Selbstjustiz auf dem Polizeirevier. Nicht schlecht.

»Meine Mutter ist gestorben«, sagte sie mit versteinerter Miene. »Selbstmord.« Sie machte eine Pause. »Sie lebte in einem Pflegeheim im Süden«, fuhr sie einen Moment später fort und schüttelte unbewusst den Kopf. »Wir haben nur selten miteinander gesprochen.«

Er versuchte, ruhig zu bleiben, sich seine Nervosität nicht anmerken zu lassen. Irgendetwas stimmte nicht. Wieso sprach sie nicht weiter?

»Ich habe sie nie dort unten besucht.«

»Nein?«, entgegnete er.

»Niemand hat sie besucht. Sie wollte keine Besucher. Sie hat es ausdrücklich untersagt.«

Sie wollte keine Besucher. Sie hat es ausdrücklich untersagt. Ihm wurde klar, dass der Heimleitung ein Fehler unterlaufen war. Sie hatte keinen Besuch gewollt. Deswegen würde die Heimleitung in einem Schreiben an die Tochter niemals erwähnen, dass sich ein Besucher angekündigt hatte und dass die Nichtbeachtung ihres Wunsches vermutlich zu ihrem Selbstmord geführt hatte. Er konnte es nicht glauben. War das möglich? War so viel Glück möglich?

Edwards betrachtete das Schreiben in Julians Händen.

Es waren zwei Seiten.

Die zweite hatte sie noch nicht gelesen.

Nun las sie sie.

Danach schaute sie kopfschüttelnd zu ihm auf und schien plötzlich vor Wut zu schäumen. »Verdammt, verdammt«, fauchte sie und starrte ihn durchdringend an.

Er ließ den Kopf sinken, machte sich auf einen Nackenschuss gefasst...

Sie knallte wütend die beiden Seiten auf den Tisch. »Das ist die Abschlussrechnung«, sagte sie.

Noch mal davongekommen, dachte er. Zumindest für den Augenblick.

Sein Selbsterhaltungstrieb gebot ihm zu schweigen. Er sagte keinen Ton.

Der Fehler mit dem Besucher musste dem Heim äußerst unangenehm sein, deswegen hatten sie es mit keinem Wort erwähnt. Oder sie hatten ihn im Trubel der Ereignisse schlicht vergessen oder brachten ihn nicht mit Sylvia Bloods Selbstmord in Verbindung. So oder so, er war noch einmal davongekommen. Er konnte nicht abschätzen, was die Schicksalsgötter mit diesem Eingreifen bezweckten. Sein berühmter Instinkt offenbarte ihm keinen Hinweis. Aber er wusste – er hatte nie daran gezweifelt –, dass noch etwas Entscheidendes geschehen würde.

Allmählich lief ihm die Zeit davon.

Er musste die Sache zu Ende bringen.

57

»Lassen Sie uns noch mal die Fotos anschauen«, sagte Edwards. »Wir können zwar nur Spekulationen anstellen, aber manchmal lässt einen ein emotionaler Schub, eine andere Art von Energie, neue Dinge erkennen ...« Die Äußerung und seine Wortwahl überraschten sie. Hatte er ihr ungewollt einen Einblick in seine Arbeitsweise verschafft? »Vielleicht entdecken wir ja etwas, das wir bisher übersehen haben.«

Sie sah ihn an.

Er hatte sie schon einmal mit seinen zahllosen Theorien und Wendungen zum Narren gehalten.

Warum sollte sie ihm vertrauen? Warum sollte sie ihm erneut Gelegenheit dazu geben?

Wozu das Ganze? Warum das Schicksal herausfordern?

»Ng soll die Fotos reinbringen«, sagte sie.

Wieder lagen die Zwölf-mal-siebzehn- und Siebzehn-mal-fünfundzwanzig-Fotos ausgebreitet auf Julians Schreibtisch. Sie sahen sich eins nach dem anderen an.

Der goldene Brieföffner auf dem Boden. Der doppelseitige Plexiglas-Fotorahmen, der auf dem Schreibtisch umgestoßen worden war. Der CD-Spieler. Der Bleistiftbehälter.

Sie sahen sich schweigend die Fotos an – und entdeckten nichts Neues.

Julian hätte sie vor Enttäuschung am liebsten vom Tisch gefegt. Vielleicht hatte Frank Ryan genau das getan, überlegte sie frustriert. Vielleicht waren die Gegenstände deswegen umgestoßen worden, aus Wut und Frustration wegen einer schlechten Ehe, wegen hasserfüllter Töchter und wegen seines unerfüllten Lebens. Vielleicht hatte er die Gegenstände lange vor Erscheinen des Mörders vom Tisch gefegt.

»Mein Gott«, flüsterte Edwards kaum hörbar. »Ich bin ein Idiot.«

Ng, Mendoza und Julian sahen ihn an.

»Ein Vollidiot!«, explodierte er plötzlich selbstanklagend.

Mit seinen riesigen Bärenprankenhänden schob er die Fotos zusammen und stapelte sie wie einen Satz Spielkarten. »Diese Fotos wurden tagsüber geschossen, und der Mord geschah um vier Uhr morgens, richtig?«

»Das haben Sie doch schon längst bedacht«, erinnerte ihn Julian. »Sie haben nachgestellt, wie es um vier Uhr morgens in seinem Arbeitszimmer aussah.«

»Stimmt, aber ich konnte nicht simulieren, wie es um die Uhrzeit *draußen* aussah.« Er sah die verwirrten Mienen seiner Zuhörer und sagte, selber verwirrt und über sich selbst verblüfft: »Vielleicht wusste er, was er tat, als er nach dem Brieföffner oder dem Fotorahmen griff. Es wäre denkbar, dass Frank Ryan den Eindringling erkannt hat, *bevor* der erste Schuss fiel.« Auf Edwards' Miene zeichnete sich seine wachsende Befriedigung ab. »Er musste sich gar nicht umdrehen, um zu sehen, wer ins Arbeitszimmer kam.«

Ng, Mendoza und Julian starrten ihn verständnislos an.

»Um vier Uhr morgens ist es draußen noch stockdunkel, und deswegen war das Fenster von Frank Ryans Arbeitszimmer ein großer, blitzblanker Spiegel.«

Ein Spiegel.

Einen Moment lang war Julian völlig perplex.

»Aber er muss nicht unbedingt aufgeschaut haben«, sagte sie schließlich. »Erinnern Sie sich, der CD-Spieler lief. Vielleicht hat er nichts gehört.«

»Der CD-Spieler schaltet sich von selbst aus, richtig? Nun, schauen Sie, hier auf diesem Foto… man erkennt, wie leise der Lautstärkeregler gestellt ist. Und bestimmt erinnern Sie sich, wie leise es war, als ich in seinem Arbeitszimmer die CD laufen ließ. Niemand hat den Lautstärkeregler berührt. Der Punkt ist, dass seine Familie zu dieser frühen Stunde schläft und er die Musik sehr leise laufen ließ. Schauen Sie!«

Sie sah sich das Foto genau an. Es stimmte.

»Der alte Dielenfußboden vor dem Arbeitszimmer… wenn man darüber läuft, knarrt es so laut, dass man es trotz der Musik hört. *Wir* haben es gehört, Julian. Also muss es auch Frank Ryan gehört haben.«

Ihr fiel ein, wie Edwards vor Frank Ryans Arbeitszimmer gestanden und seltsam auf und ab gewippt war. Erst jetzt wurde ihr bewusst, wie laut es geknarrt hatte.

»Dies müssen nicht mehr dieselben Gegenstände sein«, sagte Edwards bedächtig und hielt eine Aufnahme des heruntergefallenen Brieföffners und eine mit dem umgestoßenen Foto der Töchter hoch. »Es könnte sich nun um völlig andere Gegenstände handeln.« Er betrachtete die Aufnahmen. »Denn sie könnten vor einem Spiegel arrangiert worden sein…«

Er fuhr fort, ohne seinen Gedanken näher zu erläutern,

nicht im Stande aufzuhören. »Ob der erste oder der zweite Schuss tödlich war, ist vielleicht völlig belanglos. Die Botschaft an uns, wenn es denn eine gibt, hat er womöglich *vor* dem ersten Schuss hinterlassen.

Wenn er zufällig auf das dunkle Fenster, in den *Spiegel*, schaute, dann erkannte er, wie klug sein Mörder war. Denn er sah, dass es seine eigene Tochter war. Und er wusste, dass er noch klüger sein musste, und konnte nur hoffen, dass die Polizei seine Botschaft verstehen würde.«

Und dank dieses merkwürdigen, abgerissenen Ex-Cops würden sie die Botschaft vielleicht wirklich verstehen, dachte sie.

Sie saß sechs Stockwerke über dem Police Plaza und schaute aus dem dunklen Fenster...

Sie starrte aus dem Fenster ihres winzigen Apartments auf die Straße hinunter...

Wie oft hatte sie, in tiefer Konzentration versunken, aus den beiden Fenstern in die Dämmerung, in das Schwarz der Scheibe gestarrt und versucht, den Mord an Frank Ryan zu enträtseln.

Beide Fenster waren zu der Uhrzeit große dunkle Spiegel gewesen.

Hätte sie doch nur... *anders* hineingesehen. Hätte sie doch nur... sich selbst angeschaut.

Sie starrte auf der Damentoilette in den Wandspiegel, das eingepackte Messer in der Hand, und empfand eine unheimliche, beängstigende Verbindung zu Frank Ryan...

Und doch hatte sie es völlig übersehen.

Edwards stand auf und lief, wie von einer unkontrollierbaren Kraft getrieben, in dem winzigen Büro auf und ab. »Denken Sie nach. Versetzen Sie sich in seine Lage. Wenn er tatsächlich in das dunkle Fenster schaut, was sieht er? Lassen Sie uns annehmen, er sieht drei Elemente: seine Tochter, Ricky, eine Waffe.

»Gut, also angenommen, er sieht die Waffe«, fuhr Edwards fort. »Warum dreht er sich nicht um?«

»Weil sie ihn nicht dazu kommen lässt? Weil sie sofort schießt?«, schlug Mendoza vor.

»Oder ihm ist gar nicht klar, was er da sieht«, sagte Ng. »Ich meine, es ist seine Tochter. Vielleicht… ich weiß nicht… vielleicht konnte er es nicht fassen, nicht glauben.«

»Oder vielleicht fällt der erste Schuss, und *das* lässt ihn aufblicken«, sagte Mendoza. »So wie Sie es am ersten Tag sagten, Winston. Es ist nach wie vor möglich.«

Voller Enthusiasmus legte Edwards die Fotos wieder auf dem Schreibtisch aus. »Sobald wir wussten, dass Alyshia der Täter ist, und wir ihr Geständnis hatten«, sagte Edwards, »hätten wir uns sofort noch mal die Fotos anschauen müssen. Aber als wir erfuhren, dass Frank Ryan sie regelmäßig missbraucht hat, gingen wir davon aus, die ganze Geschichte zu kennen, und ließen die Fotos links liegen.«

Doch aller neuen Denkansätze zum Trotz offenbarten die Fotos nichts, was sie wirklich weiterbrachte. »Überlegen Sie«, sagte Edwards, »überlegen Sie.« Trotz seiner schmerzenden Gelenke lief er weiter ruhelos durch das winzige Büro, ohne auch nur eine Sekunde den Blick von den ausgebreiteten Fotos abzuwenden.

Dann blieb er plötzlich stehen, lächelte schwach und schüttelte vorwurfsvoll den Kopf. »Wir machen schon wieder denselben Fehler.« Er neigte den Kopf zur Seite und betrachtete die Fotos, als sähe er sie zum ersten Mal. Seine Augen glänzten. »Verdammt noch mal.« Wieder schüttelte er den Kopf, dieses Mal vehementer, ärgerlicher. »Sehen Sie sich auf diesem Foto das Fenster von Frank Ryans Arbeitszimmer an. Die Aufnahme wurde bei Tageslicht gemacht, also fehlt darauf der Spiegeleffekt, richtig?«

Sie nickten.

Edwards trommelte mit dem wulstigen Zeigefinger beharrlich auf das Foto. »Das Fenster ist ein Hinweis, und zwar einer, den wir offenbar noch nicht verstanden haben.«

Er nahm die Aufnahme mit dem umgestoßenen Fotorahmen und trommelte noch beharrlicher darauf. »Wir sitzen hier und sehen uns Tag für Tag diese Bilder an. Aber wir sehen nur das, was tatsächlich drauf ist. Deswegen ließen wir das Fenster völlig außer Acht.

Und aus demselben Grund haben wir uns nie Gedanken über den Fotorahmen gemacht. Über den *doppelseitigen* Fotorahmen. Er enthält *zwei* Fotos. Wir waren in dem Haus und sahen das Foto der Töchter auf dem Schreibtisch, dasselbe wie auf unseren Aufnahmen. Aber wir sehen nur eine der beiden Seiten! Wir sitzen hier mit all unseren Bildchen, aber haben kein einziges mit dem zweiten Foto im Rahmen!«

Er verengte die Augen. Dann schloss er sie für einen Augenblick. Und obwohl es nur wenige Sekunden dauerte, bis er sie wieder aufschlug, schien er in diesen Sekunden in einen eigenartig entrückten Trancezustand versunken zu sein. Als ob er etwas erkennen würde. Als ob er das Verbrechen aus einem völlig neuen Blickwinkel betrachtete.

»Was wir die ganze Zeit übersahen«, sagte er, als er die Augen wieder öffnete, »war dasselbe Foto, das der Mörder gesehen haben muss. Aber zwischen den Schüssen oder vor dem ersten Schuss könnte Frank Ryan den Rahmen umgedreht haben.«

»Dann hätte der Mörder dieses andere Foto nicht gesehen«, sagte Ng beeindruckt.

»Vielleicht hat er den Rahmen *deswegen* versehentlich umgestoßen. Weil er ihn gerade *umdrehte*, als er von der Kugel getroffen wurde«, sagte Mendoza.

»Damit der Mörder das Foto nicht sieht. Und wir haben es auf unseren Aufnahmen auch nicht gesehen«, sagte Edwards.

»Aber wir kennen doch das Foto auf der Rückseite«, widersprach Julian. »Es zeigt auch seine Töchter.«

Edwards zuckte mit den Achseln.

»Und was den Spiegeleffekt im Fenster betrifft«, sagte Julian nüchtern, »wir wissen nicht, ob sich daraus irgendwelche Rückschlüsse ziehen lassen.«

Er sah sie durchdringend an. Sein ganzer Enthusiasmus schien plötzlich von ihm abzufallen, als ob er sich mit einem Mal der Tatsache bewusst wurde, dass hinter den Wänden von Julians Büro seine Welt kollabiert war und er nichts weiter darstellte als eine gescheiterte Existenz am Rande des Abgrunds.

Seine breiten, fleischigen Schultern sackten nach unten. Es sah aus, als würde aus seinem Körper die Luft entweichen wie aus einem geplatzten Ballon. »Natürlich sind das alles … nur Spekulationen.«

Er sah Julian an. Nur Julian. Als wäre außer ihnen beiden niemand im Raum. Als gäbe es den Raum gar nicht. Er hob seine riesigen Bärenprankenhände, als wollte er signalisieren, dass er sich geschlagen gab. »Sie kennen mich, Julian. Sie wissen, wie ich arbeite.« *Ein Dinosaurier aus einer anderen Epoche.* »Ich folge allein meinem … Instinkt«, sagte er achselzuckend. »Das ist die einzige Arbeitsweise, die ich kenne.«

Julian hatte sich jahrelang über Edwards' berühmten Instinkt den Kopf zerbrochen, über einen Instinkt, der zuweilen echten Sinneswahrnehmungen zu gleichen schien und der bei seinen Kollegen oftmals nur Staunen und ablehnendes Gemurmel hervorgerufen hatte. Es war ein Instinkt, mit dem er dreißig Jahre lang Verbrecher hinter Gitter gebracht hatte, ein Instinkt, der, wie ihr irgendwann klar geworden war, nur eine andere, offenbar akzeptablere Bezeichnung für seine eigenartige Komplizenschaft mit dem Verbrechen war.

War ein so ausgeprägter Instinkt also eher eine Stärke oder eine Schwäche? Sollte man ihn dafür rühmen oder sich davor fürchten? Und hatte sie, nachdem sie sich so viele Jahre den Kopf darüber zerbrochen hatte, soeben seinen Instinkt am Werk gesehen, als er die Augen geschlossen hatte und sekundenlang in dieser eigenartigen Trance versunken war?

Oder spielte er nur mit ihr, versuchte er, die ihm von ihr noch immer entgegengebrachte Faszination auszunutzen?

»Ich behaupte nicht, dass sich dahinter ein neuer Hinweis verbirgt«, sagte er. »Ich sage bloß: *Falls* Frank Ryan so geistesgegenwärtig war, uns einen versteckten Hinweis zu geben, dann hinterließ er uns diesen Hinweis in dem Spiegel-Fenster, damit der Mörder es nicht bemerken würde.« Er schloss erneut einen Moment lang die Augen und versank abermals in diesem tranceartigen Zustand. Es ging so schnell, dass Ng und Mendoza es nicht mitbekamen. Nur Julian sah es. »Ich sage bloß, dass dies vermutlich der richtige Ansatz ist, *falls* es tatsächlich einen versteckten Hinweis geben sollte.«

Und Julian schien es, als würde er in diesem eigenartigen, unheimlichen Augenblick den versteckten Hinweis tatsächlich erkennen.

58

Und wieder marschierten sie bei den Ryans ein.

Sie – Ng, Mendoza, Edwards und Julian – gingen sofort in Frank Ryans Arbeitszimmer hinunter, ein achtbeiniges, in vier graue Mäntel gehülltes Polizisten-Monstrum.

Sie blieben kurz an der Tür stehen und starrten in das Arbeitszimmer des Ermordeten. Frank Ryan. Geschäftsinhaber. Ehemann. Vater. Geheimnisumwittertes Mordopfer.

Sie sahen den doppelseitigen Plexiglas-Fotorahmen. Auf den Polizeifotos war er umgestoßen, nun stand er wieder an der gewohnten Stelle auf Frank Ryans Schreibtisch.

Ng und Mendoza blieben an der Tür stehen, als wären sie sich der Hierarchie des Augenblicks bewusst. Julian und Edwards gingen um das hintere Ende des Schreibtischs herum.

Edwards beugte sich mühselig herunter.

Er betrachtete die Rückseite des Fotorahmens.

Dann richtete er sich wortlos auf und runzelte die Stirn.

»Was?«, platzte es aus Ng heraus.

»Auf dem hinteren Foto sind zwei rote Striche«, erklärte Edwards. Dann schüttelte er den Kopf. »Aber es sieht aus wie willkürliches Gekritzel.« Er schloss die Augen und seufzte resigniert. »Wahrscheinlich hat eine der Töchter, als sie noch jünger war, mit einem Filzstift darauf rumgemalt.« Er setzte ein reumütiges Lächeln auf. »Ich nehme an, dass die Seite deswegen zum Fenster gedreht war.«

Er blickte auf die viel diskutierte Fensterscheibe hinter dem Schreibtisch und schüttelte erneut den Kopf. »Man erkennt die Striche im Fenster«, flüsterte er enttäuscht und so leise, dass nur Julian ihn verstand. »Man kann sie *sehen.*« Er lächelte mürrisch. »Also hatte ich Recht«, sagte er ohne jeden Stolz, lediglich eine Tatsache feststellend. »Und gleichzeitig habe ich mich geirrt.«

Julian stand schweigend neben ihm und betrachtete die beiden roten Striche auf dem Foto. Einer verlief horizontal über das Herz der jüngeren Tochter, der andere vertikal über das Herz der älteren.

Ihre Knie wurden weich, ihre Atmung geriet ins Stocken. Frank Ryans Arbeitszimmer schien sich vor ihren Augen zu drehen.

»Die Symbole in seinen Geschäftsbüchern«, sagte sie, sich der Erläuterungen des Wirtschaftsprüfers entsinnend, der Frank Ryans Unterlagen für sie durchgesehen hatte. »Man verwendet sie in der Buchhaltung.« Sie nahm das eingerahmte Foto vom Schreibtisch und deutete auf die beiden dicken Striche. »Der horizontale Strich auf Annabelle entspricht dem Symbol für Guthaben. Der vertikale auf Alyshia für Soll – für *Schulden.*« Sie blickte auf. »Mehr Zeit blieb ihm nicht. Er konnte nur blitzschnell die Situation erfassen und einen knappen Hinweis auf den Mörder hinterlassen.«

59

»Sie waren so ... so überzeugt ... dass Frank Ryan der Vater des Babys war.«

»Ich weiß«, sagte Edwards schulterzuckend. »Ich lag falsch.«

Das Schnellrestaurant war menschenleer. Als hätte die grelle Deckenbeleuchtung alle anderen Gäste vertrieben. Umso besser für sie. Sie waren allein, konnten sich in privater Atmosphäre ungestört unterhalten. In einem Restaurant, dessen hervorstechendstes Merkmal war, keine Atmosphäre zu haben.

Anfangs war es einfach ein bequemer Treffpunkt gewesen, damit Edwards nicht ständig in ihrem Büro hocken musste und ihren Vorgesetzten hellhörig machte, aber mittlerweile wusste sie die Vorzüge des Restaurants zu schätzen, auch wenn es ihr nicht sonderlich gefiel. Es schien ihnen einen offenen Umgang miteinander zu gestatten, und dies war mit Winston Edwards ansonsten kaum möglich.

»Diese Sache mit dem zweiten Schuss«, sagte Julian. »Letztlich hatte es nichts zu bedeuten. Auch damit lagen Sie falsch. Völlig falsch.«

Edwards zuckte wieder mit den Schultern.

»Sie brachten es nur auf, um uns in die Irre zu führen. Um eine festgefahrene Ermittlung in die falsche Richtung zu lenken.« Ihre Verärgerung wuchs.

Edwards sah sie an und widersprach nicht.

»Sie ließen mich sogar eine Expertin herzitieren, um Ihrer Theorie Legitimität und mehr Gewicht zu verleihen«, sagte sie. »Obwohl Sie *wussten*, dass an der Theorie nichts dran war. Ida Cornell –«

»Ida Cornell. Ausgezeichnete Gefängnislektüre«, unterbrach Edwards sie.

Warum? Warum? Um mit mir zusammen zu sein? Andererseits war *sie* diejenige gewesen, die ihn um Hilfe gebeten hatte. Was immer sie miteinander verband, es war etwas, das sie beide nicht so recht verstanden. Sie wusste es einfach nicht. Wie konnte sie also erwarten, dass er es wusste?

Hatte sie sich die Freundschaft mit Alyshia bloß eingebildet? Hatte Alyshia ihr von Anfang an etwas vorgemacht? Oder hatte Alyshia es aufrichtig gemeint, und die Situation war einfach zu verfahren gewesen, um daraus eine wirkliche Freundschaft entstehen zu lassen? Es schien noch immer möglich, dass Alyshias Gefühle echt gewesen waren, dass die Bekanntschaft mit Julian heilsam für sie war und Julian sie einfach zu spät kennen gelernt hatte, um sie vor ihrem Schicksal zu bewahren. Andererseits, wenn man eine Polizeibeamtin so überzeugend hinters Licht führen konnte, war man wahrscheinlich auch im Stande, seinen Adoptivvater zu erschießen, zur Beerdigung zu gehen und gelassen den Fortgang der Ermittlungen abzuwarten.

Alyshia … das Mädchen saß nun in Untersuchungshaft, gefangen im maschinellen Rechtssystem des Bundesstaates New York. Ihre viel versprechende Freundschaft hatte sich in nichts aufgelöst, Julians bleierne Einsamkeit war zurückgekehrt, und nun saß sie wieder mit Winston Edwards in dem inzwischen so vertrauten Schnellrestaurant.

»Sie wollen immer alleine als der große Held dastehen, deswegen führen Sie die anderen in die Irre«, warf sie ihm vor.

Er lächelte. »Vermutlich haben Sie während Ihres Praktikums vor fünf Jahren zu viel über mich gelernt«, sagte er. »Sie haben meine Methoden durchschaut.« Er klang aufrichtig, fast heiter und gab ihr das Gefühl, dass sie völlig Recht hatte. Oder war dies wieder nur ein Trick? Lag sie etwa falsch mit ihrer Annahme? »Hören Sie, ich habe im Gefängnis Ida Cornells Buch gelesen«, sagte er nun etwas ernsthafter. »Es klang hochinteressant. Und das war es ja auch, oder?«

Stimmt. Es war ziemlich interessant gewesen.

Er trank einen Schluck Kaffee, stellte die Tasse ab und sah sie plötzlich ernst an. »Lieutenant Palmer«, sagte er. »Für Sie waren es bloß zwei Schüsse, ganz einfach. Damit war die Sache für Sie abgehakt. Aber ich sah es anders. Ich erkannte die verschiedenen Möglichkeiten, die der zweite

Schuss aufwarf.« Er schaute sie eigenartig an. »Mein Credo ist, immer ganz genau hinzusehen und auch das Undenkbare in Betracht zu ziehen. Deswegen verdient alles und jeder eine zweite Chance.«

Allmählich verstand Julian. Plötzlich dämmerte ihr, worauf er hinauswollte. »Sie reden von *Ihrer* zweiten Chance, richtig?«

»Jeder verdient eine zweite Chance. Jeder Fall und jeder Mensch«, raunte Edwards viel sagend. »Jedem steht die Möglichkeit zu, sich zu erklären, die Dinge zu korrigieren, sie irgendwie gerade zu rücken.«

Unter dem Gesichtspunkt des Geschlechterkampfes wäre es natürlich nachvollziehbar, wenn seine irreführenden Spekulationen schlichtweg seinem Frauenhass entsprungen wären – schließlich hatte er es mit einem weiblichen Lieutenant und einer zwölfjährigen Kindfrau zu tun gehabt. Ebenso nachvollziehbar wäre, wenn seine Spekulationen allein dem Zweck gedient hätten, weiter an dem Fall mitarbeiten zu dürfen. Aber für Julian hatte immer festgestanden, dass weit mehr dahinter steckte. Aber was?

»Sie wollen einfach bloß als Held dastehen«, wiederholte sie. »Sie haben die Ermittlungen in eine falsche Richtung gelenkt, damit Sie uns immer einen Schritt voraus waren. Zum Beispiel, als Sie ohne vorherige Rücksprache die Sprechstundenhilfe ausfragten. Sie haben auf eigene Faust gearbeitet und dazu die Ressourcen meiner Abteilung benutzt. Und Sie haben ausgenutzt, dass ich an Sie glaubte.« Sie spürte ihre wachsende Verärgerung. »Sie wollten nur Einfluss erlangen und um jeden Preis die Situation kontrollieren, nur um Ihrer selbst willen. Sie sind immer noch der selbstgefällige Machtmensch von früher.«

»Kontrollieren, meinetwegen«, antwortete er. »Aber nicht um jeden Preis.« Er drehte die Kaffeetasse auf dem

Untersatz. »Ich mache Fehler«, sagte er und schaute auf. »Aber ich korrigiere sie.«

Nicht »*Ich versuche sie zu korrigieren*«, fiel ihr auf. Sondern bloß »Ich korrigiere sie«. Ohne jede Arroganz, nur die Feststellung einer Tatsache.

Und während sie ihn anstarrte, sah sie, wie sich einen Augenblick lang ein völlig anderer Gesichtsausdruck auf seine Züge legte, ein Gesichtsausdruck, den sie bei ihm noch nie gesehen hatte. Später sollte ihr klar werden, dass dies ein kurzer Augenblick totaler Ehrlichkeit gewesen war. »Ich habe diese Dinge über den Brieföffner, den Fotorahmen und den zweiten Schuss aufgebracht, um dabei sein zu dürfen. Um eine … Aufgabe zu haben.« Dann relativierte er sein Bekenntnis gleich wieder, als läge es nicht in seiner Natur, schonungslos ehrlich zu sein. »Aber vor allem, um die Ermittlungen voranzubringen, erkennen Sie das nicht? Ich wollte Ihnen helfen.«

Dann beugte er sich plötzlich vor, neigte ihr seine gesamten einhundertdreißig Kilo entgegen und sah sie eindringlich an. »Aber erkennen Sie nicht, wie erstaunlich das Ganze ist?«, fragte er sie. »Als ich endlich auf die Sache mit der Fensterscheibe kam, stellte sich heraus, dass ich mit dem Fotorahmen und dem versteckten Hinweis richtig gelegen hatte.«

Bis zum Ende selbstgefällig und überheblich.

Er hielt seinen eigenen Mythos am Leben. Und wenn nur für sich selbst.

Aber endlich glaubte sie, ihn wenigstens in Ansätzen zu verstehen, ihn bis zu einem gewissen Punkt zu durchschauen. Sein Ego. Seine Verzweiflung. Hinter dem monströsen Äußeren verbarg sich ein kleines Männchen, hinter dem Mythos ein zutiefst verunsicherter Mensch. Seine Verunsicherung war so groß, dass er sich die wildesten Szenarien auszudenken vermochte, und gleichzeitig war er ein so überzeugender Selbstdarsteller, dass seine Mitmenschen ihm selbst die abstrusesten Einfälle abkauften.

Ihn endlich zu begreifen war natürlich mit ein Grund dafür gewesen, ihn zurückzuholen. Also hatte er seinen Zweck erfüllt. In diesem Sinne waren die Ermittlungen erfolgreich gewesen. Aber sie empfand es nicht als Erfolg. Alyshia Ryan hatte kaltblütig ihren Adoptivvater erschossen und befand sich nun in den Fängen des Rechtssystems.

Winston Edwards richtig zu verstehen würde ihr wohl nie gelingen.

Und genau darin lag sein größtes Problem. Er selbst war sein eigenes Gefängnis.

Mit seinem übersteigerten Ego, seiner Hybris und seiner Geheimniskrämerei hatte er unüberwindbare Mauern um sich errichtet und sperrte sich in seiner eigenen Einsamkeit ein.

Und niemand konnte ihn dort rausholen, sosehr er es sich auch wünschte, sosehr er sich danach sehnte, dass ihn jemand aus seiner Einsamkeit befreite.

Ihr lief es eiskalt über den Rücken. Denn seine Einsamkeit konnte der Grund sein, warum ein Mann wie Winston Edwards eine Frau umbrachte, die er eigentlich zu lieben versuchte.

Weil es der Frau nicht gelang, zu ihm durchzudringen. Weil es ihr nicht gelang, seine kranke Seele zu heilen. Weil sie ihn nicht retten konnte. Aus lauter Verzweiflung und Enttäuschung konnte er nicht anders, als die Frau umzubringen, die er zu lieben gehofft hatte.

Waren die Ermittlungen auch für ihn erfolgreich gewesen? Hatte er erreicht, was er sich erhofft hatte, nämlich zu beweisen, dass er noch nützlich war, wertvoll, lebendig?

Oder wollte er etwas ganz anderes?

Sie dachte an das eingepackte Messer, das sie noch immer in ihrer Handtasche mit sich herumtrug. Ein Schauder durchfuhr sie. Nein, das war es nicht, das konnte es nicht sein. Er hätte genügend Gelegenheiten gehabt, sich zu rächen. So einfach war es nicht. Und ihr war schon lange klar, dass die Dinge mit Edwards niemals einfach lagen.

Das Messer in ihrer Handtasche.

Ein gewöhnliches Küchenmesser.

Ein ungewöhnliches Küchenmesser. Eine spurlos verschwundene Mordwaffe, die Jahre später aus dem Nichts wieder aufgetaucht war. Es hatte seine eigene, dunkle Geschichte. Genau wie sein ursprünglicher Besitzer. Es würde ihn, wie Cooperman versichert hatte, des Mordes überführen, wenn man es auf Fingerabdrücke untersuchte.

Was hielt sie noch davon ab? Wieso hatte sie es nicht längst ins Labor gebracht?

Fand sie Gefallen daran, Macht über sein Schicksal zu haben? Sein Schicksal buchstäblich in den Händen zu halten? Genoss sie diese Macht?

Nein, sie empfand ihm gegenüber keine Machtgefühle.

Was hielt sie also ab? Wieso hatte sie das Messer nicht längst auf Fingerabdrücke untersuchen lassen?

Aus demselben Grund, weswegen er sich noch nicht an ihr gerächt hatte?

Sie blickte auf die dunkle Fensterscheibe hinter Edwards. Es war wie ein höhnischer Fingerzeig auf das reflektierende Fensterglas in Frank Ryans Arbeitszimmer – der Hinweis, dem sie keine Beachtung geschenkt hatte. Sie starrte in die Fensterscheibe und erkannte darin ihre Umrisse, nicht aber ihr Gesicht oder ihr Mienenspiel, da der Einfallswinkel der Deckenbeleuchtung dies nicht zuließ. Sie konnte ihre Umrisse erkennen, aber keine Einzelheiten, keine spezifischen Merkmale. Sie sah, dass sie dort war, aber nicht, wer sie war. Sie erkannte, dass dort jemand saß, aber nicht wer.

»So vieles waren Lügen, nicht wahr? Irreführungen.« Sie sah ihn an. »Die Lügen kreieren… eine eigene Art von Energie, eine eigene Dynamik, oder? Wie eine sich selbst speisende Energiequelle, sein Perpetuum mobile. So ist es doch, oder?« Sie senkte den Blick. »Ein Kraftwerk, das sich aus Lügen speist.«

Aber er hatte nicht nur sie und ihre Kollegen belogen, sondern vor allem sich selbst. Und aus all seinen Lügen heraus war er über die Wahrheit gestolpert. Aber wie er dies genau machte, war Winston Edwards' Geheimnis und würde vermutlich immer sein Geheimnis bleiben.

Vielleicht war es unmöglich, ihn richtig zu verstehen. Aber zumindest konnte sie von sich behaupten, mehr verstanden zu haben als alle anderen.

Er saß da und sah sie an. Betrachtete ihren blasierten, selbstgefälligen Gesichtsausdruck, der besagte, dass sie ihn durchschaut zu haben glaubte. Dass sie sich am Ziel wähnte. Er sah es ihr deutlich an.

Er wünschte, er hätte ihr mehr sagen, mehr erklären können. Aber er konnte nicht. Weder jetzt noch zu einem späteren Zeitpunkt. Er bezweifelte, dass sie ihn wenigstens in Ansätzen verstanden hatte. Er fühlte sich sprachlos, unfähig, seine Gedanken in Worte zu fassen.

Er betrachtete sie im grellen Licht der Deckenbeleuchtung, sah ihren Schmerz und ihr Triumphgefühl und ihre noch immer bemerkenswerte Schönheit. Er wusste, dass er Julian Palmer zum letzten Mal ansah.

60

Sie hatte einige Kollegen – ältere Kollegen – von der so genannten »Todessaison« reden hören, so als handle es sich dabei um eine klimatische Besonderheit. Sie hatte angenommen, die Männer meinten damit eine bestimmte Jahreszeit, bis ihr klar geworden war, dass sie damit einen Lebensabschnitt meinten. Es implizierte, dass dieser Lebensabschnitt irgendwann für jeden anbrach. Und sie befand sich – zweifelsfrei – mitten drin.

So lange sie zurückdenken konnten, hatte es immer nur sie beide gegeben – Julian und ihre Schwester Stephanie –, und da sie kein Familiengrab planten, hatten sie den Leichnam ihrer Mutter einäschern lassen. Stephanie hatte sich dem Wunsch ihrer Schwester gebeugt und die Trauerfeier aufgeschoben, bis Julian ihre laufenden Ermittlungen abgeschlossen hatte.

Die Trauergemeinde bestand nur aus Julian, Stephanie und Stephanies wortkargem Ehemann, einem protestantischen Pfarrer. Stephanies Kinder mitzunehmen wäre unangebracht gewesen, denn sie hatten ihre Großmutter kaum gekannt, hatten sie nur ein, zwei Male getroffen, bevor die Frau dem Wahnsinn anheim gefallen war. Julian hatte kurz erwogen, Mendoza oder Ng einzuladen, um jemanden bei sich zu haben, aber dann hatte sie sich dagegen entschieden. Wozu die Umstände? Wenn es eine kleine Trauerfeier werden würde, wenn nur sie drei anwesend wären, dann sollte es eben so sein.

Nach dem Presserummel bei der Ryan-Beerdigung, bei der sie das Gefühl gehabt hatte, einer Zirkusveranstaltung beizuwohnen, sah sie dem deutlich bescheideneren Ereignis fast mit Freude entgegen – soweit sich in diesem Zusammenhang von Freude sprechen ließ. Wenn es um ihre eigene Familie ging, bevorzugte sie einen kleinen Rahmen. Es war persönlicher, bedeutungsvoller.

Als Kinder hatten sie oft an Virginias Stränden Urlaub gemacht. Sie und Stephanie waren dort glücklich gewesen, und obwohl sie es nicht mit Sicherheit sagen konnten, nahmen sie an, dass dort – weit entfernt vom nervenaufreibenden Kleinstadt-Tratsch – auch ihre Eltern glücklich gewesen waren.

Stephanie verbrachte dort immer ihre Urlaube. Sie kannte einen sanft geschwungenen Küstenstreifen, der die blaugraue See umrahmte und einen ungehinderten Ausblick auf die Weiten des Meeres bot. Sie hatte den Besitzer des Grundstücks gefragt, und der Mann hatte sich sehr verständnisvoll gezeigt und ihnen gestattet, dort die Trauerfeier durchzuführen. Am Rand der Felsen lag eine mit Langgräsern bewachsene Hügelkuppe, ein traumhaft schöner Aussichtspunkt – die letzte Ruhestätte – und somit der Frau angemessen, derer sie hier gedachten.

Hinzu kam, dass der Ort genau auf halbem Weg zwischen Julians Wohnsitz und dem von Stephanie lag.

Hauptsache, die Ruhestätte war weit genug von ihrem Elternhaus und der verschlafenen Kleinstadt in North Carolina entfernt.

Julian war überrascht, als sie die beiden Frauen in Nonnentrachten sah.

»Sie sind Krankenschwestern aus Mutters Heim. Sie haben mich angerufen«, sagte Stephanie. »Sie wollten unbedingt kommen.« Sie schüttelte erstaunt den Kopf. »Ich sagte ihnen, dass wir wahrscheinlich kein Wort reden, sondern nur dastehen und die Asche verstreuen würden. Es war ihnen egal. Sie sind trotzdem die zweihundert Meilen hergefahren.« Ein trauriges Lächeln legte sich auf Stephanies Züge. »Siehst du, sie hatte doch Freunde.«

Julian sah zu den beiden Frauen hinüber. Sie lächelten und nickten. Julian erwiderte das Lächeln.

»Sie wussten, dass Mutter keine Besucher wollte. Während wir auf dich warteten, haben sie mir ein bisschen über Mutters Leben dort erzählt. Es stimmt, sie war nicht mehr klar im Kopf. Aber mit den Dingen des täglichen Lebens kam sie noch gut zurecht, und sie hatte sogar einige soziale Kontakte. Interessanterweise erzählten sie mir, dass an dem Tag, als Mutter ... du weißt schon ... an dem Tag, als sie starb ... nun, ein Besucher hatte sich angekündigt.«

Julian schaute zu ihrer Schwester auf.

»Der Mann hatte vorher angerufen und soll sehr höflich gewesen sein.« Stephanie lächelte. »Wer weiß, welcher Verehrer aus der Vergangenheit sie dort ausfindig gemacht hat«, sagte sie achselzuckend und lächelte erneut.

Julian hingegen warf den beiden Nonnen einen argwöhnischen Blick zu. Wer war der Mann gewesen? Der Mörder ihres Vaters, nach all den Jahren? Hatte sie ihn empfangen? Mit ihm geredet? Was hatte er ihr erzählt?

Einen Augenblick später stand die attraktive, durchtrainierte Polizistin mit starrem Blick vor den beiden Nonnen. Etwas an ihrer drängenden, versteinerten Miene sagte den Ordensschwestern, dass sie die Fragen der Frau besser umgehend beantworten sollten. Die Verstorbene hatte keinen Besuch gewollt. Offenbar wusste die Tochter dies. Also taten sie gut daran, der Frau augenblicklich zufrieden stellende Antworten zu geben.

»An seinen Namen kann ich mich nicht mehr erinnern«, sagte die jüngere Nonne, beunruhigt vom bohrenden Blick der Tochter. »Ich weiß, dass ich ihr den Besucher angekündigt habe. Das machen wir immer, aber an den Namen erinnere ich mich nicht mehr …«

»Er kam irgendwann am Nachmittag, aber er ging gleich wieder«, sagte die ältere Nonne nervös, darum bemüht, die Dinge aufzuklären. »Ein großer dicker Mann mit schlohweißem Haar.«

Ein großer dicker Mann mit schlohweißem Haar.

Ruhestand in Florida? Ein Besuch bei der Ex-Frau? Von wegen.

Julians Mutter musste sich erinnert haben. Trotz des zum Selbstschutz übergeworfenen Schleiers ihrer Verrücktheit, trotz ihrer geistigen Umnachtung, trotz aller Apathie musste sie sich wegen des langjährigen Verfahrens, in das Julian verstrickt gewesen war, an den Namen des Mannes erinnert haben, der versucht hatte, ihre Tochter umzubringen. Ganz gleich, wie verrückt man war, den Namen des Mannes, der die eigene Tochter umzubringen versucht hatte, vergaß man nie.

Hatte sie sich etwa aus Angst das Leben genommen? Hatte sie sich buchstäblich zu Tode erschrocken?

Ein großer dicker Mann mit schlohweißem Haar.

Stephanie sah zu, wie Julian sich stumm abwandte und ohne ein weiteres Wort entschlossen zu ihrem Mietwagen ging.

Stephanie war verwirrt und erschrocken. Sie hielt noch immer die Urne mit der Asche in den Händen.

Sie würden sie ein anderes Mal verstreuen. Sie spürte, dass ihre Mutter erst dann ihre letzte Ruhe finden würde, wenn wirklich der richtige Zeitpunkt gekommen war.

Stephanie hoffte, dass es eines Tages so weit sein würde.

61

Edwards schlich im Schutz der Abenddämmerung zur Smithers-Farm.

Er hatte sich wieder aus der Stadt mitnehmen lassen, dieses Mal von einem ortsansässigen Gebrauchtwagenhändler, der einen frisch gewaschenen roten Pick-up fuhr, dasselbe Modell wie Tammy Smithers.

Sie hatten kurz vor der kleinen Drogerie gehalten, wo Edwards eilig einen Anruf tätigte.

Als der Gebrauchtwagenhändler während der Fahrt etwas im Handschuhfach gesucht hatte, hatte Edwards den dort liegenden Revolver gesehen. Daran hatte er auch gedacht, aber was er beim letzten Mal im Garagenschuppen der Smithers' entdeckt hatte, würde sich als wesentlich effektiver erweisen.

Nun schlich er in den Schuppen und sah die Schaufel und den Holzpfahl. Mit diesen Utensilien hatte er das Grab überprüft. Das leere Grab.

Die Sachen standen an derselben Stelle wie beim letzten Mal.

Die anderen Sachen, die er entdeckt hatte, standen ebenfalls noch an derselben Stelle. Torf. Kunstdünger. Mehrere große Kanister mit Traktor-Benzin.

Perfekt.

Er kannte sich auf Farmen aus. Als Kind hatte er in der Nähe mehrerer Farmen gewohnt, hatte in den Sommerferien auf ihnen gearbeitet und dort seine innigsten Freundschaften geschlossen. Ja, er kannte sich mit Farmarbeit bestens aus. Deswegen wusste er genau, wie er den Kunstdünger verwenden musste. Er wusste es auf Grund diverser polizeilicher Untersuchungsverfahren, aber eben auch, weil er in einer Farmer-Kleinstadt aufgewachsen war. Farmen waren seine Vergangenheit. Dort hatte sein Leben begonnen.

Deswegen war es passend.

Der Kreis schloss sich.

Mit einem fatalistischen, befreienden Gefühl der Endgültigkeit, der Erleichterung und des Triumphes – mit Empfindungen, die er schon für kurze Augenblicke beim Zustoßen mit einem Messer oder beim Durchziehen eines Revolverabzugs gehabt hatte – machte Winston Edwards sich an die Arbeit.

62

Julian raste mit dem Mietwagen Richtung Flughafen. Sie hielt ununterbrochen ihr Handy am Ohr, wählte immer wieder dieselbe Nummer, aber es war ständig besetzt.

Wut und schreckliche Angst zerrten an ihren Nerven.

Wir alle wissen, wie Sie zu Alyshia stehen und wie sehr Ihnen ihr Wohlergehen am Herzen liegt.

Also hatte sie Recht behalten. Ihre Befürchtungen schienen sich zu bewahrheiten.

Sie glaubte, seinen Plan durchschaut zu haben.

Julians Mutter umbringen, während Julian mit Alyshia beschäftigt war.

Alyshia umbringen, während Julian ihrer toten Mutter das letzte Geleit gab.

Julian selbst zu töten wäre viel zu leicht und schmerzlos gewesen. Kein Wunder, dass er es nicht versucht hatte.

Stattdessen hatte er abgewartet und herausgefunden, wer ihr am meisten bedeutete, um ihr anschließend diese

Menschen zu nehmen. Ihre Mutter und ihre junge Freundin.

Das wäre mit Abstand am schmerzvollsten.

Seine Theorie, dass Alyshia das Sperma ihres Vaters in das Laken eingerieben hatte, war blanker Unsinn gewesen, eine höhnische Verdrehung der Ereignisse. Als sie sich vor Jahren bei Edwards für das Praktikum vorgestellt hatte, hatte er das Gespräch mit der Frage begonnen, ob sie an jenem Morgen masturbiert hätte. Es war eine anzügliche, kalkulierte Schock-Frage gewesen, um sie zu testen, und sie hatte den Test bestanden. Wieso hatte sie nicht daran gedacht, als er ihr seine aberwitzige Einreibe-Theorie unterbreitet hatte? Sie hätte wissen müssen, dass er sie erneut in die Irre führte. Um sich damit Zeit zu verschaffen.

Endlich war die Leitung frei. Sie schrie fast in das Telefon.

Aber Ng und Mendoza konnten sie beruhigen. Sie hatten bei den Behörden nachgefragt. Alyshia war in Sicherheit – sie stand in ihrer Gefängniszelle unter permanenter Beobachtung.

»Wo zum Teufel steckt er dann?«, brüllte sie.

Ng und Mendoza bewiesen aufs Neue ihren ausgeprägten Spürsinn.

Innerhalb einer Viertelstunde fanden sie heraus, dass Edwards den Nachmittagsflug nach Charlotte, North Carolina, gebucht hatte.

Nach weiteren fünf Minuten bestätigten sie, dass er an Bord der Maschine gewesen war.

Kaum eine Minute später hatten sie Julian zur Polizei in Charlotte durchgestellt, wo man augenblicklich akzeptierte, dass es sich um einen Notfall handelte. Alles was die Männer hören mussten, war der Ausdruck »Personenfahndung«.

Charlotte, North Carolina. Ganz in der Nähe war Julian aufgewachsen.

Charlotte, North Carolina... und zuerst hatte er ihre Mutter aufsuchen wollen...

Es dauerte einige Sekunden, bis Julian bewusst wurde, dass er ihre Mutter möglicherweise nicht hatte umbringen, sondern mit ihr *reden* wollen...

Ihr wurde klar, dass es ihm womöglich nicht um Vergeltung ging, sondern darum, einen ungeklärten, jahrzehntealten Mordfall zu lösen. Vielleicht hasste er sie gar nicht. Vielleicht hatte sie sich in ihm getäuscht, seine Beweggründe völlig falsch verstanden. Vielleicht ging es gar nicht um Vergeltung.

Wut contra Liebe, hatte er am ersten Tag sinniert, als er die Fotos vom Brieföffner und dem Plexiglasrahmen betrachtet hatte. *Ein instinktiver Verteidigungsversuch oder ein letzter, instinktiver Akt väterlicher Liebe?*, hatte er sie gefragt. *Welche versteckte Botschaft könnte sich dahinter verbergen?*

Wut contra Liebe.

Noch bevor sie das Gespräch mit der Polizei in Charlotte beendet hatte, wendete sie auf dem Mittelstreifen und raste Richtung Süden.

Würde sie zu spät kommen, weil sie sich in Winston Edwards getäuscht hatte?

Auch die Polizei in Charlotte bewies ihren Spürsinn. Sie verfolgten seine Spur vom Flughafen und riefen Julian jedes Mal sofort auf ihrem Handy zurück, sobald sie einen Zeugen ausfindig gemacht hatten, der sich daran erinnerte, einen dicken großen Mann mit schlohweißem Haar gesehen zu haben. Der erste war ein Flughafen-Angestellter, der zweite eine junge Drogerieverkäuferin, der dritte ein alter

Mann, der ihn vor der Drogerie in einen glänzenden roten Pick-up hatte steigen sehen. Der nächste logische Schritt wäre die örtliche Zulassungsstelle für Kraftfahrzeuge gewesen. Aber dort konnte man ihnen vorerst nicht weiterhelfen, da der Computer der Zulassungsstelle ausgefallen war. Dies käme hin und wieder vor. »In ein paar Minuten läuft er wieder, dann finden wir den Namen des Wagenbesitzers heraus und rufen Sie sofort zurück.«

»Wenn Sie den Namen und die Adresse haben, umstellen Sie das Haus, aber dringen Sie keinesfalls dort ein«, trug Julian dem Mann auf.

Während sie gen Süden raste, wählte sie auf ihrem Handy die Telefonnummer, die ihr inzwischen so vertraut war.

Bitte, bitte, kein Anrufbeantworter, betete sie. *Bitte, geh ran.*

»Hallo?«

»Nell!«

»Ja?«

»Hier spricht Lieutenant Palmer.«

»Mir ist nicht danach, mit Ihnen zu –«

»BITTE... Ich flehe Sie an. Legen Sie nicht auf. Es handelt sich um einen Notfall!«

»Was?«, fragte Nell verwirrt, legte aber nicht auf.

»Bitte. Der dicke weißhaarige Detective. Kam er jemals ohne mich zu Ihnen?«

»Einmal, ja.«

Ihr Herz machte einen Satz. »Was hat er Sie gefragt?«

Nells Verwirrung wuchs. »Er... er hat mich gar nichts gefragt. Er ging nur in Franks Arbeitszimmer, um sich noch einmal dort umzusehen, wie er meinte.«

»War er alleine in dem Zimmer?«

»Ja. Sie sagten doch, er sei ein Experte.«

Oh ja, das kann man wohl sagen.

Die Striche auf dem Foto. Die Buchhaltungs-Symbole.

Verdammt. Verdammter Mistkerl.

»Danke, Nell. Mehr wollte ich nicht hören. Vielen Dank.«

Auf dem hinteren Foto sind zwei rote Striche, hatte Edwards gesagt. *Aber es scheint willkürliches Gekritzel zu sein.* Er hatte genau gewusst, worum es sich dabei handelte – um Buchhaltungs-Symbole –, und nur darauf gewartet, dass Julian von selbst darauf kam. *Er* hatte die Striche aufgemalt.

Sie warf das Handy auf den Beifahrersitz.

Wut contra Liebe. Was hatte er vor?

Ihr Handy klingelte.

»Ja?«

Das kurze Schweigen im Hörer verriet ihr sofort, wer dran war.

»Der Fall ist gelöst«, sagte die raue Stimme.

»Wo stecken Sie?«, schnaubte Julian. Vor Aufregung bekam sie kaum einen Ton heraus. Am liebsten hätte sie die vor ihr fahrenden Wagen aus dem Weg gerammt. »*Wo stecken Sie? Sagen Sie schon!*«

»Ich wollte Sie nur wissen lassen, dass der Fall gelöst ist«, sagte er seelenruhig.

»Sie ist tot! Meine Mutter ist *tot*!«, brüllte sie in das Telefon, um mit aller Macht die Schuldgefühle zu wecken, die er möglicherweise empfand. Und um endlich, nach all den Jahren, ihren eigenen Schmerz und ihre eigenen Schuldgefühle in die Welt hinauszuschreien.

Er schwieg.

Dann sagte er mit ruhiger, düster klingender Stimme: »Ich werde die Sache zu Ende bringen. Vollständig.«

Winston Edwards hatte zwei Obsessionen – Julian Palmer und seine Arbeit.

Sie hätte es wissen müssen.

Er hatte den Fall gelöst.

Der Mann, der versucht hatte, sie umzubringen …

Der Mann, der schuld am Tod ihrer Mutter war …

Dieser Mann hatte den Mord an ihrem Vater aufgeklärt.

Der Bote aus dem Schattenreich. Der Wesir der Finsternis. Er hatte in ihrem Privatleben herumgeschnüffelt, hatte mit ihrer Seele gespielt.

Endlich begriff sie, wie hochgradig besessen er von ihr war. So besessen, dass er als Wiedergutmachung für das, was er ihr angetan hatte, ein jahrzehntealtes Verbrechen aufzuklären gewillt gewesen war.

Dann hatte ihre Mutter Selbstmord begangen. Und ab da war eine Wiedergutmachung nicht mehr möglich gewesen. Es sei denn, er würde zu extremen Maßnahmen greifen.

Und wenn man aus Besessenheit zu extremen Maßnahmen greift, ist selbst das Undenkbare denkbar.

63

Als er damit fertig war, den Kunstdünger und das Benzin zu verteilen, blickte er schwer atmend zum Haus hoch. Er war nass geschwitzt. Seine Schmerzen verzehrten ihn, und doch nahm er sie kaum wahr.

Sein Körper taugte nicht mehr für derlei Anstrengungen, aber das würde bald auch nicht mehr nötig sein.

Er nahm an, dass das Haus in Sekundenschnelle explodieren würde.

Konflagration. Das Wort stammte aus dem Lateinischen. Es klang elegant und wichtig, war lang genug, um genügend Raum für die verschiedensten Sinnbilder zu bieten. *Mord*, das angelsächsische Wort, weckte in ihm dagegen nur Assoziationen von speerschwingenden, auf Bäumen lebenden Barbaren. Es hatte einfach keine Klasse, besaß nicht dasselbe Gewicht. Genauso wie das Wort *umbringen.* Konflagration dagegen hatte Tiefgang. Es klang bedrohlich, klang nach Feuer und Teufel und Hölle. Nach Explosionen. All das beinhaltete Konflagration.

Er hatte im Haus die Lichter angehen und Tammy Smithers und ihren Vater in den Räumen umherlaufen sehen.

Er wusste, dass er die Frau im letzten Moment irgendwie aus dem Haus bekommen musste. Ihm war nicht ganz klar, wie er das bewerkstelligen sollte, deswegen würde er sich vermutlich auf rohe Gewalt verlassen müssen, wie so oft in seiner geheimen Vergangenheit. Im Garagenschuppen fand er einen Putzlappen und ein Seil und stopfte sich beides in die Tasche. Er nahm an, dass er sie knebeln und aus dem Haus schleifen und draußen an einen Baum würde fesseln müssen, während er ihr mit knappen Worten erklärte, was ihr Vater getan hatte, bevor er anschließend in das Haus zurückeilen und sich zusammen mit Philip Smithers in die Luft sprengen würde. *Konflagration.*

Es war ein unausgegorener Plan, eilig im Flugzeug zusammengeschustert. Es gab zu viele Unwägbarkeiten. Der Plan war schlecht. Aber er musste ja nicht perfekt funktionieren.

Und nun war alles vorbereitet.

Er schaute zu den Fenstern auf, versuchte zu erkennen, in welchem Zimmer sie gerade war.

Plötzlich traf ihn etwas mit voller Wucht am Kopf.

Ihm wurde schwarz vor Augen.

64

»Ich werde die Sache zu Ende bringen. Vollständig.«

Seine Worte, sein Tonfall, die möglichen Bedeutungen – all das ging ihr nicht mehr aus dem Kopf.

Wollte er sich umbringen? Erst den Mörder ihres Vaters und anschließend sich selbst?

Sein letzter Akt?

Deshalb der Anruf. Deshalb die Lügen. Um ihr immer einen Schritt voraus zu sein. Um sich den nötigen Zeitvorsprung und die Mittel zu verschaffen, die er brauchte.

Genauso wie sie nun wusste, dass er das Verbrechen aufgeklärt hatte, wusste sie, dass der Fall nicht mehr zu gewinnen war. Vor Gericht würden die Indizien keinen Bestand haben, und der Mörder ihres Vaters würde den Gerichtssaal als freier Mann verlassen. Frei und aller Welt bekannt.

Aber damit würde sich Winston Edwards niemals zufrieden geben.

Für einen Mann wie Winston Edwards war dies völlig inakzeptabel.

Und wegen des Selbstmords ihrer Mutter würde er ihr niemals einen nur halb abgeschlossenen Fall liefern.

Den Fall aufzuklären reichte nicht. Der Fall musste – wie drückte er es aus? – zu Ende gebracht werden.

Sie kannte ihn noch immer nicht. Zumindest nicht richtig. Aber sie kannte ihn gut genug, um zu wissen, dass er wahrscheinlich Selbstmord begehen würde. Ihm blieb nichts mehr zu tun. Er hatte keine Zukunft.

Er hatte fünfunddreißig Jahre lang mit dem Tod zu tun gehabt. Der Tod war ihm vertraut.

Und im Gegensatz zu den meisten Mördern, die im Grunde ihres Herzens selbstsüchtige Feiglinge waren, würde er nicht davor zurückschrecken, zwei Fliegen mit einer Klappe zu schlagen – und den Mörder ihres Vaters und sich selbst umzubringen.

Es war eine ritterliche Bösartigkeit. Eine Bösartigkeit mit Anstand.

Sie spürte es einfach, spürte, dass er im Begriff war, sein persönliches Strafgericht einzuberufen und sich selbst zu erlösen.

Und nie im Leben würde er zulassen, dass ihm dabei jemand in die Quere kam.

Ihr wurde bewusst, dass es, falls sie Recht hatte, ihre Pflicht war, ihn zu retten.

Sie musste ihn davon abhalten, den Mörder ihres Vaters umzubringen.

Auf diese Pflicht hatte sie einen Eid geschworen. Wie ironisch.

Sie war dazu verpflichtet, ihn zu retten und ihn anschließend zu vernichten, indem sie den Behörden das verräterische Küchenmesser übergab.

Ihr wurde bewusst, dass sie in aberwitzigem Tempo die Straße entlang jagte, um dem Mörder ihres Vaters das Leben zu retten. Und um den Mann zu retten, der eine Mitschuld am Tod ihrer Mutter zu tragen schien – und der, rein zufällig, auch sie umzubringen versucht hatte.

Die Polizeimarke in ihrer Tasche verlangte verdammt viel von ihr.

Würde sie sich im entscheidenden Moment an ihre Pflicht gebunden fühlen?

Mit ein bisschen Glück würde dieser Moment nie kommen.

65

Als Winston Edwards erwachte, sah er, dass man ihn mit Klebeband an einen Stuhl gefesselt hatte, der in der Mitte des Wohnzimmers, abseits der restlichen Einrichtung, stand und seinerseits am Holzfußboden festgenagelt war.

Tammy Smithers stand einige Meter entfernt und musterte ihn spöttisch.

Edwards sah sie an, und es dauerte nicht lange, bis ihm ein Licht aufging.

Einer der beiden war etwas schmaler und kleiner als der andere, hatte Artemis Shore gesagt. *Mehr wusste man nicht. Einer war schmaler und kleiner. Aber das lässt sich von zwei Leuten eigentlich immer sagen.*

»Sie waren der zweite Eindringling. Der Komplize«, sagte er.

Es bewies, dass er den Mittäter, den möglichen Zeugen nie gefunden hätte. Und Tammy Smithers hätte gegen ihren Vater ohnehin nicht ausgesagt.

Ihre ständige Fragerei, wie es war, Detektiv zu sein. Sie musste erraten oder zumindest geahnt haben, was Edwards zu ihnen geführt hatte. Vermutlich war sie darauf gekommen, als er sich schon für die Nacht bei ihnen einquartiert hatte und sie ihn nicht mehr grundlos hatte rauswerfen können.

Julians Halbschwester. Die Mörderin von Julians Vater.

»Wie alt waren Sie damals? Fünfzehn?«, riet er.

»Alt genug.«

»Wussten Sie, was Sie taten? Wen Sie umbrachten?«

»Den Mann, der meine Mutter ermordet hat.«

»Das haben Sie wirklich geglaubt?«

»Ich weiß es.«

Die Lügengeschichte ihres Vaters musste meisterhaft sein. Tammy musste sie dermaßen verinnerlicht haben, dass sie Teil ihres Wesens geworden war.

Ihr zu eröffnen, dass sie sich täuschte, würde ihm nicht helfen. Natürlich würde er es versuchen. Er würde alles versuchen, aber noch nicht jetzt – er würde warten, bis die Situation kritisch wurde. Bis ihr Vater kam und sie seinen Gesichtsausdruck sehen konnte.

Er würde ihr verraten, dass das Grab leer war. Dass sie selbst nachsehen sollte. Dass niemand in dem Grab lag, dass es von Anfang an leer gewesen war. Aber er würde warten, würde es sich aufheben, bis es wirklich brenzlig wurde. Bis Daddy da war.

Tammy Smithers sah ihn verächtlich an. »Sie sind so dumm. Ich schaute aus dem Fenster und sah Sie draußen rumschleichen und habe mich sofort an Sie erinnert. Ich ging raus und beobachtete, was Sie im Schilde führten. Sie hören und sehen nicht mehr besonders gut. Sie sind ein alter Mann. Ist Ihnen das entgangen?«

»Wo ist er?«

»Draußen. Er korrigiert ein paar Kleinigkeiten.« Sie lächelte boshaft. »Er meinte, Sie hätten es nicht ganz richtig gemacht. Ihr Plan hätte nicht funktioniert. Aber er wird es schon hinbekommen.« Sie überprüfte das Klebeband an seinen Hand- und Fußgelenken. »Wir hängen nicht sonderlich an dem Haus. Es kann ruhig in die Luft gehen. Vielleicht zahlt die Versicherung, vielleicht nicht. Jedenfalls wird es Zeit, von hier fortzuziehen.«

»Und wovor flüchten Sie?«

»Wir haben einen Menschen umgebracht, falls Sie das vergessen haben. Sie wollten uns dafür drankriegen, und vielleicht gibt es noch andere, die das auch versuchen werden.« Sie sah ihn eindringlich an. »Was wir taten, war richtig, aber die Gerichte haben nun mal kein Verständnis dafür, wenn man das Gesetz selbst in die Hand nimmt.«

Er hörte Schritte auf den Verandastufen, dann einen Stoß gegen die Haustür. »Und warum haben Sie ihm nichts von mir erzählt?«, fragte Edwards nun etwas drängender. »Wieso haben Sie ins Telefon geflüstert, damit er nichts versteht?«, fragte Edwards leise, um zwischen ihnen ein wenig Sympathie, ein – möglicherweise lebensrettendes – gemeinsames Geheimnis zu schaffen.

Sie warf einen nervösen Blick zur Haustür, dann schaute sie mitleidig zu ihm zurück, als gehörte er zu der armseligen Gattung reiner Vernunftmenschen, die für alles eine logische Erklärung brauchen. »Ich wollte nicht, dass Sie sterben müssen. Ich möchte niemanden sterben sehen. Es sei denn, es ist nötig. Wie in Ihrem Fall.« Er sah, wie sich ihre gerade noch teilnahmsvolle Miene verhärtete. »Ich habe Sie gewarnt, aber Sie wollten ja nicht hören.«

Sie schaute wieder zur Tür. Als sie aufflog, riss sie mit einem Ruck ein Stück Klebeband von der Rolle und presste es Edwards sorgfältig auf den Mund und die fleischigen Wangen.

Er war von Tammy Smithers hinters Licht geführt worden, genauso wie Julian von Alyshia hinters Licht geführt worden war. Julians Blindheit hatte er klar erkennen können, seine eigene hingegen nicht.

Sein berühmter Instinkt und seine Intuition verließen ihn, sobald Gefühle ins Spiel kamen. Sobald es persönlich wurde. Dies war eine der Lektionen gewesen, die er Julian erteilt hatte, doch er selbst hatte es vergessen.

Er war ein Narr, war auf Tammys Schönheit, auf ihre Ähnlichkeit mit Julian hereingefallen. Er war ein gefühlsduseliger, in der Vergangenheit lebender Narr. Und nun würde er dafür bezahlen.

Julian hätte ihn gewarnt. Man brauchte immer jemanden, der einen warnte. Das war die große Gefahr, wenn man alleine arbeitete, wenn man alleine war auf dieser Welt.

Ihm unterliefen nur selten Fehler. Wenn man bedachte, dass er immer nur seinem Instinkt und seiner Intuition gefolgt war, waren ihm in der Tat nicht allzu viele gravierende Fehler unterlaufen.

Aber nun hatte er einen begangen, und dafür würde er unweigerlich bezahlen.

Für andere Fehler hatte er nicht bezahlt.

Für diesen hingegen würde er den Höchstpreis entrichten.

Aber das hatte er schließlich ohnehin geplant.

Was ihn störte, war die Tatsache, dass Philip Smithers nicht bezahlen würde.

Denn dies war nicht Teil seines Plans.

Julian fuhr nun schon seit Stunden. Der Computer der Zulassungsstelle funktionierte noch immer nicht. Die örtliche Polizei versuchte, optimistisch zu klingen. Trotzdem hörte sie es der Stimme am Telefon an, wie peinlich es ihnen war. Sie meldeten sich alle zehn Minuten bei ihr und unterrichteten sie über den aktuellen Stand der Dinge. Sie hatten Edwards' Anruf auf ihrem Handy zurückverfolgt. Er hatte von der Drogerie aus telefoniert, vor der er in den glänzenden roten Pick-up gestiegen war. Der Pick-up, dessen Kennzeichen sie brauchten.

Ihrer Straßenkarte zufolge war sie noch etwa zehn Meilen von der Drogerie entfernt.

Sie war wieder im Süden. Dem Süden, dem sie zu entfliehen versucht hatte. Dreckstarrende Lastwagen, staubige Schotterpisten und über allem eine brütende Hitze, die ihren klimatisierten Mietwagen umlagerte wie ein lauernder Angreifer, wie eine Krankheit, die auf eine Gelegenheit wartete, ins Wageninnere vorzudringen. Für sie war diese Region ein herz- und seelenloses Ödland, obwohl sie wusste, dass andere Menschen diese Gegend als ein unverwechselbares, uramerikanisches Stück Heimat betrachteten. Sie war wieder hier. Würde die Zeit reichen, um ein Leben zu retten? Oder zwei? So oder so, danach würde sie sofort wieder verschwinden.

Ihr fiel ein, dass sie ihren Dienstrevolver nicht dabei hatte. Es war ihr unschicklich erschienen, ihn zu der Trauerfeier für ihre Mutter mitzunehmen.

Der Abend brach an; das diffuse Licht ließ alles gleich aussehen. Sie konnte nicht bestimmen, wo genau die Sonne unterging. Auf der Straße waren nur wenige Fahrzeuge, die aus der entgegengesetzten Richtung an ihr vorbeirasten.

Ihre Verzweiflung wuchs. Der Computer der Zulassungsstelle schien vollends den Geist aufgegeben zu haben. Allmählich wurde die Zeit knapp.

Auf der anderen Straßenseite kam ihr ein glänzender roter Pick-up entgegen. Das Fahrzeug schimmerte in der zunehmenden Dunkelheit.

Ein glänzender roter Pick-up.

Ihr Herz setzte einen Schlag aus.

Sie riss den Kopf herum, um dem Fahrzeug nachzublicken, drehte sich wieder um und starrte angestrengt in den Rückspiegel.

Sie glaubte, auf der Ladefläche etwas zu erkennen. Kanister.

Zehn Meilen von der Drogerie entfernt.

Sie spürte den drängenden Impuls, zu wenden und dem Wagen zu folgen.

Aber wie viele Pick-ups gab es in dieser Gegend? In North Carolina wimmelte es von diesen Fahrzeugen. Jedes zweite war ein Pick-up. Es war lächerlich.

Ein glänzender roter Pick-up.

Dann wurde ihr schlagartig klar: All die anderen Pick-ups, die ihr entgegengekommen waren, waren wegen der staubigen Straßen völlig verdreckt gewesen.

Ein glänzender roter Pick-up musste einem Verrückten gehören, der seinen Wagen täglich polierte. Wie viele Leute machten sich solche Mühe?

Vertrauen Sie Ihrem Instinkt, hatte er eingebläut. *Wenn zu Ihrem instinktiven Gefühl ein Indiz hinzukommt, handeln Sie.*

Sie trat auf die Bremse, riss das Lenkrad herum, schoss mit aufkreischendem Motor über den Mittelstreifen und raste in die Richtung zurück, aus der sie gekommen war.

Es wäre ein Riesenzufall.

Nach wenigen Minuten kam der Pick-up in Sicht.

Ein *unglaublicher* Zufall.

Aber es war ihre einzige Chance.

Ihr war klar, dass sie auf sich allein gestellt sein würde.

Sie dachte an den Umstand, dass sie keine Waffe dabeihatte.

Sie war völlig auf sich allein gestellt.

Aber so war es in ihrem Leben immer gewesen.

Philip Smithers trat in den breiten Eingang zum Wohnzimmer. Er strahlte förmlich vor Tatendrang, schien von den jüngsten Ereignissen regelrecht animiert.

»Schön, jetzt auch das Gesicht zu der Stimme zu kennen«,

sagte er und beugte sich vor, um aus einiger Entfernung den Klebestreifen auf Edwards' Mund zu inspizieren. »Gut zu wissen, dass die Stimme fortan schweigen wird.« Das gesamte Wohnzimmermobiliar war von Edwards fortgerückt worden. Nichts stand in seiner Nähe. Jeder von Smithers' Vorsichtsmaßnahmen war nun eindeutig die lebenslange Besorgnis eines unentdeckten Mörders anzumerken.

Edwards blieb nur sein Verstand.

Seiner körperlichen Kräfte war er vollends beraubt.

Seiner rhetorischen Fähigkeiten ebenfalls. Er konnte weder lügen noch sich auf die Kraft der Wahrheit verlassen.

Er versuchte, ruhig zu bleiben. Sich zu konzentrieren.

Ihm blieben nur seine Augen, sein Blick.

Vielleicht würde das ausreichen.

Wahrscheinlich nicht.

Aber vielleicht doch.

Die Landstraße führte zu einem unbefestigten Feldweg, von dem wenig später ein weiterer Feldweg abzweigte.

Sie folgte dem roten Pick-up so unauffällig wie möglich. Sie musste ein gutes Stück hinter ihm bleiben, damit der Fahrer nicht die Staubwolke bemerkte, die ihr Mietwagen aufwirbelte.

Sie begannen, durch eine sumpfige, bewaldete Gegend zu fahren. Plötzlich wurde der Feldweg schlammig. Der Pick-up wirbelte kaum noch Staub auf und war deswegen nur noch schwer zu erkennen.

Sie kam um eine Biegung und sah, dass sie den Pick-up verloren hatte.

Mist. Mist.

Sie starrte fieberhaft durch die Windschutzscheibe, versuchte, zwischen den Bäumen ringsherum den Pick-up ausfindig zu machen.

Sie stieg aus und sprang eilig auf einen Felsblock, um von dort in alle Richtungen nach einer – ganz gleich wie winzigen – Staubfahne Ausschau zu halten.

Der Pick-up war verschwunden.

Mist. Mist.

Oder hatte sie ihn unbewusst verlieren *wollen*?

Weil sie nicht erfahren wollte, was Edwards herausgefunden hatte?

Wollte sie, dass Edwards die Sache auf seine Weise zu Ende brachte? Dass er mit der ihm eigenen Gewaltbereitschaft Selbstjustiz übte? Sie wusste, wozu er fähig war. Hatte er mit seinem Anruf tatsächlich nur sagen wollen: *Der Fall ist aufgeklärt. Aber lassen Sie nur, ich werde die Sache erledigen.*

Damit sie wusste, dass er den Täter gefunden hatte. Mehr brauchte sie nicht zu erfahren.

Sie ging gedankenverloren zu dem Mietwagen zurück, starrte auf die Schuhabdrücke, die sie im Schlamm hinterließ.

Sie ließ sich schwerfällig auf den Fahrersitz fallen.

Was hätte sie eigentlich unternehmen wollen?

Ihr fielen die Kanister ein, die sie auf der Ladefläche des roten Pick-ups gesehen hatte.

Was hatte das zu bedeuten?

Denke wie Edwards. Komm schon, denke wie Winston Edwards. Er hatte den Fall aufgeklärt. Aber ihm war klar, dass nach fünfundzwanzig Jahren eine Verurteilung höchst unwahrscheinlich war. Was würde er also unternehmen? Wie würde er vertuschen, was er im Begriff war zu tun? Er musste einen Weg finden, alle Spuren und Hinweise zu eliminieren. Damit die Sache niemals herauskam.

Eine Explosion. Der Gedanke selbst explodierte in ihr.

Als sie bei ihm ihr Praktikum absolviert hatte, hatten sie

und Edwards einmal einen Seher engagiert. In der Folgezeit hatten sie sich natürlich ganz allgemein darüber unterhalten, ob es übersinnliche Fähigkeiten wirklich gab. Für Edwards waren diese Fähigkeiten einfach eine extrem ausgeprägte Intuitionsgabe. Und bei seiner Arbeit hatte er in zahllosen Fällen demonstriert, dass er selbst über eine erschreckend stark ausgeprägte Intuition verfügte. Diese Fälle waren innerhalb der Polizei zu Legenden geworden, zu Anekdoten, die von den Akademie-Dozenten fast täglich zur Auflockerung des Unterrichts eingestreut (»In Canaanville gibt es einen gewissen Chief Edwards, der vor fünfzehn Jahren in einem Doppelmord ermittelte und aus heiterem Himmel wusste, wer …«) und in den Akademie-Schlafsälen im Flüsterton weitererzählt wurden. Er hatte diese Fähigkeit stetig fortentwickelt, denn je mehr man seiner Intuition vertraute, desto öfter folgte man ihr.

Und genau das empfand sie in diesem Moment – eine hochgradig intuitive Eingebung. Denn ohne sich die Gründe erklären zu können, hatte sie plötzlich das Bild einer Frau in ihrem Alter im Kopf, die zu nahe an einem Explosionsherd stand.

Die Frau war eine Fremde, kam ihr aber dennoch seltsam bekannt vor. Julian konnte kein Gesicht erkennen, sondern empfand nur eine merkwürdige Vertrautheit.

Julian merkte, dass sie auf dem Fahrersitz des Mietwagens zu zittern begann. Es war ein unerklärliches, extrem beunruhigendes Gefühl. Wie wenn man mitten in der Nacht aufwachte und wusste, dass ein Verwandter gestorben war.

Sie verdrängte die Vorstellung.

Denn schließlich konnte die so vertraut scheinende Frau nur sie selbst sein.

Philip Smithers war ebenso in sich gekehrt wie Edwards. Er schien kein Interesse daran zu haben, mit Edwards zu reden oder sich an Edwards' misslicher Lage zu weiden. Offenbar ging es ihm einzig darum, ein paar Sachen zu packen, das Haus in die Luft zu jagen, und zu verschwinden.

Er riss neue Klebestreifen von der Rolle und drückte sie fest auf Edwards' Mund. Fürchtete er sich so sehr vor dem, was Edwards sagen mochte?

»Sie haben mit dem Dünger gute Arbeit geleistet. Aber ich musste noch ein bisschen nachhelfen, damit das Zeug auch wirklich hochgeht.«

Smithers trat hinter ihn. Edwards hörte, wie er zwei weitere Klebestreifen von der Rolle abriss. *Ratsch. Ratsch.*

»Wir gehen davon aus, dass Sie nicht hier wären und dies versucht hätten, wenn Sie eine juristische Möglichkeit sähen, uns für den Mord dranzukriegen. Und deswegen sind wir uns ziemlich sicher, dass Sie allein gekommen sind und niemand außer Ihnen von der Sache weiß.«

Er spürte, wie die neuen Klebestreifen besonders fest um seine Handgelenke gewickelt wurden – absichtlich, wie er glaubte, um den Blutstrom in seine Hände zu unterbrechen.

»Sie haben keine rechtliche Handhabe gegen uns. Aber wir werden uns trotzdem auf nichts einlassen mit den Gerichten. Sie haben das anscheinend auch nicht gewollt – Sie glauben wohl nicht an unsere Rechtsprechung. Ich schätze, in diesem Punkt sind wir einer Meinung.«

Tammy, in dem Grab liegt niemand.

Ihm blieben bloß seine Augen. Seine unter dicken, schweren Lidern liegenden Augen, die die ihren suchten, die das Gesicht suchten, von dem er so oft geträumt hatte.

Tammy, vor zwei Wochen hätte ich um ein Haar Ihre Mutter kennen gelernt.

Aber seine Augen genügten nicht.

Tammy trat zu ihm heran und begann, neckisch an den Klebestreifen herumzuzupfen. »Sie möchten mir so viel erzählen, mir so viel einreden«, sagte sie. Ihre Miene verhärtete sich. »Sie wollten mich umbringen, wollten mich und meinen Vater bei lebendigem Leib verbrennen.«

Ich wollte ihn umbringen und Sie retten.

»Sie sind kein Bulle. Sie sind eine Art dahergelaufener Landstreicher, der glaubt, uns einfach einäschern zu können. Deswegen zahlen wir mit gleicher Münze zurück. Weil Sie außerhalb aller Gesetze zu stehen scheinen. Und deswegen glauben wir, dass wir mit Ihnen anstellen können, was wir wollen, ohne jede Gefahr.«

Eine Art Landstreicher.

Welche Art genau?

»Ihnen liegen so viele Worte auf der Zunge, was? So viele Lügen.«

Tammy war klug. Klug genug, um zu wissen, dass ein Mensch kurz vor seiner Ermordung alles nur Denkbare erzählen würde, um noch einmal davonzukommen.

Sie war klüger, als ihr bewusst war, denn Edwards hatte schon immer von Worten gelebt. Von Worten und Lügen. Sie waren es gewesen, die ihn hierher geführt hatten.

Und nun suchten ihn seine Lügen und Täuschungsmanöver heim.

Er war alt. Sein Verstand war nicht mehr derselbe. Er hatte sich verrechnet.

Sie wissen, dass ich Recht habe, Tammy. Schauen Sie mir in die Augen. Lassen Sie meine Augen für mich sprechen.

»Bist du so weit?«, fragte sie ihr Vater.

»Ob ich so weit bin?«

Sie betrachtete Edwards abschätzend, taxierend…

Dann beugte sie sich über ihn.

Ihr Gesichtsausdruck war derselbe wie bei Julian damals am ersten Tag in ihrem Büro, als er auf dem Boden gelegen und sie verächtlich auf ihn herabgestarrt hatte.

»Ja, ich bin bereit«, sagte sie, nahm den ihr zugewiesenen Koffer und wandte sich zur Tür.

Mit zugeklebtem Mund und an den Stuhl gefesselten Gliedmaßen musste Edwards hilflos mit ansehen, wie Philip Smithers und seine Tochter Tammy die wenigen Taschen und Koffer aufklaubten und zur Haustür gingen, als wären sie im Begriff, eine abenteuerliche Fernreise anzutreten.

Er kannte die einzelnen Schritte, weil er wusste, dass Philip Smithers äußerst vorsichtig war.

Als Erstes würde er hören, wie der Motor des Pick-ups angelassen wurde. Dann würden sie vor dem Haus vorfahren, die auf der Veranda liegende Zündschnur anstecken, in den Wagen steigen und in aller Seelenruhe verschwinden. Sie hatten etwa eine Minute Zeit, vielleicht etwas länger.

Er war an den Stuhl gefesselt, der Stuhl an den Fußboden genagelt. Es gab keine Möglichkeit, rechtzeitig aus dem Haus zu gelangen.

Selbst als junger, kerngesunder Mann wäre es ihm vermutlich nicht gelungen, den Stuhl von den Holzdielen loszureißen.

Ihm fehlte ohnehin der Wille dazu. Sein Tod war sowieso Teil seines ursprünglichen Plans gewesen.

Was ihn störte, war der Umstand, dass Philip Smithers ungeschoren davonkommen würde.

Philip Smithers und seine Tochter Tammy erreichten mit ihrem Gepäck die Haustür, schritten einem neuen Leben entgegen.

Sie schauten kein einziges Mal zu Edwards zurück. Vielleicht empfanden sie plötzlich einen Anflug von Mitleid, oder aber es war ein letzter Akt der Geringschätzung. Er sollte es nie erfahren.

Edwards blickte den beiden letzten Menschen nach, die er in seinem Leben sehen würde.

Vielleicht war es nur recht und billig, dass es gerade diese beiden Vertreter der Menschheit waren.

Der eine repräsentierte das verschlagene, manipulative Böse.

Der andere dessen devotes Opfer.

War er, Edwards, rückblickend betrachtet, nicht beides in einem gewesen?

66

Während Edwards zusah, wie Philip und Tammy Smithers zur Haustür gingen, flog diese, gerade als Smithers nach der Klinke greifen wollte, plötzlich auf.

Lieutenant Palmer stürmte herein.

Vater und Tochter, beide mit schwerem Gepäck beladen, war es unmöglich, sofort nach einer Waffe zu greifen.

Edwards sah, dass auch Julian keine Waffe in der Hand hielt.

Edwards konnte nur hilflos bewundern, wie schnell Julian reagierte: Sobald sie Edwards gefesselt auf dem Stuhl sitzen sah, sprang sie um Tammy herum, schlang ihr von hinten den Arm um den Hals und benutzte sie als Schutzschild gegen Smithers. Tammy war nicht einmal dazu gekommen, ihr Gepäck fallen zu lassen.

Smithers ließ unterdessen seine Koffer zu Boden krachen

und verschanzte sich hinter Edwards, der plötzlich seitlich am Kopf den Lauf eines Revolvers spürte, den Smithers aus der Innentasche seiner Jacke gezogen hatte.

Vielleicht meinte Smithers, damit ihre Fluchtchancen zu erhöhen. Aber Julian Palmer reagierte sofort.

Denn plötzlich lag ein Messer an Tammy Smithers' Kehle.

Ein Messer, das eigenartigerweise in eine Plastikfolie gewickelt war.

Es war alles, was sie hatte. Es hatte noch immer in ihrer Handtasche gelegen. Sie war nach wie vor unschlüssig, was sie damit anfangen sollte. Aber es war wenigstens eine Waffe. Eine Waffe, die sich erwiesenermaßen bewährt hatte. Eine Waffe, die bewiesenermaßen tödlich war.

Wenn das Beweisstück unbrauchbar wurde, weil sie sich damit verteidigen musste, dann sollte es womöglich so sein.

Aber vielleicht konnte sie es benutzen und trotzdem als Beweisstück verwenden.

Der Mann mit dem Revolver in der Hand musste es eigenartig finden, dass das Messer eingewickelt war.

Der Mann mit dem Klebeband auf dem Mund fand diesen Umstand zweifellos besonders faszinierend.

Genau genommen fand der Mann mit dem zugeklebten Mund, dass Lieutenant Palmer mit Smithers dadurch mehr als gleichgezogen hatte.

Denn der Mann mit dem zugeklebten Mund ging davon aus, dass Lieutenant Palmer ihn sowieso am liebsten tot sähe.

Julians Messer lag an Tammys Kehle, der Lauf von Smithers' Revolver an Edwards' Schläfe.

Smithers sah Julian an. Julian sah Smithers an. Beide verbargen sich hinter ihren lebenden Schutzschilden und versuchten, den richtigen Anfang zu finden …

Für Edwards war das Szenario noch kurioser, noch befremdender als für die anderen. Er stöhnte, machtlos gegen das fest sitzende Klebeband an seinem Mund, und explodierte beinahe vor Frustration. Keine der beiden Schwestern konnte das Gesicht der anderen erkennen. Julian schlang von hinten den Arm um Tammys Hals, ihr Gesicht in Tammys Haaren; Tammy starrte geradeaus, konnte Julian nicht sehen.

Würde ihnen etwas auffallen, wenn sie einander anschauen könnten? Würden sie ihre Ähnlichkeit bemerken, die ihn damals fast umgeworfen hatte, durch die er überhaupt erst auf die Lösung dieses fünfundzwanzig Jahre alten Mordfalls gekommen war? Oder wäre es zu absonderlich, zu bizarr und zu entrückt vom Alltäglichen, als dass sie überhaupt auf den Gedanken kommen würden?

Wären sie füreinander lediglich zwei Fremde in einer Extremsituation?

Und dann sahen seine verzweifelt umherwandernden Augen etwas.

An der Wand gegenüber von Tammy und Julian. In einem leicht schief hängenden Holzrahmen nahe der Haustür.

Einen Spiegel.

Seht ihr es nicht?

Sie mussten nur in den Spiegel blicken, um sich anzuschauen.

Sie standen dicht beieinander, Kopf an Kopf. Wenn sie doch nur in den Spiegel schauen würden … sie müssten doch erkennen, wie ähnlich sie einander sahen …

Mein Gott. Plötzlich hing ein Porträt zweier Schwestern an der Wand. Zwei umrahmte Gesichter, direkt nebeneinander.

Das Foto auf Frank Ryans Schreibtisch.

Er hatte nur seine Augen, Augen, die alles sahen, die die Wahrheit sahen. Aber das nutzte nichts.

Julian starrte mit festem Blick auf Smithers hinter ihm, Tammy ebenfalls.

Sie warteten, dass Smithers den ersten Schritt machte.

Plötzlich riss Edwards die Augen auf, versuchte seine ganze Verzweiflung, sein blankes Entsetzen, all sein Wissen, seine jahrzehntelange Erfahrung, seine ganze geschundene Seele in seinen Blick einfließen zu lassen.

Dann riss er seinen riesigen, bärenartigen Kopf mit einem Ruck nach links, trotz des Risikos, eine Kugel hineingejagt zu bekommen, und warf einen alarmierten Blick auf den Spiegel an der Wand.

Julian und Tammy folgten seinem Blick.

Edwards sah, dass Julians Messer an Tammys Kehle zu zittern begann.

Er sah, dass Tammys Augen genauso groß wurden wie seine.

Julians ebenfalls.

Natürlich, sie waren Schwestern.

Obwohl sie nicht sofort verarbeiten konnten, was sie dort sahen, wussten sie, *dass* sie etwas sahen, dass sie etwas Maßgebliches sahen, etwas höchst Verstörendes.

Sie starrten weiter in den Spiegel.

Sie spürten etwas.

Jetzt würde es interessant werden, dachte Edwards mit fatalistischer Gelassenheit. Noch interessanter, wenn dies überhaupt möglich war.

Natürlich war Edwards nicht der Einzige, der die Wahrheit kannte.

Auch der Mann hinter ihm kannte sie. Der Mann, der den Revolverlauf an seine Schläfe drückte. Vom Kontakt mit Edwards' großporiger Haut war der Lauf inzwischen ganz warm geworden.

Ein Revolverlauf an seiner Haut. So hatte es für Edwards auch in Julians Büro begonnen. Und nach allen vernünftigen Einschätzungen seiner Chancen würde es auch so enden.

»Daddy?« Die zwei erschrocken klingenden Südstaaten-Silben kamen von der Frau, deren Hals Julian umschlang. Eine Erwachsene, die im Tonfall eines kleinen, zutiefst erschrockenen Mädchens sprach.

»Es ist nichts. Vergiss es«, sagte ihr Vater, aber Edwards spürte, dass Smithers nicht mehr der kühle, gefasste Mann von vor wenigen Minuten war, dass er selbst erschüttert und mit einem Mal anfällig für Fehler war, und genau genommen mochte seine schroffe, abweisende Antwort an seine Tochter bereits sein erster gewesen sein.

»Es ist nichts.« Die Worte klangen kristallklar. Es war die Stimme, die Edwards seit fünf Jahren liebte, nach deren Erklingen er sich immer verzehrt hatte. Selbst ihre Stimmen waren fast identisch, waren nur leichte Variationen voneinander. War es ihnen bewusst?

Julian schaute in den Spiegel, betrachtete Tammy und sich selbst. »Es ist nichts.«

»Daddy?«, fragte Tammy erneut, dieses Mal drängender. Es beinhaltete *Sage es mir, bitte, sage es mir*... Zweifelnd, zu Tode erschrocken, mühsam ihre aufsteigende Panik unterdrückend.

»Wenn er meint, du sollst es vergessen, kannst du davon ausgehen, dass nichts mehr dran ist«, verstärkte Julian absichtlich Tammys Zweifel. Die Polizistin in ihr, alles in ihr, musste die Wahrheit erfahren.

Dann sagte sie leise und bedächtig: »Bitte deinen Daddy, dass er ihm das Klebeband vom Mund nimmt.«

Tammy schaute zu ihrem Vater hinüber, sagte aber nichts.

»Ich werde abdrücken«, drohte Smithers.

Das sagt nur jemand, der nicht abdrücken wird, dachte die in diesen Dingen bestens ausgebildete Julian automatisch.

»Nehmen Sie ihm das Klebeband ab«, sagte Julian jetzt direkt an Smithers gerichtet. Es war keine Forderung, aber mehr als eine Bitte. Es war irgendetwas dazwischen, klang fast wie ein freundlicher Vorschlag, auch wenn es keiner war.

Smithers reagierte nicht.

»Nimm ihm das Klebeband ab«, sagte Tammy Smithers. Ihre Stimme klang wie Julians.

Edwards hörte Philip Smithers tief durchatmen. Er spürte, wie sich der Winkel des Revolverlaufs an seiner Schläfe leicht veränderte.

Mit der fatalistischen Gelassenheit eines bereits Toten vergegenwärtigte Edwards sich die Situation: Smithers wollte seine Tochter nicht verlieren, die lebende Verkörperung der Frau, die er einstmals so geliebt hatte. Bislang hatte Smithers' sorgfältig aufgebautes Lügengebäude gehalten. Wie würde er nun reagieren? Was würde er antworten?

Aber Smithers überraschte Edwards erneut. Indem er nicht zu Tammy sprach, sondern direkt zu Julian.

»Der Mann, den Tammy und ich umbrachten, war nicht Ihr Vater«, sagte Philip Smithers mit ernster Stimme.

Er gestand es ... gleichzeitig nahm er ihr zum zweiten Mal den Vater ... In ein und demselben Moment erfuhr Julian die Wahrheit und sah sich zugleich einer lebenslangen Tatsache beraubt. *Der Mann, den Tammy und ich umbrachten, war nicht Ihr Vater.* Julian war wie betäubt. Es war zu viel auf einmal.

»Er hat Sie großgezogen, richtig«, erklärte Philip Smithers, »aber er war nicht Ihr Vater.« Dann, nach einer bedeutungsvollen Pause, fügte er das Unausweichliche hinzu: »Ich bin Ihr Vater.«

Er hat Sie großgezogen. Aber ich bin Ihr Vater. Eine in Tatsachen gebettete Lüge, die durch diesen Kniff glaubwürdig scheinen sollte. Edwards' alte Augen traten hervor. Die Haut drum herum spannte sich. Er stöhnte ungläubig auf. Aber es spielte keine Rolle. Was Smithers verkündete, war effektvoller als Edwards' protestierendes Aufstöhnen. Er spürte, dass der Revolverlauf sich fester in seine Schläfe bohrte.

»Was Sie im Spiegel sehen, ist keine Lüge. Spiegel lügen nicht. Sie sind Schwestern.«

Die Macht der Blutsverwandtschaft. Der Schock, Geschwister zu sein.

Smithers versuchte, gleichzeitig beide Frauen auf seine Seite zu ziehen.

Julian war völlig perplex.

Sie hielt ihrer eigenen Schwester ein Messer an die Kehle.

Einem der beiden Mörder ihres Vaters ...

Aber er war nicht ihr Vater gewesen ...

War das ihr wirklicher Vater ... dieser Mann dort drüben?

Irgendwo jenseits ihrer Betäubtheit, jenseits ihrer Aufgewühltheit, an einem tief in ihr liegenden Punkt, wo sie immer Polizistin blieb, wurde ihr endlich klar, warum Vernon Blood umgebracht worden war.

Aus rasender Eifersucht. Wegen einer Demütigung. Weil das Südstaaten-Ehrgefühl Vergeltung forderte. Weil der Mann mit dem Revolver in der Hand für kurze Zeit erlebt hatte, wie erfüllend das Leben sein konnte, und er dennoch seinen Lebenstraum nicht hatte verwirklichen können.

Mittel, Motiv, Gelegenheit. Die heilige Trinität aller Polizeiarbeit.

Alles passte zusammen.

Vertrauen Sie Ihrem Instinkt. Folgen Sie ihm, hatte Edwards ihr immer gepredigt.

Sie merkte, dass sie das Messer fast reflexartig fester an Tammy Smithers' Kehle presste, die Kehle einer Mörderin; sie spürte, dass Tammy scharf die Luft einsog.

Vertrauen Sie Ihrem Instinkt. Folgen Sie ihm.

Julian lockerte den Druck des Messers an Tammys Kehle.

Sie hörte, wie Tammy erleichtert die Luft ausstieß.

Julian schaute zu Edwards hinüber, der nur starr dasitzen und ihren Blick erwidern konnte.

Winston Edwards. Der Großmeister aller Lügner. Der Großmeister der Menschenmanipulation.

Und doch hatte er einen fünfundzwanzig Jahre alten Mordfall aufgeklärt.

Es war ihr allererster Mordfall gewesen. Für ihn war es der letzte.

Er hatte ihn für sie aufgeklärt. Und für sich selbst. Für sie beide.

Der Großmeister aller Lügner. Und zugleich ein ritterlicher Verfechter der Wahrheit.

Und der Mann, der ihm den Revolver an die Schläfe

hielt … war das ihr Vater? Oder war es bloß eine Lüge, die nur so lange Bestand haben würde, bis seine Tochter in Sicherheit war? Bis er die Oberhand gewonnen hatte. Bis er Julian erledigt hatte und mit seiner Tochter auf Nimmerwiedersehen verschwand. Konnte man so hemmungslos lügen?

Ihr Blick wanderte zurück zu Edwards. Ja, man konnte.

Der Großmeister aller Lügner. Der ritterliche Verfechter der Wahrheit. Welcher von beiden war er in diesem Augenblick?

Vertrauen Sie Ihrem Instinkt. Folgen Sie ihm.

Sie kannte Winston Edwards nicht, würde nie richtig schlau aus ihm werden. Aber sie hatte ihn gut genug kennen gelernt, um mit diesem einen kurzen Blick in seine dunkelbraunen Augen eines unmissverständlich zu wissen: Er hatte ihr noch eine letzte Geschichte zu erzählen.

»Nehmen Sie ihm das Klebeband ab«, sagte Julian.

Smithers sah Tammy an.

»Nimm es ihm ab«, forderte Tammy ihren Vater erneut auf. Ob sie es aus lange gehegtem Misstrauen tat oder weil sie plötzlich etwas ahnte oder instinktiv der Frau vertraute, die ihr ein Messer an die Kehle hielt, war nicht von Belang. Von Belang war, dass Tammy Smithers offenbar genauso gespannt darauf war wie Julian, die andere Seite zu Wort kommen zu lassen.

Philip Smithers antwortete mit einer schroffen kaltschnäuzigen Reaktion, die in diesem Moment niemand erwartet hätte.

Er gab hinter Winston Edwards' breitem Rücken einen Schuss ab, dann trat er mit gehobener Waffe vor und ging auf seine Tochter zu.

Edwards' Kopf sank nach vorne.

Smithers kam Tammy und Julian immer näher.

Mein Gott...

»Lassen Sie sie los!«, brüllte Smithers.

Als Antwort schlang Julian den Arm eine Spur fester um Tammys Hals.

»Sie ist Ihre Schwester«, fauchte Smithers wütend, dann fügte er höhnisch hinzu: »Sie werden ihr sowieso nichts tun.« Er hob den Revolver ein Stück höher, um noch bedrohlicher zu wirken, und ging Schritt für Schritt auf die beiden Frauen zu.

»Sie werden ihr auch nichts tun«, sagte Julian kühl und riss Tammy mit einem Ruck näher zu sich, raubte ihr fast den Atem.

»Ach nein?«, sagte Smithers.

Sie sah, dass Smithers eine Schusshaltung einnahm.

»Daddy, leg die Waffe weg«, röchelte Tammy panisch. Bislang hatte Julian wenig Gegenwehr von ihr gespürt, und plötzlich wurde Julian bewusst, dass Tammy womöglich freiwillig zu ihrem Schutz dagestanden hatte.

Nun aber spürte sie Tammys wachsenden Widerstand, spürte ihre zunehmende Nervosität. Offenbar fürchtete sie sich vor dem, was sie schon immer gewusst oder soeben erst erkannt hatte: dass ihr Vater abdrücken würde.

Smithers richtete den Revolver auf sie.

»Daddy... *Daddy!* BITTE!«

In einer instinktiven Selbstschutzreaktion lässt Tammy plötzlich ihren Körper erschlaffen und herabsinken. Da sie ihr ansonsten die Kehle aufgeschlitzt hätte, ist Julian gezwungen, sie loszulassen. Tammy fällt zu Boden.

Mit einem Mal stehen sich Julian und Philip Smithers direkt gegenüber und starren sich einen Moment lang überrascht an.

Dann lächelt Smithers höhnisch und richtet beinahe träge die Waffe auf sie.

Im selben Moment duckt sich Julian und hechtet ihm mit dem eingewickelten Messer in der Hand entgegen ... das Messer, ihr Vorbote, erreicht ihn vor ihr ... es sinkt in seinen Brustkorb, während sie mit dem anderen Arm seine Revolverhand zur Seite schiebt – alles läuft wie automatisch ab, so wie sie es bei ihrer Ausbildung tausend Mal geübt hat ... blitzschnell handeln, ohne nachzudenken ...

Die um das Messer gewickelte Plastikfolie zerreißt ...

Tammy schreit auf, windet sich schockiert am Boden ...

Julian schaut zu Edwards hinüber. Sein Kinn liegt auf der Brust.

Plötzlich hebt er den Kopf und erwidert ihren Blick.

Er ist am Leben. Wie immer.

Und das ihn belastende Beweisstück ist unbrauchbar geworden. Es steckt im Brustkorb des Mörders ihres Vaters.

Oder im Brustkorb ihres Vaters.

Tammy schreit noch immer.

In wenigen pulsierenden Minuten höchster Anspannung hat sie eine neue Schwester bekommen und einen Vater verloren.

Julian sinkt auf die Knie und tastet nach Smithers' Halsschlagader. Sie fühlt zwei Pulsschläge. Dann keinen mehr.

Sie spürt, wie er stirbt.

Die unbarmherzige, sofortige Urteilsvollstreckung ist vorüber.

Er ist der erste Mensch, den sie im Dienst getötet hat.

Was für ein abartiges Handwerk ist das bloß?

Sie empfindet nichts außer tiefer Reue.

In den folgenden Wochen sollten ihr die Ereignisse jenes schicksalhaften Abends immer wieder durch den Kopf gehen und zahlreiche Fragen aufwerfen.

Ihre panische Hetzjagd über die Feldwege. Ihr Glückstreffer, als sie das Haus entdeckte. Oder ihr Pech, wenn man es so betrachten wollte.

Sie hatte die Kunstdünger-Kanister und die auf der Veranda ausgelegte Zündschnur gesehen. Dann, in der Annahme, dass ihr nur wenige Sekunden blieben, war sie ins Haus gestürmt...

Immer wieder sollte sie sich fragen, ob Smithers wirklich auf seine eigene Tochter geschossen hätte. Auf die Tochter, die er so liebte. Auf die Tochter, für die er lebte.

Und hätte er wirklich auf die Halbschwester seiner Tochter geschossen? Oder hatte er nur geblufft, um fliehen zu können?

Natürlich hatte sie ihn angegriffen, um ihre Haut zu retten. Aber hatte ein Teil ihres Handelns nicht auch dem Ziel gegolten, den Mörder ihres Vaters nicht ein zweites Mal ungeschoren davonkommen zu lassen?

All diese Fragen und Zweifel wären niemals aufgekommen, hätte es nicht die eine entscheidende Frage gegeben. Das große Rätsel.

Warum hatte er Edwards nicht erschossen?

Denn es war nur ein Warnschuss gewesen. Ein Warnschuss in den Holzboden, verdeckt von Edwards' breitem Rücken. Edwards war derjenige gewesen, der mehr daraus gemacht hatte. Er hatte den Kopf auf die Brust fallen lassen und der Situation damit die entscheidende Wendung gegeben. Er hatte der bewaffneten Polizistin vorgetäuscht, einen kaltblütigen Mord gesehen zu haben. Obwohl Edwards völlig hilflos gewesen war, war es ihm gelungen, mit einer einzigen knappen Geste die alles entscheidende Lüge zu fabrizieren.

Warum hatte er Edwards nicht erschossen?

Hatte er Edwards zusehen lassen wollen, wie er mit seiner Tochter doch noch entkam? Hatte er Edwards erst in der Explosion umkommen lassen wollen, weil dies das ihm zugedachte Ende war?

Warum hatte er Edwards nicht erschossen?

Vielleicht hatte er es nicht für nötig gehalten. Edwards war völlig hilflos gewesen, hatte keine Bedrohung dargestellt. Er war die einzige Person im Raum, die keine offensichtliche Bedrohung darstellte.

Und doch war er die größte Bedrohung von allen gewesen.

Warum hatte er Edwards nicht erschossen?

Vielleicht weil er gewusst hatte, dass sie sich noch Wochen und Monate später darüber den Kopf zerbrechen würde. Vielleicht weil er irgendwie gespürt hatte, dass Edwards schon tot war.

Oder er hatte gespürt, dass Edwards jemand war, den man nicht töten konnte.

67

Sie riss ihm mit einem kräftigen Ruck das Klebeband von den Lippen. Edwards stöhnte laut auf vor Schmerz. Die Haut um den Mund lief augenblicklich feuerrot an. Er sah fast wie ein Clown aus.

Sie hatte Tammy zur Wohnzimmercouch geführt und ihr geholfen, sich hinzulegen. Momentan starrte Tammy nur apathisch zur Decke.

Julian stand vor Edwards, der noch immer bewegungsunfähig auf dem Stuhl saß, und musterte ihn finster. »Reden Sie schon, verdammt noch mal!«, zischte sie leise und trat dichter an ihn heran, damit Tammy sie nicht verstehen konnte. »Als er sagte, er wäre mein Vater…« Sie schluckte. »Das kann ich nicht akzeptieren. Er *muss* gelogen haben.«

»Er hat gelogen«, sagte Edwards mit ausdrucksloser Stimme. Auf eine Weise, die ihr zu verstehen gab, dass es die Wahrheit war.

Gott sei Dank. Gott sei Dank.

Julian stand direkt vor ihm, machte aber keine Anstalten, ihn von den restlichen Klebeband-Fesseln zu befreien.

»Sie ließen Ihren Kopf auf die Brust sinken«, sagte sie.

Edwards blickte nicht zu ihr auf.

»Sie wollten mich glauben lassen, er hätte Sie erschossen«, sagte sie. Jeder andere wäre beim Knall eines Schusses reflexartig zusammengezuckt. Er hingegen hatte ihr kaltblütig etwas vorgespielt. Dazu war nur jemand im Stande, der ohnehin mit seinem baldigen Tod rechnete. Jemand, dem es völlig gleichgültig war.

»Sie haben mir etwas vorgespielt, damit ich ihn aufhalte und gnadenlos Ihr Urteil vollstrecke. Eine Urteilsvollstreckung im Winston-Edwards-Stil.«

Er antwortete nicht.

»Sie wussten, dass ich Sie sterben sehen wollte.«

Er starrte beharrlich an ihr vorbei.

»Also taten Sie mir den Gefallen«, sagte sie trotz ihrer Erschöpfung voller Verwunderung. »Und indem Sie sich tot stellten, brachten Sie mich dazu, Ihnen das Leben zu retten.«

Einen Moment lang hatte sie geglaubt, er sei tot, und in diesen wenigen Sekunden hatte sie nichts empfunden, nichts außer dem rudimentären Gefühl, dass soeben etwas Unrechtmäßiges geschehen war.

Edwards starrte auf das Klebeband an seinen Handgelenken. »Sylvia hatte einen Neuanfang gemacht«, sagte er plötzlich mit sanfter Stimme. »Sie lernte Ihren Vater kennen, bekam zwei Töchter von ihm und führte ein neues, schönes Leben.« Er schien den Fußboden zu studieren. »Tammys Vater konnte das nicht ertragen.«

Aus der Ferne erklangen Polizeisirenen, dann fuhren, mit kreischenden Bremsen, die ersten Streifenwagen vor dem Haus vor. Anscheinend funktionierte der Computer der Zulassungsstelle wieder.

Julian sah ihn an. »Ich weiß, dass Sie meiner Mutter nichts getan haben.«

»Mir ist bewusst, dass Sie das wissen«, sagte er.

Sie musterte ihn abschätzend, sah einen gebrochenen alten Mann. Winston Edwards. Der legendäre Polizeichef. Der Mörder.

»Sie haben es gesehen«, sagte sie zu ihm. »Beweisstück A. Es wurde gefunden.«

»Sie haben es dem Mörder Ihres Vaters in die Brust gerammt.« Endlich schaute er zu ihr auf. »Sie können es nicht mehr gegen mich verwenden.«

»Es ist und bleibt die Mordwaffe«, sagte sie.

»Es beweist nichts mehr. Gar nichts. Sie würden sich nur lächerlich machen.«

Sie starrte ihn an, wusste, dass er Recht hatte.

Er wandte seinen riesigen Kopf zur Couch. »Kümmern Sie sich um Ihre Halbschwester«, sagte er. »Sie braucht Sie jetzt.«

Ihr Blick wanderte zu Tammy, die noch immer apathisch an die Decke starrte.

»Lieutenant Palmer«, erklang die nervöse Stimme eines jungen Polizisten auf der Veranda. »Geht es Ihnen gut?«

»Kommen Sie rein«, rief sie ihm zu. »Aber passen Sie um Himmels willen auf. Sie sehen ja die Zündschnur auf dem Boden.«

»Jawohl, Lieutenant.«

Zwei Beamte traten vorsichtig ins Wohnzimmer. Sie waren so jung, dass sich Julian im Vergleich zu ihnen uralt vorkam.

Sie sah Edwards so argwöhnisch und missbilligend an, dass der junge Polizist, der von draußen hereingerufen hatte und weder die Lage kannte noch wusste, wer was warum getan hatte, sich genötigt fühlte zu fragen: »Sollen wir ihn losmachen?«

Ihn losmachen?

Sollen wir ihn losmachen?

Gute Frage.

Es stimmte. Das Messer hatte als Beweisstück ausgedient.

Ihnen blieb keine andere Wahl. Er hatte es wieder einmal geschafft.

»Ja«, sagte sie mit einer undefinierbaren, untrennbaren Mischung aus Autorität und Resignation in der Stimme. »Sie können ihn losmachen.«

Die beiden Beamten wirkten noch immer ein wenig verwirrt. Sie wussten nicht, was sie von dem gefesselten alten Mann mit dem feuerroten, fast blutigen Mund halten sollten.

»Keine Sorge«, versicherte sie ihnen und nickte knapp. »Er ist Polizist.«

Sie saß mit Tammy Smithers im Fond eines der Streifenwagen – die vor sich hin wimmernde Tammy hatte einen schweren Schock erlitten.

Der Tatort war nach wie vor brandgefährlich. Ein Funke genügte, um das Haus hochgehen zu lassen. Sie mussten entscheiden, ob sie Philip Smithers' Leiche herausholen oder drinnen liegen lassen und die Farm räumen sollten, bis die Feuerwehr vor Ort war. Im Haus zu bleiben wäre jedenfalls zu riskant gewesen. Julian hatte Tammy herausgeführt, sich mit ihr in einen Streifenwagen gesetzt und die Entscheidung der örtlichen Polizei überlassen. Es war deren Zuständigkeitsbereich.

Als sie Tammy aus dem Haus geführt hatte, hatte Edwards, der endlich von seinen Fesseln befreit worden war, mit einem der jungen Beamten auf der Veranda gestanden und sie stumm angesehen.

Nun beobachtete sie, wie die Beamten im Vorgarten des Hauses umherliefen.

Ohne besonderen Grund, rein instinktiv, begann sie, die Männer zu zählen.

Die Explosion ließ den Streifenwagen, in dem sie saßen, erzittern. Die Druckwelle schlug gegen ihre Trommelfelle, Köpfe und Brustkörbe.

Durch die Windschutzscheibe sah sie, wie zwei der jungen Beamten zu Boden geschleudert wurden.

Das Farmhaus verwandelte sich augenblicklich in einen lodernden Feuerball.

»*Oh mein Gott! Oh mein Gott!*«, schrie einer der anderen jungen Beamten, der, der ihr von draußen zugerufen hatte. »Oh mein Gott! Er sagte… er sagte, er wüsste, was er tut!«, stammelte der Mann fassungslos.

Winston Edwards hatte seine Aufgabe vollendet. Er hatte nichts mehr gehabt, wofür es sich zu leben lohnte. Er hatte berichtigt, was hatte berichtigt werden können, und akzeptiert, was nicht mehr rückgängig zu machen war.

Verbrannte er in dem Flammenmeer?

Eine dicke schwarze Rauchwolke stieg zum Abendhimmel auf, ein letzter, beeindruckender Schlusseffekt am Ende einer faszinierenden Zaubershow.

Oder verschwand Winston Edwards in diesem Augenblick durch die Wälder in Richtung Florida?

Wenn jemand im Epizentrum einer so starken Explosion stand, würde von der Leiche nichts übrig bleiben. Eine Untersuchung würde keinerlei Aufschluss geben.

Also würde sie nie mit letzter Sicherheit wissen, was aus ihm geworden war.

Vermutlich hatte er dies beabsichtigt, dachte sie.

»Oh mein Gott!«, stammelte der junge Polizist völlig aufgelöst. »Er hat gesagt, ich soll mich hinter die Streifenwagen stellen! Er meinte, er wüsste, was er tut!« Der Mann stand wie angewurzelt da und zitterte am ganzen Leib, hinter ihm das scheinbar höhnisch zischelnde Flammenmeer.

Sie ließ noch einige Augenblicke verstreichen, um abzuwarten, ob der ersten noch eine zweite Explosion folgen würde. Dann stieg sie aus dem Streifenwagen aus. Sie spürte die ihr entgegenschlagende Hitze, hörte das seltsam hohl klingende Dröhnen und Zischen der immensen Feuersbrunst. Sie duckte sich und eilte zu dem jungen Polizisten, der noch immer hilflos zitternd dastand. Sie sah, dass er ein glattgesichtiger Junge vom Land war, ein unbedarfter Jugendlicher in Polizeiuniform. Sie packte ihn bei den Schultern, brachte ihn dazu, sie anzuschauen.

»Das tat er auch«, versuchte Julian ihn zu beruhigen. Der junge Polizist war sichtlich erstaunt, vor dem Hintergrund des chaotisch dröhnenden Feuers plötzlich eine so ruhige, gefasste Person vor sich zu haben. »Ich verspreche es Ihnen«, versicherte sie ihm. »Er hat gewusst, was er tat.«

68

Der Brief kam mit der morgendlichen Büropost. Er trug keinen Absender.

Sie setzte sich in ihrem nagelneuen Leder-und-Chrom-Schreibtischstuhl auf. Die Reaktion der mechanischen Sitzfederung war prompt und präzise – und nervend. Das Chrom glänzte im Morgenlicht. Der Duft des neuen Leders war überwältigend. Es war dasselbe Modell wie das des Captains. Trotzdem, sie vermisste ihren alten Stuhl. Aber der war unwiederbringlich verloren, entsorgt in einem Müllcontainer hinter dem Police Plaza. Inzwischen lag er wohl auf einer Schutthalde.

Ihr fiel auf, wie erwachsen die Handschrift aussah. Der Brief war nicht sehr lang, beinhaltete nur ein paar belanglose Neuigkeiten. Das eigentliche Anliegen kam erst ganz am Schluss – sie möge doch bitte auf einen Besuch vorbeikommen. Es sei wichtig.

»Ich nehme mir Donnerstagvormittag frei«, rief sie zu Ng hinaus. »Gegen Mittag bin ich wieder zurück.«

Ng nahm es mit einem Brummen zur Kenntnis. Ihr pflichteifriger, liebenswerter Beschützer. Sie lächelte.

Julian und Alyshia saßen in Alyshias winzigem hellem Zimmer des Fürsorgeheims auf dem Bett und schauten beide mit stiller Verwunderung auf den riesigen dicken Bauch zwischen ihnen. Er sah aus, als würde er jeden Moment platzen. Alyshia lächelte, schien von innen zu strahlen.

»Wie lange noch?«, fragte Julian.

»Zwei Wochen«, antwortete Alyshia. »Man wird mich in diese schöne Entbindungsklinik bringen. Sie ist nicht weit weg, höchstens zehn Meilen von hier. Ich war schon mal vor zwei Wochen dort.« Sie verzog ein wenig das Gesicht, was ihr strahlendes Lächeln aber nicht schmälerte.

»Wie ist es hier?«

Alyshia zuckte mit den Schultern. »In Ordnung. Nicht schlecht. Meine Noten sind wieder gut«, sagte sie. »Ich habe viel Zeit zum Nachdenken.«

Julian nickte.

Alyshia schaute auf ihren dicken Bauch, dann sah sie wieder Julian an. »Ich möchte Ihnen etwas sagen.«

»Ich höre.«

»Ich habe mich hier sehr gut benommen. Deswegen werde ich auch bald rauskommen, wie Sie sicherlich wissen.«

Die Betragensberichte, die Julian gelesen hatte, waren hervorragend.

Alyshia holte tief Luft. »Ich habe noch mein ganzes Leben vor mir«, sagte sie.

Julian nickte beipflichtend.

»Ich bin nicht dumm.«

»Du bist nie dumm gewesen«, versicherte Julian ihr.

Plötzlich musste Julian an die Stoffpolster denken, mit denen Alyshia eine Schwangerschaft vorgetäuscht hatte, um ihre wirkliche Schwangerschaft zu verheimlichen.

Alyshia lächelte. »Auf gewisse Weise war ich wahrscheinlich immer klug. Aber irgendwie fühle ich mich jetzt viel klüger.« Sie schaute auf ihren Bauch. »Dieses Baby … wenn es auf die Welt kommt, bin ich dreizehn … dann vierzehn … dann fünfzehn …« Sie schüttelte den Kopf. »Ich könnte es nicht. Ich könnte es nicht großziehen. Es … es wäre nicht gut … weder für das Kind noch für mich.«

Inzest. Die Vergeltung einer blutjungen Kindfrau. Ihr dreizehnjähriger Freund besorgt ihr die Waffe. *Was kom-*

plex scheint... erweist sich meistens als sehr einfach. Aber etwas Einfaches kann auch zu etwas komplex Scheinendem verdreht werden. Das Ausmaß der Absurdität von Edwards' Verdrehungen war anfangs kaum zu fassen gewesen – seine Theorie über Frank Ryans allmorgendliches Onanieren, Alyshias kühl kalkuliertes Einreiben der Spermareste in das Bettlaken und das Aufmalen der Buchhaltungs-Symbole auf das Foto der Töchter. Aber nachdem dies herausgekommen war, hatte man Alyshias Fall der Strafgerichtskammer entzogen und wieder Jugendrichterin Caramore überantwortet.

Alyshia schaute zu Julian auf. »Wie alt sind Sie, Lieutenant Palmer?«

»Mitte dreißig.«

»Und Sie haben im Moment keinen Freund, oder?«

Julian schüttelte lächelnd den Kopf.

»Und eigentlich gibt es auch keinen Kandidaten, der dafür in Frage käme, oder?«

Klug. Wirklich klug, die Kleine.

»Sie hatten ein... ungewöhnliches Leben. Das steht in dem Aufsatz, den ich über Sie schrieb.« Alyshia lächelte schelmisch. Dann wurde sie plötzlich ernst. »Also fürchten Sie das Ungewöhnliche nicht...«

Sie senkte den Kopf und blickte an ihr vorbei. Dann schaute sie Julian plötzlich in die Augen und sagte: »Ich möchte, dass Sie das Baby nehmen. Ich möchte, dass es Ihr Kind wird. Sie wären ihm eine wundervolle Mutter.«

Worte einer Erwachsenen aus dem Mund einer Zwölfjährigen.

Ganz ruhig, gelassen und respektvoll fragte Julian: »Was würde deine Mutter dazu sagen? Ich meine, sie ist noch immer dein gesetzlicher Vormund.«

»Meine Mutter«, sagte Alyshia, »möchte das Kind bei

sich behalten. Aber« – ihre Miene verdüsterte sich – »ich will nicht, dass das Kind in dem Haus aufwächst.«

Nell hatte behauptet, nicht gewusst zu haben, dass Alyshia noch schwanger war, als sie nach der vermeintlichen Fehlgeburt die Beerdigung arrangiert hatte. Aber allein die Möglichkeit, dass es sich um eine inszenierte Beerdigung gehandelt haben könnte – sowie die offensichtliche Fragwürdigkeit der psychologischen Stabilität in der Ryan-Familie –, hatte Richterin Caramore veranlasst, Alyshias milde Strafe an eine Bedingung zu knüpfen: Alyshia musste für die Dauer ihrer Schwangerschaft in einem Fürsorgeheim wohnen; nach der Geburt stand es ihr frei, ihren Aufenthalt dort für gewisse Zeit zu verlängern. Alyshia hatte sich sehr erleichtert gezeigt, nicht gleich nach Hause zurückkehren zu müssen.

Dass Alyshia mit den Stoffpolstern am Bauch in Julians Büro aufgetaucht war, schien zu bestätigen, dass Nell nichts gewusst hatte. Es war allein Alyshias Idee gewesen. Sie wollte Julian täuschen, sie überzeugen, dass es kein Baby gab. Ihr sei es darum gegangen – Alyshia senkte verlegen den Blick –, die Freundschaft mit Julian wieder so werden zu lassen wie vorher, als Julian – und Alyshia – noch nichts von einem Baby wusste.

Julian verstand auch den tieferen psychologischen Beweggrund hinter Alyshias Auftritt in ihrem Büro. Das Mädchen hatte so tun wollen, als hätte es die Schwangerschaft nie gegeben. Als sei alles ein Irrtum gewesen. Der Wunsch einer Zwölfjährigen … die Lösung einer Zwölfjährigen.

Und Julian war darauf hereingefallen – obwohl sie geahnt hatte, dass Alyshia noch schwanger war.

Natürlich hatte der Captain von den Ereignissen in North Carolina erfahren. Julian war sich sicher gewesen, ihren Job zu verlieren. Aber ihr hitziges Handeln und ihre fragwürdigen Anordnungen rechtfertigten sich durch den eindrucksvollen Umstand, einen fünfundzwanzig Jahre alten Mordfall gelöst zu haben. Hinzu kam die Kunde von ihrem tapferen Verhalten vor Ort. Die Polizisten in North Carolina hatten in ihren Berichten in glühenden Farben ausgemalt, regelrecht davon geschwärmt, wie rasch und selbstlos sie in den entscheidenden Augenblicken gehandelt habe.

Ein nach fünfundzwanzig Jahren aufgeklärter Mord am Vater eines Polizei-Lieutenants. Ein krimineller ehemaliger Polizeichef, der bei der Explosion vermutlich ums Leben gekommen war. Und dass Lieutenant Palmer eine ihr unbekannte Halbschwester entdeckt hatte, setzte dem Ganzen die Krone auf. Ihr wurde so viel Sympathie und aufrichtige Anteilnahme entgegengebracht, dass dem geschniegelten Captain gar nichts anderes übrig blieb, als seine privaten Ressentiments gegen sie für sich zu behalten.

Die Entdeckung einer Halbschwester schien Julians Trauer über den Verlust ihrer Mutter zu mildern. Und Tammy – die plötzlich alleine war – schien Julian und Stephanie zu brauchen. Tammy wohnte näher bei Stephanie, deswegen sahen die beiden sich öfter, aber Julian und Tammy würden auf ewig den wundersamen Moment ihrer beiderseitigen Entdeckung gemein haben. Dies war etwas ganz Besonderes, das ihnen niemand nehmen konnte.

All das war in gewisser Weise nur das Vorspiel zu der unglaublichen Bitte gewesen, mit der Julian sich nun konfrontiert sah.

»Was mit dem Baby geschieht, ist allein meine Entscheidung«, sagte Alyshia in dem kleinen Zimmer. »Meine Mutter akzeptiert das. Und der Gedanke, dass Sie es nehmen …

nun, ich weiß nicht, ob Sie es gemerkt haben, Lieutenant, aber ich kenne meine Mutter. Sie hält sehr viel von Ihnen.«

»Mein Gott ... du hast es schon mit ihr besprochen?«

Alyshia nickte. »Sie müssen sich noch nicht entscheiden. Denken Sie einfach darüber nach, ja? Versprechen Sie mir, dass Sie darüber nachdenken werden.«

Julian hob den Blick, und erst jetzt sah sie die Blume auf dem Nachttisch neben Alyshias Bett. Eine *Lilius macrophylla lupidus*. In voller Blüte. Das schneeweiße Linienmuster. Das erschreckende Blutrot. Das Neongrün. Die pechschwarzen Blütenränder. Was hatte das zu bedeuten?

Natürlich. Die Blume war von Nell. Für Nell versinnbildlichte sie ihre Erinnerung. Der Blumenhändler hatte gesagt, es bedeute, dass ein weiterer Mensch sterben werde. Nun erkannte Julian, dass die Blume für das genaue Gegenteil stand, für ein neues *Leben*. Julian beugte sich vor, nahm die *Lilius macrophylla lupidus* aus der Vase und betrachtete die exotische Blume.

Dann sah Julian Alyshia an. »Ehrlich gesagt habe ich schon darüber nachgedacht«, gestand sie ihrer jungen Freundin. »Die ganze Zeit im Auto, als ich herfuhr.«

Alyshia schien verblüfft.

»Vergiss nicht, auch ich bin klug«, sagte Julian. »Wenige Wochen vor deiner Niederkunft schickst du mir plötzlich einen Brief. Nachdem du monatelang nachgedacht hast. Einen Brief, in dem steht, dass es wichtig sei. Als ich herfuhr, dachte ich die ganze Zeit darüber nach.«

Sie hatte durch die Windschutzscheibe auf die Bäume am Straßenrand gestarrt und überlegt, ob sie einer solchen Verantwortung gewachsen war. Ob ein solches Leben für sie möglich war. Ein Leben außerhalb der gängigen Konventionen, das durch eine solche Verpflichtung für immer außerhalb der gängigen Konventionen bleiben würde. Und doch wäre es zugleich ein Leben, das gerade durch das Kind und die damit verbundene Verantwortung in völlig normalen, konventionellen Bahnen verlaufen würde.

Zwei kleinen, eine Generation voneinander getrennten Mädchen war die Kindheit geraubt worden …

Durch das Baby würde diese geraubte Kindheit zu neuem Leben erwachen.

Ja, sie hatte darüber nachgedacht.

»Und?«, fragte Alyshia, jetzt wieder die wissbegierige, ungeduldige Zwölfjährige, die ihr Herz auf der Zunge trug.

Julian seufzte tief, lauschte ihren ein- und ausströmenden Atemzügen, ihren Empfindungen.

»Ich glaube, es ist ein guter Plan«, sagte sie.

Sie lächelten sich an, dann fingen sie an zu weinen. Sie saßen noch lange schweigend auf dem Bett, zwischen ihnen Alyshias dicker Bauch, der von den schräg durch das Fenster des kleinen Zimmers einfallenden Sonnenstrahlen in wärmendes, golden schimmerndes Licht gehüllt wurde.

Danksagung

Besonderen Dank schulde ich der Monografie »Die fortgesetzte Funktionsfähigkeit des Gehirns trotz schwerer Kopfschussverletzungen«, Karger, B., Int. J. Legal 1995; 108: 53–61.